조정래 장편소설

천년의 질문

1

천년의 질문

1

조정래 장편소설

응답

국민에게 국가란 무엇인가.

국가가 있은 이후 수천 년에 걸쳐서 되풀이되어온 질문.

그 탐험의 길을 나서야 하는 게 너무 늦은 것은 아닐까.

2019년 6월

1

조정래 장편소설

천년의 질문

| 차례 |

작가의 말 5

내일의 대화

　도시는 밤에 깃들기 쉽지 않았다. 해가 지면서 안갯빛 어스름이 서서히 내려앉기 시작했다. 그러나 도시는 그 어둠살을 밀어내는 몸짓을 짓기 시작했다. 상점들이 쇼윈도의 호사스러운 꾸밈을 더욱 돋보이게 하려고 눈부신 가지가지 색깔의 빛잔치를 다투어 벌인 것이다. 그리고 끝없이 긴 꼬리를 잇는 자동차들도 커다란 두 눈에서 강렬한 빛을 내쏘는 것이었다. 또한 가로등들도 제 임무를 다하지 않을 수 없다는 듯 그 특유의 푸르스름한 빛을 몽환적으로 펼치기 시작했다.

　그 불빛들의 현란함 속에서 도시에는 밤이 숨죽이고 있었다. 도시는 하루의 피곤을 풀기 위해 좀 자려 해도 잠들 수 없게 빛들이 괴롭히고 있었다. 한낮의 햇빛 못지않게 밝은 그 불빛 속을 헤아릴 수 없이 많은 사람들이 어지러운 흐름을 짓고 있었다. 애써 도시의 하루 일과를 마친 사람들의 발길이었다. 그 사람들은 아무 질서 없이 뒤섞여 오가고 있었다. 그런데 그들은 부딪치거나 뒤엉키는 일 없이 그 흐름은 순조롭고 빨랐다.

그런데 그들은 걸음만 빠른 게 아니었다. 또 하나의 공통점이 있었다. 현란한 불빛들이 내뿜고 있는 눈부신 밝음과 대비되어서 그런지 그들의 얼굴은 거의가 무표정해 보였고, 숙임막한 고개와 함께 눈길은 아래로 떨구어져 있었다. 좀 한가롭게 걷는 사람은 찾아보기가 어려웠다.

"다들 저리 지쳐서, 왜들 사는지 원……."

고석민이 혼잣말을 하며 한숨을 푹 내쉬었다.

"그래도 서울로 기를 쓰고 올라오잖아. 얼마나 계속 몰려들면 곧 자취를 감출 군(郡)들이 생겨날 거라고 벌써 그 순서를 정해 신문이 보도하고 있겠어. 왜 사는지 모르고 그저 살아가는 게 인생 아니겠어."

장우진도 한숨을 쉬는 어조로 말하며 씁쓰레하게 웃었다.

"근대 산업사회는 도시화를 촉진했고, 도시화는 상호 경쟁을 유발시켰고, 그 경쟁력은 그전의 농업사회보다 천 배 이상 인간 사회를 발전시켰다. 이게 잘나신 사회학자들의 경쟁 옹

호론이신데, 경쟁……, 그것 참, 사람이 왜 사는지 모르게 만드는 웃기는 물건 아닌가요."

세게 혀를 차는 고석민의 입가에 쓴웃음이 끈적했다.

"이봐, 앞 똑바로 봐. 아직 요단강 건널 나이는 아니라고."

고석민의 팔을 붙들었던 손을 놓으며 장우진은 검지 끝으로 건너편 신호등을 가리켰다. 느네들, 날 무시했다간 어떻게 되는지 알지! 하는 듯 신호등의 빨간색은 유난히 카랑했다.

"아이고, 빨리 그 강 건널 수 있었으면 좋겠어요."

고석민이 어깨가 처져 내리도록 깊은 한숨을 내쉬었다.

"이런 제길, 두 애 애비가 못 하는 소리가 없네."

장우진이 고석민의 어깨를 툭 쳤다.

"선배님처럼 양심적으로 하나나 낳았으면 또 몰라. 잘 기를 능력도 없는 새끼가 둘씩은 무슨……."

혼잣말하듯 하는 고석민의 입가에는 더 쓴웃음이 내배고 있었다.

"그딴 소리 마. 그거 애국한 거니까."

장우진이 굳이 고석민에게로 고개를 돌려 눈길을 마주치며 짓궂게 웃었다.

"선배님, 괜히 약 올리지 마세요. 출산율 1.05명으로 세계 최하위라고 시끄럽게 떠들어대기만 했지, 육아 복지 대책이라고는 전무한 이따위 놈의 나라에 애국하고 싶은 생각은 추호도 없으니까."

맹세라도 하듯 고석민은 입술을 야무지게 훔쳤다.

"허, 누가 사회학자 아니시랠까 봐 출산율 1.05명까지 확실하게 기억하시네. 그거 최신 통곈데 말씀야."

장우진이 피식 웃었다.

"기자만 현실감각이 살아 있는 게 아니라구요."

고석민이 앞만 쳐다본 채 뚱하니 말했다.

"에이, 드럽게 기네."

"바쁠 때는 더 길어진다니까."

어떤 남자와 여자가 신호등을 향해 짜증을 내쏘고 있었다.

그들은 신호 대기 고작 '3분'을 진득하게 기다리지 못하고 있었다. 끝없이 경쟁이라는 컨베이어 벨트를 타고 돌아야 하는 도시인들은 자신도 모르게 불안감이나 초조감, 그리고 강박감 같은 것에 사로잡히고, 병들어 있는지도 몰랐다.

"빌어먹을, 저 가로수들이 꼭 나처럼 불쌍하고 한심해요."

고석민이 먼저 발을 떼어놓으며 투덜거리듯 말했다.

"엉……?"

고석민을 빤히 쳐다보는 장우진의 모난 눈이 그게 무슨 소리냐고 묻고 있었다.

"그게 좀 웃기는 얘긴데요……, 나는 도심 속의 저 가로수들을 볼 때마다 꼭 떠오르는 생각이 있어요. 저기 보세요. 저

가로수들 옆으로는 두꺼운 보도블록들이 빈틈없이 쫙 깔려 있잖아요. 그리고 아래로는 물 한 방울 스며들 수 없도록 아스팔트가 또 쫙 깔려 있어요. 그런데 가로수들이 물을 빨아들일 수 있도록 허용된 땅은 반의반 평도 안 되는 나무 둘레의 저 네모난 땅이 전부예요. 저 손바닥만 한 작은 땅에 비가 올 때 물이 스며들면 얼마나 스며들겠어요. 저 메마르고 척박한 땅에 뿌리발을 하고 살아가느라고 저 가로수들은 얼마나 목이 마르고, 허기지고, 힘겨울까 하는 생각이 가로수들을 볼 때마다 꼭 떠오른다니까요. 10년 넘게 보따리 장사 시간강사로 떠돌며 너무 목마르고, 허기지고, 숨 막혀 헐떡거리는 내 꼴과 너무 똑같이 닮았으니까요. 이런 말, 인기 높고 유명 짜한 민완 기자이신 선배님으로서는 이해가 잘 안 되시겠지요?"

고석민의 말꼬리는 묘하게 꼬이고 뒤틀려 올라갔다.

"흥, 왜 시비셔?" 장우진은 픽 코웃음을 흘리고는, "좋아, 아주 고상하고도 우아하게 철학적이고 문학적인 분위기 풍기며 그럴싸하게 인생살이를 묘사하신 건 좋은데, 그대가 저 가로수 신세와 같다는 건 좀 지나친 염세주의 아니신가?" 그는 곁눈질에 따스한 정 담긴 웃음을 보냈다.

"거 봐요, 금방 염세주의라고 하잖아요. 염세주의는 사치의 일면이 있지만, 내 현실에는 오로지 냉혹한 혈투가 있을 뿐이라구요. 혹시……, 10여 년 전에 일어난 사건 기억해요? 서울대 출신이 시간강사 생활 10년 넘게 하다가 더는 견디지 못하고 결국 애 둘하고, 네 식구 전부가 음독자살한 거. 요즘 들어 그 생각이 자꾸 떠올라요."

장우진은 고석민의 말꼬리에서 문득 물기를 느꼈다. 생활 여건에 무슨 어려움이 생긴 것인가……, 그의 머리를 스친 생각이었다. 떠돌이 시간강사 생활 12~13년……, 그 생활의 고달픔을 모르지 않는다. 그러나 그는 이런 섬뜩한 말까지 입에 올릴 일은 없었던 것이다. 그는 늘 "그냥 견딜 만해요" 하며 얼버무리고는 했었다. 그 얼버무림에는 "집사람이 좀 버니까요" 하는 말이 담겨 있었다.

장우진은 '집에 무슨 일 있는 건가?' 하는 말이 혀끝까지 밀려 나왔지만 위아랫입술을 입안으로 꾹 맞물었다. 어차피 술집이 멀지 않았고, 그런 무거운 이야기는 노상에서 어울리지 않았던 것이다.

도시의 빌딩들은 새로 생기는 것일수록 거대하고 우람하고 호화스러워졌다. 크기와 높이와 치장미를 다투듯 하고 있는 빌딩들은 내가 얼마나 부자인지 보라며 저마다 거드름을 피우고 있었다. 서울 도심의 대로상의 땅값이 평당 2~3억씩 호가한다는 것은 이미 널리 알려져 있는 사실이었다. 그러니 그 비싼 땅 수백 평씩을 깔고 앉은 대형 빌딩들의 값이 얼마일 것인가. 그런데 서울 시내에 어지럼증 일으킬 만큼 드높은 빌딩들은 또 얼마나 많은가. 결국 서울 시내 대로들은 부자들이 노골적으로 부를 과시하는 부의 향연장이었던 것이다. 이 나라 부의 60퍼센트 이상이 서울에 몰려 있다는 것을 입증하는 것처럼.

"아이고, 이제 살 것 같네요."

두 빌딩 사이에 낀 골목을 벗어나며 고석민이 휴우 숨을 내쉬었다.

"왜에에……."

장우진이 의아하게 눈길을 돌렸다.

"예, 저 낮은 집들을 보니까 숨이 트여요."

고석민은 고개를 내두르며 다시 긴 숨을 내쉬었다.

"왜, 큰 건물들 보면 숨이 막혀?"

장우진이 놀리는 듯한 웃음을 비식 웃었다.

"말도 마요. 숨만 막히는 게 아니에요. 머리도 어질어질하고, 속도 메슥거리면서 토할 것 같고, 아주 기분 드러워요."

고석민은 얼굴을 잔뜩 구겨댔다.

"허! 고공 공포증만 있는 게 아니라 빌딩 공포증도 있는 모양인가?"

장우진이 놀리는 기색이 사라진 얼굴로 고개를 갸우뚱했다.

"선배님은 저 높은 꼭대기를 올려다봐도 아무렇지도 않다는 거예요?"

고석민도 장우진을 쳐다보며 고개를 갸웃했다.

"글쎄 몰라……, 난 그저 매냥 헐레벌떡 사건들 쫓아다니
느라고 저 건물들 꼭대기를 올려다볼 틈이 있어야 말이지. 근
데 말야……, 그런 증상은 육체적인 게 아니라 정신적인 거
아냐?"

"정신적인 거요?"

고석민이 장우진을 멀뚱하게 쳐다보았다.

"거 있잖아, 부자들에 대한 거부감……."

"그을쎄에요오……, 거부가암……." 고석민은 느릿하게 중
얼거리며 보일 듯 말 듯 고개를 끄덕이다가는, "저것들 참 용
케 살아남았네요." 마땅찮은 생각을 떼쳐내듯 입술을 싹 훔
치고는 턱으로 앞의 집들을 가리켰다.

"아니지, 살아남은 게 아니라 버림받은 거지."

장우진은 세월의 때가 덕지덕지 낀 남루한 모습의 집들을
보며 떫은 웃음을 지었다.

"버림받아요……?"

"필요했어 봐, 무슨 수를 써서든 손에 넣고 빌딩 크기를
더 키웠겠지. 저 빌딩 주인들은 딱 거기까지만 땅이 필요했
던 거야."

"그게……, 그렇겠네요. 저어……, 버림받았으면……, 저 집들

16

주인들 중에 누군가는 빌딩 쪽에 사달라고 했다가 퇴짜 맞은 사람도 있겠네요?"

"역시 교수님이라 수업 효과가 금방 나타나네."

장우진이 픽 웃음을 흘렸다.

"그래도 저 끔찍스럽게 크기만 한 건물들 바로 뒤에 옛집들이 이렇게 남아 있다는 게 꼭 기적 같기만 하고, 무슨 마술을 보는 것 같기도 하고, 아무튼 다행스러워요."

"글쎄, 그렇게 보이기도 하고, 섬뜩하고 끔찍하게 느껴지기도 해."

장우진이 양쪽 어깨를 부르르 떠는 시늉을 했다.

"무슨……?"

"봐, 저 대비를 좀! 으리으리한 고층 빌딩과 납작 엎드린 낡아빠진 고옥. 저보다 더 극명한 부자와 빈자의 대조가 어디 있겠어. 세계 최고를 자랑하는 대한민국의 빈부 격차 현실을 얼마나 리얼하게 잘 보여주고 있냔 말야."

"정말 그러네요. 이 핵심을 찌르는 말을 듣고 보니 학생 때 동아리 회장이었던 선배님 모습이 떠올라요."

장우진을 바라보는 고석민의 눈길이 먼 추억을 더듬는 듯 아슴해져 있었다.

"사람, 싱겁긴. 크으……, 빈대떡 냄새는 변함이 없다니까."

장우진이 목청을 돋우며 빈대떡 냄새가 골목까지 진동하

고 있는 술집으로 앞서 들어갔다.

"이 동네, 요새도 기자들 많이 와요?"

고석민이 두리번거리며 자리 잡았다.

"흥, 청진동 해장국 골목이 신문기자들 텍사스였다는 것도 다 흘러간 옛 노래 됐지. 나 같은 가난한 신문사 쪼무래기나 죽으나 사나 의리 지키고 있는 거지. 재벌 기업 광고 많이 받아 회사가 리스로 자가용 사주는 부자 신문 기자님네들은 배신 때린 지 오래됐어. 다들 급수 높은 데로 물갈이하신 거지."

"자가용 가진 기자들 많아요?"

"거의 다겠지. 기자는 발이 빨라야 한다, 명분이 그럴싸하잖아. 나 같은 거지 왕자도 자가용족 아니신가."

"아이고, 중고 시장에서 건진 털털이 가지고, 무슨. 그래서 지하철이나 버스에서 시달리는 서민들의 문제가 신문에서 점점 사라지게 된다는 거지요?"

"하아, 이렇게 예리한 사회학 박사님을 전임으로 모시지 않고 시간강사로 돌려대다니, 참 무정한 세상일세. 술 뭘로 해? 막걸리, 소주?"

"막걸리는 마시기는 좋은데, 배 빨리 부르고, 트림이 자꾸 올라오는 게……."

"그렇지, 술은 역시 쐬주. 안주는 빈대떡에 감자탕."

장우진이 목청 드높게 '아줌마아아'를 불러대며 술을 시켰다. 빈대떡을 부치고 있던 아주머니도 그 외침에 걸맞게 컬컬한 목소리로 화답했다. 서민적 정이 오가는 푸근하고 마음 편한 분위기였다.

"이렇게 마주 앉기도 오랜만이네."

장우진이 정다운 눈길을 건네며 술잔을 들었다.

"그러게요. 요즘도 술은 여전해요?"

고석민이 잔을 부딪쳤다.

"아니, 술은 팍 줄였어. 거의 끊다시피."

소주로 살짝 입술을 축인 장우진이 말했다.

"왜요? 간 나쁘대요?"

고석민이 문득 놀라며 입에서 술잔을 뗐다.

"아니, 간은 이상 무이시고……, 술 취해 하나밖에 없는 목숨 위기에 빠뜨리면 안 되니까."

장우진이 싸늘한 기색으로 대꾸했다.

"아니, 그 좋아하는 술을 끊어야 할 만큼 신변에 위협을 느껴요? 아니, 감히 신문기자를 해치려는 것들도 있어요?"

고석민은 긴장과 두려움이 뒤섞인 얼굴로 '아니'를 반복하며 연달아 묻고 있었다.

"응, 그런 치들이 있어. 자아, 술이나 마셔."

장우진은 가볍게 웃음 지으며 술잔을 들었다.

"군부독재 시대도 아닌데, 중정이 그러는 거예요?"

고석민은 술잔을 들 기미는 전혀 없이 선배를 똑바로 쳐다보고 있었다.

"허, 그간에 이름이 얼마나 많이 바뀌었는데 여전히 충성스럽게 중정이야, 중정이. 하긴 중정이라고 해야 사람 마구 고문하고 죽여대던 군바리들 만행이 실감 나지. 그 중정 후배들은 이제 아주 착해지셨어요. 심심해서 어찌 사는지 궁금할 만큼."

장우진이 눈을 찡긋하며 어서 술잔을 들라는 손짓을 했다.

"거기가 아니면 그럼 어디라는 거예요? 검사 해치려는 것과 똑같은 짓을 하려고 하는 배포 큰 놈들이."

고석민이 마지못한 듯 술잔을 들며 꼭 궁금증을 풀고 말겠다는 기색으로 또 물었다.

"하이고, 집요하기도 하시지. 이 사회라는 건 사회학자께서 미처 모르시는 면들이 많고 많아요. 차차 얘기할 날이 올 거니까 오늘은 그대가 날 찾아온 얘기나 하셔."

장우진이 술잔을 발딱 뒤집었다.

"제길……, 말을 안 하려거든 말을 꺼내지나 말든지."

투덜거리며 고석민도 술잔을 뒤집었다.

"아까 그 얘기 뭐야. 온 식구가 집단 자살한 사건이 자꾸 떠오른다는 건. 집안에 무슨 일 있어? 안 좋은 일 생긴 거지?"

장우진의 눈빛은 말보다 더 센 힘으로 후배를 추궁하고 있었다.

"아이구, 그런 눈으로 사람 몰아대지 말아요. 또 동아리 회장 같아지잖아요."

고석민이 또 '동아리 회장'이라는 말을 하며 선배의 눈길을 피하려는 듯 술잔을 단숨에 비웠다.

"그래, 해병만 한번 해병이면 영원한 해병인 줄 알아? 동아리 회장도 한번 회장이면 영원한 회장이야. 그러니까 어서 이실직고하라구."

장우진은 빈대떡을 한입 가득 맛있게 몰아 넣었다.

"치이……, 혼자만 회장 해잡수신 것 같은 기세시네."

눈을 흘깃하며 고석민도 빈대떡을 입으로 가져갔다.

"얼씨구, 회장이라고 다 똑같은 회장인 줄 아네. 초대와 3대는 어떤 차이인지 알지?"

왼손 엄지를 세워 보이고, 그다음에 검지와 중지를 세워 '3대'를 강조하는 장우진의 지적인 얼굴에 장난기가 내비치고 있었다.

"알아요, 차이 나는 거……. 그래도 그때가 좋았어요……."

고석민의 목소리가 약간 가라앉는 느낌이었다. 그 감정의 변화를 감추려는 듯 그는 또 소주 한 잔을 입에다 왈칵 쏟아 부었다.

"그랬지. 알바를 뛰기도 하면서 보낸 세월이긴 했지만……,

그때가 좋긴 좋았어. 청춘인 줄도 모르고 지난 청춘 시절, 참 아깝고 좋은 이름 청춘……, 그때가 좋았어."

들어 올린 술잔을 내려다보며 장우진도 중얼거리고 있었다. 턱에 이르도록 긴 머리카락은 직선으로 뻗어 내리며 그의 숙인 얼굴을 절반쯤 가리고 있었는데, 지적인 얼굴에 우수까지 서리니 더없이 매력적으로 보였다.

장우진이 대학 3학년이 되면서 김영삼 정권이 시작되었다. 그들은 스스로 '문민정부'라 이름 붙였다. '민간인 정부'라는 그 의미에서 국민들은 모두 노태우를 끝으로 '군부독재 30년'이 종식되었음을 실감하고 있었다. 그런데 그 실감을 더욱 실감 나게 증폭시키는 사건이 터졌다. 김대중과 함께 정치 9단으로 불리는 김영삼의 무모하리만큼 신속한 저돌성이 연출해 낸 정치적 빅쇼였다. 그것은 정권을 잡자마자 번개 치듯이 단행한 '하나회' 해체 작전이었다. 하나회는 초등학생들까지 다 알 만큼 말썽이 많았던 군부 내 사조직이었다. 그건 박정희의 영구 집권을 옹위하기 위해 꾸며진 음험한 조직이었다. 그런데 박정희가 죽는 것으로 그 조직은 와해된 것이 아니었다. 그 핵심들이 총을 겨누고 나섬으로써 전두환 정권 7년, 노태우 정권 5년의 새로운 군부독재가 등장한 것이었다. 그런 난공불락일 것 같은 조직을 김영삼은 순식간에 공격해 보기 좋게 파괴해 버린 것이다. 군대를 벗어나 사회의 특권층으로

22

까지 군림했던 그 위세당당한 군대의 별들이 추풍낙엽으로 숙청당해 갔다. 그 초라한 꼴들을 지켜보면서 국민들은 그 공포스럽고 길었던 군부독재가 완전히 뿌리 뽑히고 종말을 고했음을 분명하게 확인했고, 확실하게 실감했다. 국민들은 하나같이 춤추듯 환호했고, 아낌없는 박수갈채를 보냈다. 그 뜨거운 박수갈채를 독차지한 것은 당연히 대통령 김영삼이었다. 김영삼의 동물적 정치 감각은 새 정권에게 국민이 가장 먼저 해결을 원하는 것이 무엇인지 재빨리 간파했고, 새 정권에 응축되어 있는 국민의 첫 힘으로 하나회를 내려친 것이었다. 그 기민한 선택과 과감한 실행, 그리고 완벽한 성공은 마땅히 국민적 박수를 받을 만했다.

그러나 그 통쾌하기까지 한 한바탕 정치굿을 유심히 지켜보면서 장우진은 마음 한구석이 영 칙칙하고 께끄름했다. 대통령이 국민이 바라는 바를 시원하게 해결해 흔쾌한 박수를 받는 것처럼 좋은 일은 없었다. 그것이야말로 민주국가의 가장 바람직한 행복일 거였다. 그러나 대통령이 국민적 박수를 받는 것도 엄연히 질적 차이가 있는 것이었다.

"역시 대통령이 하려고 마음만 먹으면 못 할 게 없어."

"그래서 성군은 하늘이 내린다고 하지 않았어."

"거럼, 거럼. 대통령이야말로 아무나 할 수 있는 게 아니고 말고."

사람들은 박수만 치는 게 아니라 어느새 이렇게 칭송까지 하고 있었다. 아니, 일 잘하는 대통령을 침 마르게 칭찬해서 나쁠 게 무엇인가. 그런데 문제는 사람들이 '대통령이란 국민들이 만들어준 5년 계약직일 뿐'이라는 사실을 까맣게 망각하고 있었던 것이다. 그들은 하늘로 여겼던 옛날의 왕과 대통령을 동일시하고 있었다. 민주주의 헌법을 가진 국가의 국민들인데도 아무런 거리낌 없이 대통령을 성군으로 동일시하고 있었다. 민주주의 투표를 50년 가까이 경험해 왔으면서도 그들의 핏속에는 왕을 무조건 하늘로 떠받들었던 왕조시대의 DNA가 그대로 흐르고 있었다. 군부독재 30년을 뼈저리게 겪었으면서도 국민들은 그 대책 없는 순진함과 단순함과 우매함과 무지함을 떼쳐내지 못하고 있었다. 언제까지 그런 미망 속을 헤맬 것인지, 그 상태를 완전히 벗어나지 못하고서는 앞날이 캄캄할 뿐이라는 생각 속에서 장우진은 깊이 우울할 수밖에 없었다. 그러면서 루소의 말을 생각했다.

　'국민들은 투표하는 순간에만 주인이다. 투표가 끝나자마자 다시 노예로 전락한다.'

　또 어떤 유명한 사람의 말이 루소 말의 대구(對句)처럼 떠올랐다.

　'정치인에게 국민이란 정권을 잡기 위한 방편이고 구호일 뿐이다.'

그 두 가지 말은 정치인들이 숱하게 저지르는 국민 기망 행위와 배신 행위를 적시한 것이었다.

　그러나 장우진은 그 두 가지 말에 전적으로 동의하면서도 자기의 또 다른 생각을 곁들였다.

　'그런 기망과 배신 행위가 오로지 정치인들만의 잘못일까. 유권자들의 책임은 없을까. 유권자들은 투표를 끝낸 다음에 얼마나 정치에 관심을 두었을까. 얼마나 정치인들을 주시하며 감시, 감독을 했을까. 투표를 한 다음에는 할 일 다한 것처럼 정치에 아무 관심도 두지 않고, 대통령을 왕과 동일시하는 그 순진함과 단순함과 우매함과 무지함을 저질러대기 때문에 정치인들은 마음 놓고 국민들을 수없이 기망하고 배신해 왔던 것은 아닐까…….'

　이런 생각의 응답처럼 또 떠오르는 말이 있었다.

　'국민이 정치에 무관심하면 가장 저질스러운 정치인들에게 지배당한다.'

　플라톤의 말이었다.

　플라톤은 2,300여 년 전의 사람이었다. 그러니까 인간 세상에서는 그 기나긴 세월 동안 정치인들은 줄기차게 국민들을 속이고 이용해 먹고, 국민들은 정치에 별 관심 없이 그저 지배당해 왔다는 것이었다.

　어쨌거나 김영삼의 하나회 척결은 정치군인을 일소한 것만이 아니었다. 학생운동에도 절대적 영향을 미쳤다. 그동안 표적으로 삼아왔던 군부독재가 사라지고, 하나회까지 흔적 없이 뿌리 뽑히고 말았으니 전면적 방향 수정은 불가피한 것이었다.

그런데 학생운동의 변신은 햇빛의 속도와 내기하듯 재빨랐다. 대학마다 정반대로 방향을 틀어 학내 문제를 겨냥하고 나섰다. 장우진은 그 방향 전환에 새로운 힘이 솟구쳐 올랐다. 선배들 따라 지난 2년 동안 나라 위한 정치투쟁에 열중해 오면서도 늘 눈에 거슬리고 감정을 상하게 하는 것이 학교 운영에서 풀풀 풍기는 쿠린내였다.

"이건 도대체 말이 안 되잖아요."

"알아. 그치만 두 마리 토끼 쫓을 순 없잖아."

"등록금 내기가 아깝다니까요."

"국민 세금 탕진되는 게 더 급해. 군바리들은 나라를 망쳐 먹을 수 있지만, 재단 놈들은 학교를 엎어먹진 않아."

그래서 유보해 왔던 학내 문제였던 것이다.

장우진은 병든 학교 운영을 완전히 뜯어고치고자 하는 의욕이 솟구치고 있었다. 그런데 고민이 있었다. 기존의 정치투쟁 조직은 너무 비대했고, 따라서 응집력도 탄력적이지 못했다. 학내 문제 투쟁에는 그와 반대되는 조직이 필요할 것 같았다.

안면 있는 사람들 앞에서 흔들리지 않고, 교수들의 모호하고 수상한 언사 앞에서도 굳건할 수 있는 자들의 응집력 강한 조직.

새로 만들자!

짧게 그러나 깊게 고심한 장우진의 결단이었다. 그래서 다른 과들에 비해서 의식이 한발 앞서가는 사회학과를 중심으로 장우진이 띄운 새 동아리는 '세상바꿈'이었다. 대학 사회에서 터무니없이 영어를 남발해 대는 것이 역겨웠고, 대학을 바꾸는 것이 세상을 바꾸는 첩경이라는 큰 뜻을 포함해 '세상바꿈'이라는 좀 튀고, 좀 촌티 나는 듯한 이름을 붙였던 것이다. 그런데 그 이름은 뜻밖에도 인기를 끌었다. 재단의 운영 비리 척결 투쟁이라는 목표와 함께. 특히 1학년들은 자기네 등록금을 철저하게 지켜 오로지 학생들을 위해 쓰게 한다는 것에 크게 호응하고 나섰다. 어느 여학생은 동아리 이름이 색다르고 순수한 것 같은 매력이 있어서 끌렸다며 수줍게 웃기도 했다. 그 1학년 중의 하나가 고석민이었다.

취업 전선에 내몰리는 신세인 4학년은 학생운동에서 없는 존재나 마찬가지였고, 3학년이면서 발기자인 장우진은 '세바동(세상바꿈 동아리)'의 회장 감투를 피할 도리가 없었다. 세바동의 학내 투쟁은 재단 이사장실과 총장실 점거 농성으로부터 시작되었다. 고석민은 회장의 보디가드처럼 장우진 옆에 붙어 다녔다. 그러니 학교 측으로부터 '가장 악질들'로 찍힐 수밖에 없었다. 그게 고석민의 운명을 결정지은 덫이었는지도 모른다. 교수의 길을 갈 마음이었으면 학내 투쟁에서 그렇게 돌출되지 말았어야 했고, 사립대학의 재단과의 싸움에서 퇴학을 시키고 싶어 할 만큼 미움을 샀으면 교수의 길을 탐하지 말았어야 했다.

"나는 기자는 좀 그래요. 교수로서 사회학을 깊이 해보는 데 끌려요."

어려운 형편이면서도 굳이 대학원 진학을 결정한 고석민이 한 말이었다. 그때 그는 박사 학위까지 딴 자기에게 모교가 시간강사 자리마저 내주지 않으리라고는 생각하지 못했던 모양이었다. 장우진은 그걸 짐작만 했을 뿐 차마 물어서 확인할 수는 없었다. 서로 마음을 터놓고 속 깊은 얘기를 언제나 나누며 사는 사이였지만 그 일만은 일부러 피하고는 했었다. 그건 자신의 죄의식을 키우는 괴로움이었기 때문이다. 자신이 고석민을 덜 싸고돌았더라면 고석민이 그렇게 돌출적으로 앞에 나서지 않았을지도 몰랐던 것이다. 한 과에 박사 학위 소지자가 평균 300여 명씩 줄 서 있다는 대학교수 자리. 그나마 모교에서 철저하게 버림받았으니 고석민은 이 나라 대학 그 어디에도 발붙일 수 없는 영원한 떠돌이별 신세가 될지도 몰랐다. 그 사실을 생각하면 그에게 너무 죄스럽고 안쓰러워 장우진은 가슴이 쓰라리도록 아프고는 했다.

"아, 어서 말해 보라니까. 집안에 무슨 일이 있는지."

장우진은 세 번째로 추궁을 하며 석 잔째 소주를 들이켰다.

"그러다 술 확 취하겠어요. 천천히 마셔요. 말할 테니까."

고석민의 얼굴이 침울해지며 술잔을 반쯤 비웠다.

"……."

장우진은 딱해하는 얼굴로 후배를 이윽히 바라보고 있었다.

"집사람이 직장을 관뒀어요."

고석민은 쫓기는 듯 말하고는 술잔을 얼른 비웠다.

"아니, 왜? 어디 아퍼?"

장우진은 허리를 곧추세울 만큼 놀랐다.

"아니요. 회사가 문을 닫았어요."

고석민이 허전한 웃음을 흘렸다.

"아니, 그 출판사가 문을 닫아? 사장이 또 누구누구처럼 딴 짓했나?"

장우진은 젓가락을 집었다 놓았다 하며 허둥거리듯 말했다. 사실 그는 무척 당황하고 있었다. 그의 아내가 직장을 그만두었다는 것은 곧 고석민네의 심각한 생활고와 직결되는 것이었다. 그가 꺼낸 전 가족이 집단 자살한 시간강사 얘기는 바로 이 문제로 직결되는 것이었다.

"딴짓이요?"

고석민이 선배를 멀뚱하니 쳐다보았다.

"응, 어떤 사장은 강원랜드에 미쳐서 출판사 엎어먹었고, 어떤 사람은 신입 경리와 늦바람에 정신 팔려 회사 거덜 내고 그랬거든."

"젠장, 그러기라도 했으면 욕해 댈 상대나 있고, 덜 비참하고 그렇지요. 근데 이건 순 자연사예요."

"자연사……?"

"예, 천재지변 같은 피치 못할 사태로……."

"허어, 점점 못 알아들을 소리 하고 앉았네. 출판사한테 닥칠 그런 사태가 어딨어?"

"차암, 선배님도. 아무리 담당 부서가 다르다 해도 신문사 기자 나으리께서 출판 쪽 사정에 그렇게도 캄캄하세요?"

고석민은 가벼운 한숨까지 내쉬며 어이없어했다.

"글쎄, 그쪽 담당은 따로 있으니까 난 그저 출판 시장이 안좋다 하는 정도만 알고 있는 거지 뭐. 근데, 무슨 천재지변이야?"

장우진은 무언가 빨리 짚어내려는 듯한 골똘한 표정으로 고개를 갸우뚱하고 있었다.

"짐작 안 가세요? 스마트폰 쓰나미!"

고석민은 무슨 더러운 것이라도 내뱉는 것처럼 상을 잔뜩 찌푸리며 말하고는 반쯤 남은 술을 거칠게 입으로 털어 넣었다.

"스마트폰 쓰나미? 처음 들어보는 소리네. 스마트폰 대공세라는 뜻이지?"

"예, 그 흉물들이 덮쳐오는 바람에 출판 시장은 초토화되고 말았어요."

"그래, 그 흉물인지 요물인지들 때문에 점점 책을 읽지 않는다는 건 진작부터 알고 있었지. 근데 어느새 출판사가 망할 지경까지 이른 거야? 그 출판사는 20년도 넘었잖아?"

"20년이 넘었으면 뭘 해요. 사회학이나 인문학 서적 중심으로 냈으니 타격이 점점 커졌고, 결국은 견디지 못하고 쓰러지고 만 거지요."

"저런 놈의 일이 있나. 알겠어, 무슨 말인지. 그래도 견디는 방법이 뭐 없었나?"

장우진은 착잡한 얼굴로 연달아 혀를 찼다.

"말도 마요. 회사는 빚더미인 데다가, 사장은 그동안 얼마나 애를 태우고 살았던지 암에 걸려 병원 신세예요. 그러니 사원들은 퇴직금 한 푼 못 받고 물러서면서 그놈의 스마트폰이나 저주할 수밖에요."

고석민은 쩝쩝 쓴 입맛을 다시며 감자탕 국물을 조금 떠넣었다.

"하, 그것 참 고약하네. 하여튼 그놈의 스마트폰이라는 괴물이 심각한 문제이긴 문제야. 글쎄 그 괴물이 책만 못 읽게 하는 것이 아니라 신문도 못 보게 방해를 하고 나섰다니까. 신문도 자꾸 독자가 떨어져 나가서 점점 심각한 상태가 돼가고 있어. 이걸 어째야 좋지?"

장우진은 쓰디쓴 얼굴로 천천히 술잔을 들어 올렸다.

"방법 없어요. 다 망했으니까."

고석민이 세게 코웃음을 쳤다.

"다 망해? 무슨 소리야?"

"우리나라 사람들 스마트폰 보유율이 얼만지 아세요?"

"그야 어마어마, 무지막지하지 뭐."

"놀라지 마세요. 5천2백만 인구 중에서 4천8백만이 가지고 있어요. 갓난애와 임종 직전의 노인네들만 빼고는 다 가진 거지요. 세계 1위예요."

"아니, 그렇게도 많아? 4천6백만 정도인 줄 알았는데."

"그건 이미 1년 전 통계예요. 근데 더 끔찍한 사실이 있어요. 주말 이틀 동안 사람들이 어떻게 시간을 보내나 하는 조사예요. TV·인터넷 접속 시간, 3시간 34분. 스마트폰 사용 시간, 5시간 48분. 그리고 신문을 포함해서 독서 시간, 27분. 앞의 두 가지를 합치면 9시간 22분이에요. 출판사나 신문사 운명이 풍전등화라는 건 이처럼 리얼하고 자명해요. 아주 쓸 만한 나라잖아요?"

연구 논문이라도 쓰는 것처럼 고석민은 막힘없이 통계 수치를 나열하고 있었다.

"그것 참, 대충 짐작은 하고 있었지만 생각보다 훨씬 심하네. 그래, 얼마 전에 본 건데, 전 세계적으로 현대인들은 6분 30초마다 스마트폰을 꺼내 든다는 통계가 있었어. 마술적인 스마트폰의 온갖 기능에 홀려서 사람들은 그만 스마트폰의 노예가 되어버린 거야. 무엇이든 안 되는 게 없는 돈의 노예가 되어버린 것처럼. 아유, 끔찍해."

장우진은 두 손으로 머리를 감싸 잡아 긴 머리칼을 쥐어뜯듯이 하며 진저리를 쳤다.

"인간은 마침내 네 번째 노예가 되었군요."

고석민은 고추 색깔 시뻘건 감자탕 국물을 한 숟가락 가득 입에 떠 넣었다.

"네 번째 노예?"

장우진이 감자를 한입 베물며 고석민을 빤히 쳐다보았다.

"예, 어떤 사람이 말했어요. 인간은 세 겹의 노예다. 신을 만들어 종교의 노예가 되었고, 국가를 만들어 권력의 노예가 되었고, 돈을 만들어 황금의 노예가 되었다. 거기다가 네 번째로, 핸드폰을 만들어 스마트폰의 노예가 되었다."

"어허, 그것 참 말 되네. 그래, 핸드폰이 처음 나올 때만 해도 그 물건이 이렇게 희한한 스마트폰으로 둔갑할지는 몰랐지. 편리하기도 하지만, 폐해도 한두 가지가 아니야."

"폐해가 많아도 어쩌겠어요. 당장 한없이 편리하고, 끝없이 재미있는 그 손바닥만 한 요물한테 모두가 홀딱 홀려서 정신을 못 차리고 있으니, 다 망할 때까지 갈 수밖에요."

고석민이 또 입이 비틀릴 만큼 쓰디쓴 웃음을 물었다.

"그래, 비닐·플라스틱 잔해가 인류의 생존을 위협하기 시작한 것을 뻔히 알면서도 당장 그 편리함 때문에 계속 써대는 것처럼 스마트폰 사용도 속수무책이야. 기업들은 그저 돈벌이에 신바람 나서 더욱더 기능 업그레이드에 정신이 없을 거고."

장우진도 떫은 입맛을 다시며 고개를 저었다.

"맞아요. 비닐·플라스틱과 스마트폰은 20세기 과학이 만들어낸 인류 최대의 재앙이 될 거예요."

만년 시간강사인 외로운 사회학 박사의 엄숙한 진단이었다.

"지당한 말씀인데……, 근데 어쩌지? 부인 말야. 나이도 있고……, 딴 직장도 어렵고 할 텐데 말야."

이야기가 너무나 먼 길로 빠졌다는 것을 느끼며 장우진은 말머리를 되잡았다. 그게 후배가 오랜만에 자신을 찾아온 긴한 용건일 수 있었던 것이다.

"예에……, 어디서든 내쫓기기 좋은 나이인 데다……, 출판계 전체가 불황이니 원……." 고석민은 얼굴을 잔뜩 일그러뜨리더니 술 가득 찬 잔을 단숨에 비우고는, "내가 선배님한테 한 가지 부탁이 있어서 왔어요." 그는 한잔 술기운으로 말한다는 듯 한달음에 이 말을 해치웠다.

"그래, 편케 말해."

장우진은 네 맘 다 알고 있다는 듯 정답게 말했다.

"예, 민광당 윤현기 의원 아시죠?"

"알지."

"그 사람 칼럼 하나 실어주세요. 선배님 관련 분야니까요."

"아니, 그 사람이 글 쓸 줄 알아? 신문에 실을 만큼, 칼럼을?"

장우진의 어조는 이미 어두운 색조를 띠고 있었다.

"말은 뻔지르르하게 해대도 글은 엉망, 수준 미달이에요."

"그런데……?"

"쓰기는 내가 쓰는 거지요."

계속 눈길을 떨군 채 말을 하던 고석민은 이 말을 하면서는 고개까지 떨구었다.

"이게 도대체 무슨 소리야? 무슨 사연인지 자세히 말해 봐, 어서."

장우진은 목소리를 키우며 후배의 잔에다 술을 따랐다. 술기운 아니고서는 말을 못 하겠다는 듯 고석민은 그 잔을 왈칵 뒤집었다.

"뭐냐면요 선배님, 내가 다급해서 아르바이트를 시작했거든요. 고향 사람인 윤 의원이 그전부터 글을 써달라고 해왔었거든요. 거 국회의원들, 합법적으로 정치자금 모으는 책 내는 데 쓰려고요. 그치만 단호하게 거절해 왔었지요. 아내가 벌었으니까요. 근데 아내가 업자가 되니까 당장 그다음 달부터 생활에 구멍이 뻥 뚫리기 시작한 거예요. 내 경제력이 그렇게 허약했던 거예요. 우리 몸이 하루 세 끼 굶으면 금방 맥을 못 쓰고 빌빌거리게 되는 것처럼. 그 초라하고 한심한 내 경제력 앞에 두 아이가 공포스럽게 서 있었어요. 귀엽고 예쁘던 두 애가 공포로 느껴진 건 처음이었어요. 빈틈없이 세 끼를 먹이고, 제대로 학교를 보내고……, 그 공포 속에서 비로소 난 내 모습을 똑바로 보게 되었어요. 그동안의 나는 아내에게 너무 의지해 온 가짜 아버지, 가짜 가장이었어요. 집에 저축이라곤 없이 바로 경제 위협이 닥쳐온 것도 다 내 벌이가 한심스러웠기 때문이지요. 보따리 장사로 이 대학, 저 대학 떠돌며 강사료 받아봤자 차비 빼고, 밥값 빼고 나면 빈손이나 마찬가지였고, 네 식구 살아가는 집안 살림은 다달이 아내 벌이로 꾸려갔던 거지요. 공포의 덩어리 두 애들을 바라보며 아무리 생각해도 그 암담한 상황을 뚫고 나갈 해결책이 없었어요. 그때 떠오른 것이 윤 의원이었어요. 그는 보통 수필 길이로 무슨 글이든 써주면 한 편당 50만 원씩 주겠다고 했었거든요.

일주일에 한 편씩, 한 달에 네 편이면 기본 생활비는 되고, 온 갖 정치적 사회문제가 널려 있으니 그 정도는 쉽게 쓸 수 있고요. 그래서 연락을 했어요. 이야기는 쉽게 됐는데……, 그 가 갑자기 엉뚱한 말을 하는 거예요. 칼럼을 멋들어지게 써 서 선배님 신문에 딱 한 번만 실으면……, 그게 평생 소원이 라는 거예요."

"허 참, 신문 많은데 왜 하필 우리 신문이야?"

장우진은 자신도 모르게 헛웃음을 치고 말았다.

"선명성이 강해서 야당 의원인 자기한테 딱 어울리고, 지역 구에 가서도 효과 만점이라고……."

"근데 그런 부탁을 하는 건……, 우리 둘 사이를 알고 있는 거야?"

"예, 그전에 무슨 일로 선배님 자랑을 한번 했거든요."

"하이고, 그게 병통이었네. 내가 무슨 자랑할 게 있다고."

"거 있잖아요, 2~3년 전에 어떤 여당 중진 의원이 어느 재 벌 기업 뒷돈 먹고 이권 봐준 사건을 선배님이 끝까지 추적 해 법정까지 몰고 간 것, 그때 윤 의원이 그 사건을 얼마나 통 쾌해했는지 몰라요. 선배님을 이 시대 최고 기자라고 침이 마 르게 칭찬해 대면서요. 그래서 나도 기분 좋아 친하다는 얘 길 술술 한 거지요."

"하, 그러니까 잘못은 나한테 있지 않고 당신한테 있다, 그런 식인 거야?" 장우진이 눈총을 쏘았고, "안 그런 것도 아니지요, 뭐." 고석민의 꿍한 대꾸였다.

 "아 참, 겨우겨우 끊은 담배 또 피우고 싶게 만드네, 이거." 장우진은 손바닥을 비비며 차진 입맛을 다시고는, "그대의 딱한 사정이 내 가슴 찢어지게 만들지만, 인정사정 보지 않고 사실 그대로만 말하겠어. 아까 말하기를 윤 의원이 우리 신문이 선명성이 강해서 좋아한다고 했었지? 그게 제법 제대로 본 건데, 그 선명성이 어디서 생산된다고 생각해? 내가 소속된 심층추적팀에서 나오는 거잖아. 잘 알고 있겠지만 우리 팀은 우리 사회의 모든 분야를 망라해서 불의·부정·부당한 것에 대해서는 가차 없이, 차별 없이 맹렬하게 뒤쫓고, 끝까지 파헤쳐서 진상을 드러내고, 진실을 밝혀내는 게 주임무잖아. 다시 말하면 그대가 쓴 글을 윤 의원 이름으로 발표하는 그런 행위도 우리의 표적 대상이라고. 그러니 그건 절대 불가고, 어디 생각해 보자고. 정정당당한 방법으로 윤 의원을 우리 지면 태우는 방법을!" 장우진은 팔을 쭉 뻗어 후배의 어깨를 철퍽 치고는, "나 잠깐 실례" 하며 몸을 일으켰다.

 "담배 피우려고요?" 고석민이 미간을 찌푸렸고, "이런 참, 나 그렇게 의지 박약자로 보여? 작심하면 끝장 보는 것 잘 알잖아. 들여보냈으니 내보내야 순리 아니겠어?" 하며 장우진은 느리게 일어섰다.

장우진은 긴 소변을 끝내고도 그대로 서 있었다.

'고석민은 나를 찾아오기까지 얼마나 망설였을 것인가. 또, 그 말을 꺼내기가 얼마나 어려웠을 것인가. 그는 삶의 막장에 몰려 있다. 자식들을 굶주리게 할 수밖에 없는 삶의 위기……, 생존의 극한 상황에 처해 있었다. 이런 삶의 절박함 앞에서 남자는, 가장은 얼마나 외롭고, 얼마나 괴로운 것인가. 그리고 그 해결책으로 불의와 타협하고, 부정과 결탁하고 하는 게 아닌가. 명석한 고석민이 제가 쓴 글을 윤 의원의 이름으로 발표하는 것이 부당한 것임을 몰랐을 리가 없다. 그런데도 나를 찾아왔고, 그 말을 꺼냈던 것이다. 뭐지……, 가장 스무드한 방법으로 그의 부탁을 들어줄 수 있는 방법이……. 분명 무슨 수가 있을 텐데……. 국회의원……, 국회의원이 하는 일 중에……. 뭔가……, 신문에 당당하게 돋보이게 할 수 있는 일이……, 그게 뭐지……?'

"아 글쎄 염려 말래니까. 술집에 왔으면 팍팍 술을 마셔야 제 기분이지 운전 핑계는 뭐야, 운전 핑계는. 대리운전은 뒀다 어디에 쓰는 거야. 내가 대리운전비 딱 줄 테니까 염려 탁 놓고 술 맘껏 마셔. 알겠어? 아, 왜 대답 안 해?"

"알았어, 알았어."

두 남자가 좁은 화장실로 비집고 들어서며 목청껏 소리치고 있었다.

'아, 음주 운전! 바로 그거야.'

장우진은 캄캄했던 머릿속이 갑자기 환해지며 속으로 외쳐 댔다. 그는 소변기 앞에서 황급히 돌아섰다.

"이봐, 강력한 처벌이 범죄 예방에 효과가 있다는 설을 어떻게 생각해?"

장우진은 자리에 앉기도 전에 고석민에게 다급하게 물었다.

"그야 당연한 것 아닌가요? 그게 법의 필요성이고, 법의 존재 이유겠지요."

무슨 할 필요 없는 말을 하느냐는 듯 고석민은 멀뚱하게 되물었다.

"역시 우린 말이 통한다니까. 법의 필요성이요 존재 이유라. 명쾌해서 좋아."

"그런 대표적인 국가가 미국이잖아요. 가장 민주적이라는 나라에서 가장 무섭게 처벌하니까요. 모두가 책임지고, 질서 지키지 않으면 자유스러운 민주 사회는 지탱될 수 없다는, 민주주의의 역설이지요."

"역시 박사님의 현명한 말씀!" 장우진은 딱 소리 나게 손가락을 울리며 자리에 앉고는, "거 있잖아, 수많은 경찰들이 동원되어 사시장철 음주 운전 단속을 해대는데, 사람들이 계속 죽어가는 음주 운전 교통사고는 끊임없이 일어나고 있는 것에 대해서 어떻게 생각해?" 그는 후배 쪽으로 목을 길게 빼고는 아주 진지하게 물었다.

"그거야 뭐 두말할 것 있나요. 처벌이 가볍고, 허술하니까 그런 거지요."

선배와 대조적으로 고석민의 대꾸는 심드렁했다.

"바로 그거야! 역시 내 후배는 똑똑해. 말이 착착 통한다니까."

장우진은 철썩 제 허벅지를 치며 거침없이 외쳐댔다. 그의 목소리는 턱없이 컸지만 아무에게도 결례가 될 게 없었다. 모둠모둠 앉은 열 명 넘은 사람들도 저마다 목청 높여 떠드느라고 정신이 없었던 것이다. 변함없는 빈대떡 맛과 함께 이런 술집이 지닌 매력이었다.

"내 참……, 오랜만에 똑똑하단 소리도 들어보고……."

고석민이 혜식은 웃음을 흘리며 무슨 말이냐고 눈으로 묻고 있었다.

"입법해, 입법!"

"입법이오……?"

"아, 윤 의원보고 강력한 음주 운전 단속법을 입법 발의하라고 하라니까. 음주 운전을 일시에 일소시켜 버릴 수 있는 강력한 법을!"

"……?"

고석민이 멀뚱하게 선배를 쳐다보고 있었다.

"어허, 왜 갑자기 멍청이가 됐나, 그래. 그런 획기적인 법을 발의하면 내가 윤 의원을 대서특필해 주겠다니까. 객관적으로, 정정당당하게!"

장우진은 주먹까지 쥐어 보이며 어기차게 말했다.

"그게 그런 깜이 돼요?"

고석민이 미심쩍게 말했다.

"그럼, 되고말고. 내 말 들어봐. 난 평소부터 생각해 왔던 건데 말이지, 경찰들이 날마다 길목 길목에 서서 술 취한 사람들을 상대로 알코올 측정기를 입에 밀어 넣으며 '힘껏 부세요, 더, 더, 더……' 하는 그 한가한 짓을 10년이고, 20년이고 왜 계속해 대고 있는지 이해할 수가 없었어. 그 짓 해봤자 아무 효과 없이 음주 운전 사고는 계속 일어나면서 수많은 사람들이 다쳐서 불구 되고, 죽어가고 있는데 말야. 세상이 복잡해지고 살기 힘들어지면서 강력 범죄는 계속 늘고, 범죄 수법은 자꾸 지능화해서 갈수록 검거율은 낮아지고 있는데, 전국적으로 수많은 경찰력이 말 안 듣는 술주정뱅이들을 상대로 그 효과 없는 짓을 왜 부지하세월 해대고 있느냐고. 내가 몇 년 전에 읽은 건데, 어느 이슬람권 국가에서는 음주 운전이 적발되기만 하면 무조건 사형을 시켜버려. 또 어떤 나라에서는 영원히 운전 자격 박탈에다가, 몇 년씩 감옥에 처넣어버려. 그런 나라에 우리나라처럼 음주 운전자가 많을까? 두말이 필요 없잖아. 우리나라도 법을 강력하게 시행해야 해. 감옥까지 보내는 건 너무 심하니까 평생 자격 박탈에다가, 기절할 만큼 거액의 벌금형을 때리는 거야. 5천만 원이나 1억씩. 미국에서 이런저런 사건에 수천억에서 몇 조씩 벌금형을 때리는 식으로 말야. 음주 운전은 끔찍하게도 잠재 살인 행위인 동시에 잠재 자살행위거든. 그러니까 지금처럼 아까운 국민 세금 낭비해 가며 소일거리하듯 느슨하게 허술하게 해서는 절대 안 돼. 국회의원들은 민생 법안, 민생 법안을 입에 달고 사는데, 국민들의 생사와 직결된 이런 게 얼마나 중요한 민생 법안이냐구. 어떻게 생각해?"

"예, 평소에 별로 생각해 보지 않은 건데, 선배님 말 듣고 보니 과연 중요한 문제라는 생각이 들었어요. 선배님 의견에 전적으로 찬동이에요."

고석민도 진지하게 고개를 끄덕였다.

"근데 말야, 윤 의원에게도 보좌관들이 다 있지만, 자네가 힘을 보태줄 일이 있어. 첫째, 음주 운전으로 일어나는 연간 교통사고 횟수, 사망자 수, 부상자 수, 그에 따라 지출되는 대인·대물 보험료. 둘째, 음주 운전 단속으로 전국적으로 동원되는 경찰들의 수, 거기에 소모되는 연간 시간. 셋째, 그 인력의 90퍼센트를 민생 치안과 강력범 수사에 투입하였을 때 얻을 수 있는 성과. 이런 것들을 최대한 구체적으로, 치밀하게 제시해야 객관적 설득력이 있고, 법 통과에 직접 작용되는 힘이니까."

"예, 다 납득이 되는데요⋯⋯, 그치만 그것 갖고는 좀⋯⋯."

고석민은 별로 내키지 않는 기색으로 무거운 고갯짓을 했다.

"응? 무슨 소리야?"

장우진은 사르르 기분이 상하는 걸 느끼며 후배의 눈에 눈길을 고정시켰다.

"더 중요한 게 있어요."

고석민이 선배를 맞쳐다보며 또박또박 말했다.

"더 중요한 것?"

"예, 음주 운전보다 더 위험한 것!"

"음주 운전보다⋯⋯? 뭐야, 그게?"

"음주 운전의 문제점을 그렇게 예리하게 파악하고 계시는 기자 나으리께서 그것은 모르신다는 건 어째 좀⋯⋯."

그 자격을 인정할 수 없다는 듯 고석민은 크게 고개를 내저었다.

"허 참, 슬슬 놀릴 여유도 있고 좋다. 그래, 난 뭔지 모르겠으니 어서 말해 봐."

"그거 이미 다 알려져 있잖아요. 운전 중에 핸드폰 거는 것."

"아하, 맞어! 역시 내 후배가 똑똑하다니까."

장우진은 두 손으로 긴 머리카락에 손가락빗질을 하고는,

오른손 주먹으로 고석민을 치는 시늉을 했다.

"운전 중 핸드폰 사용에 대한 무슨 규제나 단속 없이 강력한 음주 운전 금지법을 만들어봤자 그건 절반 효과일 뿐이라구요. 핸드폰 걸거나, 만지작거리고 한눈팔며 운전하는 사람들 수가 음주 운전보다 몇십 배 더 많을지도 모르는데."

"맞어. 그 두 가지를 합해서 해."

"합해요?"

"응, 동일 위험에, 동일 단속 대상이니까 함께 묶으면 훨씬 더 효과적이잖아. 발상이 특이하고, 신선하고, 그래서 관심 끌기도 좋고. 생각해 봐, 운전하면서 핸드폰 하다가 적발되면 영원히 운전 자격 박탈에, 벌금이 5천만 원이나 1억이야. 이거 얼마나 기발하고 혁명적이야. 내가 기사 뺑 튀기기가 얼마나 좋겠냐구. 나 미리 약속하지. 그 법안을 발의하기만 하면 기사가 아니라 윤 의원 얼굴 크게 내서 두 면에 쫘악 까는 와이드 인터뷰를 해주겠어."

"법이 통과되지도 않았는데요?"

"이런 사람. 미리 그렇게 띄워야 국회에서 압력받아 통과가 용이해지고, 신문사는 단독 특종 건지고, 양수겸장이란 바로 이런 거 아니겠어?"

"예, 그렇겠네요. 그치만 제일 신바람 날 사람은 윤 의원이지요, 뭐."

"그야 물론 그렇지. 정치판에 무슨 말이 있는지 알아? '정치인들은 부고(訃告) 빼고는 욕먹는 얘기라도 신문에 실리는 걸 좋아한다.' 그만큼 무조건 자기 이름을 알리고 싶어서 환장하는 족속들이라고."

"근데……, 그렇게 해서 선배님 입장 곤란해지지 않겠어요?"

고석민은 그렇게 고마움을 표하며 선배의 잔에 술을 따랐다.

"아니야, 전혀 아니야. 아까 말했잖아. 정당하고, 객관적이고, 당당해야 한다고. 만약 그 법이 통과되기만 한다면 국가적으로 좋고, 그리고 윤 의원은 어떻게 되지?"

장우진이 술잔을 들며 고석민을 장난스럽게 쳐다보았다.

"차기에 무조건 당선이지요."

고석민이 멋쩍은 듯 웃었다.

"정답! 근데 그 대학 자리 말야, 지방도 그렇게 빈틈이 없는가?"

"말도 마요. 지방대학마다 서울대 출신들까지 쫘악 줄을 서 있어요. 그러니 우리 같은 기타 대학 출신들은 박사 학위 열 개라도 감감한 일이죠. 모두가 전임 자리가 나왔다 하면 달나라 아니라 화성까지라도 달려갈 판이에요."

고석민은 자신도 모르게 어깨 허물어지는 긴 한숨을 내쉬었다.

'기다려봐, 내가 한 방에 해결할 수도 있을지 모르니까.'

장우진은 이 말을 가슴속 깊이 묻었다.

"오늘 술 너무 과하신 것 아니에요?"

고석민은 아까 선배가 한 말이 계속 마음에 걸려 있어 선배의 술잔이 비워질 때마다 신경이 쓰였다.

"걱정 마. 내 주량 잘 알잖아. 소주 네 병쯤 마셔야 취하는 거. 이렇게 한 병 정도 마시면 오히려 술기운 타고 몸이 가벼워지고, 힘 쓰기도 좋아지잖아. 기억나지? 재단에서 동원한 주먹 패하고 한판 붙고 난 다음이면 일부러 소주 반병쯤 병나발 불었던 거. 그러면 술기운에 실려 몸이 펄펄 날고, 옆차기고 돌려차기고 백발백중이었어."

"예, 그랬었지요. 긴 다리를 쭉쭉 뻗어 발차기 하는 선배님 폼은 정말 일품이었어요. 긴 머리카락 휘날리며 주먹 패들을 닥치는 대로 해치우는 그 폼은 여학생들한테 단연 최고 인기였어요."

옛 추억을 더듬고 있는 고석민의 얼굴에는 지금까지 보이지 않던 화기가 피어나고 있었다.

"그래, 철이 없기도 했고, 정의롭기도 했고, 어쨌든 유감없이 보낸 좋은 세월이었어."

머리카락을 쓸어 넘기는 장우진의 얼굴에도 생기가 돌았다.

"빌어먹을, 우리가 그 고생해서 부패 이사장단 몰아내고,

학교 정화시켰으면 뭘 해요. 15년 지나 그 아들이 다시 롤백했는걸요. 그놈들도 틀려먹었지만, 그 교육 모리배들을 다시 인정해 주는 교육부는 더 틀려먹었어요."

고석민의 얼굴에는 금세 먹구름이 끼었다.

"그게 기득권 세력의 철벽 카르텔이야. 이 나라가 망조 드는 근본 원인이고. 그래도 학교가 우리 때보다는 나아졌다는 걸 위안 삼아야지 뭐."

장우진의 얼굴도 떫게 변했다.

"어떻게 그따위 행정을 할 수가 있지요? 교육을 담당한 국가 기관이!"

커진 고석민의 목소리에 날이 섰다.

"허, 교육을 담당한 국가 기관? 그것 참 근사한 말씀이신데, 거기 근무하시는 공무원 나으리들께서는 그런 고결한 사명감이나 책임감 같은 건 전혀 없어. 그저 편안하니 월급이나 받고, 안전한 이권이나 착실하게 챙기는 직장인일 뿐이지. 어떻게 해서 그 능력 없는 아들이 다시 이사장 자리를 차고 들어갔는지 알아? 멋지게 딜을 한 거지."

"딜……?"

"퇴직했거나 명퇴할 교육부 고급 공무원 두세 명의 재취업 자리를 학교에 마련해 드린 거지. 누이 좋고 매부 좋으니까."

"그게 말이 돼요? 그건 엄연한 불법이잖아요."

"순진한 학자 양반, 상식적으로는 불법이지만 법적으로는 합법이야. 공무원들이 전매특허로 사용하시는 '관행'이라는 합법."

"빌어먹을, 딴 분야는 몰라도 교육만큼은 그래서는 안 되잖아요."

"안 되지. 안 되는 건 분명한데, 그따위 짓을 해도 아무도 말하는 사람이 없잖아. 그러니까 안심하고 마음대로 일 저질러대는 거지. 그 일 벌어졌지만 지금 우리 둘이나 언급하고 있지, 그 당시에 학생들도, 교수들도, 아무도 반대하고 나서지 않았잖아. 다 잊어버린 거야. 다 무관심한 거야. 몇 년 세월이 지나니까 다들 망각의 병에 걸려버린 거라구. 이런 말 있지, 왜. '사람들은 남의 일은 사흘이면 잊어버린다.' 대중 망각을 지적한 예리한 우리 속담이야. 바로 이 점을 국가 권력을 행사하는 영리한 공무원들은 교활할 정도로 잘 알고 있는 거야. 그래서 마음 놓고 즈네들 잇속 챙기는 일 거침없이 저질러대는 거고. 그 역사가 해방 후 장장 70년이야."

"그래서 작년엔가 교육부 어떤 국장이 '국민은 개돼지'라고 한 거겠죠?"

"바로 그거야. 국민 무시와 멸시의 절창!"

"아 그런데, 그 인간 그거 뻔뻔스럽기가 기가 막혀요. 소송을 냈더라니까요. 파면이 부당하다고."

"뻔뻔스럽긴. 그런 배짱이시니깐 공무원이 국민을 상대로 그런 명언을 날릴 수 있는 거지."

술을 찔끔찔끔 마시는 장우진의 얼굴이 쓴웃음과 함께 일그러져 있었다.

"그래요, 해방 70년이 넘도록 국민들이 뼈 빠지게 세금 내서 먹여 살린 공무원의 입에서 나온 참 기막힌 명언이지요. 난 그때도 지금도 공무원이, 그것도 국가 교육 계획을 총괄한다는 국장이 그런 말을 할 수 있는 것인지 도저히, 도저히 이해할 수가 없어요. 잠깐 기다리세요."

고석민은 갑자기 핸드폰을 꺼냈다. 그리고 손가락을 빠르게 놀려댔다.

"됐어요, 여깄네요. 그 신문 기사!"

고석민이 핸드폰을 장우진 앞으로 바짝 디밀었다.

핸드폰 화면에는 그 공무원의 사진과 함께, 그와 기자가 나눈 대화가 떠 있었다.

"나는 신분제를 공고화시켜야 한다고 생각한다." (공무원)

—신분제를 공고화시켜야 한다고? (기자)

"신분제를 공고화시켜야 된다. 민중은 개돼지다, 이런 멘트가 나온 영화가 있었는데……."

—〈내부자들〉이다.

"아, 그래 〈내부자들〉……. 민중은 개돼지로 취급하면 된다."

—그게 무슨 말이냐?

"개돼지로 보고 먹고살게만 해주면 된다고."

—지금 말하는 민중이 누구냐?

"99퍼센트지."

—1퍼센트 대 99퍼센트 할 때 그 99퍼센트?

"그렇다."

—기획관은 어디 속한다고 생각하는가?

"나는 1퍼센트가 되려고 노력하는 사람이다. 어차피 다 평등할 수는 없기 때문에 현실을 인정해야 한다."

—신분제를 공고화시켜야 한다는 게 무슨 뜻인가?

"신분이 정해져 있으면 좋겠다는 거다. 미국을 보면 흑인이나 히스패닉, 이런 애들은 정치니 뭐니 이런 높은 데 올라가려고 하지도 않는다. 대신 상·하원……. 위에 있는 사람들이 먹고살 수 있게 해주면 되는 거다."

—기획관 자녀도 비정규직이 돼서 99퍼센트로 살 수 있다. 그게 남의 일 같나?

(정확한 답은 들리지 않았으나 아니다, 그럴 리 없다는 취지로 대답.)

—기획관은 구의역에서 컵라면도 못 먹고 죽은 아이가 가슴 아프지도 않은가. 사회가 안 변하면 내 자식도 그렇게 될

수 있는 거다. 그게 내 자식이라고 생각해 봐라.

"그게 어떻게 내 자식처럼 생각되나. 그게 자기 자식 일처럼 생각이 되나."

―우리는 내 자식처럼 가슴이 아프다.

"그렇게 말하는 건 위선이다."

―지금 말한 게 진짜 본인 소신인가?

"내 생각이 그렇다는 거다."

―이 나라 교육부에 이런 생각을 가진 공무원이 이렇게 높은 자리에 있다니……. 그래도 이 정부가 겉으로라도 사회적 간극을 줄이기 위해 노력해야 한다고 생각하는 줄 알았다.

"아이고……, 출발선상이 다른데 그게 어떻게 같아지나. 현실이라는 게 있는데……."

"이거, 다시 읽어봐도 참 대단하신 인물이라니까요." 고석민이 설레설레 머리를 내저었고, "암, 그러니까 파면당하고도 국가를 상대로 소송을 거셨지." 장우진이 술을 입안에 왈칵 쏟아부었다.

"선배님은 공무원을 많이 대하고 사는데, 이런 치들이 얼마나 돼요?"

"그야 셀 수 없지. 위로 갈수록 심해지고."

"이러다가 이거 나라 망하는 것 아니에요?"

"이미 많이 망해 있어."

"이미 많이요?"

"뭘 그리 놀래? 유능한 사회학자께선 OECD에서 회원국들을 대상으로 매년 여러 분야에 걸쳐서 실시하고 있는 통계조사 잘 아시잖아. 이혼율 1위부터 시작하는 거."

"자살률 1위, 노인 빈곤율 1위, 청소년 자살률 1위, 비정규직 비율 1위, 출산율 꼴찌, 청소년 학습 만족도 꼴찌, 국민 행복 지수 꼴찌……, 그러고 보니 지옥이 따로 없군요. 침몰 직전의 배 꼴이에요."

"안 그러면 이상하지. 숱한 공무원 나리들께서 국민을 개돼지 취급하며 제멋대로 법 어기고 악용해 가며 제 잇속이나 챙기고 있으니 이런 꼴 될 수밖에."

장우진의 혀 차는 소리가 길었다.

"아이고, 이 한심한 나라. 이걸 어째야 되는 거지요?"

"이 지경이 된 책임이 누구한테 있을까? 백만 공무원들한테? 천만에! 바로 국민한테 전적인 책임이 있어."

"국민이요?"

사회학자가 놀라서 눈이 커졌다.

"제길, 사회학자가 이리 놀라시니 개돼지인 국민들이야 깨닫지 못하는 건 너무 당연한 일이지. 아까 말한 것 있잖아. 국민 대중의 집단 망각증, 그리고 집단 무관심. 국민들이 이 두 가지 중병에서 완전히 벗어나 두 눈 부릅뜨고 각 분야 공무원들과 여러 권력 집단들을 감시, 감독하지 않고서는 백 년, 천 년이 지나도 안 고쳐져."

"아아, 골치 아파요. 그건 사회학도 풀지 못한 최대 난제예요. 어쩌다가 얘기가 여기까지 흘러온 거죠?"

"우리가 만나면 늘 이런 식이잖아."

장우진이 피식 웃었다.

"선배님이 심층추적팀에서 맹렬하게 뛰고 있는 것도 그런 목적을 향한 것인 줄 알고 있는데, 그치만 늘 조심하세요. 술 끊을 작정을 해야 할 만큼 신변의 위협을 당하고 있는데……."

고석민이 또 걱정스럽게 말했다.

"걱정 마. 나 발차기 센 것 인정하고 있잖아."

장우진이 머리칼을 뒤로 넘기며 장난스럽게 눈을 찡긋했다.

"틀림없이 믿지만, 그래도 조심하세요. 얼마 전에 대기업 사장까지 한 어떤 경제 전문가가 국회 청문회에 나와서 '재벌들의 운영 방식은 기본적으로 조직폭력배들이 운영하는 방식과 똑같다'고 하는 말 듣고 깜짝 놀랐어요. 선배님은 늘 그런 기업들을 상대로 심층 추적을 하고 있잖아요."

"그래, 조심해야지. 걔네들 아주 세고, 거치니까. 자아 술마셔."

장우진이 오늘은 이만 끝내자는 듯 술잔을 불쑥 내밀었다.

고석민은 육친보다 더 도타운 정을 느끼며 술잔을 부딪쳤다.

인맥 포위망

소슬한 바람결에 기우는 해가 설핏했다. 교정의 나뭇잎들도 연갈색 가을빛으로 물들기 시작하고 있었다. 높고 깊어진 청명한 하늘과 함께 그 연하고 산뜻한 가을빛은 서럽도록 아름다웠다. '아, 아, 벌써 가을이네…….' 이유영은 문득 걸음을 멈추며 그 풍경을 바라보았다. 그저 습관적으로 드나든 교정에 어느새 가을이 그렇게 성큼 다가와 있었다. 덧정 없이 지독스럽게 무더웠던 지난여름에는 영영 올 것 같지 않던 가을이었다. 그 여름이 바로 얼마 전이었는데 가을은 어느덧 그리도 곱고 맑은 모습으로 와 있었다. '내게도 아직 가을을 아름답게 느낄 마음이 남아 있었나 보네…….' 이유영은 이런 생각을 하며 마음이 쓸쓸해졌다.

초등학교 교사 생활 19년 차. 북새질 치는 아이들과 날마다 복닥거리고 실랑이하다 보면 이 시간쯤이면 몸이고 마음이고 다 지쳐 허물어지는 느낌이고는 했다. 그런 세월이 어느덧 19년에 이르렀다는 것이 이유영은 새삼스럽기만 했다. 그 세월 동안 이렇게나마 가을을 느껴본 것이 몇 번이나 있었던가 하는 생각이 떠오른 때문이었다.

'우리는 1년에 몇 번이나 하늘을 무심히 바라보는가. 보름달은 한 달에 한 번 뜬다. 우리가 60년을 산다 할 때 보름달은 몇 번 하늘에 뜨는가. 그 가득 찬 둥근달을 우리는 일생 동안 몇 번이나 무심히 바라보다가 이승을 떠나는 것일까……'

좀 쉬엄쉬엄 살라는, 그래도 별로 손해 볼 것 없다는 어느 스님의 수필이었다.

글을 읽는 순간에는 '맞는 말씀이에요. 옳은 말씀이에요' 하며 흔쾌히 동감하고 감동했다. 그리고 좀 느긋하게 더디게 살면서 왜 사는가도 생각해 보고, 살아온 날들도 돌아보고 하자고 반성하고, 약조도 하고는 했다. 그러나 다음 날 큰길로 나서서 사람들이 너나없이 황급히 발 빠르게 걸어가는 것을 보게 되면 자신도 모르게 그 물결에 휩쓸려 허둥지둥 허겁지겁 걷고는 했다. 그렇게 긴장하고 경쟁하며 숨 가쁘게 살아온 19년 세월. 그동안 얻은 것이 무엇인가. 아들 하나, 그리고…… 스물다섯 평짜리 변두리 아파트. 저축이라고는 없는 삶. 허망하고도……, 허무해라. 발악하듯이 최선을 다했건만……, 아들을 친정어머니한테 떠맡겨 외로움이 병이 되게 만들며 발싸심을 다했건만……. 남편의 힘이 보태지지 않아 살림에는 여지껏 늘품이 없었다. 그러나 그런 남편을 한 번도 야속해할 수도 없었고, 원망할 수도 없었다. 헤프거나 허투루 사는 남편이 아니었기 때문이다.

'나는 보름달을 몇 번이나 보았지……?'

셈해 보려고 했다. 셈할 수가 없었다. 너무 많아서가 아니었다. 서너 번인가……, 그 기억이 어릿거리고, 흐릿했다. 선명하게 떠오른 것은 초등학교 때 외할머니 집에 놀러 가서 본 보름달이었다. 외할머니가 보름달을 가리키며, 구수한 옛날 얘기를 해주었던 것이다. '보름달을 보고 정성껏 빌면 달님은 만복을 가져다주신단다.' 이야기를 마감하던 할머니의 목소리가 정겨운 속삭임으로 메아리 쳐오는 듯했다.

'아아……, 나는 한 번도 정성껏 빌어본 적이 없어서 만복을 못 받고 이 모양인가 부다…….'

불현듯 떠오른 생각에 이유영은 멈칫 놀랐다. 자신의 이런 생각이 멋쩍었다. 그러나 한편으로는 신통했다. 아직도 이런 생각의 씨가 마음속 그 어느 구석엔가 남아 있었다는 것이

신기한 것이었다. 그런 감상은 두서없이 바쁘고 쫓기는 일상에 시달려 이미 흔적없이 사라진 줄 알았었다. 시를 즐겨 읽었던 10대의 상실과 함께.

'강현미의 연락 때문인가……'

이유영은 교문을 나서며 시계를 보았다. 약속 시간 5분 전이었다. 아무리 빨리 걸어도 그 커피숍까지는 5분 이상 걸릴 거였다. 이유영은 걸음을 서둘러댔다.

'왜 그렇게 만나자는 것이었을까……'

아무리 되작거려 생각해 보아도 짚이는 것이라곤 아무것도 없었다. 강현미는 고등학교 때 꽤나 친한 사이였다. 함께 문예반이었으니까. 서로 시 읽는 것을 좋아했지만, 시 쓸 엄두는 내지 못했다. 시를 쓴다고 생각해 보면 머릿속이 하얗게 텅 비면서, 가슴이 두근거리고, 무슨 죄를 짓는 것처럼 무서웠다. 시인이 될 꿈은 아예 꾸지 못하면서도 문예반에 즐겁게 다녔던 것은 문예반 선생님 때문이었다. 그분은 멋지게도 시인이었다. 마른 몸에 키가 커서 갈대 같은 모습이라 멋졌다. 귀를 덮는 긴 머리칼이 반곱슬로 물결치고 있어서 더 멋졌다. 그리고 굵고 울림 좋은 목소리에 감정을 실어 시 낭송을 하는 것은 더욱 멋졌다. 아, 한 가지 아쉬움이 있었다. 인물이 조금만 더 받쳐줬더라면 더더욱 멋졌을 것 아닌가. 문예반원들은 누구나 그 점을 아쉬워했다. 그러나 선생님이 좋은 시들을 감정을 고조시켜 낭송할 때면 아이들은 모두 눈을 감고 황홀경 속에서 행복에 겨웠던 것이다.

그 시절이 지나고 강현미와는 대학의 갈림길에서 헤어졌다. 그리고 드문드문 만났고, 이따금 소식을 들었고, 그러다가 잊혀진 이름이었다.

커피숍은 최근 몇 년 사이에 범람하고 있는 미국 체인점이었다. 그 정들지 않는 색감의 간판을 보자 이유영은 또 사르르 기분이 상하는 것을 느꼈다. 그건 미국 절대주의에 사로잡혀 있는 사회 풍조에 대한 교사로서의 반감이었다. 교육은 어느 나라에서나 그 국민의 기본 의식을 뿌리 내리게 하고, 바르게 기르는 것이 최선의 목적이었다. 그러나 이 나라는 자기 주체는 허약한 채 지나치게 미국에 쏠려 있었다. 기득권 세력의 그런 편향이 더욱 심하게 사회화된 것은 영어 교육의 무한 확장 때문이었다. 대통령 김영삼은 느닷없이 국민소득 1만 불 달성을 외쳐대며, 우리도 세계화 시대에 발맞추어 OECD에 가입해야 한다고 서둘러댔다. 그러나 국민소득 1만 불은 순전히 김영삼식 허풍이고 뻥튀기였다. 그때 정확한 국가 통계는 8,720불이었다. OECD 가입 추진 선언과 함께 실시를 명한 것이 초등학교 3학년부터 영어 교육 전면 실시였다. 글로벌 시대에 걸맞은 국민이 되기 위해서는 영어를 잘해야 한다는 그럴싸한 명분이 붙어 있었다. 그건 얼핏 들으면 선견지명과 혜안이 있는 지도자처럼 보이지만 자칫 잘못하면 모국어 경시와 국민 의식 균열을 초래할 위험을 안고 있었다. 학계에서는 즉각 찬반 양론이 대두했다. 그러나 그런 여론은 한국의 제왕적 대통령 권력 앞에서 전혀 맥을 추지 못했다. 그 중대한 문제가 국민 공청회 한 번 없이 바로 실시에 들어갔다.

그때 이유영은 이미 '전교조'였으니 당연히 비판적 입장에 섰다. 그러나 대통령의 그 무법적 일방통행은 뜻밖에도 학부모들에게 대환영을 받았다. '내 자식 잘되기만'을 바라는 모성의 재빠른 이기주의가 발동하기 시작한 것이다. 그 낌새를 눈치채고 돈을 좇는 상업주의가 빛의 빠르기로 영업을 시작했다. 영어 학원들이 그야말로 비 온 뒤에 죽순 솟듯이 골목 골목에 생겨났고, 그 학원들은 초등학교 1학년까지 불러들였다. 그러나 엄마들의 경쟁의 불길은 거기서 그치지 않고 끝내 영어 유치원까지 생겨나게 해서 우리말도 제대로 못 하는 어린 애들까지 영어를 지껄이도록 만들었다.

이유영은 교육자로서 그런 어지러운 현상을 바라보면서 할 말을 잃고 있었다. 오직 한 가지 생각만은 뚜렷했다. '그 대통령에 그 국민답다'는 것이었다. 김영삼은 또 공청회 한 번도 없이 옛 조선총독부 건물을 헐어 흔적 없이 없애버렸다. 그것을 뛸 듯이 좋아한 것은 누구였을까. 일본 놈들이었을까, 대한민국 국민들이었을까. '수치스러운 역사일수록 역사의 교훈으로 삼아야 한다.' 그런 정신으로 중국 만주 땅 장춘에는 그 악명 높았던 관동군 사령부가 길림성 청사로 그대로 쓰이고 있고, 베트남의 1번 국도를 내려다보는 안케 고지 정상에는 맹호 부대 '전승비'가 한글로 씌어져 지금도 세워져 있다. 조선총독부 건물은 식민지 시대의 잔악상과 굴욕을 두고두고 보여주는 대표 박물관으로 꾸며졌더라면 어떠했을까……. 그 아쉬움은 오래도록 남았다.

제왕적 대통령의 권력을 만끽하며 그렇게 독주하던 김영삼은 결국 천 길 낭떠러지로 굴러떨어지고 말았다. 그 끔찍스러운 IMF 사태를 불러들였던 것이다. 그가 그리도 좋아했던 세계화의 신자유주의 선물이 바로 IMF 사태였던 것이다. 영어 공부에 혈안이 되었던 엄마들이 받아 든 선물은 '6·25 이후의 최대 국난'이었다.

이유영은 교육자로서 IMF 사태를 불러들인 것보다 무작정 영어 공부를 시키게 한 김영삼을 더 미워했다. 그걸 계기로 무분별한 미국 범람은 전국을 휩쓴 홍수가 되었기 때문이다.

커피숍 문을 밀자 그 특유의 커피향이 진하게 끼쳐왔다. 이유영은 그 자극적인 향을 안 들이켤 수가 없었다. 커피는 별로 즐기지 않지만 그 향은 코끝에 감겨들었다. 사람들이 커피에 말려드는 이유일 것이다. 그 강렬함에 비해 녹차향은 너무나 여리고 아슴푸레한 환상이었다. 이유영은 녹차가 커피에 밀려 영 맥을 못 쓰는 것도 못내 마땅찮았다.

"얘, 유영아!"

큰 목소리에 이유영은 깜짝 놀랐다. 한 여자가 달음박질치듯 빠르게 이쪽으로 닥쳐오고 있었다. 그런 목소리도 몸짓도 이런 곳에서는 전혀 어울리지 않는 무교양이었다. 이유영은 순간적으로 상대를 알은체하고 싶지 않은 창피스러움을 느꼈다.

"얘, 유영아! 반갑다, 유영아!"

여자는 두 손으로 이유영의 손을 덥석 잡으며 목소리가 더 커졌다.

"얘, 사람들이 쳐다본다."

이유영은 강현미의 눈을 맵게 쏘아보며 낮고 빠르게 말했다.

"어머, 내 정신 좀 봐. 너무 반가워서……."

강현미는 멈칫 놀라며 입을 가렸다. 그러나 그 목소리도 들뜬 듯 고조되어 있었다.

'뭐가 그리 반가울까……. 아무 소식 없이 지낸 지가 언제라고. 무슨 일일까. 분명 무슨 부탁이 있는 눈치였는데……, 도대체 나한테 부탁할 게 뭐가 있을까…….'

이유영은 어제부터 했던 생각을 또 하고 있었다. 요새는 학부모들이 거의 학교에 발길을 하지 않았다. 치맛바람도 사라지고, 촌지 봉투도 자취를 감추었다. 그런 학교의 정화는

다 전교조가 이루어낸 공이었다. 전교조 조합원은 현직 교사의 10퍼센트 정도였지만, 조용히 지지하고 있는 교사들은 그보다 많았다. 그 물밑의 힘까지 응집되어 교육 현장의 가장 큰 고질병을 해결한 것이었다. 강현미가 아무리 늦자식을 두었다 해도 지금 나이에 초등학생 학부모일 리도 없었다.

"어머머머, 너 어쩜 이러니! 양심 하나도 없이 어쩜 옛날 그대로니. 어머, 너무너무 부럽다 얘, 너무 부러워!"

강현미는 자리에 앉자마자 곧 이유영의 얼굴을 쓰다듬기라도 하려는 듯 큰 손짓을 하면서 수선을 떨었다.

"얘, 사람들이 쳐다본다니까."

이유영은 아까보다 더 세게 눈총을 쏘며 표 나도록 눈살을 찌푸렸다. 아부 중에 가장 저급한 아부를 일거에 중단시켜야 한다고 마음먹고 있었다. 10년, 20년 세월 보내놓고 갑자기 만나서 '하나도 안 변하고 옛날 그대로'라는 말처럼 진심 없고, 과장 심한 거짓말은 없었다. 세월처럼 정직하고, 잔인한 것이 어디 있다고, 아부도 그렇게 하면 오히려 상대방을 불쾌하게 해 역효과가 날 뿐이었다. 친구의 모습이 내 모습이더라고 앞에 앉아 수선을 떨고 있는 강현미는 어느 길목에서 마주친다 해도 몰라보고 그냥 지나칠 만큼 변해 버린 40대 중반의 시들고 탈색된 여인이었다. 그건 또 다른 자신의 모습인 것을 이유영은 똑똑히 보고 있었다. 그 확인이 강현미에 대한 불신이 되어 이유영은 벌써 이 자리가 지루해지고 있었다.

"얘, 선생질이 고역은 고역인 모양이구나."

"오죽하면 선생 똥은 개도 안 먹는다고 했겠어. 호호호호……"

친구들의 이런 말은 듣기 싫었지만, 그 자리가 지루하진 않았었다.

"나, 우리 아들 학원 거쳐 집에 올 시간에는 꼭 집에 있어야 하거든. 어렸을 때부터 떼어놓고 다녀서, 지가 집에 돌아올 때 엄마가 집에 없는 걸 젤 싫어해. 그래서 중학생이 되면서부터 엄마가 꼭 집에 먼저 와 있기로 약속을 했거든."

이유영은 사무적인 투로 이렇게 말하며 시계를 보았다.

"어머, 지금은 중3은 됐을 거 아냐?"

강현미는 당황스럽게 말했다.

"그렇지."

"중3인데도 엄마를 밝혀?"

"말했잖아. 어렸을 적 상처 같은 거라고."

이유영은 내쏘듯이 말했다. 아들을 흠 잡는 것 같아서 비위가 획 상한 것이었다.

"어머머, 나 좀 봐. 아들 흉보려는 게 아니야. 그게 그러니까……"

당황한 강현미는 두 손을 내젓고, 엉덩이까지 들었다가 놓왔다.

"괜찮아. 어서 할 얘기 해."

이유영은 들릴락 말락 하게 말했다. 그 어조며 얼굴에서 냉기가 돌았다.

"얘, 오늘만 좀 시간 내주면 안 될까? 중요한, 아주아주 중대한 얘긴데."

강현미는 두 손을 가슴 앞에 맞잡으며 애걸하는 얼굴이 되었다.

"나 같은 사람한테 그리 중대한 얘기가 뭐지? 무슨 교육 문제야?"

이유영은 뭔가를 짚어내려는 표정으로 의아스럽게 물었다.

"아니야, 교육 문제가 아니고……, 그러니까 저어……, 그게 얘기가 좀 복잡해서 난 저녁 먹으면서 얘기하려고 했던 건데. 정말 시간 좀 내주면 안 될까? 한 두어 시간만……."

강현미의 애걸하는 표정은 더욱 간절해졌다. 그럴수록 이유영은 상대의 용건이 무엇인지 짐작이 되지 않았고, 함께 앉아 있는 것이 싫어졌다.

"무슨 얘긴지 간단하게 말해 봐. 내가 들어야 할 얘긴지 아닌지부터 판단해야 되잖아."

이유영은 더욱 선생님 같은 티가 나고 있었다.

"으음, 그게 말야……, 그러니까 그게 말이지……," 강현미는 손을 맞비비며 더듬거리다가, "있잖아, 느네 남편한테……, 느네 남편을 좀 말려달라고……, 느네 남편이 너무 과하게 하지 말라고……." 그녀는 더 말을 하지 못하고 아랫입술을 잘근잘근 씹었다.

"내 남편……?" 이유영은 한숨을 푹 내쉬고는, "그 사람 내 말 전혀 안 들어. 아니, 이 세상 사람 그 누구 말도 안 들어. 그리고 그 누구도 그 사람 하는 일을 못 막아. 그 사람은 가장 노릇도 진작 포기하고 자기 하는 일에 미친……, 아니, 전력을 다하는 사람이야. 아이가 자기 아빠인 줄 모를 정도로 밤늦게 자정이 넘어 들어와서 해 뜨기 전에 나가는 생활을 평생 했어. 우리 남편한테 무슨 일이 연관되어 있는지 모르겠는데, 나한테 부탁하려고 하지 말어. 그건 헛수고야. 내가 아무리 사정하고 매달려도 들어줄 사람이 아니고, 나도 남편이 하는 일이 옳은 한 간섭하거나 방해가 되고 싶지 않아. 날 매정하다고 생각하지 마. 네가 헛수고하는 수고를 하지 않게 하려는 거니까. 동창들한테 내가 이랬다는 소문 퍼져도, 욕먹어도 어쩔 수 없어. 안 되는 건 안 되는 거니까. 우리 그만 가기로 하자." 그녀는 마치 입학 첫날 아이들을 데리고 학교에 온 학부모들에게 앞으로 유의해야 할 부모 지침을 알려줄 때처럼 명료하고도 차분하게 말을 마쳤다.

"어머 얘, 그럼 한 시간만. 저녁 안 먹고 여기서 한 시간만."

강현미는 검지를 세워 이유영 앞으로 디밀며 몸이 달아 안달을 했다.

"미안해. 들어도 아무 소용 없다니까. 우리 애 올 시간이야."

이유영은 가방을 챙겨 들었다.

강현미는 그다지 놀란 기색 없이 커피숍을 나가는 이유영을 지켜보고 있었다. 야무지게 다문 입가에 미묘한 웃음이 어려 있었다.

이유영은 버스를 타고 집으로 가면서 강현미를 지우려고 애썼다. 미안해하지 않으려고 했지만 미안한 건 어쩔 수 없었다. 남편이 하는 일로 고등학교 동창까지 찾아온 것은 처음이었다. 인정머리 없이 야박했다 해도 그렇게 단칼에 거절한 것은 잘했다 싶었다. 사정 이야기 다 듣고 나면 입장이 더 곤혹스러워질 수 있었던 것이다.

그동안 전화로 걸려온 공갈 협박은 한두 차례가 아니었다. 그럴 때마다 이유영은 남편에게 전화 내용을 그대로 옮겼다. 자신이 겁나서가 아니라 남편이 경각심을 갖고 주의하고, 대비하게 하기 위함이었다. 그때마다 남편은 쓴웃음 지으며 끄떡도 하지 않았다.

"쌔끼들, 유치하기는. 잘못을 저지르지 말든지, 저질렀으면 잘못한 줄이나 좀 알든지. 쌔끼들이 꼴사납게 조폭 흉내는 왜 내." 남편은 자르듯 냉소를 짓고는, "당신 절대로 해 넘어가고 어두워진 뒤에 혼자 다니지 말어. 길 걸을 때도 절대로 차도 가까이 걷지 말고." 그래도 마누라 걱정은 되는지 '절대로'를 반복해 대는 것이었다.

강현미를 생각으로는 지웠는데 마음으로는 지워지지 않았다. 얼마나 무색하고 당황스러웠을까……. 얼마나 야속하고 원망스러울까……. 욕은 또 얼마나 할 것인가……. 자정 가까워 잠자리에 들기 전까지 이런 생각들이 뒤얽힌 머릿속은 어지럽도록 어수선하고 칙칙했다.

언제나 그렇듯 남편은 자정이 넘어서도 들어오지 않았다. 강현미 이야기를 하려고 남편을 기다린 것이 아니었다. 만약 남편이 12시 전에 들어왔다 하더라도 그 이야기를 꺼냈을지 어쨌을지는 자신도 알 수가 없었다. 어쩌면 안 했으리라는 쪽으로 생각이 기울었다. 경각심을 가져야 하는 공갈 협박과는 다르게 남편에게는 아무 필요가 없는 얘기였던 것이다.

내일 출근을 위해서 잠들어야 했다. 그러나 강현미가 자꾸 잠을 훼방했다. 동창한테 어찌 그리 안정머리 없이 했느냐는 뒷소문이 신경에 거슬렸다. 동창회 같은 것에 어느 만큼 거리를 두고 살아왔지만 교육자로서 나쁜 소문이 나는 건 별로 달가울 게 없는 일이었다.

언제 들어왔는지 모를 남편은 옆에서 잔뜩 웅크린 채 잠들어 있었다. 어떤 영화 속의 죄인 같은 그 모습이 언짢으면서도 측은했다.

'왜 저렇게 고달프게 사는 걸까⋯⋯.'

이유영은 이불을 끌어다 남편을 덮어주면서, 돕지는 못해도 이해는 해주어야 한다고 생각했다. 남편의 고달픔이 그대로 자신의 고달픔으로 끼쳐왔지만 참고, 참을 수밖에 없었다. 남편이 겪는 고달픔은 자신의 고달픔이 범접할 수 없도록 큰 태산의 무게였다. 그리고 남편이 가는 길은 직선의 옳고, 바른 길이었다. 그 길에 도움은 못 돼도 방해는 되지 않아야 한다는 한 가지 생각으로 버티고 살아온 세월이었다.

"여보, 나 나가."

언제 일어났는지 물컵을 든 남편이 방문 앞에 서 있었다.

"응, 그래⋯⋯."

이유영은 황급히 윗몸을 일으키며 두 손으로 머리를 매만졌다.

언제나 나누는 싱거운 아침 인사였다. 남편은 어김없이 물 한 컵을 마시고 해 뜨기 전의 신새벽에 출근길을 나서는 것이었다. 무슨 취재가 새벽부터냐고 결혼 초기에는 시비도 붙어보았지만, 언제부터인가 포기인지, 인정인지를 하고 말았다. '높이 나는 새가 멀리 보고, 일찍 일어나는 새가 먹이를 빨리 찾는다.' 남편이 거침없이 내세우는 당당한 기자 정신이었다. "아침에 물 한 컵뿐이라며? 하루 세끼 착실히 챙기지 않고 한 끼라도 거르면 노년 건강 망치고, 오래 못 살아!" 딸의 응원 요청에 장인이 호통쳤고, "아닙니다, 아버님. 저는 한 끼도 안 굶고 하루 세끼 착실히 챙겨 먹습니다. 아침은 회사 옆 국밥집에서 꼭꼭 먹고 있습니다." 남편은 당황스럽게 대응했고, "밥장사 밥이 오죽할까. 이문 남길 것 다 남긴 밥이 밥이 아니지." 장인의 호통이 더 커졌고, "아닙니다, 아버님. 아주 맛있고 양도 많아 배가 든든합니다. 서울 장안에서 제일로 소문난, 3대 전통을 자랑하는 국밥집입니다. 못 믿으시겠으면 아버님도 한번 맛보시지요. 제가 모시겠습니다." 사위의 능청스러운 대꾸에 장인은 따라나서고 말았다. "흐음, 먹을 만한데 그래." 국밥 한 그릇을 맛있게 치운 장인이 끄윽 트림을 하며 입을 훔쳤다. "이렇게 한 그릇 먹으면 되는 걸 괜히 집사람 힘들게 할 것 없잖아요. 선생 부려먹는 것도 미안한데……." 사위가 뚜벅 말했고, "엥…? 그랬던 거야? 이 사람 참……." 장인은 사위의 손을 덥석 잡으며 목이 잠기는 것 같았다.

남편의 그 속 깊음에 친정아버지만 감동한 것이 아니었다. 자신도 처녀 적의 뜨거웠던 감정이 되살아나 가슴이 화끈해졌다.

남편과는 초등학교 때부터 사랑한 사이였다. 남편은 공부도 잘하고, 운동도 잘하고, 장난기도 심했다. 그래서 아이들이 다 좋아했다. 자신과는 특히 친했다. 봄소풍을 가서 보물

찾기가 한창 진행되고 있었다. 아무리 숲속을 헤집고 다녀도 선생님들이 감춘 보물은 보이지 않았다. 한참 헤매고 있는데 누가 불쑥 앞에 나타났다. 씨익 웃고 서 있는 건 장우진이었다. "아휴, 깜짝이야." 자신이 놀라 가슴을 싸잡는데 그가 느닷없이 덤벼들며 입맞춤을 해댔다. 너무 무섭고 겁나 그를 마구 떠밀었다. 그러나 그는 더 세게 끌어안았다. 징그러운 그의 입술을 떼쳐내려고 발버둥치며 그의 등을 마구 두들겨댔다. 그럴수록 그의 힘은 더욱 세졌다. 숨이 막혀 기절할 것만 같아서 발버둥을 멈추고 말았다. 이윽고 그가 입술을 뗐다. "너 이를 거야. 선생님한테 이를 거야." 자신은 울면서 소리쳤다. "좋아, 일러. 이르면 너만 바보 병신 된다. 나한테 키스당했다고 애들이 얼마나 놀려댈 건데." 애들……? 자신은 그만 앞이 캄캄해지는 걸 느꼈다. "이건 그냥 장난이 아니야. 내 사랑이야. 난 너를 사랑해." 그가 태연하게 한 말이었다. "뭐, 뭐라구? 너 지금 몇 살인지나 알아?" "안다, 열세 살. 뭐가 잘못됐냐?" "우린 초등학교 6학년짜리잖아." "난 그런 것 상관없다. 오늘 사랑 고백했으니까 너하고 꼭 결혼할 거야." "미쳤니? 어른 될라면 아직아직 멀었는데." "두고 봐. 내 말이 틀리는지."

남편은 정말 그 사랑의 맹세를 지켰다. 나이가 들수록 키크고, 핸섬해져 간 남편의 대학생 때 별명은 '나 애인 있는 몸이야'였다. 여학생들에게 인기 좋았던 그는 좀 색다르게 접근

하는 여학생을 향해 '나 애인 있는 몸이야'를 거침없이 내쏜 것이었다. 그래도 안 믿으면 어느 대학 누구를 확인하라고 이유영의 신상을 공개해 버렸다.

그는 여지없이 빵점짜리였다. 유별난 기자 생활로 아들이 아빠인 줄 모를 지경으로 살아왔으니 아빠로서 빵점이었다. 그리고 취재비로 월급을 가불해서 다 써버려 월급날 통장에 0원이 찍히게 하니 가장으로서 빵점이었다. 그런데 백 점짜리가 하나 있었다. 초등학교 6학년 때 '첫키스의 추억'을 장식한 이후 한 톨 의심할 것 없이 줄기차게 사랑을 지켜왔으니 남편으로서는 그야말로 경쟁자 없는 백 점짜리가 아닐 수 없었다. 너무 지나칠 만큼 색다른 남편의 기자 생활도 그런 특이한 심성과 기질에서 비롯된 것이라고 이해할 수밖에 없었다. 그러나 이 탈 많고, 말썽 많은 세상을 상대로 언제까지 그렇게 살 것인지 답답하고 측은하기만 했다.

"요새 별일 없지?"

남편은 물컵을 놓고 현관 쪽으로 발길을 옮기며 똑같은 출근 인사를 했다.

'있어, 갑자기 동창이 찾아왔다구. 요새 당신 무슨 새 취재 시작한 거 있어?'

이 말이 곧 터져나가려고 했다. 그러나 이유영은 혀끝을 꼬옥 맞물었다. 언제라고 그런 것 물어서 대답해 준 남편이 아니었던 것이다.

"응, 조심해서 다녀와."

이유영도 똑같은 출근 인사를 했다.

자동기계 돌아가듯 하는 정확한 시간 단위의 학교생활이 시작되면서 이유영은 강현미 생각을 잊게 되었다. 다가오는 시간마다 새로운 것을 아이들에게 일깨워주어야 하는 교사의 책임감과 의욕은 머릿속의 잡생각을 지우는 묘약이었다. 아이들이 흥미롭고 재미있게 새 지식을 받아들이게 하기 위해서는 선생의 정신 집중은 필수였다. 그런 긴장된 노력으로 아이들이 반짝거리는 반응을 보일 때 교육자로서의 보람이 가슴 가득 차오르는 것이었다.

이유영은 퇴근길에 마트에 들러 반찬거리 몇 가지를 샀다. 무심코 고르다 보니 모두가 아들이 좋아하는 것들이었다. 또 마음 한구석이 썰렁해졌다. 남편이 집에서 밥 먹는 끼니가 없으니 아들 위주가 될 수밖에 없었다. '꼭 그렇게 살아야 하나…… 그래서 이 세상이 뭐가 달라지지……?' 이유영은 또 이 생각을 했다. 무시로 떠오르고 지우고를 반복하는 생각이었다. 그 생각이 끌어당긴 듯 강현미의 얼굴이 불쑥 떠올랐다. 다시 미안했고, 더는 보고 싶지 않은 얼굴이었다.

이유영은 강현미를 지우듯 아들을 생각했다. 아들은 어느덧 중3이었다. 다리 긴 체형은 아버지를 닮았고, 얼굴은 고맙게도 엄마를 닮아주었다. 그런데 성격마저 여성적인 면이 강한 게 좀 흠이었다. 내성적이고, 아빠와 같은 강한 남성미가 많이 부족했다. 그 점을 보완하려고 애써보았지만 효과가 있는 것 같지 않았다. 자신이 교육자라는 것이 민망하고 허망했다. 그러면서 떠올린 말이 있었다. '목소리와 성격은 평생 변하지 않는다.' 내성적인 성격을 고쳐보려 했던 것이 비과학적이고, 비교육적인 욕심이었음을 자인할 수밖에 없었다.

그러나 그걸 고쳐보려 했던 것이 꼭 엄마의 욕심만은 아니었다. 아들에게 부족한 남성적인 면이 남편 탓이 아닐까 하는 생각이 강했던 것이다. 남편은 날마다 자정이 넘어 들어와 신새벽에 나가니 아들은 아빠의 얼굴을 구경할 도리가 없었다. 아들에게 아빠는 없는 존재였다. 그럼 일요일에나 부자가 얼굴을 마주 대해야 할 텐데 그것마저도 쉽게 이루어지는 일이 아니었다. 남편은 이 세상의 힘 있는 여러 분야의 사람들이 은밀하게 저지르는 큰 사건들을 뒤쫓아 캐내느라고 일요일에도 천 리 길을 가는 식이었다. 그러다 보니 아들하고는 잘해야 한 달에 한 번 밥상에 마주 앉을 수 있었다. "얘가 저는 아빠가 없는 줄 안다니까. 애 아주 버리고 싶은 거야? 이건 해도 너무하는 것 아니냐구." 그나마 자신이 이렇듯 바가지를 긁고 대들고 해야 만들어지는 자리였다.

내성적인 아들이 눈만 떨군 것이 아니라 고개까지 푹 수그리고 완전히 기가 죽어버리는 때가 있었다. 친구들이 침 튀기며 아버지 자랑을 다투어 할 때였다. "난 지난주에 우리 아빠하고 캠핑 갔었다." "난 다음 주에 아빠하고 수영장 간다 이거야." "치이, 시시하게. 난 이번 방학에 아빠랑 태국 가기로 했다." "쩨쩨하게, 그걸 자랑이라고 하냐? 난 아빠랑 2주 동안 유럽 일주 여행하기로 했다." 이런 때 아들은 아무런 말 없이 슬슬 자리를 피해 버리곤 하는 것이었다. 그러면서 아들은 더 내성적이 되어갔는지도 몰랐다. 다른 아이들처럼 아빠와 함께 어우러지며 사랑을 주고받았더라면 좀 더 활달해지고 남자다워지지 않았을까 하는 아쉬움과 안타까움을 떼칠 수가 없었다. 그렇다고 그런 마음을 한 번도 남편에게 표하지도 못했다. 그건 실현 가능성 전혀 없이 남편만 괴롭히는 일일 뿐이었기 때문이다. 상황이 그럴수록 아들이 안쓰럽고, 반찬 한 가지라도 더 아들 입에 맞는 것으로 해 먹이고 싶어지는 것이 어미 마음이었다.

엘리베이터를 나선 이유영은 소스라치게 놀랐다.

"유영아, 나야."

문 앞에 서 있는 것은 강현미였다.

"어머, 깜짝이야……."

이유영은 너무 심하게 놀라 현기증을 느끼며 벌떡거리는 가슴을 한 손으로 눌렀다.

"뭘 그리 놀래고 그러니, 대낮에."

강현미는 미안한 기색 전혀 없이 빙그레 웃었다.

"우리 집을 어떻게 알았지? 어제 미행한 거니?"

이유영은 불쾌감을 숨기지 않고 그대로 드러냈다.

"미행은 애, 내가 형사니? 그냥 안 거지."

강현미는 태연하게 말했다.

"그냥 알아? 그게 무슨 소리야?"

이유영은 더 기분이 나빠져 목소리가 날카로워졌다.

"애, 너무 기분 나빠 하지 마. 가르쳐준 데가 있어."

강현미가 미안한 표정을 지었다.

"가르쳐준 데? 거기가 어디야? 이건 개인 정보 무단 유출이야. 거기가, 그 사람이 누구야."

이유영은 불쾌감을 넘어 위기감을 느끼며 소리치듯 했다. 공갈 협박 전화를 받을 때 같은 공포감이 엄습했던 것이다. 강현미가 친구가 아니라 위협자로 곧 덮치고 들 것만 같았다.

"애, 너 너무하는 것 아니니? 내가 아무리 사정하는 입장이라 해도 학교 함께 다닌 친구 아니니? 집에까지 찾아왔으면 일단 집 안으로 들이는 것이 최소한의 예의 아니겠어?"

정색을 한 강현미가 따지고 드는 투로 말했다.

'학교 함께 다닌 친구'에 뒤따라 붙은 '최소한의 예의'라는 말은 '너 교육자가 그런 것도 몰라?' 하는 힐난을 담고 있는 느낌이었다. 이유영은 강현미의 말대로 그녀를 일단 집으로 들이기로 했다. 강현미가 품고 있는 용건이 무엇인지 알아 둘 필요가 있겠다 싶었다. 그건 남편과 직결되는 문제였던 것이다.

"느닷없이 찾아와 결례는 혼자 다 저질러놓구선 누구보고 최소한의 예의를 지키라는 거야. 됐어, 들어와."

이런저런 세상사 겪을 만큼 겪어 뻔뻔스럽고 능글맞은 40대 중반의 전형적인 여자 모습을 한 강현미에게 이유영은 오금을 박았다.

"미안해, 얘. 사는 게 다 그렇고 그런 것 아니니. 이해해 줘."

강현미가 능청스레 말하며 이유영의 어깨를 살짝 쳤다.

이유영은 재빠르게 비밀번호를 눌렀다. 그러면서 '얘가 우리 비밀번호도 아는 게 아닐까' 하는 생각에 소름이 쭉 끼쳤다.

"사는 게 이렇다."

무심결에 이 말이 흘러나간 순간 이유영은 자신에게 짜증이 솟았다. 잘살지 못한다는 열등감을 그리 쉽게 드러내는 자신이 싫었던 것이다. 늘 그 열등감을 몰아내려 하지만 그건 저 마음속 깊은 곳 어디엔가 은신하고 있다가 전혀 예기치 못하게 불쑥불쑥 솟아오르고는 했다.

"으응……, 으음……."

강현미는 마치 그림 전시장을 한 바퀴 둘러보는 것처럼 집

안 전체를 한 눈길로 더듬고 있었다. 여자들이 남의 집에 가면 쉽게 저지르는 무례의 전형이었다.

"뭘 그리 열심히 살펴? 너도 최소한의 예의는 지켜야 하는 것 아니니?"

이유영은 애써 언짢은 기색을 감추며 앉으라는 손짓을 했다.

"응, 교육자답네. 검소하게……."

강현미가 나직하게 중얼거리며 소파에 앉았다.

이유영은 또 열등감이 솟고 있었다. '교육자답네. 검소하게……'라고 한 강현미의 말은 한껏 예의를 갖추려고 꾸며낸 인사말일 뿐이었다. 그녀의 입에 담긴 진짜 말은 '어머, 이렇게 살아? 그래, 선생 월급이 그렇지' 하는 정도의 동정일 것이고, 저 마음 깊이 숨긴 말은 '아이고, 이렇게밖에 못 살아? 이렇게 세상을 무슨 맛으로 사니?' 하는 전면적 무시일 것이다. 그녀가 움직일 때마다 다각도로 반짝이며 여러 가지 빛을 발산하는 반지며, 귀걸이며, 시계가 그런 말을 하고 있었다. 그리고 낡은 소파에 비해 그녀의 핸드백이며 옷차림은 너무나 고급스러웠던 것이다. 그런 부티 나는 치장은 어제부터 못내 거슬렸던 것이다.

"우리 애 곧 올 시간이야. 할 얘기 빨리 해."

이유영은 찻물을 올리며 냉정하게 말했다.

"커피 끓이려고? 으응……, 커피는 무슨 커피 먹어?"

강현미는 이유영의 말을 전혀 못 들은 것처럼 딴청을 부렸다. 이유영은 역겨운 김에 '다방 커피 먹어' 하며 쏘아주고 싶었다.

"커피 아니고 녹차야."

그러나 이유영은 역겨움을 꾹 참아내며 손님 대접을 하려고 애썼다.

"왜 녹차를 마셔? 커피에 비하면 영 밍밍하고 흐리터분한걸."

"글쎄에……, 그야 기호 차이니까." 이유영은 말을 자르고 찻잔을 탁자로 옮기면서, "빨리 말하라니까. 애 오면 얘기 못하게 된다고." 그녀는 짜증스럽게 말하며 얼굴을 찌푸렸다.

"응 알았어. 근데 있잖니……." 강현미는 얼른 자리를 고쳐 앉고는, "그거 말야, 어제 말한 대로 느네 남편을 좀 말려줘. 나 미칠 것 같으다." 그녀는 우는 소리와 함께 울상을 지었다.

"너 참……, 왜 그리 답답하니? 무슨 일인지는 말하지 않고 무조건 말려달라니, 그게 말이 되니?"

이유영은 더 짜증스러워졌다.

"그게 있잖니……, 너무너무 중요한 문제라, 너무너무 무서운 문제라 막 말하기 어려워서……. 있잖니, 요새 새로 시작한 비자금 문제……, 그만 좀 파라고 말려줘. 그럼 내가 은혜 잊지 않을게. 아니, 꼭 은혜 갚을께, 톡톡히 갚을께."

강현미는 두 손바닥을 가슴 앞에 맞붙여 모았다.

"됐어, 그만 가!" 이유영이 싸늘하게 내쏘았고, "얘 유영아, 너 왜 그렇게 쌀쌀맞니. 이렇게 사정하는 내가 불쌍하지도 않아?" 강현미는 정말 곧 울 듯한 얼굴이 되었다.

"내가 쌀쌀맞은 게 아니라 네가 말 안 되는 소릴 지껄이고 있잖아. 나한테 말할 수 없도록 중대한 사건이면 왜 나한테 부탁은 해. 난 그딴 심부름 못 해. 아니, 안 해."

이유영이 단호하게 고개를 저어버렸다.

"알았어, 알았어, 말할게. 근데 한 가지 약속해. 절대 어디에도 말하지 않겠다고."

"하 참, 너 왜 그렇게 바보처럼 구니? 이미 기자가 취재를 시작한 사건인데 비밀을 지키고 말고가 어딨어. 기자가 한두 사람도 아니고, 신문사 방송사 합해 놓으면 수십 명일 텐데."

"얘, 너 참 되게 잘난 척한다. 선생님이라서 그러니?"

강현미가 거세게 콧방귀를 뀌었다.

"잘난 척……?"

이상한 낌새를 채고 이유영은 강현미에게 시선을 꽂았다.

"아니, 하나만 알고 둘은 모르니 그게 무슨 척일까? 병신인 척은 말이 안 되는 것 같고."

"둘은 몰라……?"

"그래에, 다 막았으니까!"

"다 막아?"

"그래, 느네 남편 하나 남았다구."

"아니, 그게 무슨 소리야. 그 많은 기자들을 무슨 수로 다 막아?"

"그딴 건 식은 죽 먹기래. 한 방에 깨끗이 끝낸대."

"세상에, 그게 무슨 재주야?"

"돈! 돈이 부리는 재주지."

강현미는 입술이 약간 돌아가는 묘한 웃음을 지으며 왼손 엄지와 검지로 동그라미를 그려 보였다.

"돈으로……, 그 많은 기자들이……?"

이유영은 고개를 저으며 중얼거리고 있었다.

"왜 그래? 뭐가 이상해? 옛말에, 돈은 귀신도 부린댔잖아. 지옥문도 여닫고. 근데 까짓 기자들쯤이야 몇십 명 아니라 몇백 명도 한 방에 끝인 거지."

강현미는 제가 공을 세우고 있는 것처럼 신명이 나고 있었다.

"근데 우리 남편만 혼자 남아 쫓고 있는 사건이 뭐지?"

이유영은 찻잔을 들며 강현미를 응시했다.

"그게 뭐냐면 말야, 너 성화 기업 알지?"

"알지. 애들도 다 아는 재벌 기업인데."

"그 회사 비자금 사건이야."

"또 비자금 사건?"

미간에 주름이 잡히도록 이유영은 얼굴을 찌푸렸다.

"비자금이야 기업마다 안 챙기는 데가 있겠어? 액수 차이가 있을 뿐이지."

"그거 불법이잖아. 세금도 안 내고 빼돌리는 거."

"아이고, 누가 교육자 아니랠까 봐, 비자금 빼내는 재미 없으면 답답해 사업 못 해먹는다더라."

"성화 비자금은 얼마나 되는데?"

"그건 잘 몰라. 쉬쉬 하는데, 엄청 많은가 봐."

"엄청……? 그럼 그전에 세상을 발칵 뒤집었던 대양처럼 4~5조 되나?"

"그럴지도 모르지. 대양이나 성화나 서로 1등이라고 다투는 사이니까."

"잘됐네. 4~5천억도 말이 안 되는데 4~5조 비자금이면 나라 망하게 하는 끔찍한 돈이야. 그걸 왜 개인이 착복해? 남편보고 철저하게 추적해서 그전처럼 또 법정에 세우라고 해야지." 이유영의 낮은 목소리는 싸늘했고, "어머나, 얘가 미쳤나. 도와달래니까 오히려 반대로 튀네. 농담이라도 그런 말 마. 얘, 이제 내용 다 알았으니 제발 나 좀 도와줘. 느네 남편 좀 말려달라구." 강현미는 더 울상이 되어 친구의 팔을 덥석 잡았다.

"아니, 난 그런 일 못 해. 우리 남편이 내 말 들을 리도 없고, 나도 기업들의 그런 부당한 범법 행위는 가차 없이 엄벌에 처해야 한다고 생각해. 학교에서 애들한테도 그렇게 가르치고 있고."

"뭐, 애들한테도 가르쳐? 어쩜 부부가 그렇게 똑같으냐. 너무 무섭다 얘."

얼굴이 굳어진 강현미가 부르르 진저리를 쳤다.

"그러니까 그냥 가."

"얘, 정신 차려. 혼자 양심적인 척하지 말구. 너 언제까지 이런 궁상으로 살려고 그러니?"

"너 무슨 말 하는 거야, 지금?"

"너, 여러 말 말고 내 말 들어." 강현미는 목소리를 낮추며 바짝 다가앉고는, "너 이번에 눈 딱 감고 나 한 번만 도와줘. 느네 남편 꽉 붙들어 앉히라고. 그럼 화끈하게 팔자 고치게 해줄 테니까." 그녀는 빠르게 속삭였다.

"팔자를 고쳐?"

"그래, 느네 부부 둘이서 아무리 잘난 척해 봤자 세상은 끄떡도 안 해. 알잖아, 계란으로 바위 치기란 것. 그러니까 느네 남편도 딴 기자들처럼 눈 딱 감으면 저쪽에서 화끈하게 봐줄 거라니까. 너 나이도 있는데 언제까지 이렇게 살 거니? 양심이 밥 먹여줘? 웃기는 소리야. 느네 부부가 잘난 척해 봤자 아무도 알아주지 않고 가난 속에서 허송세월만 하는 거라구. 이렇게 지지리 궁상으로 살지 말구 빨랑 팔자 고쳐. 있잖아, 아들이 내년이면 고등학교 가잖아? 가, 미국으로. 애만 보내는 게 아니라 온 식구가 함께 가 편히 한번 살아보라구. 남편은 성화 미국 지사에서 간부로 편히 근무하고, 넌 명품으로 맘 껏 멋 부리면서 끝내주게 살고, 아들은 미국 공부 잘 시켜 크게 출세하게 만들고 말야. 근데 그게 싫으면 딴 방법도 여러 가지, 아니 수십 가지가 있대. 맘만 결정해, 빨랑. 그러면 네 맘대로 다 골라잡을 수가 있어. 이게 얼마나 좋은 기회니. 놓치지 말고 잡어. 꼭 잡으라구."

강현미는 낮게 누른 목소리로 숨 가쁘게 말했다.

"넌 왜 이런 일을 맡고 나섰니? 너와 나와의 관계, 나와 남편과의 관계, 그런 걸 회사가 어떻게 안 거지? 회사가 정보기관도 아닌데."

이유영은 육박해 오는 강현미의 말을 피해 말머리를 돌렸다. 강현미가 한 말 중에는 전에 자신이 남편을 공박하며 했던 말들이 섞여 있었기 때문이다. '계란으로 바위 치기다.' '세상은 끄떡도 안 한다.' '혼자 이 고생 해봤자 아무도 알아주지 않는다.' '언제까지 이 꼴로 살 거냐.' 강현미의 말로 그 말들을 들으면서, 그 말들이 얼마나 속물적 언어인지를 비로소 깨달았던 것이다.

"그래, 그러잖아도 곧 말하려고 했어. 우리 남편이 성화중

권 부장이야. 서울상대를 나왔거든." 강현미는 꼭 '서울상대'라는 말을 이어 붙이고는, "회사에서 너와 나의 관계 같은 것을 다 알아내서 나를 내세운 거야. 회사는 자기네와 관계되는 일은 모르는 것 없이 다 알고 있다. 어쩌면 나라 정보기관보다도 아는 게 더 많은지도 몰라. 근데 말야, 내가 골라서 뽑혔는데, 이 일을 해결하지 못하면 우린 큰일 나." 그녀는 풀죽은 얼굴로 한숨을 푹 쉬었다.

"큰일 나?"

"우리 남편……."

"남편이 뭐……?"

"왜 그리 둔하니. 이 일 성공과 실패에 앞길이 달린 거지."

"성공하면?"

"이사 승진."

"실패하면?"

"한직 좌천."

"세상에, 그게 무슨 회사야?"

"그러니까 회사지. 다 즈네 꺼니까 즈네가 왕이잖아."

강현미의 한숨이 더 깊어졌다.

이유영은 그녀의 액세서리들을 새삼스럽게 쳐다보았다.

"유영아, 제발 나 좀 살려줘. 우리 남편 일보다 더 급한 게 있어서 그래."

더 울상인 강현미는 두 손으로 이유영의 손을 덥석 싸잡았다.

"더 급한 게……?"

싫으면서도 이유영은 차마 손을 빼지 못하고 뜨악하게 물었다.

"응, 있잖아. 우리 아빠가 암 오래 앓다가 얼마 전에 돌아가셨어. 근데 병 오래 앓다 보니 얼마 안 되던 재산 다 없어지고 만 거야. 1남 2녀 중에 막내인 남동생이 엄마를 모셔야 하는데, 걔 벌이가 영 시원찮아. 근데 니가 도와줘서 이번 일만 잘 풀리면 우리 동생 팔자도 피게 되거든. 성화전자에 뭐든 한 가지 납품 길이 뚫리게 되는 거야. 그 납품을 너도 해도 돼."

"납품……?"

"응, 큰 회사에 물건 대는 것. 알짜배기로 잘 고르면 연간 10억은 앉아서 벌어. 아니, 느네 남편은 귀하신 몸이니까 20억짜리도 거뜬할걸. 그건 내가 우리 남편한테 확실하게 못 박을 테니까 아무 걱정 마!"

강현미는 기운차게 주먹으로 못 박는 시늉을 했다.

"20억……?"

이유영은 자신도 모르게 중얼거렸다.

"그래, 20억. 아무 고생 안 하고 편케 사장 노릇 하면서 한

해에 20억!"

강현미는, 사진 찍을 때면 남녀노소 없이 손가락 두 개를 세우는 그 천박한 손짓을 거침없이 해 보였다.

"애, 정말 우리 애 올 시간 다 됐다. 이제 그만 가."

이유영은 먼저 몸을 일으켰다.

"애는……, 얘기 아직 다 안 끝났잖아."

강현미가 얼굴색이 변하며 목청을 높였다.

"더 들을 얘기 없잖아!"

이유영도 정색을 하며 목소리가 높아졌다. 그녀는 20억이란 소리에서 빨리 벗어나고 싶었던 것이다.

"있잖아. 어떡할 건지 말 안 했잖아."

강현미도 이유영을 똑바로 쏘아보았다.

"애 미쳤어. 아무 생각도 안 해보고 대답부터 해? 다 알았으니까 그만 가."

이유영은 현관을 향해 손짓을 했다.

"생각하고 말고가 어딨니. 구세주를 만난 판인데. 바로 또 연락할게."

강현미가 입을 삐쭉하며 발을 떼어놓았다.

이유영은 아들을 맞이하고, 반찬을 하고 하면서도 '20억'이란 울림에서 벗어날 수가 없었다. '20억…….' '20억…….' 그 소리를 지우려고 했다. 떼쳐내려고 했다. 그러나 아무 소용이 없었다. 그 소리는 엄청난 접착력으로 의식 속에 달라붙어 있었다. 그것은 '미국 이야기'보다 훨씬 더 강한 힘으로 자신을 지배하고 있었다. 아니, 20억이 접착력을 발휘하며 자신에게 달라붙어 있는 것이 아니라 자신이 20억에 매달리고 있다고 해야 옳을지도 몰랐다.

"엄마, 무슨 생각 해? 무슨 고민 있어?"

아들이 밥을 먹다 말고 눈치를 살피며 조심스럽게 물었다.

"응? 아, 아니야. 그래, 엄마가 깜빡 무슨 생각을 좀 했다."

이유영은 당황스럽게 얼버무렸다. 아이와 더 많은 시간을 갖고, 아이와 즐거운 얘기를 더 많이 하려고 했으면서도 아이가 신경을 쓸 정도로 혼자 생각에 빠져 있었던 것이다. 20억의 마력은 그처럼 막강했다.

"뭐……, 나쁜 일이야?"

아들이 밥을 천천히 씹으며 엄마를 유심히 쳐다보았다. 그 눈길이 엄마의 마음속을 들여다보고 싶어 하고 있었다.

"아니, 좋은 일."

"좋은 일? 난 또 나쁜 일인지 알고 걱정했어. 좋은 일, 나도 알면 안 돼?"

"또 나쁜 일이라니?"

"우리 집은 맨날 나쁜 일만 일어나잖아."

"그게 무슨 소리야?"

"아빠 땜에."

"아빠 땜에?"

"맨날 공갈 때리는 전화 오고, 차 유리창 박살 내놓고, 아빠
계속 소송당하고……."

"규원아, 너 전부 알고 있었구나?"

"치이……, 내가 어린앤가 뭐."

"그래, 우리 규원이가 이제 청년이 다 됐지."

이유영은 아들을 새삼스러운 눈길로 물끄러미 바라보았다.
코밑에 수염자리가 거뭇거뭇했다.

"엄마, 그 좋은 일 나도 알면 안 돼?"

아들이 재차 하는 말에 이유영은 그만 가슴이 철렁했다.

"으응, 아직 결정된 일이 아니니까 조금만 기다려. 확정되면
얘기해 줄께."

이유영은 허둥지둥 둘러댔다.

"네에, 알았어요."

규원이는 내성적인 아이의 순응성을 드러내며 다시 숟가락
을 들었다.

이유영은 그런 아들이 또 딱하고, 미안했다. '20억 얘기를
규원이한테 하면 뭐라고 할까……?' 퍼뜩 머리를 스친 생각
이었다. 그때 잇따라 떠오른 생각이 있었다. 중고등학생 몇십
명에게 물었다. '만약 10억이 생긴다면 1~2년 감옥살이해도

상관없다.' 이 도발적인 설문에 90퍼센트 이상이 '그렇다'에 응답했다. 도발적인 설문에 더 도발적인 응답에 세상은 깜짝 놀라는 반응을 보였었다. 아무리 돈, 돈 하며 미쳐 돌아가는 세상이라지만 애들까지 어찌 그리됐느냐는 우려고 한숨이었다. 그러나 어른은 아이들의 거울이라고 했다. 어른들이 벌써 TV 화면에서 그런 행태를 보여주었던 것이다. 어느 TV에서 젊은 여성들 300명을 모아놓고 비밀 전자 투표를 하는 게임이었다. '애인은 가난한데, 10억을 가진 남자가 나타났다. 애인을 바꿀 것인가?' 다음 순간 자막에 숫자가 나타났다. 210. 그리고 '우와아아……' 하는 여자들의 놀란 외침이 공개홀을 가득 채웠다.

두 가지 다 10억이었는데, 아들은 20억 질문을 받고 어떤 반응을 보일 것인가……. 이런 엉뚱한 생각까지 하고 있는 자신에게 이유영은 신음했다. 20억의 접착력은 끈덕지게 의식에 들러붙어 떨어지지 않았다.

또 한 가지 생각이 꼬리를 이었다. 오래되지 않은, 1~2년 전의 일이었다. 초등학생들에게 으레 하는 장래 희망 조사였다. 대통령으로부터 시작해 판사·검사·의사·변호사로 이어지던 것은 이미 오래된 고전형이었다. 그것들은 안전성을 우선으로 하는 사회의식이 반영되어 공무원이나 선생 같은 것에 앞자리를 내주어야 했다. 어린것들의 그 기민한 현실감각에 어른들이 놀라 혀를 내두른 것이 몇 년 전이었다. 그런데 공무원도 선생도 물리치고 느닷없이 나타난 것이 있었다. '건물주!' 부자 부모한테 건물 물려받아 월세 받아먹으며 평생 편케 살고 싶다는 것이 어린것들의 장래 희망이었다. 돈을 최고로 치는 아이들의 이 급속한 의식 변화에 선생들은 그만 서로를 바라본 채 말을 잃어버렸던 것이다. 그런데 아이들은 희한한 노래를 흥얼거리며 어깨춤까지 덩실거리고 다니는 것이었다. "조물주 위에 건물주, 조물주 위에 건물주."

아들이 '20억? 받아요, 빨랑 받아요. 아빠 그 말 들어주고, 신문사 관두라고 하세요' 할 것만 같아 이유영은 국을 얼른 입에 떠 넣었다.

이유영은 뉴스를 다 보지 못하고 텔레비전을 껐다. 텔레비전을 틀게 하는 유일한 것이 뉴스였다. 그런데 다른 날과는 전혀 달리 뉴스가 눈에 들어오지 않았다. 20억이 끈질기게 달라붙어 다른 생각은 아무것도 못 하게 훼방을 놓고 있었다.

방으로 들어와 책을 펼쳐 들었다. 그러나 몇 줄을 읽지 않아 20억이 눈앞을 가렸다. 그 위력은 문장을 단어로 해체하고, 단어를 글자로 분열시켜 무슨 뜻인지를 모르게 만들어버렸다. 책을 펼쳐놓고 처음 겪는 일이었다. 책을 보는 집중력은 누구 못지않다는 자신감을 가지고 있었다. 영어 단어를 몇 번씩 종이에 써보지 않고도 그냥 눈으로 '사진 찍기' 해서 머리에 넣을 수 있었던 것도 그 남다른 집중력 덕이었다. 그런데 20억의 괴력은 그 집중력을 한순간에 흩뜨리고, 마음까지 마구 흔들어대고 있었다.

강현미와 실랑이한 게 피곤하기도 해서 이유영은 책을 덮고 잠자리에 들었다. 잠들면 20억의 공세에서도 벗어날 수 있을 것이었다.

그러나 그 기대는 엄청난 착각이었다. 눈을 감고 잠을 청하자 의식은 오히려 또렷해지고, 20억은 더 거센 기세로 육박해 왔다.

'그게……, 1년에 20억이면 5년이면 얼마야? 어머, 100억, 100억 아니야! 10년이면 200억이고! 어머, 이를 어째! 200억 부자가 되는 거잖아. 200억, 200억이면, 그게 얼마지? 그렇게 떼부자가 되면 그 돈을 다 어쩌지? 아니 근데, 볼일 다 보고 쓸모 없어지면 그쪽에서 변심해 10년을 못 갈 수도 있잖아? 그래, 그럼 5년. 그래도 100억이잖아. 100억……, 100억이면 얼마나 큰돈이지? 그걸 하나씩 셀 수 있을까? 그걸 다 세려면 얼마나 걸릴까? 1년……? 2년……? 이 세상에서 100억을 다 세본 사람이 있을까? 설마……, 아니 있다. 은행원들! 근데……, 요새 은행원들은 아닐 것 같은데. 요새는 돈 세는 기계가 차르륵 세버리잖아. 근데……, 그쪽에서 5년도 아깝다고 겨우 1년 채우고 돌변할 수도 있잖아. 장사하는 사람들

돈 앞에서는 피도 눈물도 없고, 자기 잇속을 위해서는 정치인들 찜 쪄 먹게 거짓말을 잘한다는 말이 있는데. 그래 좋아, 1년 20억! 그것만도 얼마나 끔찍한 돈인가. 그래, 더 안 바란다. 1년에 20억만 챙겨도 그 돈으로 평생 잘살 수 있는 것 아닌가. 그 돈을 그냥 까먹으면 안 되고, 그걸 밑천으로 평생 잘살 수 있게 하는 방도가 뭐지? 무슨 좋은 방법이 있을 텐데…… 아, 아……, 왜 이렇게 머리가 안 돌지? 그쪽은 워낙 쑥맥이니까. 옳아, 그때 텔레비전에서 말했어. 신용 있는 부동산 전문업체와 상담하라고. 요새는 그런 전문업체들이 많다고 했었지. 남편은 이 제안을 어떻게 받아들일까? 일언지하에 거절? 아니 묵살? 아니면 자신처럼 이렇게 고심, 고심할까? 아니, 남편은 그전부터 이런 제안, 아니 유혹을 한 번도 받은 일이 없었을까? 글쎄에……, 글쎄에……, 이런 술책은 성화 기업에서만 생각해 낸 게 아닐 텐데. 이런 방법이 큰 기업에서 흔히 쓰는 거라면 남편에게 안 썼을 리가 있을까. 어쩌면 남편에게는 훨씬 더 큰 규모로 유혹했을지도 모른다. 기업 쪽에서 보면 워낙 골치 아프고, 최고로 드센 기자로 찍혀 있었으니까. 그리고 그동안에 남편이 밤낮없이 추적해 댄 기업의 비리 사건들이 얼마나 많았던가. 남편은 기업들로부터 그런 유혹을 받고 어떻게 대응했을까. 아아, 정답이 이미 나와 있다. 일언지하에 걷어차버렸으니 여전히 주간 《시사포인트》의 가난한 기자로 사건 현장을 뛰고 있는 게 아닌가. 그런 데……, 남편은 그런 끔찍스러운 액수, 정신이 혼미해지는 거액, 숨이 막힐 것 같은 거금의 유혹을 받고도 바로 걷어찰 수 있었을까. 아무런 갈등도, 아무런 고심도, 아무런 망설임도 없었을까. 만약 그랬다면 남편은 강직한 건가, 초연한 건가, 우둔한 건가……. 내가 만약 그 제안을 받아들이자고 한다면 남편은 뭐라고 할 것인가? 속물이라고, 천박하다고, 영혼이 썩은 인간이라고 욕을 해댈 것인가…….'

질정 없이 떠오르고, 뒤얽히고, 새로 솟기는 이런 오만 가지 생각들에 부대끼며 뒤척이고 또 뒤척였다. 그다지도 길고 괴로운 밤은 난생처음이었다. 거의 뜬눈으로 밤을 새우다시피 하고 잠자리를 벗어났다.

물을 마시고 있는 남편을 보자 밤새껏 머리를 어지럽혔던 생각들이 일순간에 사라졌다. 먹구름이 걷힌 하늘처럼 머릿속은 말끔해져 있었다. 밤생각과 낮생각은 그렇게도 현격하게 다른 것이었다.

"요새 별일 없지?"

남편은 또 변함없이 출근 인사를 했다.

'아니, 있어. 별일이 있어. 아주 큰일, 무지하게 큰일이 생겼어…….'

이 말이 가슴을 꽉 채우고 있었다. 그러나 말로 나오지는 않았다.

그 순간 남편이 육중한 그 무엇으로 느껴졌다. 범접하기 어려운 어떤 존재, 지금까지 느껴보지 못했던 경외로운 감정이 일고 있었다. '그런 유혹을 다 뿌리치고 박차버리다니……' 하는 생각과 함께.

이유영은 아들과 함께 집을 나서며, '나는 교육자잖아. 아들이 자랑스러워하는 선생님이잖아' 하는 생각을 곱씹었다. 마음은 맑고 푸르른 하늘처럼 말끔해져 있었다. '밤은 참 요상스러운 거야……' 생각하며 이유영은 하늘을 올려다봤다. 가을색 품은 하늘에 새하얀 구름이 두둥실 떠 있었다. '곱기도 해라……' 절로 감탄이 일었다. 그리고 머얼리 메아리 지는 종소리처럼 들리는 소리. '인생은 뜬구름 같은 것, 인생은 한 줄기 바람 같은 것. 탐욕을 버려라……, 탐욕을 버려라……' 이유영은 누구에겐지 모를 부끄러움으로 고개를 숙였다.

강현미의 전화는 점심시간에 걸려왔다.

"애, 결정했지?"

밀어붙이듯 하는 강현미의 말이었다. 일부러 그런 태도를 취하는 것 같았다.

"미안해. 다시는 전화하지 말어!"

이유영은 강현미를 떠밀듯 단호하게 말했다. 그리고 전화를 끊어버렸다.

또 전화가 걸려오면 받지 않으려고 작정하고 있었는데, 강현미는 더 전화하지 않았다. 이유영은 자신의 작전이 주효했음을 확인하며 적이 기분이 좋았다. 그리고 퇴근할 때까지 강현미 생각은 전혀 떠오르지 않았다.

그런데 엘리베이터를 타면서 가슴이 두근거리기 시작했다. '또 와 있으면 어쩌나' 하는 생각이 갑자기 떠올랐던 것이다.

그러나 강현미는 와 있지 않았다. 이유영은 해녀의 긴 날숨처럼 휴우우 한숨을 내쉬었다. 무슨 큰일을 무사히 치른 것처럼 마음이 개운하고 홀가분했다.

여동생이 갑자기 찾아온 것은 사흘 뒤였다.

"언니, 나 좀 도와줘. 아니, 나 좀 살려줘."

여동생이 다짜고짜 한 말이었다.

"뭐라구……?"

이 대꾸를 하면서 이유영은 여동생이 그 일로 찾아왔다는 것을 직감했다. '나 좀 살려줘' 하는 급박한 말이 그 일을 퍼뜩 떠오르게 했던 것이다.

"언니, 형부 있잖아, 성화 뒤 캐는 것 좀 말려줘."

여동생은 급한 마음을 이렇게 단박에 드러냈다.

"참, 성화 그 사람들 대단하다. 어떻게 너까지 동원하고 나서니. 너한텐 무슨 미끼를 던졌길래 너 이렇게 흥분해서 야단이냐?"

이유영은 한 번 겪어낸 일이라 냉정하게 말했다.

"언니, 김 서방 있잖아. 김 서방 팔자 고칠 기회가 왔다구. 형부가 그 일 중단하기만 하면 우리 김 서방 팔자가 피게 된다구. 그러니까 언니가 형부 좀 말려줘. 언니, 나 좀 살려달라구."

곧 울음을 터뜨릴 것 같은 얼굴로 마구 엉덩방아를 찧어대는 여동생을 이유영은 물끄러미 바라보고 있었다.

"지선아, 좀 진정해. 뭘 어떻게 해준댔길래 이 난리냐."

이유영은 고개를 내둘렀다.

"언니 있잖아, 형부만 막아주면 우리 김 서방을 즉각 성화로 옮겨준대. 중소기업에서 대기업으로 뛰어오르는 거야. 그런 기막힌 일이 어딨어. 월급 두세 배로 오르고, 애들한테 폼 나고, 얼마나 화끈하게 팔자 고치는 일이야. 언니, 형부한테 말야, 불쌍한 동서 한번 봐주라고 해. 형제 좋다는 게 뭐야. 응, 언니, 나 좀 살려달라구."

이지선은 언니 앞에 손을 싹싹 비벼댔다.

"지선아, 꿈 깨. 너 형부가 어떤 사람인지 아직까지도 모르고 있니?"

이유영은 무표정한 얼굴로 차갑게 말했다.

"알아, 잘 알아. 배짱 좋고, 고집 세고. 소문난 꼴통 기자라는 것 잘 알아. 그치만 가족 운명이 걸린 일이잖아. 동서는 말고 처제, 하나뿐인 처제가 좀 편케 잘살게 해달라고 언니가 좀 떼를 쓰고 덤비라구우우……."

엉덩방아를 찧다 못해 두 발을 굴러대며 이지선은 마구 소리를 질렀다.

"얘, 얘, 너 미쳤니? 위아랫집에 다 들리겠다." 이유영은 질겁을 해서 빈 주먹질을 해대고는, "너, 내가 그동안 살아오면서 얼마나 많이 사정하고, 말리고, 싸웠는지 아니? 너무 지나쳐서 이혼을 생각한 것도 여러 번이야. 그치만 규원이 생각해서, 엄마 아빠 가슴에 못 박지 않으려고 참고 또 참으며 이날까지 살아왔어. 그 사람 이 세상 누구 말도 안 들어. 그래서 난 진작에 포기했어. 그러니 너도 꿈 깨. 단념하라구, 깨끗이."

이유영은 여동생을 측은한 표정으로 바라보았다.

"언니, 형부는 바보 아냐? 나이 헛먹은 돈키호테 아니냐구. 형부가 그렇게 혼자 날뛴다고 이 세상이 끄떡이나 할 줄 알아? 형부 뜻대로 변할 줄 아느냐구. 천만에, 다 웃기는 짓이라구. 계란으로 바위 치기라는 걸 왜 몰라. 아니, 계란으로 치면 제 몸은 안 상하지. 형부가 잘난 척하며 하는 짓은 맨땅에 박치기 하는 바보 천치 멍청이 짓이라구. 제 머리만 깨져. 피 철철 흘리는 멍텅구리 짓거리. 형부가 그렇게 산다고 누가 알아

줄 줄 알아? 아무도 안 알아주고 사는 꼴만 이렇게 찌질하게 궁상이잖아. 언니도 물러터지게 굴지 말고 이번 기회에 정신 확 나게 잡아채라구."

이지선은 열 받쳐 마구잡이로 쏟아내고 있었다.

여동생이 감정 뒤틀려 토해 내고 있는 말은 며칠 전에 강현미가 했던 말과 신통하게도 닮아 있었다. 아니 그 말은 순서가 좀 다를 뿐 그 내용은 똑같은 것이었다. 그러고 보니 일찍이 자신이 남편에게 퍼부어댔던 그 말은 세상 사람들이 다 함께 쓰고 있는 이 세상의 말이었고, 세상 사람들 모두 그렇게 생각하고 있는 세상의 생각이었던 것이다. 이 뒤늦은 깨달음과 함께 이유영은 몸 부르르 떨며 한기를 느꼈다. '남편은 얼마나 외로울까. 남편은 얼마나 고단할까' 하는 생각과 더불어.

"그래, 서운하고 원망스러우면 실컷 흉보고 욕해라. 나도 어쩔 수 없는 사람이니까."

이유영이 담담하게 중얼거렸다.

"언니, 근데 말야……"

이지선은 언니한테 감추고 있었던 이 말을 하기로 결정했다. 그건 언니의 마음을 돌릴 수 있는 마지막 무기였던 것이다.

"언니 있잖아, 형부 맘을 돌려주면 직장 옮기는 것 말고 따로 성공 보수를 준다고 했어."

"성공 보수······?"

이유영은 어디서 들은 듯한 그 생경한 말에 고개를 갸웃했다.

"응, 성공 사례금으로 큰 것 두 장을 따로 준댔어."

이지선은 자동기계 다루듯 손가락 두 개를 쫙 펴 V 자를 그려 보였다.

"큰 것 두 개······?"

이유영은 여동생을 멀거니 바라보았다.

"누가 선생 아니랠까 봐 언니는 그 쉬운 말을 착 못 알아듣고 그래? 2억이지 뭐야, 이이이억!"

"그래서······?"

이유영은 여동생을 빤히 쳐다보고 있었다.

"빨랑 형부 맘 돌려. 그거 한 장 언니 착 줄 테니까."

"너 아주 영 미쳤구나? 더 듣기 싫으니까 그만 가!"

이유영은 여동생에게 손짓하며 소파에서 일어났다.

"언니, 이제 보니 언니도 형부하고 똑같네?"

이지선이 바락 소리쳤다.

"똑똑히 들어. 너희 부부를 동원하기 전에 그쪽에서 나한테는 안 왔을 것 같으니? 그리고 제시한 조건은 어쨌을까? 그래도 난 형부한테 한마디도 안 해보고 거절했어. 그게 옳으니까. 어쨌든 그 사람들 뱀처럼 끔찍하고 징그럽다. 인맥

총동원, 그렇게 추하게 떼돈 벌어 어쩌겠다고. 가, 너도 정신
차려!"

이유영은 대문을 향해 손짓했다.

세상의 빛과 어둠

차는 윤중로를 한가롭게 달리고 있었다. 언제나 차가 잇대고 있는 그 길은 모든 차에게 질주를 허락하지 않았다. 윤현기는 그 한가로움을 즐기듯 차창 밖으로 먼 눈길을 보내고 있었다. 넓은 폭의 한강은 언제나 변함없이 묵직하고 잠잠했다. 언제나 담담하게 멈춰 서 있을 뿐 흐르는 것 같지 않았다. 그 물길 건너로 보이는 것은 서로 높이 솟기 경쟁을 하는 듯하는 고층 아파트들뿐이었다. 그 드높은 아파트 정글은 뒷배경을 전부 가려버려 아무것도 보이지 않았다. 자신이 처음 여의도 생활을 시작할 때만 해도 윤중로 어디에서든 저 멀리로 서울의 북쪽을 에워싼 우람한 산줄기의 기나긴 아름다움이

경이롭고도 신비스러웠었다. "잘 보게, 왜 서울을 조선의 장안으로 삼았는지. 북쪽에 삼각산이요, 남쪽으로 관악산이라. 그 양쪽으로 성벽 쌓듯 크고 작은 산들이 줄기줄기 이어져 거대한 원을 이루었는데, 신묘하게도 그 가운데를 사시장철 마르지 않는 한강이 굽이쳐 흘러간단 말씀이야. 이보다 더 좋은 천하 명당이 또 있을 수 없지. 좋아, 참 좋아." 자신이 모셨던 박 의원님은 윤중로를 지날 때마다 감탄하고는 했었다.

그때 박 의원님은 먼 삼각산과 도봉산 줄기만 보았던 것일까. 어쩌면 삼각산 줄기를 타고 내려오다 기묘한 삼각뿔로 우뚝 솟은 북악산을 유심히 보았던 것이 아닐까. 그 북악산 아래 있는 푸른 집에 이르는 날을 상상하면서. 안 그랬다면 그건 새빨간 거짓말이고, 정말로 안 그랬다면 정치인 자격도, 국회의원 자격도 없는 것이다. 모든 정치인의 최종적인 꿈은 대통령이 되는 것이고, 누구나 국회의원이 되어 국회의사당에 들어서면 그 순간에 바로 청와대가 보인다고 하지 않던가.

박 의원님이 암으로 돌아가시고 그 지역구를 물려받아 자신이 의사당에 들어섰을 때 '나라고 못 할 게 뭐 있어!' 하는 생각이 빳빳하게 곤두섰던 것이다. 그러니까 국회의사당은 대통령병 보균자 300여 명이 호시탐탐 눈을 부라리고 있는 살벌한 암투장이었던 것이다.

'아아, 아깝다!'

윤현기는 창밖에 눈길을 둔 채 또 속으로 중얼거렸다. 아파트들을 저렇게 무제한으로 높게 짓게 해서는 안 되는 일이었다. 서울에는 도시 미관과 생활 환경을 위해서 엄한 고도 제한이 실시되고 있었다. 그런데 그것을 풀어버린 것이 시장 이명박이었다. 그때부터 서울에는 밤낮없이 고층 건물들이 치솟기 시작했다. 그 바람을 타고 아파트들도 30층을 넘어 50층을 향해 솟아올랐다. 그 고층 짓기 경쟁은 주위의 자연 환경과 아름다운 조화를 이루고 있었던 서울을 완전히 망치고 말았다. '600년의 역사와 문화를 간직한 유서 깊은 예술적인 고도를 반문화적인 시멘트 정글의 지옥으로 망쳐버렸다.' 어떤 외국 건축가의 탄식이었다. 그런데도 그는 '청계천 사업의 성공'에 환호하는 국민들의 몰표를 받아 청와대의 주인이 되었다. 그 기세를 몰아 그가 입에 달고 사는 말 '내가 해봐서 아는데'를 앞세우며 '4대강 살리기' 사업을 몰아쳤다. '4대강은 죽은 게 아닌데 뭘 살리느냐'며 반대가 자심했지만 '평생 삽질을 많이 해봐서 아는' 그는 '4대강 살리기'에 대통령의 명운을 거는 것처럼 열중했다. 그래서 국민의 세금 22조 원을 아낌없이 쏟아부었다. 그리고 그는 임기 내에 '4대강 살리기 사업 성공'을 선언했다. 그런데 바로 그다음 해부터 심각한 문제들이 야기되기 시작했다. 막대한 돈을 들여 만든 거대한 보에 갇힌 물들은 흐르지 못해 썩기 시작했고, 썩어가는 물에서는 생전

처음 보는 이상야릇한 괴물 큰빗이끼벌레가 떼 지어 창궐하고 있었다. 그리고 그 세력과 경쟁하듯이 초록색 녹조가 죽처럼 진하게 번창하고 있었다. 흐르지 못하고 갇힌 물들이 죽어가면서 일으킨 반란이었다. 그런 물속에서 숨이 막힌 물고기들이 죽어 물 위로 배를 허옇게 드러내며 둥둥 떠올랐다. '4대강 죽이기에 성공했다'는 사실을 여실히 보여주는 증거물들이었다. '고인 물은 썩는다'는 만고의 진리를 '내가 해봐서 안다'는 그 대통령만 모르셨던 것이다. 그래서 국민의 피눈물인 세금을 공식 22조, 비공식까지 합쳐 30조를 탕진했다고 신문들이 공박하고 있었다. 그리고 강을 살리기 위해서는 어서 빨리 보를 철거하고 전면적으로 물을 다시 흐르게 해야 한다는 처방이 대세를 이루었다. 그 처방에는 외국의 여러 전문가들도 의견을 보태고 있었다.

아름다운 자연 풍광을 다 파괴하며 난립한 서울의 고층 아파트들과 죽임을 당한 4대강은 이명박이 세운 지대한 2대 업적이었다. 김영삼의 IMF 사태와 함께 역사에 길이길이 남을 위업이 아닐 수 없었다.

윤현기는 옛날처럼 신비스러운 장엄미를 품고 있는 백운대 인수봉과 함께 우뚝 빼어난 북악산을 바라볼 수 없는 것이 언제나 아쉬웠다. 거기 청와대를 향한 꿈을 내밀하게 품고서.

차가 윤중로를 벗어나 좌회전을 하자 윤현기는 좌석에서

등을 떼고 구두를 꿰신었다. 차가 일정 지점에 조용히 멈추어 섰다. 윤현기는 크음 묵직한 속기침을 하며 천천히 차에서 내려섰다. 몸 맨드리를 가다듬고 가슴을 쫙 폈다. 그리고 멀찌막이 보이는 국회를 향해 걷기 시작했다.

"먹는 양을 줄이시고, 걸으세요. 그 두 가지 방법이 최선입니다. 살도 빠지고, 장수도 할 수 있는 두 가지 목적을 동시에 이룰 수 있거든요. 걷는 것만큼 좋은 전신운동은 없습니다. 하루에 1시간씩, 만 보를 평생 걸으면 100세 장수를 보장합니다."

살이 자꾸 쪄서 찾아간 병원 의사가 법원에서 판결 내리듯이 말했다.

"정치인은 또 다른 스타입니다. 대중한테 인기를 끌려면 외모부터 멋있어야지요. 우리가 살 뒤룩뒤룩 찐 성직자에게 믿음이 가지 않듯이 돼지처럼 살 많이 찐 정치인에게 표 주고 싶겠어요?"

의사는 살 빼는 데 특효약이라는 듯 이처럼 야박하고 모질게 말을 해치웠다.

청와대도 가야 하고, 100살까지도 살고 싶고 그래서 그다음 날부터 출근길 걷기를 시작한 것이었다. 그런데 그건 살 빼기와 전신운동의 효과만 주는 것이 아니었다.

"어머 얘, 국회의원이다."

"그러게. 걸어서 출근하는 국회의원도 다 있네. 저 사람 누구야?"

지나가는 여자들이 수군거리는 말이었다. 가슴에 달린 국회의원 배지를 알아본 것이었다. 내놓고 말은 못 하지만 그것처럼 기분 좋은 일이 어디 또 있을까. 연예인만큼 늘 인기에 배고픈 것이 정치인이었다. 그리고 국회 정문을 들어서면 경비 경찰들이 혼비백산 경례를 올려붙이는 것이었다. 그들이 놀라는 것은 당연했다. 걸어서 출근하는 국회의원은 처음이었던 것이다. 닷새가 다 못 되어 도보 출근은 국회의 화젯거리가 되었다.

"그거 아무나 하는 일 아닌데……."

"그게 말씀이야, 건강도 지키고, 뭔가 새롭게 하는 것 같은 폼도 나고……, 나도 하긴 해야 되겠는데……."

동료 의원들이 법안 발의를 했을 때보다 훨씬 더 관심과 호감을 드러냈다. 법안 발의 때는 암암리에 질시와 견제가 작용하지만 이건 건강 문제라 반응이 생판 다른 것이었다. 건강하게 오래오래 살고 싶은 것이야 사람이면 다 갖는 바람이겠지만 국회의원들의 그 욕망은 유별났다. 그 욕망은 죽을 때까지 국회의원을 해먹고 싶은 욕심과 직결되어 있었다.

국회의원들이 품고 있는 두 가지 공통적인 꿈이 있었다. 첫째는 청와대를 향한 것이었고, 두 번째는 죽을 때까지 국회의원 자리를 지키며 그 달고, 고소하고, 차지고, 황홀한 권력을 누리는 것이었다. 그래서 국회의원은 당선되는 그날부터 차기를 향해 뛴다는 말이 생겨났는지도 몰랐다. 그건 과장이 아니고 사실이었다. 일거수일투족이 차기를 향해서 빈틈없이 치밀하게 엮어지고 짜여져 나가는 것이었다.

노동자 탄압 자행하는
악질 재벌 기업 ××
당장 청문회 개최하라

골목 상권 압살하는
재벌들의 편의점 장악
뿌리 뽑고 척결하는
민생 법안 통과시켜라

국민 위한 국회냐
재벌 위한 국회냐
비정규직 일소하는
강력 법안 입법하라

1인 시위의 키 높이 간판들이 줄줄이 나타났다. 아침마다 피해 갈 수 없는 것이 이 입간판들이었다. 그 앞을 걸어가기가 옹색하고 거북하고 민망하기 짝이 없었다. 그 간판을 들고 서 있는 사람들과 눈을 마주치지 않으려고 저 먼 데 영등포 쪽을 바라보아야 했다. 그때처럼 그 자랑스럽고 뽐내고 싶은 국회의원 배지가 짐스럽고 부끄러운 적이 없었다. 주먹보다 두세 배 크기로 박힌 그 글씨들이 외쳐대고 있는 내용은 다 옳은 요구였기 때문이다. '국민 위한 국회냐 재벌 위한 국회냐.' 이런 구호 앞에서 그만 가슴이 찔리고 고개가 떨구어지지 않을 수 없었다. 이것 또한 국회의원들의 공통점이 아닐 수 없었다. 이 외침 앞에서 당당하게 고개를 빳빳이 들 수 있는 국회의원이 몇이나 될까. 돈 없이는 정치 할 수 없는 현실에서 안전이 보장된 재벌들 돈을 이런 경로, 저런 경로를 통해서 안 삼킨 자 그 누구일까. 국회는 과연 누구를 위해서 일하지······? 국민을 위해서라고 자신 있게 말할 자신이 없다. 수많은 약한 국민을 위하는 사람들은 한여름 땡볕 속에서, 엄동의 혹독한 추위 속에서, 사시장철 국회 밖 노상을 지키며 '릴레이 1인 시위'를 하고 있었다. 그런데 소수의 기업 이익을 위해서 파견된 소위 로비스트들은 냉난방이 빵빵하게 잘되는 국회 안에서 수백 명씩 들끓고 있었던 것이다.

언제나 근엄하고 청결하고 정숙했던 국회 앞을 저렇듯 볼품없고 너저분하고 소란스럽게 만든 것은 시민단체 참여연대였다. 그들은 전에 없던 '릴레이 1인 시위'라는 얄궂은 것을 만들어내 합법화시킨 것이었다. 국회는 법을 만드는 곳인 만큼 합법화된 제도도 잘 지켜야 하는 운명이니 대문 앞을 1인 시위자들이 차지하는 것을 속절없이 방치할 수밖에 없었다.

국회의원들은 참여연대 하면 겉으로는 다 반기는 척 밝게 웃음 짓지만 속으로는 정반대로 얼굴 찌푸리고, 거북해하고, 경계했다. 참여연대는 일찍이 국회를 손바닥 위에 올려놓고 국회의원들의 낙천 낙선 운동을 대대적으로 전개했던 것이다. 한 번만이 아니라 네 차례에 걸쳐서 진행된 그 해괴한 운동에서, 그들에게 지목된 대상자 86명 중에 자그마치 59명이 낙선이라는 사살을 당하고 말았다. 그런 끔찍스러운 일을 겪어야 했으니 국회의원 그 누가 참여연대를 진심으로 좋아할 수 있을 것인가. 재수 없이 불법 정치자금으로 걸려들면 전관 출신 변호사나 막강한 대형 로펌 동원해서 검찰 손아귀 풀려나기는 별로 어렵지 않지만, 참여연대에 한번 찍혔다 하면 갈 데없이 독 오른 가을 살모사에게 휘감겨 목덜미 급소를 물리는 격이었다. 그들에겐 사정도, 변명도, 뒷손도 통하지 않았다. 오로지 통하는 것은 하나 '원칙'뿐이었다. 평소에 웃긴다고 생각하고 살아온 그 원칙이라는 것이 그들에게서는 막강한 힘을 발휘하는 무시무시한 무기가 되었던 것이다. 그들은 그 보이지 않는 무기를 난사해 대 59명이나 낙선시켜 입법부를 초토화시켰던 것이다.

그리고 그들이 행정부와 대재벌을 동시에 겨냥한 새 병기가 '릴레이 1인 시위'였다. 참여연대는 '삼성 이건희 장남 증여세 탈루 국세청 과세 촉구 릴레이 1인 시위'를 전개하기 시작한 것이었다. 국세청이 어떤 조직인가. 검찰청·경찰청·국정원과 함께 행정부 4대 핵심 권력이었다. 그리고 국세청과 삼성은 또 어떤 관계인가. 건설적 국가 경영과 효율적 경제 발전 운운해 가며 누이 좋고 매부 좋고 식으로 정경유착을 수십 년 동안 전개해 온 찰떡궁합 아니던가. 그런데 참여연대는 총알도 없는 총으로 두 마리 호랑이를 한꺼번에 잡겠다고 나선 것이었다. 한 사람이 입간판 하나를 달랑 들고 소리를 치지도 않고 묵묵히 서 있는 꼴이 얼마나 하찮고 가소로운가. 그런데 일정한 시간 단위로 사람이 계속 바뀌며 하루 종일 그 자리를 지키고 서 있는 것이다. 그리고 그다음 날 그 자리에 또 나타난다. 그리고 그다음 날 그 자리에 또 나타난다. 첫날은 눈여겨보는 사람들이 별로 없는 것 같았다. 그런데 일주일이 지나고, 열흘이 넘어도 끈질기고 줄기차게 이어지는 그 외로운 침묵 시위 앞에 사람들의 발길이 점점 많이 머물기 시작했던 것이다. 그들의 시위는 장장 100일을 목표로 하여 무려 79일간 이어졌고, 국세청은 결국 증여세를 징수하지 않을 수가 없었다.

참여연대는 거기서 멈추지 않았다. 사법부를 겨누어 '국민 참여 재판법'을 제정하게 했고, 서민들을 위해 '상가 임대차 보호법'을 제정했고, 가난한 대학생들을 위해서 '반값등록금 촉구 릴레이 1인 시위'를 끔찍하게도 424일 동안이나 펼쳤다. 그들은 국가적이고 전 사회적인 문제를 겨냥해 쉴 새 없이 맨몸 투쟁을 전개했고, 그 성과는 일일이 거론할 수 없도록 많이 쌓여갔다.

처음에는 누구나 하찮고 가소롭게 여겼다. 그런데 참여연대라는 이상스러운 단체는 어느새 지렁이에서 용으로 변해 있었다. 낙천 낙선 운동으로 국회가 업어치기 당하고 나서 국회의원들은 화들짝 놀라 참여연대를 큰 눈 뜨고 살피기 시작했다. 거기에는 젊은 변호사들과 여러 분야의 젊은 교수들 수십 명이 포진해 있었다. 그리고 작가며 화가 같은 예술인과 서로 다른 종교인들까지 합세하고 있었다. 그런데 그들에게 하나의 공통점이 있었다. 모두가 '진보' 색채를 띤 인물들이라는 점이었다. 그리고 그들은 자신들이 가진 전문 지식을 무보수로 바치는 이른바 '재능 기부'를 하고 있었다. 그뿐만 아니라 그들은 다달이 능력껏 후원금도 내고 있었다. 그들이 앞에 선 조직이라면 뒤에 또 다른 조직이 있었다. 그들이 내세운 '시민단체'라는 간판에 걸맞게 수천 명의 시민들이 또 다달이 후원금을 내면서 뒤를 받치고 있었다. 그 두 가지 힘이 모아져 '활동가'라 부르는 행동대들이 릴레이 1인 시위에 나서고 있었던 것이다. 그 자발적 조직의 집결체가 국가 권력에 정면으로 도전하며 세상을 바꾸려 하고 있었다. 그런데 문제는 그들이 이루어가는 성과와 함께 후원금을 내는 시민들이 자꾸 불어나고 있다는 사실이었다. 몇천 명이던 수가 해가 바뀌고 바뀌면서 1만 5천 명을 향해 육박해 가고 있었다. 그건 기존 권력으로서는 결코 달가운 일이 아니었다. 국민이란 하루하루 먹고사는 일에 정신 팔려 허둥지둥 바삐 살아가며 세상 돌아가는 일에는 아무런 관심 없이 제각기 흩어져 있을 때가 귀엽고 예쁜 것이다. 정치인들은 많은 사람들이 뭉쳐서 외쳐대는 것을 가장 싫어하고, 무서워했다. 그리되면 꼭 골치 아픈 일이 생기는 것이다. 그런데 참여연대는 공포스럽게도 날로 그 조직이 커져가 쌍룡이 되려 하고 있었다.

"똑똑히 보게. 저게 세상이 달라지고 있다는 증표야. 점점 정치하기 어려운 시대로 변하고 있다는 살아 있는 증거라구. 자네가 앞으로 정치를 하려거든 저 참여연대에 찍히지 않게만 하면 잘하는 거야. 명심해."

박 의원님의 진지한 충고였다.

윤현기는 자신의 정치 인생을 열어준 박 의원님을 제2의 부모로 생각하고 있었다. 그래서 그분의 충고는 늘 가슴에 담아 어김없이 지키려고 애쓰고 있었다. 어느 것 하나 틀리는 것이 없었기 때문이다. 무난히 재선 의원의 관록을 쌓게 된 것도 그분의 가르침 덕이라고 굳게 믿고 있었다.

회복 불가능을 알게 되자 그분은 떨리는 손으로 또박또박 글씨를 써나갔다.

1. 여야 누구하고든 척지지 마라.
2. 난 척하지 마라.
3. 입바른 소리 하지 마라.
4. 쉽게 속 드러내지 마라.
5. 아무리 화를 질러도 웃어라.
6. 핵심만 짧게, 재치 있게 말하라.
7. 아무리 옳은 말이라도 거세게 내세우지 마라. 옳은 말일 수록 예의 차려 부드럽게 하면 모든 인심을 산다.
8. 매일 서로 다른 신문 두 가지는 꼭꼭 읽어라.
9. 매사를 수첩에 필히 메모하라.
10. '지둘려'가 내 것이 되게 하라.

'지둘려'는 '기다려'의 전북 사투리였다. 그런데 어떤 원로 의원이 입에 달고 살았는데, 특히 젊은 의원들에게 많이 사용했다. 열의에 찬 젊은 의원들은 자기들이 발의한 법이 빨리 통과되기를 바라며 여기저기 쫓아다니고 서둘러댔다. 그리고 선거 전해에는 차기 당선의 주효 무기로 써먹으려고 더욱 몸이 달고 안달하기 마련이었다. 그런 의원들을 향해 그 원로 의원은 점잖고 느긋한 어조로 "야, 지둘려!"를 연발하고는 했다. 하나의 법이 통과되기까지는 소속 위원회에서의 견제적 입씨름, 법사위로 넘어가서 한없이 늘어지는 심의, 가까스로 본회의에 상정되면 본격적으로 시작되는 여야의 줄다리기, 그 과정이 곧 인내심 연마가 아닐 수 없었다. 그러니 기다리는 도리밖에 없었고, '지둘려'는 언제부턴가 국회의 상징어처럼 되었던 것이다.

박 의원님이 남겨주신 마지막 선물을 액자에 고이 넣어 서재의 책상 앞에 걸어두었다. 아침저녁으로 응시하는 그 십계명은 가슴벽에 깊이 아로새겨져 있었다. 그렇지만 그것을 어김없이 지켜나가기란 그다지 쉽지가 않았다.

그리고 그분이 평소에 그냥 흘리듯 하는 말이었지만 의식에 또렷이 박히는 말도 적지 않았다.

"저 자유당 때부터 유행했던 말이 있었지. '뇌물 쓰고 아부해서 손해 보는 일 없다.' 실은 그 말은 저 옛날 옛적부터 전해 내려온 말이야. 우리네 인간사를 갈파한 명언 중의 명언이지."

그분 떠난 다음에 혼자 세파를 헤치느라고 안간힘 쓰다 보니 그 말은 유용하기 이를 데 없는 일깨움이었던 것이다.

의원실로 들어선 윤현기는 보좌관들에게 손인사를 하고

자기 방으로 들어갔다. 자리를 잡고 앉기도 전에 수석 보좌관이 뒤따라 들어왔다. 무슨 급한 용건인 모양이었다.

보좌관이 아무 말 없이 쪽지를 내밀었다.

성화 상무 급 면담 요청.

응 필요. 고래 가. 안전 검.

쪽지에 적힌 글씨였다. 둘째 줄은 완전히 암호였다.

상무 정도가?

윤현기는 다른 쪽지에 빠르게 적고는 미간을 찌푸리며 보좌관을 칩떠보았다.

내용 설명 위해. 사장은 대기 상태.

보좌관이 다른 쪽지에 썼다.

내용 짐작은?

철통 보안.

윤현기는 첫 번째 쪽지 둘째 줄에 볼펜 끝을 톡톡 찍고 있었다.

면담에 응해 볼 필요가 있음. 거액 확보가 가능함. 안전은 점검하였음.

윤현기는 그 내용을 다시 곱씹어 확인하며 직감적으로 곤두섰던 의문이 풀리지 않았다. 대양 그룹과 함께 성화의 그것도 먹어 뒤탈이 없다고 이미 인정되고 있었다. 그런데 성화 그룹에서 자신에게 다리를 놓는다는 것이 이해가 되지 않았다.

자신과 성화는 이렇듯 직거래가 이루어질 수 있는 관계가 아니었다. 성화 쪽에서는 국토교통위 소속 의원들은 물 건너 동네 취급을 해왔었다. 그건 당연한 일이었다. 대기업이 여러 종류의 회사들을 거느리고 있었지만 국토교통위원회에 직결되는 회사는 없었기 때문이다. 윤현기는 아무리 머리를 빨리 회전시켜도 잡히는 것이 없었다.

뜸 들여.

그는 쪽지에 이렇게 쓰고 볼펜을 던졌다.

"네."

보좌관이 낮게 대답하고 바로 돌아섰다.

윤현기는 비밀을 요하는 문제, 특히 돈이 연결된 문제에 대해서는 철두철미 보안을 지켰다. 국회의원 사무실이라고 해서 절대 안심하지 않았다. 도청 장치가 어디에 설치되어 있을지……, 아무도 믿지 않았다. 국회의원을 감히 도청하다니, 국회를 뭘로 보고 그따위 짓을 할 수 있겠느냐고 묵살할 수도 있었다. 그래도 그런 허풍스러운 장담은 안 믿는 게 상책이었다.

"그때 국회의원들 거의 전부가 정신없이 술 취해 계집들 끼고 난잡하게 놀아나는 장면을 다 찍혔지. 정보부장 김형욱의 애첩들이 하는 술집인 걸 까맣게 몰랐으니. 그러니 어찌 됐겠어. 그 손아귀에 잡혀 꼼짝달싹 못 한 거야. 까불면 사진 다 공개한다고 을러댔으니. 그리고 박통 세상 떠난 담에 청와대도 도청되었다는 소문이 쫙 퍼지지 않았나. 세상이 이 지경이니 어딜 안전하다고 믿겠어. 오죽하면 자기 집 안방 침대 밑도 안심하지 말란 말이 생겨났겠어. 앞으로 도청 장치는 날로 발달할 건데, 무탈한 정치 인생 살고 싶거들랑 자네가 눈치껏 잘 알아서 하게나."

박 의원님의 이 말은 언제나 기억 속에 생생하게 살아 있었다.

보좌관한테 지시한 대로 한 이틀 정도 뜸 들이기를 하면 저쪽에서 몸이 다는 만큼 이쪽 주가는 오르게 되어 있었다. 그러는 동안 이쪽에서는 저쪽이 비밀에 부치고 있는 용건을 탐지해 낼 여유도 생기는 것이었다.

윤현기의 머릿속에는 세 사람의 얼굴이 떠올랐다. 재벌 기업들에 대한 정보가 가장 많은 정무위원회의 정 의원과 기획재정위원회의 신 의원, 그리고 정보의 저수지인 국정원의 김 선배였다. 그러나 반사적으로 머릿속에 빨간불이 켜졌다. 다른 게 아닌 기업 정보 협조 요구였다. 기업 정보 하면 바로 풍기는 것이 돈 냄새였다. 돈 냄새에는 후각이 개보다도 더 발달한 그들이었다. 괜히 고래 사냥을 할 수 있는 이쪽의 특급 정보만 갖다 바치는 꼴이 될 수 있었다.

'지둘려. 괜히 아무 정보도 얻지 못하고 오히려 역정보만 줄 수도 있잖아. 이런 때도 지둘려가 특효약이야.'

윤현기는 박 의원님이 내린 십계명대로 "'지둘려'가 내 것이 되게 하라'를 착실히 실천하기로 자제력을 발휘했다.

다음 날 출근하자마자 또 수석 보좌관이 급히 따라 들어와 쪽지를 내밀었다.

성화, 오늘 저녁 미팅 성화. 뜸 충분 사료.

윤현기는 시계에 눈을 고정시켰다. 실보다 더 가늘게 느껴지는 초침이 뜀박질하는 선수들의 발 빠르기처럼 동그란 원을 따라 숨 가쁘게 돌고 있었다. 잠시도 쉬지 않고 한 금, 한 금 움직이는 저것이 시간이고, 저 금들이 수천, 수만, 수십만 쌓이고 쌓이면 세월이 되는 거지……? 그 세월을 부지런히 헤쳐가는 것이 인생살이고……. 그 속에서 인생의 성공과 실패가 교차하는 거고……. 초침을 따라 눈길을 이동시키며 그는 이런 엉뚱한 생각을 하고 있었다. 그런 생각은 어떤 신중한 결정을 내려야 할 때 가끔 공백의 시간을 가지며 하는 것이었다.

초침이 완전히 한 바퀴를 돌아 제자리에 왔을 때 윤현기는 볼펜을 들어 쪽지에 적었다.

OK!

초저녁 어스름을 밀치며 자동차는 한강 변의 초고층 아파트 지하 주차장으로 들어갔다. 차가 멈추자 밖에서 뒷문을 열었다. 윤현기는 짧은 속기침으로 목을 다듬으며 차에서 내렸다.

"어서 오십시오, 의원님. 성화 상무 정광호입니다. 모시겠습니다."

가운데 선 남자가 말하며 허리를 굽히자 양쪽에 선 두 남자도 허리를 반으로 꺾었다.

윤현기는 빳빳이 선 채 허리를 펴는 가운데 남자한테 손을 내밀었다. 정 상무는 그 손을 두 손으로 받쳐 잡았다. 악수를 끝낸 윤현기는 말 한마디 없이 앞장서라고 짧은 고갯짓을 했다. 그런 그의 몸에서는 상대를 일거에 제압하는 카리스마가 뿜어져 나오고 있었다. 사무실에서는 드러나지 않았던 완전 딴 모습이었다.

엘리베이터는 논스톱으로 32층에 정거했다.

"양쪽 다 저희 안가라 보는 눈이 없습니다."

상무가 아주 낮춘 목소리로 말하며 대문을 열었다. 엘리베이터를 함께 타고 온 두 남자는 보이지 않았다.

집 안으로 들어선 윤현기는 상무를 향해 검지를 쭉 펴 자기 입 앞에 세웠다. 그리고 재빠른 눈길로 거실 여기저기를 살피며 양복 속주머니에서 볼펜을 꺼냈다. 상무가 기민하게 수첩을 꺼내 펼쳤다.

여기 믿을 수 없소. 당신이 타고 온 차량 말고 딴 차 없소?

윤현기가 수첩에 갈겨 썼다.

의원님, 여긴 안전합니다. 안가로 정한 지 사흘밖에 안 돼

아무도 모릅니다.

상무의 글씨도 술 취해 있었다.

무슨 소리요. 내가 왔으니 알 사람은 다 안 셈이오. 딴 차가 있소, 없소?

아, 미처 생각하지 못했습니다. 차 있습니다. 승용차가 아닙니다만.

더 좋소, 모양이 확 달라지면. 그걸 타고 장소를 옮깁시다.

예, 바로 조처하겠습니다.

그들은 한강 다리를 건너 고수부지로 나왔다.

"걸읍시다. 이렇게 하면 그 어떤 도청도 맥을 못 써요. 빨리 본론만 얘기하시오. 핵심만 간단하게!"

윤현기는 자신이 실천해 온 십계명 제6항을 상대에게 요구하고 있었다.

"예에, 알겠습니다. 요약해서 말씀드리겠습니다. 저희 그룹 비자금이 어떤 자의 배신으로 노출되었습니다. 신속하게 기자들을 다 막았는데 딱 한 사람이 말썽입니다. 주간《시사포인트》장우진 기자라고. 그 사람하고 가장 친한 사람이 고석민 교수고, 고 교수와 의원님은 고향 선후배로 아주 가까운 사이라고요. 그래서 의원님께서 고 교수가 장 기자를 설득할 수 있도록 도와달라는 것입니다."

상무는 대기업 상무의 수준을 입증하듯이 핵심 전달이 명

료했다.

"아니, 우리 관계를 어찌 그리 잘 알아냈소?"

윤현기는 감탄하는 어투로 말하며 걸음을 멈추었다.

"예에……, 저희들 정보망이 그 정도는……."

상무가 멋쩍게 웃으며 뒷머리를 긁적였다.

"허, 대양 그룹의 정보가 국정원 쯤 쩌 먹을 정도라는 소문이던데, 성화도 그런 식인 거요?"

윤현기는 놀랐다는 듯 고개를 갸웃거렸다.

"예, 저희 그룹 직원들이 기본적으로 20만이 되니까요."

"아 하, 20만 정보원이 상하좌우, 사방팔방으로 뛴다? 그거 말이 되는군요. 근데 말이오……, 그 일이 그렇게 쉬울 것 같지가 않은데……."

윤현기는 살짝 꼬리를 사렸다. 우선 주가 올리기 작전 시도였다. 그런데 왠지 느낌이 그 일에 그다지 자신감이 생기지 않는 것도 사실이었다. 고석민에게 들어왔던 말들이 점점 선명하게 떠오르고 있었던 것이다.

"예, 그 장 기자가 보통 단단하고 깐깐한 게 아닙니다. 그치만 그 절친한 인간관계로 봐서, 의원님께서 고 교수만 움직여 주시면 일이 그다지 어렵지 않게 풀리리라고 사료되는 바입니다."

두 손을 모아 잡은 상무는 연신 허리를 굽실거렸다.

"근데 말이오, 장 기자란 사람이 문제겠지만, 그보다 먼저 내 후배 고 교수도 문제예요. 그 사람도 좋은 말로 하면 줏대가 강하고, 나쁜 말로 하면 영 고집불통 인간이오. 이치에 맞지 않거나, 자기가 틀렸다고 생각하는 일에는 일절 말이 안 통해요."

"예, 그래서 의원님께 부탁드리는 거고, 그리고 의원님께서 힘 덜 드시라고 저희가 고 교수님께도 선물을 하나 준비했습니다."

"선물?"

"예, 그 일만 성사시켜 주시면 고 교수님께 인(in)서울의 대학에 전임 자리를 마련해 드리겠습니다."

"예에? 인서울에?"

윤현기는 걸음을 멈출 만큼 깜짝 놀랐다. 그건 기발하기 그지없고, 고석민의 급소를 찌르는 낚싯밥이었던 것이다.

"예, 저희가 후원하고 있는 대학이 여럿이라 그 정도는 별로 어려운 일이 아닙니다."

"흐음……, 성화의 전략 전술이 아주 날카롭고 그럴듯해요." 윤현기는 그 일에 나설 뜻이 있음을 슬쩍 비치고는, "근데 그 비자금 규모가 얼마나 되는 거요?" 그는 말머리를 급히 돌리며 일부러 목소리를 키웠다. '너희들은 죄인이야' 하는 것을 강조해 상대방의 기를 꺾고, 궁지로 모는 작전이었다.

"예에……, 그건 좀……, 의원님께서 좀 널리 이해를 해주셨으면……."

두 손을 가슴께에 모아 잡은 상무는 말을 더듬거리며 몸 둘 바를 몰라 했다.

"알았소. 그게 몇 년 전 대양에서 일으켰던 액수와 비슷한 거요?"

윤현기는 노회하고 재빠르게 상대방의 목울대를 움켜잡고 드는 전술을 구사했다.

"아 예에……, 그, 그 정도로 이해해 주셨으면……."

울상이 된 상무는 '이해해 주셨으면'을 되풀이했다.

"어허, 그게……, 그게……, 자칫 잘못했다가는 성화 회장 님께서 우리 국회 청문회장에 출두해야 할 사안이 되겠는데 그거……."

윤현기는 보이지 않는 칼로 상대방의 심장을 찌르는 동시 에 자신의 주가를 최대한 끌어올리는 양면작전을 구사하고 있었다.

"아 예……, 그러니까 의원님께서 저희를 좀 살려주십시 오. 이 일만 덮게 해주시면……, 이 일만 해결해 주시면 저희 가……, 저희가……."

상무는 두 손을 맞부비듯 하며 무슨 말을 참는 듯 말끝을 얼버무리고 있었다.

윤현기는 그런 상무를 내립떠보며 흐릿하게 웃음 짓고 있었다. '그래, 그건 상무 정도가 할 얘기는 아니지. 사장이 대기상태라 했었지' 생각하며.

"오늘 얘기는 이쯤 하면 됐지요?"

윤현기는 양복 소매를 터는 몸짓을 했다.

"아, 아닙니다. 창조개발실 한 사장님께서 오실 것입니다."

상무가 황급히 시계를 들여다보았다.

"여기로?"

"예, 이미 연락해 두었습니다. 곧 도착하실 시간이 다 됐습니다. 바쁘신 의원님께 또 시간을 내달라는 건 예의가 아니고 해서 오늘 사장님까지 다……."

상무가 또 시계를 보다가, 어둠 저쪽을 보다가 경황이 없었다.

'하, 이놈들이 몸이 달 대로 달았구나. 그래 쇠뿔은 단김에 빼는 게 좋다. 헌데 이놈들아, 해먹어도 그래도 염치가 있고, 양심이 좀 있어야지 어찌 그리 무지막지하게 4~5조가 뭐냐, 4~5조가. 느네 놈들이 세금 한 푼 안 내고 번갈아가며 경쟁하듯이 해대고 있으니, 참 잘들 하는 짓이다. 기업마다 비자금 안 챙기는 데가 없다는 거야 다 뻔한 일인데, 그렇게 엄청나게 챙겨대면 10대 그룹까지면 그 액수가 얼마지? 서열 따라 그 액수가 점점 낮아진다 해도 30대 그룹까지면 얼마가 될까? 아니, 100대 그룹까지면……? 아이고 맙소사, 내 머리로는 도무지 계산이 안 되겠다. 근데 말야……, 그놈들이 그렇게 지독하게 해 처먹으면 도대체 나라 꼴은 뭐가 되지? 하이거 결국 나라 망쪼 드는 것 아냐? 아이고 참, 골 때린다. 그래 좋다, 이 세상에서 돈보다 더 좋은 게 없고, 돈보다 더 센게 없으니까 돈 보고 마음 동하지 않는 건 인간이 아니다. 돈……, 돈……, 그것 참 얼마나 신통하고, 얼마나 무한 능력을 가진 해결사인가. 중국 모택동이가 '권력은 총구로부터 나온다'고 했는데, 칠팔십여 년 전에는 그랬는지 모르지만 지금은 어림없는 소리다. 지금은 '권력은 돈으로부터 나온다.' 제아무리 똑똑하고, 제아무리 언변이 뛰어나도 돈 없으면 국회의원 배지는 꽝이다. 이 불변의 진리 때문에 그 말썽 많은 정경유착은 말썽만 시끄러울 뿐 끄떡없이 건재해 온 것 아니겠느냐. 이 철통 결속은 그 어떤 힘으로도 깰 수가 없다. 그래 좋다, 어쨌든 느네들이 벌었으니 느네들이 4조든 5조든 먹겠다는 건 좋다. 그걸 무사히 먹게 해달라고 나한테 매달리는데, 나 대접은 어떻게 할 거지? 대양이 몇 년 전에 비자금 사건 저질러 미리 막지 못하고 결국 특검까지 붙었는데, 그때 참말 많았지. 첫째, 특검 판정이 아주 뜻밖이었던 거야. 세상은 4~5조나 되는 그 엄청난 비자금을 특검이 속 시원히 밝혀주기를 바라며 잔뜩 긴장하고 있었는데, 특검의 판단은 완전히 엉뚱한 방향으로 나가, '불법 비자금이 아니라 선대에서 상속받은 것이다' 해서 무혐의 판정을 내린 것이었다. 세상의 기대와 정반대가 된 결론 앞에서 세상의 입이란 입은 다 열렸으니그 시끄러움이 얼마나 요란했었던가. 그런데 사람들의 관심은 즉각 딴 데로 이동했다. 둘째, 특검은 도대체 돈을 얼마나먹었길래 그따위 판정을 내렸단 말인가로 집중되었다. 100억,500억, 1,000억……, 열 받친 말들은 어지럽게 난무했지만 조사를 종료해 버린 특검은 자취를 감추고 말이 없고, 하루 이틀 사흘……. 여러 날들이 지나면서 그전에 그래왔던 것처럼사람들의 분노는 시나브로 잦아들고 말았다. 그리고 2~3년지나 그 특검의 아들이 그 기업의 베이징 지사 과장으로 특채되었다는 기사가 어떤 신문에 조그맣게 났다. 그뿐, 세상은더 소란해지지 않았다. 그래, 느네들은 대양처럼 어설프게 특검 붙게 하지 않고 미리 콱 틀어막겠다는 건데……, 그래 좋아, 날 어떻게 모실 건지 어디 한번 판 벌려봐. 쌔끼들, 쪼잔하게 굴었단 봐라, 확 그냥…….'

윤현기는 강 건너 불빛들을 바라보며 주먹을 단단히 말아쥐고 있었다.

"돈이 권력 주고, 돈이 정치하는 세상이니 돈에 눈독 들이지 않을 수 없다. 허나 돈이라고 다 돈이 아니다. 냄새, 색깔,생김을 눈치껏 잽싸게 구분하고, 완전히 소화될 '안전빵'만 골라서 먹어야 한다. 명심해라. 빵은 빵인데 다 빵이 아니다."

박 의원님이 돈에 손댈 일이 생길 때마다 이른 말이었다. 그분은 살얼음 위를 걷듯이 하며 병아리 감별사처럼 예리하고 재빠르게 돈을 선별해 가며 5선 관록을 아무 탈 없이 잘 지켜냈던 것이다. '노련한 사냥꾼', '외줄 타기 명수'라는 뒷말은 괜히 따라다닌 게 아니었다.

"아, 저기 사장님 오십니다."

상무가 다급하게 말하며 막 도착한 차를 가리켰다.

상무가 차를 향해 득달같이 뛰어가는 것을 윤현기는 곁눈질하며 아랫배에 힘을 주었다. 국회의원으로서의 지엄함을 보일 때였던 것이다. 국회의원이란 그 지체가 여간만 높은 것이 아니었다. 세상은 보통 검사를 대단하게 아는데, 국회의원 눈에 검사는 그저 하품 나오는 하급 벼슬일 뿐이었다. 평검사들이 국회에 들어오면 국회의원 보좌관도 만나기 어려운 처지였다. 부장급 정도가 되어야 의원 보좌관들이 상대해 주었고, 검사장에 이르러야 비로소 국회의원과 대좌할 수 있었던 것이다. 국정감사 때면 그 차이가 아주 확연하게 드러났다. 평검사들은 감사장에 한 발짝도 들이지 못하고 복도에서 서류 뭉치들을 들고 대기해야만 하고, 부장급이 되어야 검사장 뒷자리를 겨우 차지하는 형편이었고, 증언대에 서서 제 나름으로 입심 센 의원들에게 인정사정없이 닦달을 당하며 식은땀을 삐질삐질 흘려야 하는 것이 검사장이었다. 검사들이 어떻게 해서든 국회의원 배지를 달려고 눈에 불 켜고 노리는 것은 어쩌면 너무 당연한 일이기도 했다.

그런 지체의 국회의원에게 어울리는 상대는 대기업의 사장 이상 회장이었다. 윤현기는 고개를 잦바듬하게 뒤로 젖히고 꼿꼿하게 서서 다가오고 있는 사장을 정면으로 주시하고 있었다. 상대를 단숨에 제압하고자 하는 기 싸움의 개막이었다.

어느 지점에서 사장과 눈길이 마주쳤다. 기가 꺾인 것인지, 의례적인 예의를 갖추는 것인지, 사장은 두 번 세 번 고개를 숙여대며 뛰듯이 빠르게 다가왔다. 상무는 어느새 자취를 감추고 없었다.

"안녕하십니까. 성화 창조개발실 사장 한인규입니다. 이렇게 귀한 시간 내주셔서 정말 감사합니다."

윤현기의 손을 두 손으로 받쳐 잡은 사장은 허리가 반으로 접히도록 깊게 인사했다.

좀 과한 듯한 상대의 그런 태도가 겸손도 아니고, 국회의원에 대한 존경은 더욱 아니라는 것을 윤현기는 빤히 들여다보고 있었다. 그건 사태의 급박성을 드러내는 것이었다.

"여기서 시간을 너무 오래 보냈습니다." 윤현기는 무게 잡히게 누른 목소리로 잘라 말했고, "아 예, 알겠습니다. 정 상무한테 사정 다 들으셨으니 저는 결론만 딱 말씀드리겠습니다."

사장이 기민하게 대응하며 입술을 훔쳤다.

"그 일만 확실하게 해결해 주시면……, 저희가 의원님을 확실하게 모시겠습니다."

사장은 짧은 말을 하면서 '확실하게'를 두 번이나 반복했다.

윤현기는 그 '확실하게'를 곱씹어보았지만 '확실한 것'은 없고 '불확실'이 있을 뿐이었다. 그런 건 언제나 하나 마나 한 소리일 뿐이었다.

"글쎄에에……, 확실하게라……."

느릿하고 묵직한 윤현기의 중얼거림은 '이 새끼야, 어물거리지 말고 확실하게 말해' 하며 상대방의 면상을 후려치는 주먹질이었다.

"예, 예, 확실하게 말씀드리겠습니다. 예, 일 잘 처리해 주시면……, 예, 그 즉시 차기 선거 비용 절반을 저희가 모시겠습니다."

윤현기는 가슴이 쿵, 쾅 울리는 강한 충격을 느꼈다. 머리까지 띵해지는 어지러움이 일었다. 그건 상상을 초월하는, 예상을 완전히 뒤엎는, 엄청난 것이었기 때문이다. 믿을 수 없었지만, 다시 물을 수는 없었다.

"비용이 얼마나 드는지 알고 있는 겁니까."

윤현기는 계속 가슴 두근거림을 느끼며 겨우 이렇게 말을 만들어냈다. 그러면서 자신의 감정의 동요를 상대방에게 들켜서는 안 된다고 주먹을 몇 번씩 말아 쥐고 있었다. 어두워서 천만다행이라고 생각하며.

"예, 물론입니다. 평균치는 잘 파악하고 있습니다."

"……."

'화아, 이놈들 이거 크게 해먹는 배짱에 어울리게 딜도 화끈하게 크게 하네. 이건 그냥 고래가 아니라 고래 중에 고래, 가장 큰 고래, 그 뭐지? 왕고랜가, 밍크고랜가, 하여튼 제일 큰 놈이 걸려든 거야! 아, 이거 기막힌데…….'

윤현기의 침묵이 신경 쓰이는지 사장이 불쑥 말했다.

"물론 그 기자님도 후히 모시겠습니다. 평생 팔자 고치게."

'그래, 4~5조 말썽 없이 깨끗하게 삼키려면 그까짓 몇백억이 돈이겠냐. 쌔끼들, 맘에 드네.'

윤현기는 마무리를 알리는 기침을 큼큼 두어 번 하고는, "돌다리는 틀림없는 돌다리인지……." 혼잣말하듯 하며 사장을 응시했고, "그건 저희의 생명입니다. 죽는 날까지." 사장의 어조가 결연했다.

윤현기는 이 세상에서 가장 거대한 고래를 잡을 꿈에 부풀고 들떠서 지체 없이 다음 날 바로 고석민을 만났다.

"의원님, 그건 안 돼요, 절대로!"

고석민은 강한 어투에 박자를 맞추듯 고개를 짤짤 저어버렸다.

"그게 무슨 소리야? 말 한마디 해보지도 않고?"

윤현기는 기분이 획 상하면서 얼굴까지 굳어졌다. 왕고래
잡을 꿈이 박살 나면서, 후배에게 면박당하는 불쾌감까지 겹
쳤던 것이다.

"아니 의원님, 기분 많이 상하셨군요? 이거 죄송합니다. 제
가 사전 설명도 없이 너무 심하게 말해서." 고석민은 민망한
얼굴로 고개를 꾸벅꾸벅하고는, "그 선배는 불의, 부정 그런
것은 절대로 용납하지 않아요. 대학생 때 가졌던 생각을 털끝
만큼도 변함없이 지금까지도 그대로 간직하고 있는 사람이에
요. 아니, 어떤 면은 기자 생활을 하면서 더 강해지기도 했어
요. 사람은 나이 들고 살아가면서 조금씩 변하고 달라지고 하
기 마련인데, 그 선배는 그런 상식으로 봐서는 안 되는 사람
이에요. 인간 화석이랄까, 화석 인간이랄까……, 하여튼 기적
같은 사람이에요."

"흥, 자네하고 똑같은 인간이구만? 융통성이고 요령이라고
는 털끝만큼도 없는 답답한 인간들."

윤현기가 후배의 말을 자르며 퉁명스럽게 말했다.

"아유, 저는 비교가 안 돼요. 저는 그 선배 절반도 못 따라
가요. 그 선배가 부정 비리 같은 것 심층 추적해서 보도했다
가 명예훼손이고, 허위 사실 유포 같은 죄목으로 고소 고발

당한 게 얼만지 아세요? 백여 건이에요."

"뭐, 백여 건?"

윤현기는 눈이 휘둥그레졌다가 다음 순간 헛웃음을 흘렸다.

"예에, 백여 건. 그런데도 하나도 기 죽거나 주춤거리는 일 없이 계속 심층 추적을 해대고, 법정 싸움을 해대고 그래요. 그러니 기적적인 인간이지요."

"아니, 고소 고발이 백여 건이면 그 변호사 비용은 어찌 다 대? 신문사가 대주나? 그 신문사 찢어지게 가난하다고 소문이 파다하던데."

"가난한 건 당연하죠. 재벌 기업 광고는 하나도 못 받으니까요. 그렇지만 유료 독자는 주간지 1위예요. 그만큼 신뢰받고 있다는 증거죠. 그래서 변호사 비용은 다 공짜예요."

"공짜?"

"예, 민변(민주사회를 위한 변호사모임) 아시잖아요."

"아니, 민변 그 꼴통 변호사들이?"

"아이 참 의원님, 또 이런 말씀을. 항상 표정 관리 좀 하시라고 했잖아요."

고석민이 눈을 흘기며 혀를 찼다.

"알았어, 알았어. 민변이 우리 국회를 늘 우습게 알고 걸핏하면 시비니까 감정이 좋을 리 없잖아."

"그건 당연하잖아요. 국회는 잘못하는 것 천지고, 민변은 사회 헌신만 했지 잘못하는 게 뭐 있어야 말이지요."

"자넨 무슨 근거로 그런 말을 막 해? 내가 민변 변호사가 아니라 현역 국회의원이라구."

윤현기가 벌컥 화를 내는 척했다.

"근거요? 그거야말로 명백하죠. 국민들의 국회 불신이 87퍼센트인데, 민변 신뢰도는 100퍼센트인 건 아시죠?"

고석민은 선배를 민망할 지경으로 빤히 쳐다보았다.

"허 참, 자네는 시시콜콜 아는 게 너무 많아서 탈이야."

윤현기가 언짢은 기색으로 생선 초밥을 입에 욱여넣듯이 했다.

"어쩌겠어요, 전공이 그거니."

고석민이 씁쓰름하게 웃음 지었다.

"허, 그러니까 민변이 장 기자 그 사람 구세주 노릇을 하는구먼. 세상 참 묘해. 그렇게 궁합이 딱딱 맞아 돌아가는 구석이 있으니."

"아니, 전적으로 구세주 역할을 하는 건 아니구요."

"그게 무슨 소리지? 돕는 데가 딴 데 또 있어?"

"예, 민변이 절반 정도고요, 그 선배의 추적 기사를 보고 좋아하게 된 일반 변호사들이 나서서 나머지를 무료 변론을 해주는 거지요."

"흥, 민변은 그렇다 치더라도 일반 변호사들 중에서도 그런 사람들이 다 있나? 변호사란 그저 돈만 밝히는 것들인데."

믿기 어렵다는 표정으로 윤현기는 고개를 갸웃갸웃했다.

"아니에요. 이 세상이 자기 이익만 생각하고, 인정사정없는 살벌한 난장판 같아도 그렇지 않은 구석도 꽤나 있다니까요. 그 좋은 예가 참여연대나 민변 같은 단체의 발전적인 활동이라니까요. 민변은 처음 출발할 때 50여 명이었는데, 30여 년 활동해 오는 동안에 회원들이 자그마치 1천1백 명이 넘게 불어났어요. 그리고 참여연대도 몇백 명으로 시작했는데, 25년여의 연륜을 쌓아오면서 후원자들이 1만 5천 명이 넘었어요. 이건 우리 사회의 새로운 희망이고, 민주 사회가 열려가는 새로운 빛이잖아요."

고석민은 국회의원 윤현기를 향해 일부러 이 말을 하고 있었다. 너무 한국적 직업 정치인의 냄새를 풍기는 선배를 만날 때마다 한 가지씩이라도 깨우쳐주고 싶었던 것이다.

"자넨 어찌 또 그런 것까지 그렇게 세세하게 잘 알아?"

윤현기는 콧등에 주름이 잡히도록 마땅찮은 투로 말했다. 그는 깜짝 놀라 '뭐 1천1백 명이 넘고, 1만 5천 명이 넘었다고?' 하는 말이 곧 터져 나오려는 것을 꿀꺽 삼키고 있었다. 그저 대충 민변이 몇백 명이고, 참여연대가 몇천 명 정도로 알고 있었던 것이다. 그런데 어느새 그렇게 숫자가 확 늘어난 것인지, 가슴이 쿵 울렸던 것이다. 그런 단체들의 기세가 승해 갈수록 정치해 먹기는 점점 힘들어지는 것이었다. 국민이 눈이 커지고 귀가 밝아지는 것은 그만큼 성가시고 골치 아픈 일이 많이 생기게 되어 있었다.

"예, 제가 참여연대를 비롯한 성공적인 시민단체들과 민변 같은 단체를 대상으로 '한국에서 정의 사회는 가능한가'라는 논문을 준비하고 있거든요."

윤현기의 속을 알 리 없는 고석민은 그의 속에 불 지르는 소리만 하고 있었다.

"응, 어쨌거나 논문 잘 쓰도록 하고……." 윤현기는 정종을 한 모금 홀짝 하고는, "근데 그거 말야……, 장 기자도 이제 젊은 것도 아니고……, 마흔다섯 넘었으면 남자로서 힘도 빠지고, 머리카락도 표 나게 많이 빠지기 시작하고……, 쉰 고개 금방 닥치는데 언제까지 그렇게 힘하게 기자 생활 할 수 없는 일 아닌가? 그동안 할 만큼 열심히 했으니까 이번 일 적당히……, 응? 적당히 넘기고……, 내가 알아서 잘 처리해 줄 테니까 그만 그 고된 생활 접고 좀 폼 나는 일 새로 하면서 신간 편케 사는 게 어떨까……? 세상살이 좋은 게 좋은 거고……, 사람 한평생 살면서 편케도 한번 살아보는 게 좋은 것 아닌가. 어때, 자네가 다시 한 번 생각해 봐. 세상살이는 적당한 게 좋은 거라구……. 옳은 일이라고 해서 혼자 모나게 살아봤자 세상은 끄떡도 안 하고, 자기 혼자 팔자만 찌

그러지고 힘들어진다구. 그러니까 내 말대로 좀……" 하며 나이 한참 아래인 고향 후배의 눈치를 살피면서 다시 조심스럽게 설득 작전을 펴고 있었다.

'하이고, 고맙기도 하셔라. 가난하고 불쌍한 우리 장 기자님의 튼튼한 후견인이 등장하셨으니 장 기자님 팔자 쭉 펴지게 생겼네. 요런 교활하고 악랄한 여우님, 장 기자 생각하는 척하면서 당신 실속은 얼마나 챙길 작정이신가. 속물 국회의원 나리, 군침 그만 흘리시고, 헛발질 그만하셔. 장 기자가 백여 가지 고소 고발을 당했다고 했으면 후딱 알아차리셔야지. 욕심만 창창해 가지고 그 쉬운 말귀를 이다지도 못 알아들으면 어쩌시나 그래.'

고석민은 이런 생각으로 마음이 착잡해져 정종 잔을 천천히 기울였다.

"예, 의원님이 미련 못 버리시니까 이 얘기 좀 들어보세요. 그러면 의원님도 단념하게 되실 거예요."

고석민은 앉음새를 고치며 크음 목을 다듬었다.

세상바꿈 동아리 장우진 회장의 별명은 여럿이었다. 의열단장 김원봉, 죽기 살기, 진돗개가 그것이었다. 그 별명들은 동아리 회장으로 뽑혀 행한 인사말에 뿌리를 두고 있었다.

"여러분, 우리에게 일제 치하 36년은 어떤 의미일까요. 우리가 다 아는 유명한 말 중에 '역사에서 배워야 한다'는 말이 있

138

습니다. 그럼 우리는 일본 놈들에게 짓밟히고 유린당한 굴욕과 치욕의 역사에서 무엇을 배워야 할까요. 친일을 배워야 할까요, 굴종을 배워야 할까요, 기회주의 민족 배신을 배워야할까요. 그따위 것들은 배워야 할 것이 아니라 그 반대로 단호히 척결하고 배격하고 처단해야 할 것들입니다. 그러한 토대 위에서 우리가 비참하고 부끄럽기 짝이 없는 식민지 역사에서 배워야 할 것은 굳건하게 치열하게 줄기차게 전개되어온 독립 투쟁의 정신, 결사 항쟁의 정신일 것입니다. 우리가여기서 명백하게, 확실 분명하게 염두에 두고 절대로 잊어서는 안 되는 사실이 있습니다. 18~19세기 세계사 속에서 열강강대국의 식민지가 된 나라는 많습니다. 그러나 우리나라, 우리 민족처럼 그렇게 빨리, 그렇게 거족적으로, 그렇게 격렬하게 식민지 투쟁을 전개한 나라는 없습니다. 세계사가 입증하건대 우리가 유일합니다. 보십시오, 1910년에 나라를 잃었고, 그 9년 후인 1919년 3·1운동이 폭발했던 것입니다. 여러분은어찌 기억하십니까? 3·1운동이 어떻게 전개되었는가 하는 그양상을! 참가 단체가 600여 곳이었고, 참가 인원이 200여만명이었고, 사망자가 7천5백여 명, 부상자가 1만 6천여 명, 투옥된 사람들이 4만 6천여 명이었습니다. 우리는 사회학 전공자들로서 이 정도는 기억하고 있어야 하는 것이 기본일 것입니다. 여러분, 이 전체 양상을 다시 똑똑히 보십시오. 3·1운동이 얼마나 거족적이고 전국적이었으며, 얼마나 치열하고 격렬한 투쟁이었는가를. 그 당시 우리 한반도의 총인구는 2천5백만 정도였습니다. 그런데 200여만이 참가했으니 몇 분의 1인 것입니까? 노인네 빼고, 어린애들 빼면 열 명 중 한 명이 독립 만세를 외치고 나섰으니, 이보다 더 큰 전 민족적 투쟁이 어디 또 있을 수 있겠습니까. 거대한 나라 인도는 작은 나라 영국의 식민지로 지배당하는 200여 년 동안 간디가 비폭력 저항을 시작하기 전까지는 거의 아무런 저항도 하지 않았습니다. 여러분, 우리가 사회학도로서 한 가지 꼭 유념해야 할 사실이 있습니다. 3·1운동이 그렇게 많은 사망자와 부상자와 투옥자들이 발생한 치열한 독립 투쟁이고 가열찬 독립 항쟁이었는데 어째서 그 명칭이 겨우 '운동'인 것입니까? 이거 너무 이상하지 않습니까? 명칭이 너무 잘못되었다는 의문이 생기지 않습니까? 이 문제는 우리 사회학도들이 풀어야 할 미래의 숙제로 남겨두도록 합시다. 자아, 봅시다 여러분! 3·1운동이 추동한 힘으로 수많은 사람들이 중국 땅 만주로 상해로 망명의 길을 떠났습니다. 그리하여 만주 일대에서 본격적인 무장 독립 투쟁이 전개되기 시작했고, 상해에는 나라를 망쳐먹은 조선왕조와 단절한 대한민국 임시정부가 수립되었습니다. 그리고 그 두 존재는 독립이 되는 그날까지 줄기차고 끈질기게 건재했습니다. 그런 36년 동안 일본 놈들의 무자비한 총

칼 앞에 짓밟히고 억압당한 한반도 내에서는 어떤 일이 벌어지고 있었을까요? 농토를 강탈당해 소작인으로 전락한 수많은 농민들이 또다시 70퍼센트에 이르는 가혹한 소작료의 착취로 굶주림에 시달리며 끝없이 죽어갔고, 수많은 사람들이 살길을 찾아 만주로, 만주로 이주의 길을 떠나야 했습니다. 일본 놈들의 그 가혹한 소작료 착취는 교활하고 악랄하게도 두 가지 목적을 가지고 자행되었던 것입니다. 첫째는 저희들 본토의 만성적인 식량 부족을 해결하는 것이었고, 둘째는 우리나라 사람들을 더 많이 만주로 몰아내서 제 놈들의 한반도 지배를 영속화하려는 것이었습니다. 그런 가혹한 상황 속에서 일본 놈들은 태평양전쟁을 일으켰고, 우리 민족에게는 더욱 혹독한 시련이 몰아닥쳤습니다. 남자는 징용으로 징병으로 학병으로 수백만씩 끌려가야 했고, 여자들은 정신대로 위안부로 수십만씩 끌려갔던 것입니다. 그런 처절한 핍박과 유린 속에서 죽어간 우리 겨레의 수는 얼마일까요? 400여만 명이었습니다. 민족 전체의 20퍼센트 가까이가 죽어가야 했습니다. 우리는 여기서 첫 번째 역사 질문 앞에 서게 됩니다. 도대체 일본 놈들이 얼마나 많았기에 우리나라 사람들이 400만 명씩이나 죽임을 당해야 했을까! 그러나 여러분 놀라지 마십시오. 한반도 전역에 퍼져 있었던 일본 놈들 숫자는 80여만 명 정도였습니다. 여러분, 똑똑히 보십시오. 80만 명이 400만 명을 죽인 것입니다. 일본 놈 하나가 우리나라 사람 몇을 죽인 것입니까? 우리는 여기서 다시 두 번째 역사 질문 앞에 서게 됩니다. 우리가 무엇을 잘못했길래, 얼마나 못났으면 이런 믿을 수 없는 일을 당했을까 하는 사실입니다. 다시 말하면 투쟁 방법의 문제입니다. 여러분, 일본을 상대로 한 투쟁 방법에 나라를 빼앗기기 전에 벌써 탁월하고 위대한 시범을 보여주신 분이 계십니다. 누구일까요! 바로 안중근 의사이십니다. 그분은 우리나라를 집어삼키겠다고 공공연하게 떠들고, 일본인 300만을 이주시키면 한반도를 영구히 지배할 수 있다고 호언장담한 이토 히로부미를 저격했던 것입니다. 그리고 서른한 살의 나이로 조국의 광복을 염원하며 의연하고 고결하게 교수형을 당했습니다. 그분이 우리에게 일깨워준 것은 무엇이었을까요? 일본 놈들의 마수로부터 조국을 지키는 것은 일본 놈들을 보는 족족 죽이고, 함께 죽어가라는 것이었습니다. 이게 무슨 말일까요? 일본이 우리나라를 강탈했을 때, 처음부터 80만 명이 있었던 게 아닙니다. 그건 해방 직전의 최대로 많을 때의 숫자이고, 처음에는 몇천 명으로부터 시작해서 계속 불어난 것입니다. 그러니까 안중근 의사의 가르침을 따라 나라를 빼앗긴 그날부터 일본 놈들이 눈에 띄는 대로 매일 죽여, 날마다 경기도에서, 전라도에서, 평안도에서, 충청도에서, 경상도에서, 황해도에서, 함경도에서, 서울에서 일본 놈들이 죽어가고, 헌병과 순사 들은 도망간 범인을 잡으려고 혈안이 되어 좌충우돌하고, 그렇게 100일, 200일이 지나게 되면 일본 놈들은 범인들을 뒤쫓을 병력도 모자라고, 언제 죽을지 모를 공포에 휩싸여 한반도 지배 야욕을 포기하고 줄행랑을 쳤을 것입니다. 그 증거를 명백하게 보여준 것이 바로 의열단이었습니다. 김원봉을 단장으로 한 의열단은 1919년 11월 만주에서 조직되었습니다. 그들 13명의 단원들은 바로 안중근 의사가 가르쳐준 '너 죽이고 나 죽기'를 결의한 무장 투쟁 결사대였습니다. 잘 훈련된 그들은 국경과 해안 경비를 뚫고 잠입해 거침없이 부산경찰서 폭파, 밀양경찰서 습격, 총독부 습격, 황포단 사건, 종로경찰서 사건, 니주바시 사건, 동양척식주식회사 폭파, 황옥 경부 사건 등의 거사를 일으켰습니다. 한두 번도 아니고, 한두 해도 아니고, 계속해서 터지는 그런 대형 사태로 혼비백산하고 경악한 일본 놈들은 어찌했을까요. 김원봉 단장의 목에 엄청난 현상금을 걸었습니다. 그 금액은 백범 김구에 걸린 현상금보다 더 큰 최고액이었습니다. 의열단의 결사 투쟁의 효과는 그렇게도 컸던 것입니다. 그들의 결연한 무장 투쟁은 100번, 200번, 그리고 1,000번으로 이어져야 했습니다. 그러나 안타까운 일이 벌어지고 말았습니다. 결사를 각오한 새 단원들은 줄 서 있었지만 투쟁 자금이 고갈되고 말았던 것입니다. 단원들이 훈련하고, 숙식하고, 폭탄과 총알을 구입해야 하는 비용을 조달할 데가 없었던 것입니다. 일본 놈들의 국경 통제가 한층 삼엄해진 데다가, 부자들이 거의 다 친일파로 민족을 배신했기 때문입니다. 상해 임정의 요인들이 끼니를 거르는 형편이었으니 더 말해 무엇하겠습니까. 어찌할 수 없이 의열단 존재는 사라졌고, 일본 놈들의 온갖 만행은 해방의 그날까지 거칠 것 없이 자행되었던 것입니다. 자아 여러분, 우리는 그러한 역사 사실 앞에서 무엇을 배워야 할까요. 의열단은 빼앗긴 나라를 되찾으려고 나섰고, 우리는 잘못된 세상을 바꾸려고 여기 모였습니다. 거기에 차이가 무엇입니까. 우리는 의열단원들의 결의와 결심을 본받고 배워서 강하게 뭉치고 굳세게 싸워나가야 할 것입니다. 왜냐하면 우리가 척결하고자 하는 적폐는 그 뿌리가 수십 년씩 된 것이기 때문입니다. 저는 여러분을 믿습니다. 우리 힘껏 싸웁시다!"

장우진은 간단한 인사말을 한 것이 아니었다. 아주 작심을 하고 장장 연설을 한 것이었다. 그것도 무척 지적이면서 애족적이고 자극적인 내용으로.

실내는 무겁고 깊은 침묵으로 완전히 얼어붙어 있었다. 50여 명은 모두 고개를 떨군 채 숨도 쉬지 않는 듯 미동도 없었다.

'아아, 저 사람 정말 대단하네. 나하고 2년 차이밖에 안 되는데 어찌 저럴 수가 있지…….'

고석민은 머리를 어디에 세게 부딪힌 것 같은 충격 속에서

'내가 3학년이 되면 저렇게 될 수 있을까' 하는 생각을 하고 있었다.

"저어……, 저어……, 질문……, 질문이 있는데요……."

떨리고 주저하는 목소리가 침묵을 깼다. 여자 목소리였다.

"네에, 질문하세요."

장우진이 손짓을 했다. 모두의 눈길이 그 손끝이 가리키는 곳으로 집중되었다. 뒷자리 중간쯤에서 한 여학생이 쭈뼛쭈뼛 일어서고 있었다.

"저어……, 1학년 최경희입니다. 저어……, 회장님 말씀 감동적으로……, 아주 감동적으로 들었습니다. 그런데 저어……, 회장님께서 하신 말씀이 저어……, 어떤 책에 있는 것인지……, 아니면……, 그러니까 회장님이 혼자서 생각……, 아니, 논리적으로 정리하신 것인지 궁금해서……."

여학생은 계속 떨리는 목소리로 더듬거리고 주저해 가며 말을 마쳤다.

"예에, 궁금해할 것 없습니다. 제가 말한 것과 똑같은 내용은 그 어떤 책에도 없습니다. 우리의 모든 지식은 1차적으로 여러 가지 책들과 공부를 통해서 습득됩니다. 그런 다음 2차적으로 그 지식들을 소화시키는 과정을 거칩니다. 그리고 3차적으로 자기 나름의 새로운 인식과 논리를 구축해야만 개성적이고 독창적인 자기 가치관을 확보하게 될 것입니다. 제가 여러분에게 드린 말씀은 그 3차의 과정을 거친 결과물입니다."

'아, 아, 졌다!'

고석민은 감탄인지 탄식인지 모를 자신의 소리가 가슴을 울리는 것을 들으며 고개를 떨구고 있었다.

한 6개월쯤 지나자 그 질문했던 여학생이 회장을 너무 색다르게 대한다는 소문이 쫙 퍼졌다. 그런데 어느 날 회장이 그 여학생에게 희한한 선물을 주었다는 얘기가 뒤따랐다.

"나 애인 있는 몸이야."

이 한마디로 여학생들 사이에서 장우진의 인기는 한층 더 높아졌다. 양다리 걸치지 않는 진실한 남성상으로.

"허 그것 참, 대학생 때부터 못 말리는 꼴통이었구먼." 윤현기는 코웃음을 치며 어처구니없어하고는, "그럼 지금 기자 생활도 의열단 독립 투쟁 하듯이 한다 그거야?" 하고 물으며 고석민을 쏘아보았다.

"예에, 그런 셈이죠."

고석민이 멋쩍게 웃었다.

"하이고, 훌륭한 애국자 한 분 나섰네. 10년 후 대통령감 하나 나오셨어."

윤현기는 쓰디쓴 얼굴로 타령하듯 큰 소리를 내질렀다. 그리고 술잔까지 입에 털어 넣는 것처럼 성질을 부렸다.

"의원님, 방법은 하나밖에 없어요. 이런 일은 깨끗이 잊어버리고 빨리 그 법이나 발의하세요. 의원님 사진 크게 내서 양면 인터뷰해야지요."

"빌어먹을……, 하긴 해야 되겠는데……."

윤현기의 반응이 영 떨떠름했다.

"왜, 무슨 문제 있으세요?"

"아니 뭐, 보좌관 놈들이 영 뜨악해해서 말야……."

"아니, 왜요?"

"거, 벌금 5천만 원 내지 1억은 너무 현실성이 없어 의원들 사이에서 웃음거리 되기 십상이라 발의하느라고 애만 썼지 법사위에서 걸려 본회의에는 가지도 못할 거라는 말들이고, 만약 통과된다 하더라도 차기 득표에는 별 효과가 없을 거라고들 하니 원……."

"그럼 잘됐네요, 장 기자도 홀가분하게 돼서." 고석민이 정말 홀가분한 듯이 말했고, "아니, 아니, 아니야. 자네 왜 그리 성질이 급해. 그거 할 거야, 곧 해. 이노무 쌔끼들이 오래되고, 배 부르니까 말들만 많아져. 더 트릿하게 굴면 이번에 싹 갈아치우고 말 거야. 사람이야 얼마든지 있으니까." 윤현기는 뿌드득 소리가 나도록 이를 갈아붙였다.

그러나 그건 보좌관들을 향한 역정이 아니었다. 고석민이 굶주린 늑대처럼 먹이를 향해 치달을 것이라고 자신 있게 믿었던 그 말을 꺼내지도 못하고 판을 끝내야 하는 것이 이를 갈아붙일 정도로 분하고 열통이 터지고 있었다. '자넬 인서울의 대학에 전임시켜 준대!' 이 말을 기세 좋게 하려 했었다. 그러면 고석민이 불끈 일어서고……, 일이 척척 풀려 차기 선거 자금 절반이……. 그러나 기자 생활도 독립 투쟁 하듯이 한다니……, 그 끔찍스러운 기세에 그만 질려 입이 떨어지지 않았던 것이다. 몇 번을 망설이며 입을 열려고 애를 썼다. 그러나 앞에 앉은 고석민도 그 기자와 별로 다를 것이 없다는 생각이 입을 열지 못하게 했다. 돈이면 지위 고하를 막론하고 안 통하는 데가 없었다. 저기 푸른 집 문도 마음대로 여닫는 것이 돈의 힘이었다. 그런데 그게 안 통하는 데가 있으니 참 어이없고도 희한한 일이었다. 돈 놓고 벌이는 밤거래를 이렇듯 허망하게 문 닫기는 난생처음이었다. 왕 중의 왕인 대왕고래가 품에 안긴 줄 알았던 그 황홀한 꿈이 유리그릇 내던진 듯 산산조각이 나고 만 것이다.

'미친놈, 기자 생활을 독립 투쟁 하듯이 해? 철없는 놈, 잘해봐라. 네놈이 그리 지랄 발광을 해봤자 이 세상은 끄떡도 안 하고 네놈 신세만 거지꼴 되는 거니까…….'

윤현기는 쓰디쓴 입에다가 술을 들어부었다.

더불어 어깨동무 길

장우진은 민변 건물 쪽으로 꺾어 돌려고 하면서 문득 생각했다.

'확 돌아설까!'

정면충돌을 시도할까, 말까, 생각이 빠르게 교차하고 있었다. 며칠째 미행이 따라붙고 있었다. 셋이었다. 그런데 아직 그 성분 파악을 못 하고 있었다. 회사 행동대 직원들인지, 회사가 고용한 조폭 나부랭이들인지 알 수가 없었다.

그들과 정면으로 시선을 마주치는 것. 그건 지금쯤 시도할 필요가 있기도 했다. 신변 보호를 위해 성분 파악이 필요했고, 기 싸움에서 기선을 제압할 필요가 있었던 것이다. 특히 기선 제압의 효과는 컸다. 상대방의 미행을 포기시킬 수도 있었고, 조폭의 경우 심정 동요를 크게 일으켜 이쪽에 이로움을 줄 때도 이따금 있었다. 그동안 수없이 미행을 당해 오면서 터득한 경험이었다.

'아니야, 오늘은 더 중요한 일이 있으니까. 이제 시작이니까 그렇게 신변이 위험하진 않아. 며칠 더 따라다니라고 해. 이쪽 움직임을 보여주는 효과도 있으니까.'

장우진은 일부러 느릿한 걸음으로 민변 건물로 들어갔다. 그러면서 획 돌아서고 싶은 유혹이 또 일었다. 돌아서면 이쪽으로 꺾이는 지점에 이른 그들과 딱 눈길이 마주칠 것이기 때문이었다. 그러나 장우진은 그 욕구를 꾹 눌렀다.

'이놈들아. 나 여기 민변에 왔다. 느네 회장님네들이 제일 싫어하는 민변 말이야. 빨랑 가서 보고해라. 느네들은 한 건 하는 거고, 위에서는 감을 잡지 못해 헷갈리겠지만 말야.'

장우진은 작은 건물의 좁장한 계단을 걸어 올라가며 민변의 소박한 체온을 느끼고 있었다. 최고급으로 장식된 대형 로펌들의 사무실이 비단이라면 민변 사무실은 그야말로 무명과 같았다. 돈만 좇는 대형 로펌들의 사무실이 호화로운 궁궐이라면, 사회 정의를 좇는 민변 사무실은 초라한 서민주택이었다. 대형 로펌들은 그 호화로움에 어울리도록 세상에서 선물받은 별명들도 다채로웠다. 입법·사법·행정 다음인 '제4부',

그 의미 야릇한 '밤의 대통령', 그리고 영광스럽기 그지없는 '사법의 수치'. 그러면 민변이 받은 세상의 선물은 무엇일까. '사법의 자랑', '법조의 희망'. 그런데 장우진은 그보다 더 멋지고 빛나는 말을 그 자리에 놓고 싶은 욕심에 이 단어, 저 단어를 바꿔보며 몸 가볍게 계단을 오르고 있었다. 그가 가장 마음 편하게 드나드는 곳이 신문사와 민변이었다. 만약 민변이 없었다면 자신의 처지는 어찌 되었을 것인가. 십중팔구 지금쯤 감옥살이 신세였을 것이다.

그동안 백여 건의 고소 고발 폭풍에 휩쓸리며 돈이 없어 변호사를 한 명도 댈 수 없었을 것이니 죄인의 길은 너무 확연했던 것이다. 그런데 기다리고 있었다는 듯 민변 변호사들이 줄을 이어 무료 변론에 나서주었다. 그리고 그들은 기본 수임료의 열 배라도 받은 것처럼 열성적으로, 마치 자기들이 당한 억울함처럼 뜨거운 열정을 쏟아 계속 승소를 이끌어냈던 것이다. 그들은 변함없이 자신을 지켜주는 수호자였고, 불의한 세상의 파도를 함께 헤쳐나가는 동반자였다. 그들이 세월이 갈수록 더욱 튼실해지고 굳건해지며 거기에 꿋꿋하게 건재해 있었기에 자신도 지금껏 지치지 않고, 꺾이지 않고 버티어온 것인지도 몰랐다.

장우진은 반쯤 열려 있는 회의실 문에 똑똑 손기척을 냈다.

"어머나, 장 기자! 어서 와요, 기다리고 있었어요."

책을 보고 있던 여자가 활짝 반색을 하며 일어났다.

"안녕하세요, 정 변호사님."

장우진은 안으로 들어서며 긴 머리칼이 옆얼굴을 가리도록 꾸벅 고개 숙여 인사했다.

"그동안 잘 지냈어요?" 정하경 변호사가 손을 내밀었고, "예에, 변호사님은 그동안에 더 예뻐지셨어요." 장우진은 정 변호사의 손을 맞잡으며 말하다가, "아니, 이런 말 하면 성희롱에 걸리는 시대잖아요." 장우진이 화들짝 놀라는 시늉을 했고, "아니, 아니. 난 그런 거짓말 좋아해요. 특히 장 기자 같은 사나이가 하면 얼마든지 대환영!" 그녀는 동글갸름한 흰 얼굴에 환한 웃음을 피워냈다. 복스럽게 생긴 그 얼굴에서 두 눈이 유난히 총명한 빛으로 돋보였다.

"그동안 많이 이겨서 한숨 돌리게 되니까 장 기자 얼굴 자주 못 보게 돼서 심심할 때도 있어요."

정 변호사가 준비해 두었던 녹차를 따르며 말했다.

"그건 변호사님이 자초한 심심이에요. 판판이 이기게 한 죗값이라구요."

장우진이 장난스럽게 얼굴을 찡그리며 녹차 잔을 들었다.

"맞아요, 판판이 지게 했어야 하는데." 정 변호사가 눈을 찡긋하며 다정하게 웃고는, "무슨 일 있어요?" 하며 표정을 가다듬었다.

"예, 큰 건이 터졌습니다."

장우진의 얼굴에서도 웃음이 싹 사라졌다.

두 사람의 얼굴은 순식간에 전혀 다른 얼굴로 변해 있었다. 사람의 얼굴이 부리는 마술이었다. 정다움과 편안함이 자취 없이 사라져버린, 긴장과 집중이 팽팽하게 드러난 변호사와 신문기자의 얼굴이 서로를 응시하고 있었다.

"성화의 비자금 사건 소식 들었습니까?"

장우진이 수첩과 볼펜을 꺼내며 물었다.

"아니요. 성화가……?"

정 변호사도 옆에 놓인 노트와 볼펜을 끌어당겼다.

"예, 좀 심각해요."

"커요, 규모가?"

"엄청. 확실친 않지만, 몇 년 전 대양 것하고 비슷한 것 같아요."

"뭐예요? 4~5조나?"

"나도 질 수 없다 하는 배짱이겠지요."

"아, 아, 다들 왜 그러지? 미쳤나 봐."

정 변호사가 상을 찡그리며 두 손으로 머리를 감싸듯 했다.

"변호사님이 저를 좀 도와주셔야겠어요. 급해요."

장우진이 의자를 끌어당겨 회의 탁자 앞으로 바짝 다가앉았다.

"예, 어서 말해 봐요."

정 변호사도 머리를 쓸어 넘기며 자세를 똑바로 했다.

"빨리 최민혜 변호사 좀 소개해 주세요."

"최변은 왜?"

"예, 간략하게 정리할게요. 지난번 대양 비자금은 임원급이 폭로했잖아요. 근데 이번 성화는 가족이에요."

"가족이……?"

"예, 사위가 폭동을 일으킨 거예요."

"왜, 괄시, 왕따를 당했나?"

"그건 차후 문제고, 지금 시급한 것은 그를 찾아내는 거예요."

"잠적했구먼?"

정 변호사는 계속 빠르게 메모하고 있었다.

"오리무중!"

"근데 어떻게 장 기자는 안 거죠? 특급 정보 라인?"

"아니요. 발 없는 말이 천 리 가잖아요. 즈네들이 철통 보안 했겠지만 언론 쪽에 다 흘렸어요. 어쩌면 사위 쪽의 작전인지도 모르구요."

"그거 얼마나 됐는데요?"

"한 닷새? 일주일?"

"근데 왜 우리 쪽엔 깜깜 무소식이지?"

"그야 당연하죠. 그날로 다 틀어막아버렸으니까요."

"기자들 말인가요?"

"네에, 기자 나으리들."

"어쩜 좋아, 그 기레기(기자 쓰레기)들을."

정 변호사가 손바닥을 맞부비며 미간을 찡그렸다.

"기레기보다 더 문제가 그 위의 신레기(신문사 쓰레기)들이죠 뭐. 기자들 목을 틀어쥐고 꼼짝 못 하게 하니 월급쟁이들이 어쩌겠어요."

"세상에……, 신문사들은 대기업들 광고에 목 매달려 꼼짝을 못 하고……. 그럼 꼼짝을 하는 기자는 누구라는 거예요? 장 기자 하나?"

"예, 그리된 셈이죠."

장우진이 떫게 웃음 지으며 뒷머리를 긁었다.

"됐어요, 그럼 최변 얘기로 돌아가야지요. 최변은 왜 소개하라는 거예요?"

"그 사위한테는 여동생이 하나 있는데, 그 사람이 오빠 은신처를 알 만한 유일한 사람이에요. 그래서 며칠간 죽어라고 접촉을 시도했지만 전혀 만나주지를 않아요. 별수 없이 딴 방법을 찾아 그 주변을 캐보니까 최변이 그와 여고 동창이었어요. 빨리 선을 좀 대달라고 부탁해야 되니까, 선배에다 민변회장님의 파워로 압력을 좀 가해 주세요."

"그야 당연히 서로 협조를 해야 될 문제인데……, 핵심은,

그 사위라는 사람이 비자금 자료를 다 가지고 있다 그거지요?"

"예, 그 사람을 빨리 찾아내야만 성화의 은폐 시도를 깨고, 검찰에 사건화시킬 수가 있지요. 시간이 길어지면 그 사위가 성화 손에 어디론가 사라질 위험이 크고, 그리되면 그 엄청난 비자금 사건은 깨끗하게 묻혀버릴 수도 있어요."

"맞아요. 조폭이든 걔네들이든 배신자는 절대 용납하지 않는 생리들이니까. 근데 가만 있어봐요, 그때 대양 비자금 사건 때 그 폭로자가 어디에 은신해 있었지요?"

"그때……? 아, 그랬어요, 천주교 정의구현사제단이오."

"그거예요. 이번에도 그런 데 아닐까요? 군사독재 때도 손을 대지 못했던 성역이니까."

"예, 그럴 수도 있어요. 그치만 급한 건 정확한 정보예요. 그저 막연하게 사제단이고 어디고 더듬고 다닐 수는 없는 일이니까요."

"맞아요. 이걸 그들이 덮지 못하게 하고 사건화하려면 그 사위의 신병 확보가 필수예요. 그쪽에서도 지금 사력을 다할텐데, 장 기자도 벌써 여러모로 시달리고 있는 거 아니에요?"

"예, 좀 이상해요. 그전 대양과 전법이 다른지 어쩐지 아직까지 제 주변 인맥 동원은 전혀 없어요. 그 대신 미행은 진작따라붙었고요. 세 놈씩이나 아까 여기까지 따라왔어요. 지금도 저 밖 공원 어디쯤에 숨어서 여길 뚫어지게 지켜보고 있겠죠."

장우진은 태평스럽게 말했다.

"어머, 셋씩이나?" 정하경 변호사는 눈이 커지며 어깨를 부르르 떨고는, "정말 조심해요. 언제 무슨 짓 할지 모르는데. 아유 그 사람들, 그런 짓 안 하고도 천대 만대 배 터지게 먹고 살 돈 쌓아두고도 그딴 위법행위는 왜 또 하나 몰라. 돈이 그렇게도 좋은가……." 경멸 가득한 얼굴로 고개를 저었다.

"그 인간들은 이 세상 돈 다 가져도 배고플 인종들이니까 더 말할 것 없구요, 어쨌거나 법원이 그 짓 또 하게 만들어준 거라구요."

장우진이 거세게 혀를 찼다.

"법원……?"

정하경 변호사의 날카로운 눈길이 장우진에게로 날아갔다.

"예, 지난번 대양 비자금을 전액 국고로 몰수해 버렸어도 성화가 또 똑같은 짓 저질렀겠어요?"

팽팽해진 목소리와 함께 장우진의 표정이 단호했다.

"아, 알겠어요. 단호한 엄벌주의! 장 기자의 말이 백번 옳아요. 수십 년 계속되고 있는 대기업 보호 정책, 그에 따른 정경유착, 당연한 것처럼 뒤따르는 물렁물렁한 처벌. 이따위 것들이 언제나 뜯어고쳐질지, 내가 법조인이라는 게 이런 때 가장 한심스럽고 비감해요."

정하경 변호사가 고개를 떨구며 깊은 한숨을 쉬었다.

"사실은요……, 이번 취재를 새로 시작하면서……, 사실은요, 겁나요."

"겁……?"

"예, 죽을 등 살 등 기를 쓰고 취재해서 사건화해 봤자 지난번 특검처럼 '상속받은 것이다' 해버리면 어쩌나 해서요. 이제 드리는 말씀인데, 그때 저 기자 그만두려고 했어요. 이런 나라에서 몸부림쳐봤자 무슨 소용이 있겠어요. 정 떨어져 아무데로나 떠나고 싶었는데, 이민 갈 돈이나마 있어야지요."

장우진이 쓸쓸한 얼굴로 긴 머리카락을 쓸어 넘겼다.

"그랬었구나. 그치만 너무 크게 상처받지 말아요. 조금씩이라도 좋아지는 게 보이고 있으니까."

정하경 변호사가 장우진을 측은하게 바라보며 녹차를 따랐다.

"최변은 언제 만날 수 있을까요?"

장우진은 녹차 잔을 들며 용건을 환기시켰다.

"그거 빠를수록 좋을 테니까 오늘 하죠 뭐. 최변 자기 일과 마치면 이따가 6시 반이면 여기 와요."

"예, 고맙습니다. 딴 볼일 보다가 이따 시간 맞춰 오겠습니다." 장우진은 머리에 손가락빗질을 하며 일어났고, "조심해

158

요, 미행. 셋씩이나 되는데." 정하경 변호사가 걱정스러운 눈빛으로 말했고, "걱정 마세요. 아직까지는 셋 정도 문제없어요." 장우진은 장난스럽게 눈을 찡긋했다.

"아참, 이것 드리는 것 잊어먹을 뻔했네요."

두어 걸음 옮기던 장우진이 바지 뒷주머니에서 무엇을 꺼내며 다급하게 돌아섰다. 그는 반으로 접힌 봉투를 정하경 변호사 앞으로 불쑥 내밀었다.

"이거 뭐예요……?" 정하경 변호사가 의아스러운 얼굴이었고, "어디 한번 맞혀보세요." 장우진은 입술이 비틀리도록 짓궂게 웃었다.

"무슨 서류……?"

"아니요. 아마 영원히 못 맞히실 거예요."

장우진의 웃음은 더 장난스럽고 다정해졌다.

"나쁜 건 아닌 것 같은데……, 무슨 초대장 같은 것도 아닌 것 같고……."

정하경 변호사는 장우진의 손에 들린 봉투를 유심히 살피며 고개를 갸웃했다.

"돈이에요. 받으세요."

장우진은 봉투를 불쑥 내밀었다.

"돈……? 무슨……?"

정하경 변호사가 더 의아스러운 눈길로 장우진을 쳐다보

왔다.

"변호사 수임료요."

"무슨 수임료요?"

정하경 변호사의 얼굴은 더욱 영문을 모르겠다는 표정이 되었다.

"며칠 전 방송 출연을 했거든요. 심층 추적에 대한 단독 대담이라 거금을 받았어요. 그동안……."

"아니, 방송에 출연했어요?" 정하경 변호사는 상대방의 말을 자를 만큼 화들짝 반가워하며, "아아, 이제야말로 정권 바뀐 것 실감 나네요. 정권에 밉보여 매냥 고소 고발만 당하던 장 기자가 방송에 나가다니. 아, 정말 살맛 나요. 자유의 몸이 된 것 축하해요." 그녀는 생기 넘치는 목소리와 함께 악수를 청했다.

"예, 그렇게 기분 좋게 번 첫 번째 돈을 그동안 안면 몰수하고 공짜로 버팅겼던 수임료로 내고 싶어요."

"어머, 새삼스럽게 무슨. 이 돈 고이 부인 갖다주세요. 그동안 취재비로 미리 가불해서 월급날마다 저금통장에 빵(0) 원 찍히게 했다면서요."

"아니에요. 집사람은 그담에 버는 돈 주면 되고요. 이 돈은 정말 민변에 내고 싶어요. 아무리 무료 변론이라고 해도 사람들이 형편 따라 최소한 소송 서류 용지대며 복사비 정도는 내는데 저는 정말 땡전 한 닢 못 내고 완전 공짜였잖아요. 심지어는 밥도 얻어먹고는 했는데, 정말 고맙고, 죄송하고, 면목 없고, 한마디로 쪽팔려서 죽을 것 같았어요. 그동안 맡아주신 수십 건의 사건에 비하면 이까짓 백만 원이 무슨 돈이겠어요. 그치만 이건 꼭 민변에 내고 싶어요. 이건 제 마음이고, 자존심이고, 민변에 대한 사랑이에요."

차츰 잠겨가던 장우진의 목소리에는 물기가 완연해졌고, 눈시울마저 붉어졌다.

"알았어요. 그럼 장 기자가 사무처에 가서 직접 접수시켜요."

물기가 번진 눈으로 정하경 변호사가 장우진의 봉투 든 두 손을 감싸 잡았다.

장우진은 한 계단씩 느릿느릿 밟아 내리며 또 그 생각을 하고 있었다.

'거참 이상하네. 왜 미행만 하고 인맥 총동원은 안 하는 거지? 무슨 새로운 특수작전이 있나? 아니면 지난번 대양 때 안 통했다는 말을 듣고 아예 단념을 해버린 것인가? 그렇다면 좀 편해져서 다행이긴 한데……, 조심해야 해, 긴장해야 해. 그놈들 얼마나 교활하고, 야비하고, 잔인해. 머리 좋으신 일류 대학 출신들이 모여 앉아 짱구들 돌려대는 거니까. 인포인들(인간이기를 포기한 인간들), 일류 대학 나와서 하는 짓들 하고는…….'

장우진은 민변을 나서며 재빠르게 눈길을 돌렸다. 그런데 이상했다. 양복 입은 세 사나이의 모습은 잡히지 않았다. 건너편 아담한 쉼터 그늘에는 몸을 숨길 만한 데도 없었다. 띄엄띄엄 놓인 벤치에는 나날이 무료한 남녀 노인들이 정물처럼 앉아 있을 뿐이었다.

'미행을 거뒀을 리는 만무하고……, 어디에 꼭꼭 숨어서 지켜보나……, 아니, 미행팀을 바꿨을지도 모르지. 그야 알아채지 못하게 하려고 흔히 쓰는 수법이니까…….'

장우진은 주차장에서 천천히 차를 뺐다. 일부러 늑장을 피우며 살펴도 미행 낌새는 잡히지 않았다.

큰길로 나서는데 차가 숨 헐떡거리는 노인네 소리 같은 것을 냈다. '또 병원에 가자는 것이냐? 의료보험도 안 되는 것이……' 하며 장우진은 조심스럽게 핸들을 돌렸다. 중고차 시장에서 인연을 맺어 10년을 넘었으니 예순을 넘긴 노인네일까, 일흔을 넘긴 노인네일까. 그동안 쫓고, 쫓기고 하며 천지 사방을 끌고 다녀 고생도 무던히 시킨 둘도 없는 벗이었다. 허나 이제 기력이 거의 다해 헤어질 날이 머지않은 것 같으니 마음 한구석이 허전해졌다.

장우진은 테헤란로를 관통하며 신호에 걸릴 때마다 차선을 바꾸며 백미러를 주시하고 있었다. 그런데 언제부턴가 검정 지프차가 자석에 달라붙는 쇠붙이처럼 악착스럽게 차선을 바꾸며 따라붙고 있었다. 승용차가 지프차로 바뀐 미행이었다. '개네들이 누군데……' 생각하며 장우진은 픽 웃음을 흘렸다. 미행을 확인하니 오히려 불안스러움이 가라앉는 느낌이기도 했다.

장우진은 백화점 지하 주차장으로 거침없이 차를 몰고 들어갔다. 백화점엔 언제나 사람들이 북적거리니 미행을 따돌리기 쉽고, 그들을 골탕 먹이기 좋았던 것이다.

장우진은 차에서 내리며 문도 잠그지 않고 내달리기 시작했다. 그들은 외제 고급차의 문을 따는 데도 미처 1분이 걸리지 않는 실력자들이었다. 더구나 낡을 대로 낡은 자신의 차는 1~2초면 족할 거였다. 그리고 차 속에는 그들이 원하는 것은 종이쪽 하나 들어 있지 않았다. 오래 청소하지 않아 지저분한 차 속에 향기로운 냄새만 가득해 그들을 열렬히 환영할 것이다. 지금 해야 할 일은 100미터 10초 주파의 빠르기로 달려가 엘리베이터를 타는 것이었다.

최신 건축한 백화점이라 엘리베이터는 6대였다. 마침 한 대의 불이 빨강에서 파랑으로 바뀌면서 잠시 후 문이 얌전하게 열렸다. 서너 명이 내리자 장우진은 재빨리 타고는 2층과 닫힘 버튼을 눌렀다. 15인승 대형 엘리베이터를 혼자 타는 그럴듯한 기분에 취하며 장우진은 빙긋이 웃고 있었다. 그러나 그는 지금 호시를 즐기는 것이 아니었다. 미행을 따돌려버린 고

소롬한 맛을 즐기는 중이었다. '이놈들아, 사나이로 태어나 할 일도 많다만 무슨 짓을 못 해서 못된 짓 하는 놈들이 시키는 미행질이나 하면서 밥을 빌어먹는단 말이냐. 어서 개심하여 광명 찾도록 하여라.' 그놈들이 표적물을 잃고 허둥지둥 헤매는 꼴이 눈에 선했다.

장우진은 2층에서 내려 에스컬레이터를 향해 재빨리 이동했다. 그리고 1층으로 내려가는 에스컬레이터에 올라 그는 긴 다리로 성큼성큼 걸었다. 1층에서 다시 엘리베이터를 타고 지하 주차장으로 내려갔다. 그리고 신속하게 차를 몰아 주차장을 벗어났다. 우측 옆의 호텔을 지나쳐 그다음 건물 지하 주차장으로 내려갔다. 그때까지도 백미러에는 그 검정 지프차는 잡히지 않았다.

약속 장소는 19층이었다. 무역 회사 킹은 19층 왼쪽을 차지하고 있었다.

"처음 뵙겠습니다. 장우진입니다."

장우진은 명함을 내밀며 고개를 약간 숙였다.

"예, 서원섭입니다. 저는 장 기자님을 잘 압니다. 심층 추적 기사 재미나게 읽고 있거든요. 아니, 죄송합니다. 무식하게 '재미나게'라고 해서……."

무역 회사 사장답게 세련된 멋을 풍기는 서원섭이 멈칫 당황하는 기색을 보였다.

"아니, 좋습니다. 독자들에게 재미를 줄 수 있는 기자는 일단 성공한 것입니다. 재미가 관심을 불러일으키고, 관심이 모아져 감시로 발전하고, 감시가 커져서 행동을 촉발시키는 거니까요."

장우진은 상대방의 손을 잡고 흔들면서 빠르게 책을 읽는 것처럼 한달음에 쏟아놓았다. 그건 그가 이따금 써먹는 기선제압의 한 방법이었다.

"하아 참, 기사만 잘 쓰시는 게 아니라 말씀은 더 잘 하시는 것 같습니다." 서원섭은 고개를 갸웃하며 놀랐다는 표정을 짓고는, "실은 기사를 읽을 때마다 방금 말씀하신 것과 같은 점을 공감하지 않았더라면 약속을 하지 않았을 겁니다. 뵙게 되어 반갑습니다. 어서 앉으시지요" 하며 호감 가득한 웃음을 지었다.

"커피, 녹차, 뭘로 하시겠습니까."

"저는 맹물이 좋겠습니다."

"아 예, 그게 젤 실속이 있긴 하죠. 여기, 생수 두 잔 부탁해요." 서원섭이 인터폰에 대고 이르고는, "장 기자님이 비치신 한마디 듣고 언뜻 짚이는 게 있어서 바로 김태범을 찾았어요. 그런데 전혀 연락이 안 되는 겁니다. 그 부인하고는 애초에 연락이 안 되는 관계이고요. 마치 외계인처럼" 하며 걱정스럽게 말하고, "어느 쪽이 외계인인지는 모르지만……" 하고 중얼거리는 얼굴에 쓴웃음이 스치고 지나갔다.

"예에, 제가 김태범 씨의 종적을 찾기 위해 그분 여동생과 좀 접촉을 하고 싶은데, 그게 잘 안 됩니다. 혹시 서 사장님께서 그 여동생과 잘 아시나 해서……."

양쪽 손으로 번갈아가며 다섯 개의 손가락을 꼭꼭 쥐어 잡는 손짓에 장우진의 초조감이 그대로 드러나고 있었다.

"아, 그래서 오셨군요. 죄송하지만, 그 사람하고는 두어 번 인사만 했을 뿐 별로 가까운 사이가 아닙니다. 거 왜, 우리나라 사람들, 특별한 관계가 아니면, 여자인 경우는 더 그렇지 않습니까."

"그러시군요, 예, 대개 그렇지요."

장우진은 실망스러운 기색으로 입을 꾹 다물었다.

"근데……, 김태범이한테 무슨 일 있습니까? 혹시 회사에서 무슨 일 저질렀습니까?"

"예, 큰 사고를 냈습니다. 성화의 비자금 자료를 갖고 잠적해 버렸으니까요. 그 규모가 지난번 대양 때하고 비슷하게 추정되니까 보통 큰 사고가 아니죠. 아니, 말이 잘못됐습니다. 회사로서는 큰 사고겠지만, 사회적으로는 필히 밝혀져야 하는 경제 범죄지요."

정보를 얻으러 왔다가 오히려 정보를 주게 되는 이런 때가 제일 곤혹스러워 장우진은 얘기가 길어지는 것을 막으려고 사건 전체를 간추려 말해 버렸다.

"아하, 그 사람이 결국……" 들었던 물컵을 다시 놓으며 서원섭 사장은 한숨을 푹 쉬고는, "그 사람이……, 두 번째 무덤을 팠군요. 그래서는 안 되는데……." 그는 침통하게 중얼거렸다.

"두 번째 무덤이요……?"

장우진의 눈이 빛났다.

"예, 첫 번째 판 무덤이 결혼이었죠. 성화 기업의 사위가 된 것. 그 간택을 피했어야 하는데……, 그걸 물었으니……."

서원섭 사장은 고개를 설레설레 저었다.

"간택이라 하셨습니까?" 장우진이 의아스럽게 물었고, "예, 우리 대학 동창들은 다 그렇게 부릅니다. 옛날 궁중에서 그랬듯이 대재벌 기업 성화가 우리 상대로 사윗감 헌팅에 나섰으니까요. 예, 우리는 헌팅이라고도 불렀어요. 상대생들 분위기는 묘했어요. 뒤숭숭한 속에 약간 긴장한 것도 같고, 약간 흥분한 것도 같고, 대기업의 그런 행위를 비판적으로 보는 학생은 얼마 안 됐고, 학교 측도 은근히 좋아하는 분위기였어요. 그야 당연한 일이죠. 자기네 학생 중에서 대기업 사윗감이 뽑히면 대기업의 학교 지원이 그만큼 후해질 테니까요. 그때 저도 그게 좋을지 어떨지 갈피를 잡지 못했어요. 어쩌면 뽑히길 바라고 있었는지도 모르죠. 결국 김태범이가 뽑혔는데, 그게 불행의 길이었다는 것을 안 것은 한참 뒤, 10년도 더 지난 다음이었어요." 서원섭은 착잡한 표정으로 말을 이어나갔다.

"불행의 길……, 그게 눈으로 확실하게 확인이 됐습니까?"

"예, 술을 마시면 사람이 폭군처럼 변하고는 했어요. 전혀 딴사람으로."

"폭군이요……?"

"예, 공부밖에 모르고, 아주 유순한 사람이었는데, 전혀 상상할 수 없도록 변하고 만 거예요. 대재벌 집이 그렇게 망쳐놓은 거지요. 그러니까 그 사람이 동창들을 다 멀리하고 저나, 한 서너 명하고만 교류를 하게 된 것은 전적으로 동창들의 잘못 때문이었어요. 졸업하고 사회인이 된 다음에 동창들이 그렇게 많이 모이곤 했던 것은 은근히 그 사람 덕을 좀 보고 싶어 하는 마음 때문이었다는 것을 부정할 수가 없겠지요. 그러나 그런 얘긴 쉽사리 꺼낼 수 있는 게 아니었고, 그래서 술이 거나해지면 '술자리 농담'들을 하기 시작했어요. 거 우리나라 남자들이 즐겨하는 Y당 있잖아요. '스긴 제대로……' 아니, 이거 죄송합니다. 제가 그만 상소리를……" 서원섭 사장이 당황스레 입을 가렸고, "아닙니다, 아닙니다. 누가 여기 있는 것도 아니고, 있었던 그대로 말씀하세요. 그래야 실감도 나고 좋지요." 장우진은 고개를 저으며 정색을 하고 말했다.

"아 예, 이해해 주시면 그냥 그대로 하겠습니다. 아, 동창 놈들이 술 취해 미친 척하면서 '넌 스긴 제대로 스냐?' '너무 겁나고 긴장해 매냥 문전객사하는 거 아니냐?' '너 밤마다 밑에 깔리는 거 아냐?' '돈 많은 것처럼 거기 금테 둘렀데?' '금테 둘러서 맛도 쫀득쫀득 별나든?' '야, 니는 안 꼴리는데 하라고 명령할 땐 없냐?' 그러나 이런 야비한 음담패설이 꼭 음담패설만은 아니었어요. 잘 아시죠, 남자들이 가진 야비함과 악랄함 말입니다. 사람이란 그 누구나 '나 잘되는 것보다 남 잘 못되는 것'을 보고 더 기분 좋아한다던데, 특히 남자들은 남 잘되는 것을 보면서 얼마나 질시하고 배 아파합니까. 그리고 또 남자들은 권력과 금력 앞에서 얼마나 기 죽고 주눅 들고, 아부하고 비굴해집니까. 우리 동창 놈들은 인간 수컷들의 그 천박하고 더러운 근성들을 술기운 이용해 음담패설로 토해 내고 있었던 것이죠. 그런 꼴들을 참아주는 것도 한두 번이죠. 김태범은 동창 모임에 발을 끊었어요. 그리고 저하고 서너 사람하고만, 그것도 따로따로 만나 술자리를 했어요. 그런데 그 사람은 자꾸만 말이 없어지고 우울해지고 하더니만 언제부턴가는 술집 여자들에게 손찌검을 하기 시작했어요. 헌데 그게 점점 심해져 가더니 마침내 폭력 수준으로 변했어요. 얼굴 팔고, 몸 팔아 사는 술집 여자들에게 퍼렇게 멍이 들 정도로 주먹질을 해대니 어찌 됐겠어요. 제아무리 비싼 술 마시고, 팁 펑펑 뿌린다 해도 여자들이 그 사람 방에 들어오려고 하지를 않았어요. 술집 주인도 전혀 반기지 않게 되고요. 그러니 술집 떠도는 한심한 신세가 될 수밖에 없었고요."

"혹시……, 그 여자들을 자기 아내로 간주하고 감정풀이한 것 아닌가요?"

"역시 눈치 빠르시군요. 제가 추궁하자 마지못해 그런 감정을 인정했어요."

"예, 그거 유별난 것 아니에요. 제가 재벌들 사위 몇몇 아는데, 거의 비슷한 증상의 환자들이에요, 치유 불가능한."

"그래서 '겉보리 서 말만 있으면 처가살이 안 한다'는 속담이 생겨난 거 아니겠어요?"

"예, 그렇지요. 우리 조상님네들은 고차원의 철학자고 심리학자들이라니까요. '바다는 메워도 사람 욕심은 못 메운다.'"

"예, 옳습니다. 그 무한 욕심 때문에 성화에서 이번 비자금 사건도 저지른 것이구요."

"근데, 김태범 씨는 그 사건을 폭로해야 할 만큼 회사나 처가 쪽과 무슨 갈등이나 문제가 있었던 걸까요?"

"글쎄요, 자세한 얘기는 통 안 하니까 알 수가 없었고, 한 가지 분명한 것이, 세월이 갈수록 힘들어하고 괴로워했다는 거예요. 언젠가는 그만 머리 깎고 떠나고 싶다는 말을 불쑥 하기도 했으니까요."

"입산 말인가요?"

"예에, 승려……."

서원섭 사장의 얼굴에 서글픈 웃음이 흐릿하게 스쳐갔다.

"불교 신도인가요?"

장우진은 눈빛이 예리해져 물었다.

"글쎄요, 그건 잘 모르겠어요."

"지금의 정치 사회 상황은 몇 년 전 대양 사건 때와는 완전히 다르고, 이 사건이 표면화되는 날에는 성화는 존폐의 위기에 몰릴 수 있게 될 텐데, 김태범 씨는 끝까지 버틸 자신이 있어서 이번 일을 벌인 걸까요? 그럴 수 있다고 보세요?"

"예, 남자다운 배짱은 강한 편이 아니지만, 신중하고 치밀하고 머리가 좋으니까요. 그렇지만 전혀 장담할 수는 없어요. 저쪽의 기세가 이만저만 무서운 게 아니던데요. 만약 지금 상태로 잡히면 고이 살아남을 수 있을까 싶을 정도로 분위기가 살벌하던 걸요."

"아니, 사장님이 저쪽 사람들과 접촉해 보셨던 모양이지요?"

장우진은 눈화살을 쏘며 서원섭 사장 쪽으로 상체를 기울였다.

"아니 저어……, 그냥 뭐……, 아무것도 아닙니다."

서원섭 사장은 당황스럽게 어물거렸다. 무언가를 숨기려 하는 기색이 너무 역력했다.

"사장님, 위험에 빠진 친구를 구하고 싶으세요, 아니면 방치하고 싶으세요." 장우진은 불길이 이글거리는 눈초리로 서원섭 사장을 응시한 채, "지금 친구를 위험에서 구해 내는 유일한 방법은 이 장우진과 만나게 해 기사를 터뜨리는 겁니다. 그러면 경찰이 동원되고, 그리고 성화의 금력 아래 꼼짝 못하고 침묵하고 있었던 모든 매스컴들이 나팔을 불게 되어 친구 김태범 씨는 신변이 안전해지게 됩니다. 그러니 숨기지 말고 말씀하세요. 뭐든지 다 털어놓으시라구요." 그는 마치 수사관 같은 기세와 위압으로 서원섭 사장을 몰아대고 있었다.

"아 예, 그게 다른 게 아니라 아까 오전에 미리 연락도 없이 성화에서 두 사람이 들이닥쳤어요. 회장 다음가는 실세라고 소문난 창조개발실 사장과 그 아래 상무였어요. 그 사람들은 다짜고짜 김태범의 은신처를 대라고 윽박질렀어요. 눈에 불을 켠 게 그 기세가 무시무시했어요. 그러다가 회유하기 시작했어요. 자기네 모든 상품의 남미 수출 독점권을 넘겨주겠다는 것이었어요. 아십니까, 그게 얼마나 큰 이권인지. 제가 지금 올리고 있는 연 매출의 백 배는 될 거예요. 좀 창피스러운 얘기지만, 그 순간 제 마음은 걷잡을 수 없이 흔들렸어요. 금방 떼부자가 되는 길이었거든요. 김태범이 어디 있는지 몰랐으니까 망정이지 만약 알고 있었다면 제가 어떻게 했을지 저도 제 마음을 알 수가 없어요. 사람 마음이 얼마나 허약하고 간사스러운 것인지 처음 한 경험이었어요."

서원섭은 자기 스스로가 두렵다는 듯 고개를 설레설레 저었다.

"예, 사람은 그런 말 듣고 순간적으로 얼마든지 마음이 흔들릴 수 있습니다. 어쩌면 그러는 게 가장 자연스럽고 당연한 사람의 마음 아니겠어요."

"그렇게 말씀하시는 것 보니 장 기자님도 그런 경험이 있으신 것 아닙니까?"

"예, 사장님께서 재미있게 읽어주신 심층 추적 기사 하나를 써낼 때마다 크고 작은 그런 경험을 했다고 생각하시면 됩니다."

"아하, 그러셨겠군요. 미처 거기까지는 생각하지 못했습니다."

서원섭 사장은 새삼스러운 눈길로 장우진을 바라보며 고개를 주억거렸다.

"오랜 시간 내주셔서 감사합니다."

"아닙니다. 아무 도움도 못 드려서 제가 죄송합니다."

"아닙니다. 김태범 씨의 행동 근거를 일부나마 이해하게 된 것은 큰 수확입니다. 죄송하지만 혹시 무슨 정보 있으면 바로 좀 연락 주시기 바랍니다."

"그럼요. 친구가 무사해야 하니까요."

장우진은 그 길로 안국동 조계사로 차를 몰았다. 승려가 되고 싶어 했다는 그 한마디를 흘려들어서는 안 되기 때문이었다. 조계종 총본산인 조계사는 명동 성당과 함께 공권력도 함부로 범하지 않는 성역이었다. 전두환 군사독재 때도 명동 성당은 대학생과 노동자 들이 피신하는 민주화의 성지였고, 조계사는 박근혜 문민 독재 때에도 노동단체 대표를 보호했던 성지였다. 사람이 행복하고 즐겁자고 사는 세상에서 국가 권력도 함부로 범하기를 저어하는 그런 성역이 있다는 것은 얼마나 아름답고도 숭고한 일인가. 그것이 엄연히 살아 있는 종교의 힘이었다. 그러나 그건 엄밀히 따져서 예수의 힘이나 부처님의 힘이 아니었다. 그건 그분들의 영혼 아래 결속되어 있는 신도들의 힘이었다. 민주국가에서 종교의 동질성으로 결속되어 있는 몇백만의 힘. 그건 어떤 권력에게나 몹시 신경 쓰이는 존재가 아닐 수 없었다. 종교의 그런 사회적 역할에 대해서 장우진은 언제나 감사하게 생각하고 있었다. 그건 문제 많은 종교가 가장 긍정적으로 행할 수 있는 사회적 역할이기 때문이었다. 그래서 성당이나 절에 발길을 하게 되면 언제나 경건한 마음으로 경배하고는 했다. 무종교자의 예의였다.

일주문을 들어서며 장우진은 일시에 끼쳐오는 절 특유의 분위기를 깊이 호흡하며 눈을 살며시 감았다. 절만이 지니는 경건함과 정결함과 고아함이 경내에 가득했다. 바로 옆이 수많은 차들과 사람들이 오가는 큰길인데도 그쪽의 소음이 투명 방음벽으로 차단된 것처럼 경내에는 절 고유의 고요가 어리어 있었다. 그런 분위기에 감싸이면서 장우진은 언제나처럼 마음이 편안해지고 아늑해졌다.

그러면서 또 나무 생각을 했다. 큰길 쪽 절의 경계를 따라 운치 있게 비틀리고 휘어지고 한 소나무들을 심거나, 벌레 슬지 않고 깨끗한 자태로 넓은 그늘을 풍성하고 짙게 드리우는 느티나무들을 심으면 자연미와 어우러져 절의 정취가 얼마나 우아하게 살아날까 하는 아쉬운 생각이 또 드는 것이었다. 그런데 그것을 권해 본 일은 없었다.

심호흡을 한 장우진은 법당을 향해 합장을 했다. 그리고 허리를 깊이 굽히며 삼배를 올렸다. 그러면서 석가모니 고행상을 떠올리고 있었다. 득도의 일념으로 고행하며 온몸의 뼈라는 뼈와 핏줄이라는 핏줄은 전부 다 드러나 마를 대로 바싹 마르고 눈이 해골 형상으로 깊이 들어간 모습으로 석가모니는 가부좌를 튼 다리 위에 두 손을 가지런히 잡고 있었다. 그 모습을 처음 보았을 때의 충격은 머리가 띵할 정도였다. 그리고 '그래, 그렇구나!' 하는 깨달음이 새벽의 고요를 흔드는 범종의 울림처럼 가슴을 흔들어댔던 것이다. '몸이 저렇게 되도록 최선을 다하면 안 될 것이 없다!' 스스로의 가슴에 새긴

결의였다. 그 충격적인 조각상은 1,800여 년 전의 간다라 미술의 최고 걸작으로 꼽히는 예술품이었다. 불교가 전파된 아시아 전역의 여러 나라에 모셔진 크고 작은 불상들은 그 수가 얼마일 것인가. 인력으로는 그 수를 셀 수 없이 많아 하늘의 별 같을 것이다. 그러나 그 어떤 불상이 고행상 같은 충격적 감동을 줄 수 있는가. 고행상은 그 모든 불상들을 단연 압도하는, 하늘의 태양 같은 존재였다. 그 고행상은 대면하는 그 순간 1,800년의 시공을 뛰어넘어 종교적 깨달음과, 교육적 일깨움과, 예술적 황홀감을 동시에 느끼게 하는 신묘한 힘을 발휘하는 것이었다. 그 충격적 감동은 '오오, 예술의 위대함이여, 예술가의 거룩함이여!' 하는 찬탄이 절로 터져 나오게 했다. 그 전율 일으키는 교감은 예술가의 생생한 영생이었다. 석가모니의 영육을 그렇게 응축시키고, 예술의 독창적 표현미를 그렇게 예리하게 표출해 낼 줄 알았던 1,800년 전의 한 탁월한 예술가는 또 앞으로 1,800년을 무수한 사람들에게 충격적 영감을 주며 영생을 누릴 것이다.

장우진은 삶의 어려움이 닥칠 때마다, 고달픔에 지칠 때마다 그 고행상과 함께 또 떠올리는 표상이 있었다. 십자가에 못 박힌 예수상이었다. 순전히 남의 고통을 대신 짊어지고 손발에 못 박히는 통렬한 아픔 속에 죽어간 젊은 영혼 예수. 그 결연한 희생의 아름다운 가르침을 젊은 안중근은 고스란히 이어받아 죽음의 길을 그리도 담담하고 거룩하게 걸어간 것이 아니냐.

장우진은 그 두 표상을 언제나 양쪽 가슴에 품고 살았다. 두 분의 핵심적 가르침이 이루어 나아가고자 하는 길이 바로 자신이 소망하는 길이었기 때문이다. 붓다는 '자비'를 가르쳤고, 예수는 '박애'를 가르쳤다. '베풀어라, 끝없이 베풀어라. 그러나 베풀었다는 그 사실 자체를 잊어버려라.' 붓다는 자비의 실천을 이렇게 풀어서 말했다. '네 이웃을 네 몸처럼 사랑해라.' 예수는 박애의 실천을 이렇게 풀어서 말했다. 그렇게 하면 이 세상 사람들은 모두가 행복하고 즐겁게 살 수 있다는 일깨움이었다. 그러나 거의 모두가 그 가르침을 따르지 못해 세상은 온갖 문제들로 뒤엉킨 고해가 되고, 지옥이 된 것이었다.

"새로 온 은신자? 없는데요. 장 기자님은 언제 봐도 항심이시다. 이 탁한 세상을 조금이라도 맑혀보려고 그리 애쓰시니 관음보살님이 따로 없소."

평소부터 잘 알고 지내는 주지 스님은 느릿하게 고개를 저으며 듣기 거북한 공치사를 태평스럽게 하고 있었다.

"스님, 사회적으로 보호해야 할 사람인데, 여기 말고 은신을 부탁할 만한 불교 단체나 사찰은 어디를 꼽을 수 있을까요?"

장우진은 초조하게 시계를 보았다.

"글쎄요, 그렇게 말해서는 고추밭에서 맵지 않은 고추 찾는 격 아니겠어요. 불교 단체도 한둘이 아닌 데다, 절이야 서울에도 많고 많지 않아요? 무슨 귀띔이라도 있어야 말이지 그냥 무턱대고 찾아다녀서는 몇 달이 걸려도 어렵지 않겠어요?"

맞는 말이었다. 장우진은 자신의 직감을 확실하게 믿었던 것만큼 맥이 풀리고 말았다. 자신의 직감의 적중률은 90퍼센트 이상이었던 것이다. 그는 서둘러 차에 올랐다.

만약 절에 은신했다면 김태범은 자신이 잘 아는 절을 찾아간 게 아닐까 싶었다. 머리 좋은 서울대 출신답게 그는 일부러 조계사를 피했을 수도 있었다. 조계사는 누구에게나 피신처로 인식되고 있기 때문이었다. 그러나 '총본산'인 조계사가 아니고서는 다른 절들이 공권력으로부터 성역으로 보호를 받을 수 있을 것인지 의심스러웠다.

장우진은 늙은 차의 사정을 보아주지 않고 마구 몰아댔다. 민변까지 가려면 시간이 너무 빠듯했던 것이다.

장우진은 6시 반이 조금 넘어 민변에 도착했다. 최민혜 변호사는 정하경 변호사로부터 장우진의 부탁을 다 전해 들은 다음이었다.

"한 가지 문제는요, 저와 김은경이 아주 친한 사이는 아니었다는 점이에요."

최민혜 변호사가 긴 머리칼을 가볍게 어깨 뒤로 넘기며 말했다.

"예, 그건 대충 짐작하고 있었습니다."

장우진이 생뚱하게 말했다.

"네에……? 어떻게……."

변호사 지위에 어울리지 않게 볼펜을 손가락 위에서 팽그르르 돌리는 손짓을 하며 최민혜 변호사는 장우진을 의아하게 쳐다보았다.

"최 변호사님은 초등학교 때부터 쭈욱 1등만 했을 것이고, 김은경 씨는 보통이었으면 친해질 수가 없는 거지요." 장우진은 심드렁하게 말했고, "기자시라 역시 빨리 짚으시는군요." 최민혜 변호사가 생긋 웃었다.

"예, 그 점이 더 효과적일 수 있습니다. 공부 잘해서 부러웠던 동창이 변호사가 되어 연락을 했습니다. 그것도 다름 아닌 위험에 처한 오빠에게 도움을 주겠다고. 그럼 바로 의지해 올 확률이 아주 크지 않겠습니까?" 장우진은 자신감 있게 말했고, "그러네, 그렇겠어. 그 사람도 지금 아주 불안한 상태일 테니까." 정하경 변호사가 동의했고, "예, 그럴 수도 있고, 그 반대일 수도 있어요. 모두를 불신하고 경계하는 심리……. 또는 오빠가 철저하게 비밀을 지키라고 지시했을 수도 있어서……." 최민혜 변호사는 냉정한 인상만큼 침착했다.

"예, 물론 그럴 수 있습니다. 그러니까 최 변호사님께서는 지금 상황이 최고로 급박해졌다는 것을, 저쪽에서 상무 이상 사장까지 직접 나섰다는 것을, 이렇게 시간 끌다가는 그들에게 적발되어 목숨이 위태로워질 수도 있다는 것을 강력하게 강조하고 인식시켜 주셔야 합니다. 아까 저쪽에서 사장이 직접 찾아왔었다는 말을 듣고 정말로 깜짝 놀랐습니다. 제가 그동안 수없이 겪어왔지만 규모가 크다 해도 대기업 회장 다음가는 실세가 직접 나선 경우는 본 적이 없어요. 그건 성화가 얼마나 몸 달아 있고, 얼마나 사력을 다하는 총력전을 전개하고 있나를 보여주는 좋은 증거입니다. 독이 오를 대로 오른 그들은 그 사람 김태범에게 무슨 짓을 할지 모릅니다. 그리고 그들이 김태범의 신병을 확보해 버리면 이 엄청난 경제 범죄는 심증만 있고 물증이 없는 유령 사건으로 완전히 묻혀 버리게 됩니다. 이건 국가적으로나 사회적으로 도저히 묵과할 수 없는 일 아닙니까."

점점 빨라지기 시작한 장우진의 말은 뒤로 갈수록 열기까지 품어 숨 가쁘게 이어졌다.

"그리되면 정말 큰일이에요. 이번 사건을 계기로 그동안 잘못되어온 재벌 대기업 보호 정책을 완전히 폐기하고, 재벌 기업들이 잘돼야 우리도 잘살게 된다고 찰떡같이 믿어온 일반 국민들의 답답한 생각도 뜯어고치게 하는 계기가 되었으면 좋겠어요." 정하경 변호사는 민변 회장답게 단호한 어조로 말했고, "회장님, 너무 기대 크게 갖지 마세요. 개돼지 취급당하면서도 전혀 분노할 줄 모르는 착하기 그지없는 국민들께서 나라와 언론이 수십 년 동안 주입시킨 그 좋은 생각을 왜 버리려 하겠어요. 왜, 그 말 있잖아요. '노예의 비극은 자기 자신이 노예인 줄 모르는 데 있다.'" 최민혜 변호사는 서글픈 듯한 쓴웃음을 지으며 장우진과 정하경 변호사에게 눈길을 보내고는, "잘 알겠어요. 결과를 예단하지 말고 일단 나서야 하는 게 우리 직업이니까요. 오늘 저녁부터 시작이에요." 최민혜 변호사는 긴 머리를 두 손으로 뒤로 모아 잡더니 고무 밴드로 두 번, 세 번 묶어댔다. 그 얼굴이 더욱 냉정하고 날카로워 보였다.

장우진은 민변을 나서며 또 재빨리 주위를 살폈다. 미행의 낌새는 없었다. 그들은 지금쯤 한껏 열 받쳐 어디를 헤매고 있을까. 그들을 따돌리고 얻는 자유는 그다지 길지 않았다. 자신이 집을 떠나지 않는 한 그 자유의 수명은 내일 아침 출근할 때까지일 뿐이었다.

그런데 미행당하는 그 유쾌할 수 없는 일은 언제부터인가 꽤나 심한 트라우마가 되어 있었다. 미행당하는 일이 좀 뜸해진 평온한 때에도 험한 꿈으로 찾아와 잠자리를 어지럽히곤 했다. "아유, 낮에도 맨날 불안불안한데 잠까지 편히 못 자게 하면 내일 출근은 어떻게 하라고 그렇게 소리를 질러대. 사람이 잠은 자야 살지. 나 정말 더 못 살겠다." 고함치는 자신의 잠 꼬대에 놀라 잠이 깬 아내의 이런 불만 폭발은 단순히 수면 방해 때문에 일어난 것이 아니었다. 그 핵심은 '나 정말 더 못 살겠다'에 모아져 있었다. 그즈음 아내는 '장우진과의 이혼'을 심각한 화두로 삼고 있었던 것이다. "나도 여자야, 나도 여자! 선생이기 전에 여자고, 전교조이기 전에 여자라고. 여자의 그 런 마음, 여자의 그런 심리를 한 번이라도 심각하게, 진지하게 생각해 본 적이 있느냐구. 난 너무 외롭고, 난 너무 무섭고, 난 너무 피곤하고, 난 너무 가난해서 이 지경으로는 더 살고 싶지가 않아. 나도 여자란 말야." 아내는 이런 부르짖음과 함 께 울기 시작했다. 좀처럼 우는 일이 없었던 아내의 눈물 쏟 아지는 울음은 어찌 그리도 슬펐던 것인가. "여보, 미안해. 여 보, 미안해. 여보, 미안해……." 자신도 걷잡을 수 없이 쏟아 지는 눈물에 범벅해 이 말만을 거듭하며 아내를 끌어안을 수 밖에 없었다. 그리고 겨우 울음을 수습한 아내에게 아무 할 말이 없어서 자신도 모르게 한 생뚱한 말. "독립운동한다고 생각해 줘."

장우진은 계면쩍음을 털어내듯 상체를 부르르 떨며 어둠 속에 묻혀가는 민변 건물을 돌아보았다. 소박하고 작은 그 건 물이 물론 민변 것일 리가 없었다. 월세를 내는 셋집이었다. 그 러나 민변 회원들은 그 정도로 버젓한 사무실을 운영하게 된 것을 누구나 자랑스러워했다. 그것은 회원이 5백을 넘어 1천 명에 육박하면서 이루어진 일이었다. 그건 창립 회원 51명 때는 꿈꾸지도, 기대하지도 못했던 기적 같은 일이었다.

민변은 자발적으로 회비를 내고, 자발적으로 무료 변론을 하는 이 나라의 유일한 순수 봉사 단체였다. 시민들의 후원금으로 운영되는 시민단체와 달랐고, 국가의 지원이나 시민 모금으로 운영되는 봉사 단체와도 달랐다. 민변 회원들은 각기 개인적으로 변호사 사무실을 운영하면서 하루 일과를 끝내고 6시부터 민변 사무실에 모여 분과별로 무료 변론 일을 해나갔다.

그들은 5년 차까지는 5만 원씩, 6년 차부터는 10만 원씩 매달 회비를 냈다. 그러나 회비를 안 내는 사람도 더러 있었다. 그렇지만 독촉하지 않았다. 자발적인 모임이기 때문이었다. 그렇게 2년 동안, 24개월 정도를 안 내면 동행의 의사가 없는 것으로 여겨 탈퇴 처리를 했다. 그렇게 떠난 사람보다 모여든 사람이 훨씬 더 많아 회원 1,100명이 넘는 거대한 변호사 집단이 된 것이었다. 그 이름도 숭고하고 진솔하게 '민주사회를 위한 변호사모임……'.

장우진은 자동차에 시동을 걸며 자신보다 열 살 아래로 보이던 최민혜 변호사를 다시 생각했다. 그녀가 변호사가 된 계기가 시원한 바람 한 줄기가 스쳐가는 것처럼 신선했던 것이다.

최민혜는 대학생이 되어 민변의 존재를 알게 되었다. 불법 파업을 했다고 하여 부당 해고를 당한 70여 명 여성 노동자들을 위하여 민변이 공동변호인단을 구성해 무료 변론에 나선 것이었다. 그녀가 받은 신선한 충격은 '세상에 이런 일이!'였고, '나도 민변 회원이 될 거야.' 이 일념으로 사법 고시 준비에 청춘의 시간을 송두리째 쏟아부었다. 그 흔한 미팅 한 번 하지 않았고, 화장품은 로션 말고는 루주 하나 사지 않았다. 사시에 합격하자 대뜸 대형 로펌에서 연락이 왔다. 물론 거침없이 거절해 버렸다. 그 사태에 기절초풍한 것은 어머니였다. 그리고 뒤늦게 민변이란 해괴한 존재를 알게 된 어머니는 두 번째로 기절초풍을 하게 되었다. "애, 애, 너 미쳤니? 너 미쳤어? 그리 피나게 공부해서 그 좋은 자리 마다하고 그 후진 데로……" 말이 길어지는 것을 차단하려고 그녀는 앙칼스럽게 내쏘았다. "엄마, 변호사는 돈 버는 직업이 아니에요!" 그때 아버지가 응원을 나서주었다. "아 내 딸, 키운 보람 있다. 그래, 변심 말고 잘해 봐라."

그렇게 민변 회원이 된 초임 변호사들은 갈수록 늘어나고 있다고 했다. 대형 로펌에 가서 큰 회사의 말단 직원과 다를 것 없는 취급을 받으며 연봉 1억을 받느니 자기 사무실 차려 놓고 법정에서 당당한 법조인으로서 활동하며 연 수입 7~8천만 원 정도 올리는 동시에 민변 활동도 하는 게 얼마나 사는 보람 있는 일이냐고 그들은 입을 모았다.

"육사생들이 남들이 안 듣게 자기들끼리만 뻐기는 말이 있다던데 그게 뭔지 알아?"

"에이, 그 쉬운 걸 문제라고 내?"

"쉬워? 뭔데, 말해 봐."

"대통령 셋 배출한 것."

"히야, 정말 머리 좋네. 그럼 우리 민변들이 내놓고 뻐겨도 되는데 그냥 입 다물고 있는 건?"

"그걸 꼭 말로 해야 하나? 그럼 쪽팔리는 거잖아?"

"괜찮아. 말은 해야 속이 풀린대잖아."

"대통령 둘 배출한 것."

"ㅎㅎㅎ……, 내친김에 하나 더 해서 육사 코를 납짝하게 해버리면 어떨까?"

"쉬, 쉬, 그건 천기누설이야."

어느 술자리에서 그들이 나눈 농담 반, 진담 반이었다.

민변 분과 회의를 마치고 밤 10시 반쯤 집에 돌아온 최민혜는 바로 김은경에게 전화를 걸었다. 장우진 기자에게 받은 전화번호였다.

다섯 번 이상 신호음이 울리는데도 전화를 받지 않았다. 다시 걸었다. 예감대로 또 받지 않았다. 모르는 전화번호가 찍히니까 받지 않는 것이 분명했다. 위기 상황에서 으레 나타내는 대인 기피 현상이었다.

'그다음 방법!' 하며 최민혜는 문자를 찍기 시작했다. 재래식 전화로는 할 수 없는 핸드폰의 무한 기능 중의 초보적 능력 발휘였다.

─은경아, 나 고등학교 동창 최민혜야. 참 오랜만이다. 중요한 일 때문에 그러는데, 빨리 나랑 통화 좀 하자.

─어머, 최민혜? 미안, 난 요새 일절 통화 못 해. 그럴 일이 있어. 이해해 줘.

예상을 깨고 금세 문자가 날아왔다.

─그럼 문자는 괜찮고?

─응.

─됐어, 문자로 할게. 다름 아니라 네 오빠 일 때문이야. 나 변호사 노릇 하고 있고, 내가 속한 민변에서 네 오빠를 철저하게 보호해 주고, 오빠가 원하는 일도 다 해결할 수 있어.

─민변……?

최민혜는 그만 신음을 물었다. 평범한 주부들이 그렇듯 김은경도 민변을 모르고 있었다.

─응, 변호사들이 천 명 넘게 모여 살기 좋은 민주주의 사회 만들자고 힘을 합치고 있는 단체야. 그러니까 우리가 네 오빠를 도울 수 있어.

─모르겠어.

─뭘 몰라? 네 오빠 위험해. 회사 손이 뻗치기 전에 빨리 구해야 해.

─관둬.

─애, 너 문자도 맘대로 못 하게 되어 있는 모양이구나. 내일 일찍 나 좀 만나자. 만나서 얘기해.

─싫어.

─누가 너 감시하고 있니?

─아니.

─근데 너 왜 이렇게 대답이 짧아? 나 좀 만나자니까. 오빠가 생명이 위험해.

─간섭 마. 문자 그만해.

최민혜는 전신에서 힘이 쑥 빠지면서 핸드폰을 떨어뜨렸다.

장우진 기자가 떠올랐다. 동창인 자신에게도 이러는데 장기자에게는 얼마나 두꺼운 벽을 쳤을 것인가. 군이 자신에게 도움을 청한 장 기자의 다급하고 답답했던 심정을 알 것 같았다.

최민혜는 김은경의 속내를 전혀 이해할 수가 없었다. 확실하진 않지만 한 가지 짚이는 것은 오빠의 어떤 지시를 단단히 받은 것이고, 그 누구도 믿지 않고 경계하겠다는 완강한 거부감이었다. 최민혜는 자신도 장 기자와 똑같은 입장에 처했음을 느꼈다. 장 기자의 말대로 이 끔찍스럽도록 거대한 경제 범죄가 '심증만 있고 물증이 없는 유령 사건'으로 흔적 없이 묻혀버리면 어쩌나 하는 우려가 강해졌다. 그리고 그런 위험 앞에서 속수무책인 자신을 바라보며 최민혜는 변호사로서 심한 자괴감을 느꼈다.

장우진은 최민혜 변호사를 한시라도 빨리 만나고 싶은 마음에 딴 날보다 더 일찍 집을 나섰다. 민변이 아닌 변호사 사무실로 찾아가더라도 출근 시간까지는 너무 많은 시간이 남아 있었다. 그러나 바쁜 마음을 붙들어둘 재간이 없었다.

그리고 장우진은 조계사를 다녀온 이후 머릿속에서는 절들 생각이 한시도 떠나지 않고 있었다. '김태범이 은신해 있을 만한 절이 어디일까……' 이 생각과 함께 자신이 알고 있는 절들을 하나하나 떠올리며 살펴보고, 헤집어보고를 되풀이하고 있었다. 틀림없이 '여기다!' 하고 짚이는 곳이 있으면 쫓아가보려는 심산이었다. 그러나 이렇게 생각하면 꼭 거기 있을 것 같고, 저렇게 생각하면 다 아닐 것 같고, 머릿속이 덤불 뒤엉클어진 것처럼 어수선하고 어지럽기만 했다.

진관사일 것 같다가 아닐 것 같고……, 화계사일 것 같다가 아닐 것 같고……, 승가사일 것 같다가 아닐 것 같고……, 봉은사일 것 같다가, 도선사일 것 같고, 생각은 다시 뛰어 연주암일 것도 같고…….

그런 생각에 팔려 지하 주차장 차 앞에 이른 장우진은 소스라치게 놀라며 주춤 물러섰다.

'총구멍!'

장우진의 머리를 강타한 생각이었다.

그 구멍은 앞 유리창 오른쪽에 빵 뚫려 있었다. 그 누군가가 운전자를 향해 정면에서 방아쇠를 당긴 것이었다. 그 총알은 운전자의 머리나 가슴을 꿰뚫을 수밖에 없었다. 안전벨트를 맨 채 그 공격을 당했다면 즉사를 면치 못했을 게 분명했다. 구멍은 손가락 하나가 들어갈 정도의 크기였다. 그리고 총탄이 무서운 속도로 일순간에 유리를 관통했음을 증거하는 듯 총구멍 가장자리에는 실보다 가는 미세한 선들이 뒤엉켜 있을 뿐 다른 부분은 아무런 흠 없이 말끔했다. 해머나 몽둥이 같은 것으로 난타당한 유리창의 상처 심한 모습과는 전혀 달랐다.

장우진은 소름이 쭉 끼치는 걸 느끼며 재빨리 주위를 살폈다. 수십 개의 총구가 자신을 겨누고 있는 것 같은 공포감이 엄습해 왔다. 수상한 낌새는 전혀 없고, 지하 주차장의 정적만 가득했다.

'어제 미행을 놓친 분노를 이렇게 나타내는 건가? 이렇게 쏘아 죽일 수 있다……?'

장우진은 자신도 모르게 가슴과 이마를 쓰다듬고 어루만지며 차로 천천히 다가갔다. 다시 섬찟해 걸음을 멈추었다. 운전석의 차 문이 빠끔 열려 있었다. 어제 분명히 닫았던 문이었다. 총을 한 방 쏜 다음에 안에 무슨 짓인가를 해놓았다는 증거였다.

장우진은 숨을 들이켜며 어금니를 꾹 맞물었다. 그동안 온갖 공갈 협박과 위협을 많이 당해 왔지만 이런 총구 위협은 처음이었다. 총기 소지가 금지된 나라에서 총을 제 맘대로 사용하고 있었다. 그건 같은 기업이라도 대양과 전혀 다른 성화의 난폭성을 드러내는 것이었다.

장우진은 차 문을 천천히 열었다. 손잡이가 너무 차가운 느낌이었고, 자기 차 같지 않게 낯설었다.

문을 거의 다 연 장우진은 또 멈칫했다. 운전석에 새하얀 종이 한 장이 놓여 있었다. 거기에 새까만 글씨가 큼직하게 찍혀 있었다.

더 나대지 마.
니놈 대가리는 쇳덩어리냐.

'그래, 쇳덩어리다. 느네놈들 비리 다 캘 때까지는 계속 나대야겠어.'

이렇게 대꾸하며 장우진은 그 종이를 집으려고 허리를 굽혔다. 그런데 옆자리에 종이 한 장이 또 놓여 있었다.

니놈 똥차가 탱크인 줄 아냐.

'미친놈들, 깔아뭉개시겠으면 얼마든지 깔아뭉개봐. 운전 실력 하나는 국제 수준이라 지금까지 살아남으신 몸이야.'

장우진은 종이 두 장을 함께 접어 바지 뒷주머니에 넣었다. 언제 쓰게 될지도 모를 증거물이었다.

그동안 덤프트럭 공격은 너덧 차례 받았었다. 그런 공격은 중앙 분리대가 없고, 차량 통행이 별로 많지 않은 국도에서 돌발적으로 일어났다. 뒤에서 달려오던 트럭이 추월해서 지나치는 그다음 순간에 앞에서 갑자기 덤프트럭이 덤벼들었다. 소형 승용차가 거기에 정면충돌하면 박살이 날 수밖에 없었다. 마구 구겨 던진 휴지 뭉치처럼 된 소형 승용차 안에서 내던진 묵처럼 뭉개져 죽으면 그건 단순 뺑소니 사고일 뿐이었다. 그런 꼴 당하지 않으려면 단 한 가지, 정신 바짝 차린 기민한 운전술뿐이었다. 어떤 때는 4~5차선 도로에서 승용차 두세 대에 앞뒤옆이 막히는 포위를 당하기도 했다. 그렇게 해서 납치당한 것도 서너 번이었다. 무시무시한 협박으로 기를 꺾어 취재를 포기하게 하려고 쓰는 수법이었다. 험상궂은 문신으로 뒤덮인 상체를 알몸으로 드러낸 곰 같은 체구의 7~8명에게 둘러싸여 하룻밤을 꼬박 새우며 공갈 협박을 당하면 누구나 혼비백산하지 않을 도리가 없는 일이었다.

"좋아, 날 죽여봐. 나 죽으면 느네들도 싹 다 죽어. 나 명색이 기자야. 기자 해치면 판검사 해치는 것과 똑같이 취급된다는 것쯤 아시겠지? 나 이 사건 취재 시작하면서 유서 세 통 써서 세 군데에 맡겨뒀어. 검찰청, 경찰청, 신문사. 내가 죽거나, 몸이 상하기만 해도 즉각 수사가 시작돼. 그럼 느네들은 24시간 안 넘기고 바로 체포돼. 검찰 경찰이 느네들 고용한 회사 회장부터 싹쓸이해서 족쳐댈 판이니까 느네들을 안 불어댈 도리가 없다 그거야. 알아들으시지?"

이런 공갈 맞장구에 기가 먼저 꺾이는 것은 조폭 쪽이었다. 그러나 그건 공갈만이 아닌 사실이기도 했다. 언제 터질지 모를 돌발적 위기와 사고에 대비하기 위해 새로운 심층 추적이 시작될 때마다 취재 대상과 경위 등을 자세하게 밝히고, '나는 절대 자살하지 않는다.' '나는 줄곧 협박·위협 당하고 있다'는 문구를 명기하고, '내가 회사 출근을 하지 않거나, 행방불명이 의심되면 즉각 수사 의뢰해 줄 것'도 덧붙인 '유서'를 회사에 맡긴 게 수십 차례였다.

장우진은 운전석에 앉았지만 시동을 걸 마음이 생기지 않았다. 빵 뚫린 구멍이 정면에서 자신을 빤히 바라보고 있었기 때문이다. 그 총구멍이 내쏘고 있는 살기는 문신투성이의 조폭들이 토해 내는 무지막지한 공갈 협박보다 수십 배, 수백 배 끔찍스럽게 무시무시했다.

"뒈지면서 후회하게 해주겠다."

"갈가리 찢어 누군지 알아보지도 못하게 만들겠다."

"어느 뒷골목에서 개처럼 더럽게 죽을 것이다."

"시체도 못 찾게 해버리겠다."

"바다에 처넣어 상어밥이 되게 만들겠다."

"알지, 느네 아들까지 숨통 끊을 거야."

"느네 식구 전부를 싹 쓸어서 없애버릴 거야."

지난 10여 년 동안 당해 온 협박이었다. 총알 구멍은 그런 협박들을 단연 압도하는 힘을 발휘하고 있었다. 그 총구멍은 이마에도 똑같은 구멍을 낼 수 있다는 시퍼런 공포를 내쏘고 있었다. 그리도 정들었던 차가 더는 핸들을 만지고 싶지 않을 정도로 정이 떨어지는 느낌이었다.

'치이……, 차가 무슨 죄가 있어. 나 때문에 총을 맞아 면상이 저렇게 상했는데. 딱하지, 새것으로 바꿔줘야지.'

장우진은 천천히 차를 몰기 시작했다.

"아니, 이게 뭐지요? 초, 총……."

차량 정비소 사람은 한눈에 알아보고 놀라 말을 더듬었다.

"이거 갈아 끼우는 데 얼마죠?"

"이거 왜 이런 거예요?"

정비소 사람은 돈벌이는 제쳐두고 총구멍에만 관심이 쏠려 있었다.

"내가 훌륭한 인물이라서 그래요. 이거 얼마냐니까요."

"아 예, 예, 이게 그러니까 말이죠……, 차가 지독히 쿨터리 묵어서 지금 폐차시켜도 몇만 원 돈을 붙여야 할 판인데, 새 유리 끼우려면 돈 좀 쓰셔야 되는데요. 이거 원 그래야 되는 건지 잘 모르겠네……."

정비소 사람은 고개를 갸웃거리며 구시렁거렸다.

"아, 빨리 값을 말해 봐요. 나 바빠요."

"아, 알았어요. 싸게 해서 20만 원이오."

"예에……? 20만 원!" 장우진은 놀라 혀를 내밀었고, "그렇다니까요. 이 헐어빠진 차에 20만 원 쓰기는 좀 그래요." 정비소 사람이 시큰둥한 표정이었다.

그때 장우진의 머리에는 가수 가인이 퍼뜩 떠올랐다.

"이런 똥차 끌고 다니면서 어떻게 미행을 따돌리고, 몸을 피하고 한다는 거야? 그러다가 시동이나 팍 꺼져봐. 그러지 말고 내 차 가지라니까. 내 차도 고물 다 돼가지만 니 것에 비하면 왕이잖아. 명색이 엔진 끝내주는 독일제니까."

절친한 가수 가인이 만날 때마다 하는 말이었다.

그동안 피해 왔던 일인데 이번 기회에 받아들이면 자연스럽지 않을까 싶은 생각이 들었던 것이다. 장우진은 바로 전화를 걸었다.

"형, 차 말야, 나한테 팔아."

"너 미쳤니? 내가 중고차 장사야?"

"형은 노래는 잘하는데 다른 세상사에는 무식해 탈이야. 형이 그걸 나한테 그냥 주면 증여가 돼서 증여세를 크게 얻어맞아. 그렇지만 돈을 내고 사고팔면 정당한 거래가 돼서 아무 문제가 없거든. 그러니까 내가 당당하게 돈을 내고 사겠다 그거지."

"아, 알았다! 외국에서 법적으로 거래의 근거를 남기려고 1달러나 10달러 내고 큰 건물이나 유명 기념품 같은 걸 처리하는 방법 말이지?"

"화아, 아까 무식하다고 했던 말 취소. 그래서 내가 20만 원 거금을 낼 거야."

"야, 웃기지 마라. 월급날 맨날 빵 원 찍는 주제에. 우리도 1달러 거래 하자. 멋지다! 1달러만 내고 당장 끌어가."

"혀어엉……."

거대한 탐욕의 탑

1

"야, 상일아, 느네 처남보고 이 한 건만 딱 땡겨달라고 해. 그럼 내가 너한테도 화끈하게 한턱할 테니까."

박승구는 또 배상일에게 술잔을 권하며 비굴한 웃음을 흘렸다.

"얌마, 한턱도 좋고 두 턱도 좋은데, 그 김태범이란 인간이 아주 좆같다 그거다, 좆 말야."

눈에 술기운이 가득한 배상일이 혀 꼬부라지는 소리로 말했다.

"야, 어떻게 좆같은데 그래? 처남 매제지간에 사이가 좋아야지 왜 좆같고 그러냐?"

"좆나, 그 인간은 첨부터 날 좆으로 본 거야, 좆!"

배상일은 된발음에 박자를 맞추듯 소주잔을 단숨에 비웠다.

"그거 웃기는데. 자기는 뭐 별거라고 같은 사람을 그리 취급하고 그러냐."

"얌마, 모르는 소리는 하덜 말어. 갸는 특종 인간이잖아. 국립 서울대에다 커트라인 제일 센 상대 출신이시고, 거기다가 이 나라 1~2위를 다투는 재벌 기업 사위이시잖아. 그러니 나 같은 건 도무지 인간으로 안 보인다 그거지. 너 그런 드런 기분 알기나 해?"

배상일은 얼굴을 찡그러뜨리며 끄윽 트림을 해 올렸다.

"너 그럼 장가들어서 여태까지 사람대접을 못 받고 살았다 그거야?"

"아, 그렇다니까. 그 서울대 출신 새끼들, 서울대 안 나온 사람은 사람 취급도 안 하는 그 못된 버르장머리 있잖아. 어쩌다 운이 좋아 대가리 좀 좋게 타고난 걸 가지고 그게 즈네들 능력인 줄 알고 잘난 척 나대는 꼴들 하고는. 그것들 생각만 하면 토가 나와. 우웩!"

배상일은 정말 토하는 것 같은 시늉을 했다.

"서울대 출신들이 잘난 척하는 거야 세상이 다 아는 일이고, 초등학교 때부터 1등만 잡숴오신 분들이니까 잘난 체하는 것도 당연한 일이기도 한데, 아무리 그렇다고 가족끼리도 그러냐? 뭘 어떻게 하는데?"

박승구는 묘한 웃음을 흘리며 배상일의 말을 유도하고 있었다.

"말 마라. 드럽고 아니꼬와서 못 산다. 사람으로 상대를 안 해주니까 평소에는 통 안 만나고, 명절 때는 어쩔 수 없이 처가에 가야 하니까 거기서 만나게 되는데, 건성으로 악수하고 인사 한마디 하면 그것으로 끝이야. 몇 시간이고 말 한마디 안 하는 그 꼴 당하는 기분 너 아니?"

"정말이지 그건 기분 드럽겠다."

"말 마. 그 똥 취급 안 당해 보면 몰라. 사람 정말 환장해. 그런 인간보고 뭘 땡겨달라, 밀어달라 하겠냐."

배상일이 한숨을 푹 쉬었다.

"아, 인제 알 것 같다. 니가 왜 성화에 자리 잡지 못하고 중소기업에 처져 있는지."

"쓰발, 그거야말로 좆이야. 그거 말이야, 사위 사랑 장모더라고, 우리 장모님이 나 쪽팔리는 거 생각하지도 않고 그 인간에게 나를 성화로 좀 끌어주라고 했던 모양이야."

"그런데?"

박승구는 절로 흥이 동하는지 판소리 추임새를 넣듯이 하며 술잔을 들었다.

"쓰발놈 한다는 소리가 '공채 응하라고 하세요, 공채' 했다는 거야."

"화아아……, 정말 그놈 쓰발놈이다. 그거 서울대 출신치고도 최고급이다."

박승구는 감탄을 금치 못하며 벌어진 입에 소주를 쏟아부었다.

"좆이나, 지가 최고급이어봤자 돈 앞에서는 병신, 쪼다, 걸레지 뭐."

배상일은 침 뱉는 시늉을 했다.

"왜, 김태범네 처가 쪽에서는 서울대도 안 먹히나?"

"당연하지. 항상 열외!"

배상일이 속 시원하다는 듯 목소리가 힘찼다.

"거 이상하네. 그 집 애들 미국 유학이라는 게 돈으로 맥질한 순 엉터리라던데."

"너 왜 그리 순진하냐? 돈하고 혈통 앞에서는 서울대 아니라 하버드, 옥스퍼드 졸업장도 쪽을 못 쓴다는 걸 모르셔?"

"그래, 맞어. 핏줄 그거 엄청 무서운 힘이지. 특히 우리나라에서는 혈통 끗발 당할 게 없잖아. 아무리 골 비고 쪼다라도 즈네 자식들한테 싹싹 다 물려주려고 부자들 기를 쓰는 걸

봐. 그치만 똑똑한 서울대 출신을 열외시키는 건 좀 이상하다. 사위도 자식이라는데."

"너 왜 비싼 술 먹으면서 자꾸 순진한 소리 지껄여대냐? 혈통이 다르다니까, 혈통이. 성이 다르다고, 성이. 그래서 몇 년 전부터 대기업들에 부는 유행 바람이 있잖아."

"유행 바람……?"

"거 있잖아 왜, 똑똑하고 쓸 만한 사위들 열외시키고 딸들한테 주식 넘겨주면서 줄줄이 사장 자리 나눠 먹이는 거."

"으응, 그거 알지. 근데 그거 뭐 하는 짓인지 모르겠더라. 아무리 그래봤자 사위만 열외시키는 거고, 그 자식들은 전부 사위 성이라고. 그 자식 대에 가면 성이 다른 사람들한테 재산이 넘어가는 거니까 딸들 앞세워봤자 다 헛고생, 헛지랄하는 짓들이라고."

"얘 또 순진한 소리 하는 것 봐. 너 혹시 순진하게 되는 보약 먹은 것 아니냐?"

"그건 또 무슨 소리야?"

"무슨 소리긴. 대가 바뀌어도 재산은 계속 자기네 혈통으로 내려가게 돼 있어."

"뭐야? 말도 안 되는 소리 무식하게 되게 하고 앉았네."

"무식한 건 바로 너다. 너 아무리 먹고살기 바빠도 법 공부 좀 해라. 민법에 딱 그렇게 나와 있다."

"민법에? 뭐라고?"

"내가 그걸 콩이야, 팥이야, 된장이야, 똥이야 하고 일일이 가려줘야 되겠니? 너도 스마트폰 있잖아. 게임이나 야동만 파대지 말고 민법 인터넷 검색 좀 해봐. 속 시원하게 가르쳐줄 테니까."

"민법 어느 대목을 보는 건데?"

"성을 엄마 성으로 바꿀 수 있는 대목."

"뭐야? 성을 여자 성으로 바꿔?"

박승구가 눈을 부라리며 소리를 지르듯 했다.

"야, 사람들 듣는다. 빨리 그것 찾아보고 무식 면하도록 해라."

"씨바, 호주제 없어져서 장남들 좆된 건 알고 있었지만, 성도 여자 것으로 바꿀 수 있는 개 같은 법이 있는 줄은 몰랐네."

"얌마, 말 조심해. 여자들이 득세하는 세상에 잘못 까불면 뼈도 못 추려."

"그럼 느네 처남도 열외로 찬밥 신세 못 면한다 그거냐?"

"그야 두말하면 잔소리지. 그래서 이번에……, 아니……."

배상일은 당황스럽게 말을 중단했다.

"왜, 무슨 일 있었냐?"

'그래, 바로 그거야!' 박승구는 속으로 외쳐대며 배상일을 응시했다.

"아냐, 아무것도 아냐."

배상일이 얼굴까지 굳어지며 서둘러 술잔을 들었다.

"아무것도 아니긴. 무슨 일인지 말해 봐. 우리 사이에 못 할 소리가 뭐 있냐. 내가 딱 비밀 지킬 테니까 말해 봐."

"아니라니까. 술이나 마셔."

배상일이 얼굴을 잔뜩 찌푸리며 짜증을 부렸다.

"알았어. 관둬." 박승구는 술을 한 모금 홀짝 마시고는, "근데 이상하다. 느네 처남 말야, 자기 여동생을 생각해서라도 너한테 어떻게 그렇게 몰인정하게 하고, 무시하고 그럴 수가 있냐. 느네 아내가 되게 속상하고, 서운하고 그렇겠다." 그는 동정 어린 빛으로 말머리를 돌렸다.

"힝……, 속상하고 서운해? 그 반대다, 반대."

배상일은 총각김치를 와삭와삭 씹어댔다.

"그건 또 무슨 소리야? 그렇다고 좋아하고 신나 하고 그럴 리는 없잖아."

"그건 아니고……, 내 마누라는 자기 오빠한테 꼼짝을 못 해. 엄마 아빠보다 오빠를 더 무서워하고, 더 대단하게 생각해. 오빠는 왕이고, 법이야. 마누라는 오빠에 비해 공부를 영 잘 못해 초등학교 때부터 고등학교 졸업할 때까지 오빠한테 쥐어박히며 공부를 배웠대. 그러니까 평생 기 죽고 주눅 들어 살고, 오빠 말이면 무엇이든 옳고, 최고고, 무조건 복종이지.

난 날 무시하는 처남보다 처남의 그따위 행투를 당연하다고 생각하는 마누라가 더 밉고 괘씸할 때가 많아. 아 정말 열통 터지고 정 떨어질 때가 한두 번이 아니야. 콱 그냥 때려치워버릴 수도 없고."

"맞어, 그거 아주 왕짜증 나는 일이겠는데. 너 그 답답한 속 풀 데 없어 어떻게 사냐?"

"아, 그러니까 다 때려치우고 엎어버리고 싶을 때가 한두 번이 아니라니까. 이런 술자리라도 없으면 나 미치고 말 거야."

"알아, 니 심정 충분히 이해하겠다. 자아, 술이나 마시자."

둘은 술잔을 부딪쳤다.

배상일과 헤어진 박승구는 바로 핸드폰을 꺼냈다.

"정 상무님, 알아냈어요."

"뭐, 뭐라구? 거기, 거기가 어디야?"

저쪽에서 터져 나온 소리가 너무 커 박승구는 반사적으로 핸드폰을 귀에서 뗐다.

"아니 저……, 무슨 말씀이세요? 거기가 어디냐니요?"

박승구는 무슨 말뜻인지 몰라 우물거리며 되물었다.

"방금 알아냈다고 했잖아!"

저쪽에서 또 다급하게 소리 질렀다.

"예, 그 친구가 즈네 처남이 회사에서 무슨 일 저질렀다는 건 알고 있더라구요."

"무슨 일 저질렀다고 했지?"

저쪽 목소리는 더 다급해졌다.

"그건 말 안 했어요. 제가 뭐냐고 캐물었지만 입을 딱 봉하고 말았어요."

"알았어. 지금 당장 나한테로 와!"

"지금요? 밤이 늦었는데요."

"늦긴 뭐가 늦어. 12시 되려면 아직도 멀었는데. 전화로 할 얘기 아니니까 당장 달려와."

저쪽의 목소리는 점점 더 커지고 숨 가빠지고 있었다.

"그 사람 만난 것 하나도 빼지 말고 자세히 말해. 자네 생각으로 필요 없다고 생각해서 하나라도 빼먹으면 안 돼. 필요 있고 없고는 내가 판단하는 거니까 자넨 뭐든 다 샅샅이 말해."

정광호 상무는 상대방을 노려보듯 하며 말 마디마다 힘을 넣고 있었다.

"예예, 죄다, 하나도 안 빼먹고 다 말씀드리겠습니다." 어깨를 잔뜩 웅크린 박승구는 연신 굽실거리며, "그 친구가 처음 꺼낸 말이……." 그는 기억을 되살리느라고 미간을 있는껏 찌푸린 채 말을 시작했다.

다음 날 아침 배상일은 서너 사람에게 납치되다시피 검정 밴에 실려졌다.

"왜 이래. 당신들 뭐야!"

배상일은 떠밀리듯 의자에 몸을 부리며 소리쳤다.

"배상일 씨, 진정하세요. 우린 나쁜 사람이 아니라 당신 팔자를 고쳐주려고 하는 사람들이오. 괜히 겁먹지 말고 이걸 보시오."

차에서 내리지 않고 있었던 나이 듬직한 사람이 명함을 배상일 앞으로 디밀었다.

성화 그룹
창조개발실
상무 정광호

"아니……!"

배상일은 깜짝 놀라며 상대방을 쳐다보았다. 그리고 '당신 팔자를 고쳐주려고……' 하는 말이 뇌리에서 환한 빛으로 번쩍 빛났다.

"이제 안심이 되오? 아무 걱정 마시오."

정광호는 아주 부드럽고도 다정한 웃음을 지어 보이며 배상일이 두 손으로 받으려고 하는 명함을 천천히 거둬들였다.

"저어……, 회사에 연락해야 되는데……."

명함을 잡으려던 두 손을 허공에 둔 채 배상일은 떨리는 소리로 말했다.

"그따위 회사 오늘로 그만두시오. 우리가 팔자를 확 고쳐 주겠다니까."

정광호는 쓰다듬듯 하는 눈길로 배상일을 훑으며 나직하게 말했다.

"곧 도착할 테니까 한숨 자요."

정광호 상무는 이렇게 말하고는 눈을 내리감았다.

'자라고? 사람 환장하겠네……'

배상일은 여전히 가슴이 두근거리는 것을 느끼며 차 안을 두리번거렸다. 차가 달리고 있는데 밖은 내다보이지 않았다. 관광버스도 아닌데 차창에는 예쁜 꽃무늬 커튼이 쳐져 있던 것이다. 밖을 내다보지 못하게 한 이런 차는 처음 타보는 것이었다.

'팔자를 고쳐준다고……? 무슨 일이지……? 성화면 처남 회사잖아. 그럼 처남 일인 거지 뭐. 도대체 처남이 무슨 일을 저질렀길래 내 팔자를 고쳐준다는 거야? 처남이 피신한 것은 알고 있는데, 무슨 일을 저질렀는지는 아내도 모른다고 했는데. 정말 모르는 걸까, 나한테는 비밀로 하는 건가? 아내 눈치는 속이는 것 같지는 않았는데. 그걸 속이고 싶었으면 피신한 곳도 말 안 했을 것 아냐? 처남이 자취를 감춘 그날부터 아내는 딱 바깥출입을 끊었다. 그리고 매일 징징거리며 눈물을 짰다. 오빠 걱정 때문이었다. 집안 먹거리는 장인 장모가 함께 사들였다. 그게 다 처남이 시킨 대로가 아니었을까. 근데, 내 팔자를 고쳐준다면서 이들이 나한테 원하는 게 뭐지……? 뭐긴 뭐야. 그야 뻔할 뻔 자지. 처남이 숨은 곳을 대라. 그러면 팔자 고칠 돈을 주겠다 아니겠냐고. ㅋㅋㅋ……, 그게 거래치고 삼삼한 거래가 될 수 있는데……. 도대체 이것들이 팔자 고치는 돈이라면 얼마를 말하는 거지? 1억……? 에이, 그건 아니고. 10억……? 적은 돈은 아닌데……, 그것으로 팔자가 고쳐질까……? 글쎄에……, 그건 좀 아닐 것 같고……. 그럼 20억……? 크아……, 그것 참 삼삼한데. 20억……, 20억이면 평생 편케 놀고먹을 수 있을까? 가만 있어봐. 화끈하게 폼 나게 우선 외제 차부터 하나 뽑고, 다이아박이 명품 시계부터 하나 딱 잡수시고, 옷도 위아래 다 명품으로 좌악 걸치고……, 그리 나가다 보면 얼마나 들어가는 거야? 주먹구구로 해도 4~5억이 쉽게 깨지는데……, 나머지 15억으로 뭐를 해야 평생 배 두들기며 편케 살지? 가만 있자, 원금 안 깨먹으면서 평생 잘살 수 있는 것. 그게……, 그게……, 아 있다! 건물주가 되시는 것. 근데 가만 있어봐. 시내에 15억짜리가 있을까? 아무리 시시한 중소기업이라 해도 경리과에서 10년 넘게 돈 만지고 살아온 몸이라 나도 알 만큼은 아는데, 아무리 변두리라 해도 15억짜리 건물은……. 만약 있다 해도 그게 월세가 나오면 얼마나 나오겠는가. 그래가지고야 팔자 고치는 게 아니지. 그럼 30억쯤 준다는 걸까……? 아, 아, 숨 막혀. 30억! 그걸 5만 원짜리로 묶으면 얼마나 클까? 그걸 한꺼번에 지고 일어날 수 있을까……? 아이고, 모르겠다. 왜 이렇게 어지러우냐…….'

"상무님, 다 왔습니다." 앞자리에 앉은 젊은이가 고개를 돌리며 말했고, "으응, 벌써 다 왔어?" 상무가 눈을 부스스 뜨며 하품을 했다. 그는 자기 말대로 정말 한숨 잔 모양이었다.

그 태평스러운 모양을 보자 배상일은 한결 마음이 놓였다.

"내리시오."

차가 멈추자 젊은이가 쥐어박듯 하는 퉁명스러운 목소리로 말했다.

차에서 내린 배상일은 어리둥절해서 주위를 둘러보았다. 약간 비탈진 길 양쪽으로 단독주택들이 줄지어 있었다. 담들이 키를 훌쩍 넘기도록 드높았고, 집들도 무척 크고 고급스러워 보였다. 말로만 들어왔던 부자촌이었다. 비탈길에는 사람 하나 보이지 않았고, 높은 담 안쪽의 무성한 나무들은 단풍이 물들기 시작하고 있었다.

"뭘 그리 열심히 봐. 저런 집에서 한번 살아보고 싶어?"

배상일 옆에 바짝 붙은 상무가 그의 등을 살짝 밀며 속삭이듯이 말했다.

"아, 아니……."

무슨 말을 해야 좋을지 몰라 더듬거리며 배상일은 앞선 젊은이를 따라 들어갔다.

집 안으로 들어선 배상일은 완전히 주눅이 들고 말았다. 영화나 텔레비전 드라마에서나 구경했던 부잣집 모습이 펼쳐져 있는 것이었다.

"자아, 편히 앉아서 커피부터 한잔 마셔. 그 과일도 먹고."

상무가 양복을 벗으며 방금 여자가 놓고 간 것들을 턱짓했다.

"저어……, 화장실 좀……."

"여기, 안내해 드려."

상무의 말에 똑바로 서 있던 젊은이가 앞장섰다.

배상일은 힘을 꽁꽁 썼다. 분명 오줌은 마려운데, 나오지를 않았다.

'어떻게 해야 되지? 아, 아, 죽겠다. 어떻게 해야 좋지? 아, 이거 환장하겠네. 의논할 사람도 없고. 팔자를 고치게 해준다……. 팔자를 고치게……. 아, 아, 정신 없어. 아, 아, 어지러워. 얌마, 정신 차려! 정신 똑바로 차려!'

배상일은 손등을 꼬집어 비틀었고, 머리를 힘껏 쥐어박았다.

배상일은 끝내 오줌을 누지 못하고 화장실을 나왔다.

"어디, 배 아픈가?"

상무가 퉁명스럽게 물었다.

"아, 아닙니다. 그냥⋯⋯."

배상일은 어물거리며 짙은 자줏빛 가죽 소파 끝에 불안스럽게 엉덩이를 걸쳤다. 그리고 커피 잔을 두 손으로 받쳐 들고 냉수 마시듯 벌컥거렸다. 이제 목까지 타들고 있었던 것이다.

"아줌마, 여기 생수 한 컵 가져오세요."

상무가 배상일의 속을 환히 들여다보고 있다는 듯 굵은 소리로 일렀다.

배상일은 그런 상무에게 문득 고마움을 느꼈다. 그리고 믿고 싶은 마음이 사르르 동하는 것이었다.

'요런 미친놈아 정신 차려. 이 세상에 믿을 놈은 하나도 없어. 더구나 돈 거래에서는 부자지간에도 세어 주고, 세어 받는 법이야. 꿀만 부자지간에도 속이는 게 아니라구. 돈 앞에서는 이 세상 사람 모두가 도둑놈이야!'

배상일은 느슨해지려는 자신의 마음을 또 꼬집어 비틀었다. 돈 앞에 믿을 놈 하나도 없다는 말은 사장이 언제나 입에 달고 사는 말이었다. 자수성가한 사장은 정말 아무도 믿지 않았고, 돈 거래할 때는 눈이 평소보다 몇 배로 번뜩번뜩 빛났었다.

배상일은 냉수 한 컵을 단숨에 벌컥벌컥 다 들이켜버렸다.

"자아, 자네도 그렇게 긴장되고 목 타고 그러는데 길게 말할 것 없이 화끈하게 끝내자고. 진짜 거래는 화끈하고 짧은 게 최고니까. 안 그래?" 상무가 통 큰 척 말했고, "예에……, 그게 좋겠습니다." 두 손을 꼭 마주 잡은 배상일은 엉덩이를 들었다 놓았다.

"자아, 자네 처남 김태범이가 숨은 데, 은신처를 대. 그럼 자네 팔자를 고쳐줄 테니까."

똑바로 앉은 상무가 배상일을 응시하며 강한 어조로 말했다.

'정신 차려. 거래 시작이다.'

배상일은 사장을 생각하며 자신의 마음을 또 꼬집어 비틀었다.

"자꾸 팔자를 고쳐준다고 하시는데 얼마를 주실지……"

배상일은 처남에게 복수할 것을 생각하며 분명하게 말했다.

"아, 그 태도 남자다워 좋아."

상무는 속으로 안도의 숨을 길게 내쉬며 흔쾌하게 대꾸했다. 혹시나 배상일이 김태범의 은신처를 모른다고 할까 봐 조마조마했기 때문이다.

"평생 팔자를 고치게 해준다고 했으니까 얼마면 좋을까? 10억은 좀 적고, 따블로 20억 드리지."

배상일은 정신이 아뜩해지고 있었다. 자신이 상상한 것이 느닷없이 현실이……, 꿈으로도 꾸어보지 못했던 일이 현실이 되려 하고 있었다. 이게 도대체 무슨 일인가……. 그때 사장의 말이 퍼뜩 떠올랐다. '거래는 패를 잡았을 때 딱 배짱을 부려야 해. 그럼 몸 달고 다급한 쪽에서는 울며 겨자 먹기로 오리까이를 안 칠 수가 없는 거야. 거래는 배짱 놀음이고, 배짱 부려 손해 보는 건, 밑져봐야 본전이니까.' 그리고 한 가지 명백해진 건 머리 좋은 처남이 일을 저질러도 회사가 큰일 날 정도로 큰일을 저질렀다는 사실이었다. 그렇지 않고서야 10억, 20억을 무슨 노래 부르듯 쉽게 입에 올릴 리 없었던 것이다.

"글쎄요오……, 그런데 그게 나만 좋자고 처남한테 배신 때리는 짓인데……, 그거 인간적인 의리상……."

배상일은 자신의 말 한마디, 한마디를 귀에 담으며 흔들리지 않으려고 기를 쓰고 있었다.

"의리? 장가들어 지금까지 줄창 무시만 당하고 살았으면서 의리는 무슨 놈에 의리야. 이번에 팔자 고치면서 그 인간관계도 미련 없이 정리해."

상무가 칼로 무엇을 치는 것 같은 손짓을 하며 단호하게 말했다.

"미련 없이 정리해요?"

배상일은 상무를 멀뚱하게 쳐다보았다.

"자네 정신 차리라구. 처남은 무시하고, 마누라는 분해하기는커녕 오빠 편이나 들고. 그따위 똥걸레 취급당하면서 뭐 하러 살아. 이번 기회에 그것까지 갈아타!"

"갈아타요……?"

"아, 돈 딱 챙겨서 그 팔자까지 싹 고치라구. 날 하늘처럼 받드는 여자로."

"아니……, 그게 좀……, 글쎄에……."

배상일은 '갈아타라'는 느닷없는 소리에 아내 얼굴이 떠올라 무슨 말을 해야 좋을지 모르고 있었다.

"좋아, 딱 갈아탈 맘 생기게 10억 더 얹어 30억!"

상무는 몸 달고 다급한 쪽의 모습을 그대로 드러내고 있었다. 4~5조 비자금의 노출을 막기 위해 30억의 비용은 그들에게 하찮은 푼돈일지도 몰랐다.

배상일은 정신이 아뜩하다 못해 이제는 정신을 잃을 것 같은 심한 현기증에 휘말리고 있었다. 그는 정신을 차리려고 피 냄새가 나도록 속입술을 깨물어대며 부르르 떨고 있었다.

"그……, 그 돈을 언제 줄 건데요?"

배상일은 애써 정신을 가다듬으면서 가까스로 이 말을 했다. 그는 지금 오로지 한 가지 생각, 30억을 잡고 싶은 생각뿐이었다.

"자네가 은신처를 밝히는 그 순간!"

상무의 힘찬 말이었다.

"30억을 어떻게……, 수표로요?"

배상일은 눈을 껌벅거리며 물었다. 그는 정신을 모으려고 계속 애쓰고 있었다.

"그래, 수표."

"수표라면 그게 금방 추적……."

"그래, 경리 일 보고 있다고 머리가 제대로 도네. 그래서 안전빵으로 세탁 두 번씩 거친 1억짜리 헌 수표로 줄 테니까 맘푹 놓고 찾아 쓰기만 하면 돼."

그때 배상일의 머릿속이 환해졌다. '아, 돈세탁 두 번씩이나 거친 헌 수표, 종이 한 장에 1억씩, 그게 30장이나 내 것이 되다니…….' 배상일은 1억짜리 수표 30장이 파르르 넘어가는 환각 속에 완전히 정신이 팔려 있었다.

"지금 당장 줄 수 있어요?" 배상일이 이상야릇한 눈빛으로 상무를 쳐다보았고, "좋아, 30분만 기다려. 바로 가져오게 할 테니까." 상무가 대꾸하고는 저쪽 방을 향해 손뼉을 쳤다.

"빨리 그것 서른 장 가져오라고 해. 한 개짜리."

배상일은 다시 물 한 컵을 시켜 마셨다.

"자넨 텔레비전이나 보든지. 난 그거 도착할 때까지 좀 쉬어야겠어."

상무는 피곤해진 모습으로 이마를 짚으며 일어섰다.

배상일은 텔레비전을 틀었다. 그리고 채널을 계속 바꾸었다. 눈에 잡히는 것이 아무것도 없었다.

또 물 한 컵을 마셨다.

조금 있다가 소변이 급해져 화장실로 갔다. 이번에는 아까와는 달랐다. 소변이 시원하게 쏟아져 나왔다. '이거 참 이상하네. 이게 어찌 용케 다 알지?' 그는 배설의 쾌감을 길게 느끼고 있었다.

"자아, 확인하고……."

상무가 두꺼운 봉투에서 수표를 꺼내 배상일 앞으로 내밀었다.

배상일은 눈앞에 나열된 수많은 동그라미에 또 정신이 어질어질해졌다. 그는 다시 속입술을 깨물며 오른쪽 맨끝의 동그라미에 검지 끝을 댔다. 그리고 하나씩 짚어나가면서 세기 시작했다.

'일, 십, 백, 천, 만, 십만, 백만, 천만, 억!'

동그라미 여덟 개 더하기 1.

배상일은 숨을 몰아쉬며 수표를 한 장, 한 장 넘기기 시작했다. 그 손이 부들부들 떨리고 있었다. 수표가 넘어갈 때마다 손 떨림은 점점 심해지고 있었다. 마지막 서른 장째를 넘길 때 그의 손은 와들와들 떨리고 있었다.

"어때, 맞지?" 상무가 양복을 꿰입으면서 물었고, "예에……, 마, 맞습니다." 배상일의 잠긴 목소리는 갈라져 나왔다.

"됐어. 이제 자네가 대!"

상무의 강한 어투는 명령이었다.

배상일은 양복 속주머니에서 수첩과 볼펜을 꺼냈다. 부들부들 떨리는 손으로 세 글자를 썼다. 그리고 그것을 조심스레 찢어 상무에게 건넸다.

상무가 굳은 얼굴로 종이쪽을 뚫어지게 쏘아보았다.

"됐어. 우린 바빠서 자넬 큰길에서 내려줄 테니까, 거기서 자네가 알아서 가. 그거 잘 간수하고. 협조해 줘서 고마워."

상무가 배상일의 어깨를 두들겼고, 노란 봉투를 겨드랑이에 꼭 낀 배상일은 이마가 탁자에 부딪힐 지경으로 허리를 깊이 숙였다.

2

김태범은 백운대 산사에서 형사대에 의하여 체포되었다.

"아니 김 전무, 절도범이라니 이게 도대체 어찌 된 일입니까?"

어둠을 등진 주지 스님이 당혹스러운 얼굴로 물었다.

"스님, 죄송합니다. 말씀드리지 못해서. 그럴 일이 좀 있습니다."

얼굴을 떨군 김태범이 쉰 듯한 목소리로 힘겹게 말했다.

"김 전무, 탐진치만 생각하세요, 탐진치."

스님이 다급하게 말했다.

"갑시다."

한 형사가 김태범의 등을 밀었고, 두 형사가 쇠고랑 채워진 그의 팔을 양쪽에서 끼었다.

"김 전무, 도움이 필요하면 언제든지 연락해요. 아, 이거 참……."

스님이 김태범의 뒤를 따라가며 아까보다 더 애타게 말했다.

"예, 스님……."

이 소리는 스님에게 들리지 않고 그의 입술 끝에서 바스라 졌다.

김태범을 실은 자동차는 산사의 짙은 어둠을 헤치며 곧 사라졌다.

'무슨 일일까……. 늘 그리 괴로워하더니만 결국 큰일을 저지른 모양이군. 절도범이라니……. 뭘 훔친 것일까. 저리 험한 꼴로 끝내려면 그냥 깨끗하게 끝낼 것이지. 똑똑한 사람이 무슨 생각을 한 걸까…….'

스님은 깊고 깊은 어둠을 응시한 채 번뇌 많던 김태범을 저렇게 되기 전에 구해 내지 못한 자신의 무능을 자책하고 있었다. 좀 더 강력하게, 좀 더 설득력 있게 욕망의 허망함을, 탐욕의 부질없음을 감응시켜야 했던 것인데, 오래 인연을 맺어

오면서도 실패하고 말았던 것이다.

스님은 멀고 멀리 빛나고 있는 무수한 별들을 하염없이 바라보고 있었다. 저 별들의 세상에서 인간을 바라보면 인간은 무엇일까……. 티끌……, 그것도 눈에 보이지도 않게 작은 티끌일 뿐이리라. 날것들 중에는 깨알의 반의반도 안 되게 새까만 것이 있다. 그 작디작은 것들에 희한한 수수께끼 두 가지가 있다. 첫째는 그 작은 몸 어디에 날개가 붙어 있어 날아다니냐는 것이다. 둘째는 코는 또 어떻게 생겼기에 그리도 냄새를 잘 맡느냐는 것이었다. 그 작은 날것들은 평소에는 전혀볼 수가 없다. 그런데 불공이 들어 신도들이 바나나를 사오면그 냄새를 어찌 그리 잘 맡고 떼지어 날아든다. 그리고 그 작은 것들은 바나나에 잔뜩 달라붙어 부처님보다 먼저 시식해버리고는 한다. 그 작고 작은 까만 날것들을 바라보고 있노라면 이 세상의 뭇 생명을 지어내신 조물주의 신묘한 능력에새롭게 탄복하지 않을 수 없는 것이다. 저 별들의 거리에서 보면 인간과 그 작은 날것들과, 미세하기로 무슨 차이가 있을까싶고는 했다.

그런데 인간은 온갖 괴로움과 고통에 시달리며 끝없이 지옥살이를 한다. 부처님께서 일찍이 갈파하신 바 탐(貪)을 다스리지 못해서다. 욕심이 겹겹이, 켜켜이 시루떡처럼 쌓인 것이 탐욕이다. 부처님께서는 인간을 망치는 삼독(三毒) 중에 그것을 첫 번째로 꼽으셨는데, 인간의 끝없는 지옥살이는 거기서부터 시작된다. 지나친 욕심을 끝없이 쌓아 올리는 것. 그것은 어리석은 마음이 하는 짓이다. 그 마음을 현명하게 다스리라고, 그러면 생전에 극락살이를 할 수 있다고 부처님께서는 여러 말씀으로 가르치고 일깨우셨다. 그러나 뭇 중생들은 그 금언을 알아듣지 못하거나, 함부로 흘려들었다. 똑똑한 김 전무도 그런 사람들 중의 하나였다. 그는 지식 공부에는 우등생이었는지 모르지만 부처님 법어 공부에는 낙제생이었다. 그가 남다른 인간 고해에 시달리지 않았으려면 애초에 성화 기업의 사위가 되지 말았어야 했다. "다 제가 지은 업보입니다. 제 마음속에 들어앉은 도둑놈 때문이었습니다." 그가 괴로움에 처할 때마다 늦은 깨달음 속에서 한숨으로 토해 내곤 한 말이었다.

성화 그룹의 사위 김태범을 부러워하지 않은 사람은 없었다. 특히 같은 연배의 남자들에게는 부러움의 대상을 넘어 노골적인 질시와 시샘의 대상이기도 했다. 그러나 그는 겉모습처럼 그렇게 행복하지 않았다. 속으로는 겉모습과 정반대의 불행을 품고 살아야 했다. 사람이 부리는 여러 가지 욕심 중에서 가장 큰 욕심이 돈 욕심일 것이고, 그 탐욕을 가장 높이 쌓아 올린 것이 재벌일 것이다. 재벌이란 곧 탐욕의 거대한 탑이다. 그 탑 속에 거처를 마련한 것이 김태범 전무이니 근심 걱정 괴로움 고통이 잠들 날이 없었을 것은 너무 자명한 일인 것이다.

'앞으로 저 사람 행로가 어찌 될 것인가……. 저 사람을 위해 내가 할 일이 무엇일까……'

스님은 이런 망연한 생각 속에서 자신의 신도 중에 수사기관과 법조계 사람이 누가 있는가 찾아보려고 마음을 모으고 있었다.

김태범이 유치장에 갇히자마자 모습을 드러낸 것은 상무 정광호였다.

"김 전무, 이게 무슨 짓이오 그래."

정광호가 측은한 듯 말했다.

"한 사장을 불러주시오."

김태범은 '너 정도는 상대 안 해' 하는 기색으로 상대방을 쳐다보지도 않고 싸늘하게 내쏘았다. 자신이 잡히게 된 것도 그들의 조직망 때문이라는 것을 잘 알고 있었기 때문이다. 그들이 직접 나서지 않고 경찰을 동원했다는 것도 눈에 환히 보이고 있었다. 경찰을 동원해야만 감옥행을 위협하며 자기들 목적을 쉽게 달성할 수 있기 때문이었다.

"벌써 와 계시오."

정광호가 말하는데 경찰이 급히 다가와 유치장 철문을 땄다.

"아 김 전무, 오랜만이오. 고생이 좀 되지요?"

한인규 사장이 활달한 척 꾸미며 악수를 청했다.

"……."

김태범은 쓰디쓴 얼굴로 마지못해 손을 내밀었다. 회장의 충복이면서 복심인 사내. 회장이 짖으라면 짖고, 물어뜯으라면 물어뜯고, 죽으라면 죽는 시늉까지 하는 사내. 오로지 회장이 원하는 치부를 위해서 살고, 회장이 먼저 말하지 않아도 미리미리 회장의 이익을 챙기는 데 최선을 다하는 사내. 그래서 절대자인 회장의 절대 신임을 받고 있는 사내. 이 사내와 자신은 처음부터 껄끄러운 사이였다. 자신은 한인규의 과잉 충성이 마땅찮았고, 한인규는 장인이 자신을 얕잡아보는 꼭 그만큼 자신을 우습게 대했기 때문이었다.

"자아, 우리 간단간단하게 결론만 추려서 말합시다. 다 아는 처지에 괜히 얘기 복잡하고 길게 해봤자 서로 피곤하고 짜증 나는 일이니까."

사장이 어떠냐는 눈길로 김태범을 쳐다보았다.

"예, 말씀하세요."

김태범도 그 교활하고 매운 눈길을 맞받으며 대응했다.

"지금 회장님께서 김 전무를 당장 당신 눈앞에 데려오라고 노발대발 야단이 났소. 근데 지금 회장님 앞에 가면 어찌 되겠소. 그 양반 성질에 골프채를 마구 휘둘러대 김 전무 머리

깨지고, 갈비 몇 대 부러지고, 팔다리까지 작살나게 되는 거야 뻔하지 않소. 그래서 내가 간곡히 만류했어요. 회장님, 이제 가족 관계도 인간관계도 다 끝난 상태인데 봐서 무슨 소용이 있습니까. 그래봤자 서로 감정만 상하고, 폭력 행사라는 엉뚱한 법적 문제까지 생길 수 있으니 참으시는 게 최선입니다. 지금 중요한 것은 사건을 완전히 덮고, 김 전무와 타협을 보는 것입니다, 하고 말씀드렸더니 회장님께서도 납득, 허락하셨소. 이제 우리 앞에 놓인 건 최대한 빨리 서로가 좋도록 타협하는 것뿐이오. 어떻소?"

한 사장이 마치 기름칠한 기계가 거침없이 잘 돌아가듯 능란하고 매끈하게 말을 해치웠다.

'이제 가족 관계도 인간관계도 다 끝난 상태인데……' 김태범은 이 말을 곱씹고 있었다. 이미 마음속에서 정리된 문제이면서도 막상 남의 입으로 그 말을 들으니 시원하거나 홀가분하지 않고 이상하게도 슬프면서도 서운한 느낌이 들기도 하는 것이었다. 그건 다름 아닌 자기 자신에 대한 연민이었다.

"좋아요. 나도 원하는 바요. 그런데……." 김태범은 말을 끊으며 한 사장을 노려보듯 했고, "아니, 왜……?" 한 사장이 눈꼬리를 세우며 민감하게 반응했다.

"이런 장소에서 협상은 무슨 협상이오."

김태범이 불쾌하게 말했다.

"아, 그 기분 알겠소. 장소가 좋아지기를 바라면 김 전무가 먼저 처리해야 할 일이 있소. 잘 알지 않소? 그걸 먼저 내놓으셔야지."

한 사장이 손을 내밀었다.

"협상과 거래의 명수이신 사장님께서 그 무슨 사리에 안 맞는 말씀이오. 타협도 하기 전에 그걸 내놓으라니, 내가 그렇게 만만하게 보여요?"

김태범이 차갑게 코웃음을 쳤다.

"아, 그럴 리가 있소. 실물을 확인해야 피해자가 절취물을 환수하고 처벌을 원치 않아 절도범을 훈방 조처했다는 법적 정리가 되고, 김 전무가 여길 벗어날 수 있게 된다 그런 뜻이오."

"사장님, 이거 왜 이러십니까. 다 아는 처지에 괜히 오리발 내밀고 그러지 맙시다. 내 은신처를 알아낸 것도, 형사대 동원한 것도 다 사장님 작품이란 걸 환히 알고 있어요. 또 여기서 날 풀려나게 할 수 있는 것도 사장님 손안에 쥐어진 능력이라는 것도요. 사장님, 그것 찾는 데 하루 이틀 가지곤 안 돼요."

"아니, 그게 무슨 소리요?"

한 사장이 놀라 눈이 커졌다.

"나도 날 최대한 보호해야 할 것 아니겠소?"

김태범은 싸늘한 비웃음을 흘렸다.

"그래서?"

한 사장의 눈초리가 날카로워졌다.

"그래서 복사를 했지요. 몇 통이나 했을 것 같아요?"

"이 사람이!"

"놀라지 말아요. 다섯 통을 해서 당신네들이 도저히 찾을 수 없는 데다 꽁꽁 숨겨뒀소. 그걸 찾는 데만 사나흘이 걸릴 테니 날 당장 호텔로 옮겨요. 그리고 당신네와 1차 협상이 이루어진 다음에 그것들을 다 찾아내고, 그다음에 2차 협상으로 서로 필요한 것을 맞교환하는 게 가장 타당한 방법이오. 내 생각이 어때요?"

쥐 사냥에 성공한 고양이가 피 흘리는 쥐를 앞에 두고 허리가 낭창거리도록 앞뒤 다리를 있는껏 뻗어 기지개를 켜는 것처럼 김태범은 어깨를 한껏 뒤로 젖히며 느물느물 웃고 있었다.

'이 새끼가 이거 대가리 좋은 꼴 제대로 떠네. 날 가지고 놀려고 해!'

한 사장은 감정이 불끈 솟으며 김태범을 새삼스럽게 쳐다보았다. 한시바삐 비자금 서류는 회수해야 하고, 불리한 입장에 처해 있는 것은 분명 자신이었다.

"알았소. 원하는 대로 합시다."

한 사장은 혀를 차며 몸을 일으켰다.

김태범은 한 시간이 다 못 되어 경찰서를 벗어났다. 그는 차에 오르며 형식적으로 꾸며진 조서에 지장을 누르느라고 묻은 엄지손가락의 인주를 닦아내고 있었다.

한 사장은 김태범을 응접실이 딸린 스위트룸에 투숙시켰다. 호강시켜 주려는 것이 아니라 협상해야 할 공간이 필요하기 때문이었다.

"자아, 김 전무가 말한 1차 협상을 시작합시다."

한 사장이 한시가 바쁘다는 듯 서둘러댔다.

'암, 똥줄이 타겠지. 거룩한 황제의 진노를 빨리 꺼야 하니까.'

김태범은 대재벌 기업 성화의 실질적인 2인자 한인규 사장의 속을 빤히 들여다보며 커피 잔을 들었다.

"1차 협상이라……, 서로 속 다 아는 처지니 밀고 당기고 할 것 없이 탁 깨놓고 얘기합시다. 얼마요, 원하는 게?"

한 사장의 얼굴이나 목소리에서는 사나운 기가 뻗치고 있었다.

'쎄끼, 쑈하고 자빠졌네. 니놈이 조폭식으로 살벌하게 나온다고 내가 기 죽을 것 같으냐? 내가 니놈 수법을 빤히 알고 있는데, 쌩폼 잡지 말고 겸손하게 대가리 숙여. 지금 칼 쥔 놈은 니가 아니라 나잖아. 쎄끼, 건방지게…….'

"……."

김태범은 커피를 마시는 게 아니라 아주 느릿느릿 목으로 넘기면서 한 사장을 빤히 칩떠보고 있었다. 그 눈초리가 몹시나 차고 매웠다.

"왜, 뭐가 마땅찮소?"

한 사장이 엷게 웃음을 피우며 눈치 빠르게 태도를 바꾸었다.

"한인규 사장님, 내가 하찮은 경제 신문 기자 나부랭이나, 휴가 때면 휴가비 받으려고 창조개발실에 기어드는 썩어빠진 부장검사 정도로 보이나요? 이거 이러지 마세요. 사장님이 아까 선언한 대로 난 이제 성화하고 가족 관계도 인간관계도 다 끝난 사람이오. 그런데 문제는 내가 성화 그룹의 존폐를 좌우할 수 있는 시한폭탄을 쥐고 있다는 사실이오. 그런데 그 폭탄이 터지는 걸 막으려고 당신은 날 흔적도 없이 이 세상에서 없애버릴 수 있어. 그럼 그때 바로 시한폭탄은 터져. 내가 잡혀가고 5일 이상 아무 소식도 없으면 복사해 둔 그 다섯 통이 세상에 터져 나오도록 조작해 뒀다 그 말이오. 내가 잡혀온 건 주지 스님과 절 사람들은 다 알고 있으니까 그 시한폭탄은 이미 작동하기 시작했다 그거요. 당신이 광고 뿌려대는 신문사들은 일시에 쫙 틀어막았지만, 내 조직은 안 되잖아. 그걸 똑똑히 아시라구. 내 시한폭탄이 터지면 회장님과 당신은 꼼짝없이 쇠고랑 차는 신세가 되잖아요. 나와 협상하려면 그 사실을 잊지 마시라구. 그러니 어째야 되겠어요? 괜히 버릇대로 으름장 놓으려고 들지 말고 예의 갖추라구, 예의. 알아들으시겠어요?"

김태범은 비웃음 넘쳐나는 얼굴로 한인규 사장을 맘껏 야유하고 있었다.

한 사장은 정신이 번쩍 들었다. 지금 앞에 앉아 있는 김태범은 자신이 고르고 골라서 뽑아 온 똑똑한 놈이었다. 그런데 저놈은 고분고분하던 성화의 사위가 아니라 성화에 칼을 들이댄 배신자로 변해 있는 것이었다.

"알았소. 불쾌했으면 사과하겠소. 미안하오."

닳고 닳은 한인규 사장은 고개까지 약간 숙여 보이는 능란한 제스처를 취했다.

"예, 좋습니다. 얼마를 원하느냐고 물었지요? 내가 가진 차명계좌의 5분의 1이오."

"뭐, 뭐라고? 5분의 1이면, 1조를!"

한 사장은 벌떡 솟구쳐 일어나는 듯하며 꽥 소리를 질러 댔다.

"아니, 왜 그리 놀라고 그러십니까? 한 사장님은 그 두 배는 챙기셨을 텐데."

김태범이 픽 비웃음을 뿌렸다.

"아니, 그게 무슨 소리요, 도대체."

한 사장이 더 놀라 소리쳤다.

"뭘 그리 놀라고 그래요. 다 계산해 보고 하는 소리인걸."

"계산해 보다니, 무슨 근거로 그따위 소릴 하는 거요?"

"진정하세요. 한 사장님 혈압 나쁘시잖아요." 김태범은 커피를 한 모금 마시고는, "근거라 하셨으니 간단하게 몇 가지만 대지요. 첫째 비자금 모으고, 도처에 로비 자금 뿌리고 하면서 떡고물 착실히 챙기셨고, 둘째 그 돈으로 회사 주식 싸게 사들여 몇십 배씩 뻥튀기해 댔고, 셋째 사업 팽창으로 공장들과 부속 사옥들 계속 지어댈 때 그 정보 빼서 땅 투기해 떼돈을 긁어모았고, 넷째 위장 납품 업체 만들어 이익 큰 납품들 장악했고……, 이쯤 되면 근거로 충분하겠지요?" 그는 한 사장을 응시한 채 마치 놀리기라도 하듯 눈을 깜박깜박하고 있었다.

"시끄럽소. 난 절대로 그런 짓 한 적 없소. 그건 명예훼손이오!"

한인규 사장은 눈을 부라리며 부르르 떨었다.

"명예훼손? 하아……, 훼손되어서는 안 되는 거룩한 명예를 가지셨지. 그 대단한 국회의원 나으리들, 부장급 이상 판검사 나으리들, 국장급 이상 공무원 나으리들 중에서 한 사장님이 뿌려댄 돈 안 잡수신 분들이 몇이나 될까? 그래서 술 취하면 국가 권력 그까짓 것 아무것도 아니라고 떵떵거리면서 폼 잡으시는 위대하고 거룩한 명예를 가지셨지. 하세요, 고소하세요, 명예훼손으로."

"김 전무, 이게 도대체 뭐 하는 짓이오! 협상하자고 해놓구선."

얼굴이 시뻘겋게 달아오른 한 사장은 곧 탁자를 걷어찰 기세였다.

"맞아요. 협상하자고 해놓고 이런 말 나오게 만든 건 누구요? 한 사장이잖아요. 말 나온 김에 한마디 더 하겠소. 나 한 사장 위해 할 일이 딱 한 가지가 있소. 아까 말한 사장님의 치부 내력을 차근차근 적어 우리 회장님께 보고드리는 거요."

"닥쳐! 무슨 개소리를 치는 거야!"

한 사장이 고함을 치며 몸을 벌떡 일으켰다.

"아하! 이거 협상 결렬 선언입니까? 예, 좋습니다."

주먹으로 손바닥을 치며 김태범도 기세 좋게 일어섰다.

"이거 보시오 김 전무, 지금 김 전무가 해야 할 일은 나를 긁어 파는 게 아니라 김 전무가 먹어야 할 밥을 빨리 챙기는 것이오. 김 전무는 회장님과 원수졌지 나하고 원수진 일은 없잖소?"

한인규는 그야말로 산전수전 다 겪은 노회한 협상가였다. 언제 자리를 박차고 일어났냐 싶게 한순간에 표변해 웃음 띤 얼굴로 이런 말을 부드럽게 하고 있었다.

'아, 아, 사람 열을 잡아먹고도 눈 하나 깜짝 안 할 저 무서운 인간. 난 회장한테 감정이 있는 만큼 너한테도 똑같이 감정이 있어. 너, 이번에 사장 자리를 나한테 주지 말고 내 마누라한테 주라고, 장인이 원하는 말을 쏘삭거린 게 바로 네놈이잖아. 이 죽일 놈아!'

이런 생각을 하면서 김태범은 협상을 빨리 마무리해야 한다고 생각하고 있었다. 한 사장을 긁어 파서 궁지에 몰아댄 것도 협상을 유리하게 하기 위해서였던 것이다. 한인규가 성질대로 못 하고 기가 꺾인 것은 일단 작전 성공이라 할 수 있었다.

"좋아요, 사장님하고 원수진 일은 없지요. 그러니까 사장님도 괜히 사장님 돈도 아닌데 인색하게 굴고 그러지 말라구요."

김태범도 여유롭게 한풀을 접었다.

"알았소, 얘기 쉽게 빨리 끝내도록 합시다."

한 사장은 화를 낸 기색 전혀 없이 환하게 웃으며 소파에 앉으라는 손짓과 함께 먼저 앉았다. 사람의 얼굴이란 얼마나 변화무쌍한 요술을 부릴 수 있는지를 잘 보여주고 있었다.

"김 전무, 아까 처음 내놓았던 건 협상을 위해 일부러 크게 질러댄 것인 줄 잘 아는데……, 우리 이제부터 실질적인 얘기로 들어갑시다. 거 있잖소. 뱀이 제 아가리 큰 것만 알고 너무 큰 먹이 물어 삼켰다가 결국 배가 터져 죽고 말아요. 1조란 그런 돈이니까, 먹을 만큼만, 소화시킬 만큼만 불러보시오."

한 사장이 아무 적의 없는 눈길로 김태범을 바라보며 진지하게 말했다.

"그 말씀 참 묘하네요. 한 사장님 눈에는 제가 여전히 새까만 후배로만 보이는 모양이죠? 좋습니다. 제가 얼마나 소화시킬 수 있을 것 같은지 사장님이 먼저 불러보시죠."

김태범은 날아온 탁구공을 가볍게 쳐 넘겼다.

"흐음……, 그게……." 당황한 기색의 한 사장은 고개를 약간 숙이더니 오른쪽 주먹으로 턱을 받쳤다. 그리고 한참 동안 침묵에 잠겨 있다가, "그 10분의 1이면 어떨까 싶소" 하며 고개를 들었다.

'1, 천, 억……!'

김태범은 한 자, 한 자를 꾹꾹 씹었다.

"내가 감옥살이 몇 번 했죠?"

김태범은 한 사장을 똑바로 쏘아보았다.

"응, 그야……, 두, 두 번이지."

한 사장이 멈칫하다가 더듬거렸다.

"누구 때문이었죠?"

"그야 회장님 두 아들……."

"정식으로 하면 누가 감옥에 가야 되는 거지요?"

"그야……, 그걸 뭐 이제 와서……."

"사장님은 감옥살이 하루라도 해보셨어요?"

"아니 그거……."

"하루도 살기 어려운 게 감옥살이고, 하루가 천년 같다는 게 딱 감옥살이를 두고 하는 말이에요. 그런 감옥살이를 나는 몇 년 했죠?"

"아 이거 참……."

"1년씩, 2년이에요."

"……."

"근데 그걸 기획한 게 누구죠?"

"아, 아……, 김 전무……."

한 사장은 자꾸 굳어져가던 얼굴을 감싸고 말았다.

"난 그동안 당해 온 온갖 수모는 따지지 않겠어요. 내가 너무 비참해지고 자존심 상하니까요. 하지만 억울하게 대신 감옥살이한 것만큼은 따져야겠어요. 어떠세요, 내가 2년이나 감옥살이한 대가가 1천억이면 된다고 생각하세요? 비자금은 니 돈도, 내 돈도 아니에요. 성화 돈도, 회장님 돈도, 사장님 돈도 아니라구요."

"아니……, 저어……, 그게……."

한 사장은 할 말을 찾지 못하고 완전히 궁지에 몰려 있었다.

"자아, 다시 불러보세요."

김태범의 목소리는 기 꺾여 있는 한 사장을 포박하는 명령이었다.

"아, 아……." 한 사장은 어깨 처지도록 깊은 한숨을 내쉬고는, "2천, 2천억이면 어떨까……." 애원하는 듯한 눈길로 김태범을 쳐다보았다.

"됐어요. 지불 방법은요?"

김태범이 무표정하게 물었다.

"그야 받을 사람이 좋은 쪽으로 해야 되는 것 아니오?"

한 사장이 침통한 얼굴로 되물었다.

"제일 안전하고, 부피 적은 것으로!"

"……그렇다면……, 그것뿐이잖겠소?"

"뭐요?"

"김 전무도 알잖소. 그건 한 가지, 무기명채권."

"좋아요. 그것 10억짜리로!"

"알겠소……."

한 사장이 무겁게 고개를 끄덕였다.

"서류 돌려주는 즉시 맞교환입니다!"

김태범이 계속 곤두선 음성으로 못 박았다.

"틀림없이 복사본 모두 다섯 부지요?"

"예, 다섯 부."

"남겨두는 것 있으면 알지요?"

목소리가 단호해지며 한 사장이 김태범을 쏘아보았다.

"나 당신 손에 죽고 싶은 생각 없어요."

김태범이 상대방의 심중을 꿰뚫어보고 있다는 듯 말했다.

"됐소. 1차 협상 끝났소. 빨리 2차로 넘어갑시다."

"좋습니다. 다섯 부를 찾는 데 이틀은 걸리니까 정 상무 일행과 동행하고, 그동안 사장님은 그걸 잘 준비해 두시면 되겠네요."

"그리합시다."

한 사장이 두 손으로 얼굴을 훔치며 무거운 듯 몸을 일으켰다.

김태범은 첫 번째 서류 봉투를 어느 오피스텔 방에서 가지고 나왔다. 그건 인기척이 전혀 없는 빈방이었다. 두 번째는 어느 절의 사리탑 아래에서 파낸 플라스틱 통 안에서 나왔다.

'아니, 이건 좀 이상하잖아……? 시한폭탄이 터진다고 했는데……?'

정광호 상무는 '누가……?' 하는 의문이 문득 들었다.

세 번째, 네 번째, 다섯 번째까지 정 상무가 가진 '누가……?'의 의문은 풀리지 않고 커지기만 했다.

김태범과 한인규 사장은 이틀 만에 호텔에서 마주 앉았다.

서로 가방 하나씩을 탁자 위에 올려놓았다.

"확인해 보세요."

김태범이 가방을 열어 한 사장 앞으로 밀어놓았다.

"김 전무도 확인하시오."

한 사장도 가방을 김태범 앞으로 밀어놓았다.

김태범은 두껍고 묵직한 종이 뭉치를 가방에서 꺼냈다. 빠르게 동그라미를 세나갔다. 그것들을 다 세기 전에 눈에 익은 10억 표기가 한눈에 들어왔다. 그는 종이를 한 장, 한 장 빠르게 넘기기 시작했다.

한인규 사장도 A4 용지 묶음을 재빨리 넘기기 시작했다.

방 안에는 한동안 적막만 가득했다.

"됐소."

한 사장이 먼저 말했다.

"됐습니다."

뒤따라 김태범이 말했다.

"서로 잊읍시다. 행복하시오."

한 사장이 손을 내밀었다.

"예, 안녕히 계세요."

김태범도 손을 내밀었다.

3

핸드폰이 솔베이 송을 연주하기 시작했다. 최민혜는 머리를 매만지며 무의식적으로 그 선율을 따라 부드럽고 잔잔한 몸짓을 했다. 언제 들어도 슬프면서도 아련하고 감미로운 그 음률은 영혼을 맑게 씻어주면서 삶에 어떤 신선한 욕구가 싹트게 해주었다. 최민혜는 그 행복감을 즐기느라고 한참씩 전화를 안 받고는 했다.

'아침 일찍부터 누구야……?'

최민혜는 어떤 사건 의뢰자일까 생각하며 핸드폰으로 눈길을 돌렸다.

김은경.

핸드폰에 찍힌 세 글자를 보는 순간 최민혜는 머리가 찡 울리며 머리를 다듬던 드라이어를 내던졌다.

"응, 은경아, 나 민혜야."

최민혜는 다급하게 쏟아놓았다.

"민혜야, 민혜야, 나 좀 도와줘."

저쪽에서 울음이 터져 나왔다.

"은경아, 울지 말고, 진정하고, 차분하게 자세히 말해."

최민혜는 상대방을 꽉 붙들고 어르듯 또박또박 말했다.

"응, 있잖아, 우리 오빠가 절에서, 숨어 있던 절에서 잡혀갔대. 쇠고랑 채워서 잡혀갔대. 민혜야, 나 좀 도와줘. 내가 아는 변호사는 너밖에 없어, 민혜야."

"어느 경찰선지 알아?"

"아니, 스님도 모르신대. 나 어떡하니, 민혜야."

"알았어. 경찰서부터 알아내야 하니까 기다려. 내가 곧 전화할게."

"민혜야, 우리 오빠 착한 사람이야. 법 없어도 살 사람이라구. 공부도 아주 잘하고."

김은경은 울음 섞인 말로 횡설수설이었다.

"알았어. 전화 끊자."

최민혜는 장우진 기자에게 바로 전화를 걸었다. 신호음이 두 번 울렸는데 바로 전화를 받았다. 자기는 언제나 신호음이 세 번 울리기 전에 전화를 받는다고 장 기자가 말했었다. 그게 기자 정신이라는 것이었다. 투철한 직업의식을 나타내는 그럴듯한 말이라 싶었었다.

"예, 최 변호사님!"

"김태범이 체포됐어요."

두 사람의 말이 정면충돌을 일으켰다.

"언제, 어디서요?"

장우진의 목소리가 숨 가쁘게 쏟아졌다.

"오늘 새벽, 숨어 있던 절에서요. 여동생이 도와달라고 전화를 했는데, 연락해 준 절에서도 어느 경찰선지 모른다는데, 그걸 어쩌죠?"

"출근하셨습니까?"

"곧 할 거예요."

"알았습니다. 제가 지금 바로 가겠습니다."

최민혜는 머리 손질도 제대로 하지 못하고 부랴부랴 집을 나섰다. 그녀는 신호 위반까지 해가며 차를 몰았다. 차를 내리다 보니 어떤 남자가 건물 앞에서 맘껏 팔다리를 휘두르고 있었다. 사람 많이 오가는 출근길의 대로상에서 영 어울리지 않는 엉뚱한 몸짓이었다. 그건 사람들 눈길을 아랑곳하지 않고 체조를 하고 있는 것이었는데, 동작을 할 때마다 긴 머리칼이 제멋대로 휘날리는 것을 보고 최민혜는 그 용기 있는 남자가 바로 장우진 기자라는 것을 알아보았다.

"지금 뭐 하시는 거예요?"

"보시다시피 체력 관리죠."

장우진은 동작을 멈출 기미 없이 씨익 웃고 있었다.

"사람들이 다 쳐다보잖아요."

최민혜는 눈을 흘기며 그만 그치라는 손짓을 했다.

"쳐다보는 건 자유죠. 내가 하는 게 자유인 것처럼. 이 체조는 세계에서 사람이 제일 많이 모인다는 루브르 박물관 앞에서도 해서 박수까지 받았어요."

238

장우진은 느물거리며 태평천하였다.

"근데, 아까와는 다르게 어떻게 그리 무사태평이에요?"

최민혜가 의아스럽게 물었다.

"예, 그게 말이죠……." 장우진은 비로소 체조를 멈추고는, "차를 타고 오면서 총정리를 해보니까, 게임 아웃! 우리가 염려했던 유령 사건이 돼버렸어요, 이미"라고 말했다.

그는 쩝쩝 입맛을 다시며 콧잔등을 잔뜩 찌푸렸다.

"가요, 사무실로. 근데 어떻게 그렇게 유령 사건을 단정하시는 거죠?"

최민혜의 눈길은 '무슨 근거가 있어요?' 하고 묻고 있었다.

"예에, 우리가 김태범한테 철저하게 기만당한 겁니다."

장우진이 또 쓴 입맛을 다셨다.

"기만당해요……?"

최민혜는 더 알 수 없다는 얼굴이 되었다.

"예, 들어보세요. 내가 추적을 하다가, 김태범이 절로 피신했을 거라는 단서를 포착했어요. 그래서 곧바로 안국동 조계사로 쫓아갔어요. 명동 성당과 함께 거기도 공권력이 범하지 못하는 종교 치외법권 지역이니까 그림이 아주 딱 짜이는 구도잖아요. 그런데 김태범은 거기 없었어요. 그래서 최 변호사님 통해 여동생 접촉하는 것에 기대를 걸었는데 그것도 실패. 내 추적은 거기서 절벽을 만났어요. 서울 지역의 절 전부를 뒤질 도리가 없었으니까요. 그저 답답한 채로 김태범이 어떤 기발하거나 저돌적인 방법으로 언론 폭로전을 전개하길 바라는 처지가 되고 만 거죠. 그런데 그가 너무 쉽게 경찰에 체포되고 말았어요. 물론 성화의 정보 조직이 우리보다 한발 빠르게 움직인 결과이기도 하지만, 애초에 김태범의 속셈은 그 사건을 반사회적인 중대 경제 범죄로 폭로할 마음이 없었던 겁니다. 그래서 똑똑한 그 사람은 일부러 조계사를 피했고, 자기가 친분이 있는 산사에 은신해 성화의 손이 거기까지 뻗쳐오기를 기다리고 있었던 거예요. 자기의 주가를 최대한 올려 거래의 호기를 잡으려고."

"그럼 김태범은 자기 개인의 이익을 취하려고 비자금 자료를 훔쳤다는 건가요?"

"예, 바로 그거예요."

"어머나! 그럼 그건 배신자고, 절도범 아니에요?"

"회사 입장에선 그렇죠."

"근데, 처음에 언론에 알려진 건 뭐죠?"

"그것도 김태범의 영리한 기만술이에요. 자기 주가를 올리기 위한 성화 협박술이지요. 그는 성화의 생리와 능력을 그 누구보다도 잘 아는 사람이에요. 그래서 성화가 단숨에 언론을 틀어막을 것까지 다 알고 한 행위지요."

"그렇지만 절도범으로 체포됐잖아요."

최민혜가 사무실 문을 밀었다.

"혼란 일으키지 말아요. 거기서부터가 극적이니까."

"극적⋯⋯?"

최민혜는 전혀 알 수 없다는 눈길로 키 큰 장우진을 올려다보았다.

"그때부터 김태범과 성화 사이에서는 본격적인 딜이 시작됐어요. 상상할 수 없는 거액이 오가는 거래가."

"도대체 그게 무슨 말이에요?"

사무원이 가지고 온 커피를 장우진 앞으로 밀어놓으며 최민혜는 또 난해한 표정을 지었다.

"그거 어렵게 생각할 것 없어요. 경찰력을 동원한 것도 성화고, 김태범을 경찰서에서 빼낸 것도 성화예요."

"절도범을 성화가 빼냈다구요?"

최민혜의 얼굴은 점점 더 의문투성이가 되고 있었다.

"보세요. 성화가 직접 나서서 김태범을 잡아가면 인신 유괴나 납치가 돼요. 그리고 경찰서에 와서는, 절취품 완전 회수로 피해자가 피의자의 처벌을 원치 않고 선처를 바랄 뿐만 아니라 피의자 또한 진심으로 과오를 반성하고 있으므로 이에 수사는 종결한다로 조서를 꾸미고 이미 경찰서를 벗어났어요."

"아니, 장 기자님은 어떻게 그렇게 지금 환히 현장을 보고 있는 것처럼 그렇게 자신 있게 말하세요?"

"그야, 그런 일 한두 번 겪은 게 아니니까요. 그거 그자들이 흔히 쓰는 수법이거든요. 최변은 아직도……."

장우진은 문득 말을 끊고 커피 잔을 입으로 가져갔다.

"왜 그다음 말을 삼키세요. 햇병아리라고 마저 하시죠."

"아하, 그걸 딱 알아차린 이 순간부터 햇병아리를 면한 것입니다." 장우진이 콧등을 찡긋그리며 장난스럽게 웃었고, "장 기자님은 짓궂은 소리도 잘하셔. 근데, 그런 사실을 믿을 수가 없지만 경찰서가 어딘지 몰라 가서 확인해 볼 수도 없고." 최민혜가 고개를 갸웃갸웃했다.

"그 경찰서 찾기 쉬워요."

"네에……?"

"성화 본사가 있는 경찰서일 건 뻔해요. 거기라야 자기네 맘대로 가장 쉽게 부릴 수 있으니까."

"정말이에요? 아유, 믿을 수 없어."

최민혜는 두 손으로 머리를 싸쥐었다.

"좋아요, 현장 실습 삼아 한번 가보겠어요?"

"네에, 햇병아리 면하게 해주세요."

최민혜는 변호사다운 적극성을 보였다.

장우진은 수사과로 직행했다.

"계장님, 안녕하세요. 저 왔습니다."

장 기자가 거수경례를 붙이며 붙임성 좋게 웃음 지었고,

"장 기자, 어찌 이리 일찍 행차시오?" 하며 계장이 장우진 뒤에 서 있는 최민혜를 재빨리 훑었다.

"에이, 일찍이 아니라 너무 늦었었지요. 성화 건 한발 늦어 놓쳤는데, 여기서 처리했지요?"

계장을 응시하며 장우진은 낮은 소리로 핵심을 찌르고 들었다.

계장이 최민혜가 누구냐고 눈짓으로 물었다.

"아, 변호사요. 김태범 여동생이 자기 오빠가 어떻게 됐는지 알아봐달라고 부탁해서요. 나하고는 한 팀이고."

장우진이 눈을 찡긋했다.

"그거 아무것도 아니라 수사 종결하고, 김태범은 성화 사람들하고 돌아갔어요. 양쪽이 화해했으니 잘됐지 뭐. 선처를 바라고, 과오를 반성하고. 안 그렇소?" 계장이 장우진을 툭 쳤고, "그럼요. 그게 젤 좋은 해결책이지요." 장우진은 건성으로 대꾸하며 고개를 뒤로 돌렸다. 그때 장우진과 눈이 마주친 최민혜의 반쯤 벌어진 입술은 '어머나' 하는 소리 없는 말을 그려내고 있었다.

"어쩜 이런 일이 있을 수가 있어요? 어지럽고 정신이 하나도 없어요." 최민혜가 차에 오르며 이마를 짚었고, "두고 봐요. 이보다 더한 일도 많고 많아요." 장우진이 차를 출발시켰다.

"그럼 그 엄청난 비자금은 어찌 되는 거예요?"

"그야 당연히 성화 회장님께서 다 잡수시는 거지요."

"어머나……."

"근데 그 회사 비정규직 비율이 얼만지 알아요?"

"……?"

"공식 발표만 42퍼센트예요."

"어머나!"

돈=독

1

"왜 이렇게 질질 짜고 이래?"

배상일은 눈찌 사납게 소리를 질렀다.

"몰라서 그래요? 당신은 오빠가 걱정되지도 않아요?"

김은경이 남편보다 더 매서운 눈길로 맞대거리를 해댔다.

"누가 걱정 안 하는 거야. 이렇게 질질 짜기만 하면 뭐 하나 그거야. 그런다고 무슨 수가 나?"

배상일이 눈을 치뜨며 더 크게 악을 썼다.

"뭐라구? 무슨 수가 없으니까 우는 거지, 그런 맘도 몰라!"

눈물을 그렁거리며 김은경이 독기 서린 목소리로 반말을 내쏘았다.

"헹, 그런 맘이긴 쥐뿔도 무슨 그런 맘이야. 즈네 오빠라면 그저 사죽을 못 쓰고 나서지. 무시는 무시대로 다 당하고 사는 못난 주제에. 그 잘난 느네 오빠도 쇠고랑 찰 만큼 잘못한 일이 있으니까 찬 거지 괜히 찼겠냐. 그러니까 정신 차리고 질질 그만 짜라구."

"야, 그걸 말이라고 해! 우리 오빠가 뭘 잘못했는데. 니가 알아? 그따위 소리 지껄이는 것 보니까 아는 모양인데, 어디 당장 대봐. 인정머리 없는 것 같으니라구. 니가 인간이야!"

김은경이 곧 덤벼들 것 같은 기세로 포악을 부렸다. 하늘같이 여기는 오빠에 대한 험담에 그녀의 감정은 완전히 뒤집히고 만 것이었다.

"이게 미쳤나. 어디다 대고 반말이야, 반말이. 너 환장했냐!"

배상일도 기세가 더 거칠어지며 아내를 향해 주먹을 치켜들었다.

"그래, 죽여라 죽여. 우리 오빠 잡혀가 속 시원해하는 이 나쁜 놈아!"

김은경이 울음을 터뜨리며 두 손으로 남편의 가슴팍을 쳤다.

"이게 정말 뒈지고 싶어 환장을 했구나. 나도 이젠 그 잘난 김태범 그놈이고, 그놈 편만 드는 니년이고 다 꼴도 보기 싫다. 죽고 싶지 않으면 입 닥쳐!"

기세가 더욱 사나워진 배상일은 주먹 쥔 팔을 더 높이 치켜들며 곧 후려칠 것처럼 아내 쪽으로 바짝 다가섰다. 그 눈에서 살기가 뻗치고 있었다.

"어머머머……, 왜 이래, 당신 미쳤어, 미쳤어? 내가 뭘 잘못했다고 이렇게 고약하게 굴어?"

김은경은 남편의 주먹이 곧 얼굴로 날아오는 공포를 느끼며 안방 쪽으로 뒷걸음질쳤다. 공포에 떠는 아내를 보자 생각이 좀 바뀌었는지 배상일은 소파 앞의 탁자에 놓인 물건들을 마구 내던지기 시작했다. 목각도, 사기 인형도, 사발시계도, 찻잔도, 책도 마룻바닥에 부딪히고 깨지며 제각기 요란한 소리를 냈다. 김은경은 그저 와들와들 떨기만 했다.

"빌어먹을, 내가 너하고 사나 봐라. 잘난 김태범 이 새끼야, 넌 깜빵에서 10년만 썩어라."

배상일은 거실 구석에 몰려 꼼짝을 못 하고 있는 아내를 향해 이런 험한 말을 내뱉고는 돌아섰다. 그리고 곧 집을 나갔다.

김은경은 가까스로 정신을 가다듬으며 소파로 가 앉았다. 그녀는 두 손으로 가슴을 누르며 긴 숨을 토해 냈다. 자신이 느닷없이 무슨 일을 당했는지 정신이 아리송하고 흐리멍덩했다. 남편이 왜 그렇게 난폭하게 변했는지 도무지 알 수가 없었다. 부부 싸움을 할 때 남편은 소리는 곧잘 질렀지만 험한 욕을 하거나 물건을 부수는 일은 없었던 것이다. 남편은 자신의 오빠에게 무시당하는 것을 못내 싫어했지만, 그렇게도 난폭하게 행동할 줄은 전혀 예상하지 못했던 것이다.

김은경은 서러움과 함께 가슴에 찬바람 한 줄기가 스치는 것을 느꼈다. 그 바람 끝을 타고 떠오르는 생각이 있었다. '나하고 안 살겠다고? 그게 무슨 소리야……?' 그리고 그 응답처럼 눈물이 솟구쳐 올랐다.

"엄마, 나 어떡해……."

그녀는 양쪽 손등으로 눈물을 훔쳐내며 불현듯 중얼거렸다.

그녀는 서러움과 속상함으로 당장 어머니에게 전화를 걸고 싶었다. 그러나 하소연하면 자신의 속은 좀 나아질지 모르나 엄마 마음은 어찌 될 것인가. 그것처럼 엄마를 불행하게 하는 것도 없을 거였다. 이 마음 아픔, 이 외로움과 슬픔을 혼자 견디는 수밖에 없었다. 그녀는 새로 솟는 눈물로 얼굴을 감쌌다.

김은경은 이런 경우에는 친구도 아무 도움이 안 된다는 것을 느끼며 빨리 감정을 수습하려고 애썼다. 이런 일이 친구들에게 알려지면 무슨 해결책이 나오는 것이 아니라 오히려 뒷말거리나 되고 놀림감이 될 뿐이었다.

작은애가 학교에서 먼저 돌아오기 전에 깨지고 부서진 물건들을 빨리 치워야 했다. 남편이 난폭하게 내던져 깨지고 부서진 그 물건들은 하나, 하나가 다 제각기 다른 추억을 지니고 있었던 소중한 삶의 일부들이었었다. 아끼고 또 아끼고 살면서 1년에 한 번쯤 외국 여행을 하는 것이 건조한 삶을 유일하게 윤택하게 할 수 있는 삶의 사치였고 낭만이었다.

기타 치고 있는 목각은 왼팔과 기타의 목이 몸체에서 떨어져 나가고 말았다. 버스가 매일 줄기차게 달리는 유럽 일주 여행 때 오스트리아에서 구입한 것이었다. 기타 치고 있는 좀 늙은 듯한 남자의 모습은 그렇게 편안하면서 정겨울 수가 없었다. 나무의 결이 그대로 살아 있는 그 목각은 손으로 깎은 것이라 꽤나 값나갔었다. 무참하게 깨진 목각 조각을 맞추며 그녀는 집안의 행복이 그렇게 깨져버린 것 같아 눈물이 울컥 솟았다.

두 남녀가 그지없이 다정하게 안고 있었던 사기 인형은 산산조각으로 박살이 나 있었다. "빌어먹을, 내가 너하고 사나 봐라." 남편의 화난 외침이 새로운 충격으로 가슴을 쳤다. 남편과의 관계가 그렇게 산산조각으로 깨질 것만 같은 공포감이 엄습해 왔다. 파리의 에펠탑 아래 노점상에서 그것을 고르며 얼마나 행복했던가. 남편과 그렇게 평생 다정하게 살기를 바라며.

사발시계 위에 쌍둥이처럼 달린 두 개의 종 중에 하나가 형편없이 찌그러져 있었고, 유리도 조각조각 깨져 흩어져 있었다. 그 옛날 시계 모양이 정겨워 중국 여행 때 산 것이었다. 믿을 수 없도록 싼 것에 비해 시간이 얼마나 잘 맞는지 중국 기술에 새삼 놀라야 했던 정든 물건이었다.

안개 자욱한 아름다운 산수화가 섬세하게 그려진 찻잔도 처참할 지경으로 박살이 나 있었다. 차 맛보다 그 산수화 감상이 더 아늑하고 그윽한 행복감에 젖게 했던 그 찻잔은 대만 여행에서 구한 것이었다. 10만 원의 거금이었지만 산수화의 그 섬세한 아름다움에 이끌려 아까운 줄 모르고 돈을 지불했던 것이다.

산산조각이 난 그 추억의 파편들을 끌어모으며 그녀는 흐르는 눈물을 주체하지 못했다. 남편이 전에 없이 왜 그리도 격한 행동을 했는지 도무지 이해할 수가 없었다.

'왜 그랬을까……? 무슨 일일까……? 아무 일도 없이 갑자기 그랬을 리가 없어. 무슨 일이 있지 않고서야 사람이 그렇게 돌변할 수가 없지. 그런데 오빠가 그렇게도 미울까. 오빠 걱정하는 게 그렇게도 듣기 싫을까……? 그 소중한 것들을 그렇게 박살을 내버릴 만큼 그를 화나게 한 일이 무엇일까……?'

그녀는 깨진 조각들을 다 치우고, 거실 바닥을 두 번, 세

번 쓸고 닦았다. 소홀하게 잘못했다가는 자디잔 유리 파편에 애들 발이 상할 수도 있었던 것이다.

그녀는 울음을 추스르며 화장실로 갔다. 애들이 학교에서 돌아오기 전에 운 흔적도 말끔히 지워야 했다. 두 딸에게는 비밀로 해야 했다.

그녀는 거울 속의 자신을 멍하니 바라보았다. 갑자기 불행해진 자신의 모습이 자신 같지가 않았다. 그녀는 두 손으로 손가락빗질을 해서 헝클어진 머리를 간추렸다.

'다시 볼 수 있을까……?'

불현듯 그녀의 뇌리를 스친 생각이었다. 그 순간 그녀의 의식 속에는 두 가지 생각이 동시에 엉켰다. 다시 본다는 것이 무서워졌고, 다시 보고 싶지 않은 것이었다. 삶의 소중한 추억들을 그렇게 무지막지하게 박살 내버린 남자와 다시…… 그전 마음으로 다시 바라볼 수 없을 것만 같았다.

'그럼 어쩔 건데……?'

두 딸의 얼굴이 쑥 밀려들었다.

'아, 아……, 몰라…….'

그녀는 두 손에 얼굴을 묻었다.

그때 핸드폰 울리는 소리가 들려왔다. 그녀는 전화를 받고 싶지 않았지만 전화기의 울림이 발휘하는 뿌리칠 수 없는 인력에 이끌려 화장실을 나왔다.

"응, 민혜야, 나 은경이. 우리 오빠 어찌 됐니?"

김은경은 전화받기 싫었던 것도 잊고 다급하게 물었다.

"응, 느네 오빠 괜찮아."

김은경과 다르게 전화 속의 최민혜 목소리는 심드렁했다.

"괜찮다구? 어떻게 됐는데?"

김은경은 몸 달아하며 핸드폰을 왼쪽으로 바꿔 들었다.

"응, 풀려났어."

"뭐, 풀려나? 그게 무슨 소리야?"

"응, 내가 경찰서에 도착하니까 느네 오빠는 벌써 풀려나서 없었어. 서로 화해 잘 해서 회사 사람들과 함께 경찰서 떠났대. 그러니까 아무 걱정 말고 오빠네 집에 연락해 봐. 그만 전화 끊는다."

"응, 그래 민혜야, 고마……."

김은경은 여기서 말을 중단했다. 최민혜가 전화를 끊었기 때문이다.

"기집애, 변호사라고 되게 깔깔하게 구네."

김은경은 핸드폰에 대고 눈을 째지게 흘겨댔다. 그러다가 그녀는 깜짝 놀라 오빠 호출 번호 2를 콕 눌렀다. 1번이 엄마였고, 남편은 3번이었다.

신호가 오래 가도 오빠는 전화를 받지 않았다. 다시 걸었다. 마음은 급한데 역시 받지 않았다. 또 걸려다가 그녀는 손가락을 정지시켰다. "전화는 한 번씩만 걸어. 핸드폰에는 다 찍혀 전화 건 것 다 알잖아. 바보같이." 이런 오빠의 짜증 난 목소리가 울렸기 때문이다.

'오빠……, 아무 일도 없었던 거지? 얼마나 걱정 많이 했다고. 무사히 돌아와 다행이야, 정말 다행이야. 근데 오빠, 배 서방을 어쩌면 좋아. 오빠 얘기만 나오면 질색을 하다가 오늘은 난장판을 치고 말았어. 나 어쩜 좋지?'

오빠한테 이 말을 하자 더 서러워져 그녀는 새로 눈물이 솟구쳤다.

남편은 자정이 넘어도 돌아오지 않았다. 아무리 늦어도 11시까지는 들어오는 사람이었다. 이튿날 출근해야 하기 때문이었다.

'왜 이러지? 면목 없고 미안해서? 아니면 배짱……?'

그녀는 소파에 쪼그리고 앉아 벽시계를 응시하고 있었다. 1시가 넘어도 현관 키의 비밀번호 누르는 소리는 울리지 않았다. 그녀는 비로소 남편이 들어오지 않기로 작정한 것이라고 판단했다.

김은경은 대충 손발을 씻고 잠옷을 갈아입었다. 침대에 누웠지만 잠이 오지 않았다. 분한 생각이 꼬약꼬약 괴어오르고 있었다. 들어와서 잘못했다고, 다시는 안 그러겠다고 할 줄 알았다. 진심으로 그렇게 해도 굳어진 마음이 풀릴지 말지 알 수가 없었다.

'그런데 아예 안 들어와버려? 이게 사람을 뭘로 보고……'

그녀는 소중한 것들이 깨져나가던 소리를 전신의 통증으로 느끼며 이를 악다물었다. 한숨도 자지 못하고 밤을 지새웠다. 최초로 치른 경험이었다. 밤이 그다지도 긴 줄은 몰랐었다. 그 무한정 긴 밤은 온갖 나쁜 생각들만 부풀리고, 분노와 증오를 키워냈다. 행복했던 추억들을 갈기갈기 찢어버린 것도 분한데, 무시까지 당한다는 게 견딜 수 없는 모멸감을 느끼게 했던 것이다.

행여나 했지만 남편은 전화도 없이 하루 해를 지게 했다. 그리고 또 밤에도 들어오지 않았다. 다시 날밤을 새웠다. 분노와 증오는 여전했지만 그 어느 틈새에서 '무슨 일이 생겼나……?' 하는 생각이 비집고 나오려고 했다.

'아휴, 미친년……'

그녀는 자신의 그런 마음을 사정없이 꼬집어 비틀었다.

"엄마, 아빠 어디 갔어? 출장?"

작은딸이 식탁에 앉으며 물었다. 큰딸은 이어폰을 낀 채 무심하게 몸박자를 맞추고 있었다.

"응, 출장 가셨어."

김은경은 작은딸이 마련해 준 답으로 얼른 대꾸했다.

"오래 걸려서?"

"아니, 며칠."

그녀는 말을 피하려고 얼른 싱크대 쪽으로 돌아섰다.

또 전화 없이 긴 하루가 지나갔다.

'사흘째라니…… 정말 무슨 일 생긴 것 아닌가……?'

회사에 전화를 해봐야 되나 어쩌나 하고 그녀는 어제와 다른 감도로 신경이 쓰였다. 그러나 하루 더 기다려보자며 그 걱정을 부러뜨렸다. 제풀에 감정이 풀려 오늘 저녁에는 들어올지도 몰랐던 것이다.

그러나 남편은 또 들어오지 않았다. 분함과 걱정이 반반씩 섞인 마음으로 그녀는 침대에 기대앉아 깜빡깜빡 졸았다. 몸은 사흘째 밤을 뜬눈으로 버티지 못하는 것이었다.

김은경은 더 견디지 못하고 오전에 회사로 전화를 걸었다.

"배상일 씨요? 사표 냈는데요."

"사표요?"

"예에, 그저께 사표 냈다구요."

"왜요……?"

"아니 그걸 회사에 물으면 어쩝니까? 무슨 사업을 한다는 것 같은데요."

"사업이요?"

"여튼 회사하곤 땡 쳤어요. 전화 끊습니다."

김은경은 정신이 아뜩해지는 충격으로 식탁 의자를 붙들

었다. 곧 쓰러질 것처럼 어지럼증이 심했다. 파손, 가출, 사표, 사업……, 모든 것이 뒤죽박죽되어 소용돌이를 일으키고 있었다.

김은경은 어머니를 생각하고, 오빠를 생각했다. 이제 혼자 속앓이할 일이 아니라 싶었던 것이다. 그녀는 핸드폰을 들었다. 그러나 전화를 걸 수가 없었다. 남편이 어디에 있는지, 무슨 생각을 하고 있는지 아무것도 모르는 상태로 전화를 하면 어머니나 오빠는 무엇을 할 수 있을 것인가.

김은경은 핸드폰을 손에 든 채 집 안을 정신없이 오락가락하기 시작했다. 거실에서 부엌으로, 부엌에서 안방으로, 안방에서 아이들 방으로, 아이들 방에서 다시 부엌으로, 부엌에서 안방으로……. 그녀의 마음속에서 자꾸만 부풀어 오르고 있는 불안감을 따라 발걸음은 점점 더 어지럽게 빨라지고 있었다. 스물세 평짜리 비좁은 아파트는 그녀의 우왕좌왕하는 발길로 더욱 비좁아지고 있었다.

'사표를 내다니……, 나하고 상의 한마디 없이 사표를 내? 그리고 뭐야……? 사업을 해? 이 인간이 미쳤나……. 지까짓 게 사업은 무슨 사업을 해? 돈이 어디 있어서 사업을 해? 미쳤지, 단단히 미쳤어. 그래, 소중한 물건들을 깨부신 것부터가 미친 짓이었어. 미치지 않고서야 삶의 그 소중한 추억들을 어찌 그렇게 무지막지하게 박살을 낼 수가 있어. 근데 이

상해, 그 인간이 오빠보다는 똑똑하진 못해도 회사에서도 제 몫을 다 했고, 직장을 끔찍하게 여기지 않았던가. 그런 직장에 사표를 내버리다니……. 마누라도 속이고 사표를 내버리다니……. 무슨 일일까……. 무슨 일이 분명 있기는 있다. 그게 뭘까……? 그게 도대체 뭘까……? 아, 아, 엄마……, 나 미쳐버릴 것만 같애…….'

그녀는 두 손으로 머리칼을 움켜잡으며 거실 바닥에 주저앉았다. 그리고 흐느껴 울기 시작했다.

그때 핸드폰이 울렸다. 눈물로 어른거리는 핸드폰 화면에 뜬 문자는 '여보'였다. 남편이었던 것이다.

"여보!"

그녀는 환호하듯 외쳐댔다.

"회사에 왜 전화했어!"

그날 사정없이 물건들을 깨부셨던 것처럼 남편이 왈칵 내쏘았다.

"여보, 왜 사표 냈어요? 그거 사실이에요?"

"그래, 사실이다."

"아니 어쩔려고 그래요? 어떻게 살려고. 나한테 말 한마디 없이."

"니가 뭔데 말해. 내 사표는 내 맘대로지."

"그게 무슨 소리예요. 그건 우리 문제지."

"헹, 우리 좋아하네. 헛소리 지껄이지 말고 지금부터 내 말 똑똑히 들어." 남편은 잠시 말을 끊더니, "너하고 난 오늘부터 남남이야!" 하고 차갑게 내뱉었다.

"뭐, 뭐예요?"

그녀의 놀란 외침이 집 안에 가득 찼다.

"알았으면 전화 끊어."

"여보, 여보, 그게 무슨 소리예요, 그게……, 여보, 여보……."

그녀는 허둥거리며 '여보, 여보'에 맞추어 한 손으로 허공을 치고 있었다.

"남남, 그 쉬운 말도 못 알아들어? 이혼이라고, 이혼!"

그녀의 고막을 찢을 듯이 남편의 목소리가 찌렁찌렁 울려 댔다.

"여보, 여보, 안 돼. 그게 무슨 소리야. 우리 애들은 어쩌라고, 그건 안 돼."

그녀는 울기 시작했다.

"헛소리 지껄이지 말래니까. 전화 끊어!"

"여보, 여보, 잘못했어, 내가 다 잘못했어. 다시는, 두 번 다시 오빠 편 안 들 거야. 여보, 내가 다 잘못했어."

"그 새끼, 그 잘난 김태범 새끼, 그 새끼 편 평생 들면서 잘 살아보라구. 내가 그렇게 싫어하는데도 너는 날 싹 깔아뭉개고 니네 오빠만 떠받드느라 정신이 없었잖아. 앞으로도 쭈욱 그렇게 잘해 보시라고."

"여보, 아니야. 다시는 안 그럴 거야. 내가 잘못했어. 용서해 줘, 제발……."

"야, 야, 그 잘난 느네 오빠도 치 떨리고, 무시당할 것 다 당하면서도 즈네 오빠라면 사죽을 못 쓰는 너도 치 떨리고, 모두 두 번 다시 꼴도 보기 싫다."

"여보, 여보, 애들 생각해 봐, 애들. 애들 어쩌라고……. 우리 애들 불쌍해서 어쩌라고……. 여보, 내가 빌게. 여보, 내가 이렇게 빌게, 제발……, 제발……, 그러지 말아. 내가 잘못했다구. 내가 이렇게 빌게……."

그녀는 눈물을 줄줄 흘리며, 제자리에서 종종걸음을 치며, '내가 빌게'에 맞추어 왼쪽 손바닥으로 핸드폰을 든 오른손 손등을 싹싹 문질러대고 있었다.

"애들……, 흥, 애들 생각하라고? 그것들도 너하고 똑같아. 병신 같은 기집애들이 아무 덕도 못 보면서 즈네 외삼촌이야 하면 지 에미 따라서 그저 서울대, 서울대 해대면서 떠받들기 정신이 없고, 죽기 살기로 즈네들 멕이고 입히고 하느라고 골 빠지는 애비는 우습게 알고 그랬잖아. 그 새끼들도 꼴 보기 싫고, 치 떨려. 다 때려치워!"

"아니야, 애들은 아니야. 애들 불쌍하게 만들면 안 돼. 여보,

제발 맘 돌려. 제발 그러지 말고 집에 들어와. 다시는 안 그럴
거야. 하늘에 맹세해, 맹세!"

"흥, 맹세, 혼자 맹세 잘해 봐. 이미 때는 늦었으니까. 아파트
는 위자료야."

"여보, 애들……, 애들……."

"애들도 다 귀찮아!"

"여보……, 여보……."

전화는 끊어졌다.

그녀는 거실 바닥에 철퍼덕 주저앉았다.

2

"아이고, 전무님께서 이 누추한 곳까지 직접 와주시다니
요. 황송합니다. 용건이 계시면 하명 받자마자 제가 달려가
뵐 건데요. 전무님은 언제 봬도 핸섬이시고 베스트 드레서이
십니다."

지점장은 말 마디마다 허리를 굽히고 굽히고 또 굽혔다. 돈
을 신으로 받들어 모시는 은행의 지점장다운 굽실거림이었
다. 거래량이 많은 서울 시내의 큰 지점 지점장은 변두리 지
점의 지점장과는 그 위세가 아예 비교가 안 되게 거대했다.

그러나 그건 그들끼리의 비교일 뿐이었다. 아무리 큰 지점의 지점장도 대기업 성화의 전무이고 더구나 회장님의 사위 앞에서는 허리가 펴질 도리가 없는 일이었다.

"여기, 여기, 여기 앉으시지요."

소파 상석의 먼지를 터는 손짓을 재빨리 해대며 지점장은 김태범에게 자리를 권했다. 그건 바로 지점장의 자리였다. 그런데 김태범은 이미 익숙해진 일인 듯, 당연하다는 듯 거침없이 지점장 자리를 차지했다.

"차를 뭘로 하시겠습니까." 손을 마주 잡은 지점장이 얼굴 뜨겁게 간살을 떨었고, "차는 마셨고, 나 바빠요." 김태범이 무뚝뚝하게 말했고, "아 예에, 무슨 일을 도와 올릴까요?" 지점장이 두 손바닥을 펴 내밀었다.

"이걸 내 계좌에 넣어주시오."

김태범이 얇은 서류 가방에서 봉투를 꺼내 지점장에게 건넸다.

"아 예에······."

지점장이 그 봉투를 받들듯 두 손으로 공손하게 받았다. 그리고 조심을 다한 손놀림으로 봉투 안의 것을 꺼냈다.

"아니, 이건······!"

봉투에서 나온 무기명채권을 보는 순간 지점장의 얼굴이 딱 굳어졌다. 그 변화를 김태범은 민감하게 포착했다.

"왜 그래요?"

"전, 전무님, 이거……, 이거 어디서 받으셨습니까?"

지점장은 말만 더듬는 것이 아니었다. 무기명채권을 들고 있는 손까지 떨리고 있었다.

"뭐요, 뭐가 잘못됐소?"

김태범의 안색도 싸늘하게 굳어 있었다. 눈치 빠른 그는 그것이 문제가 있다는 것을 직감했던 것이다.

"전무님, 이거……, 이거 위조입니다."

"위조? 어떻게 그렇게 한눈에 알아요? 지점장이 감별 자격도 갖고 있소?"

"전무님, 그게 아니구요, 이 채권은 이미 3~4년 전에 완전히 회수가 끝난 것입니다. 그러니까 지금은 더 이상 나돌 수가 없는 물건이지요."

"3~4년 전에?"

"예, IMF 상황 속에서 현찰을 급히 조달하려고 1998년 9월에 2조 원 규모로 발행했던 것인데, 순차적으로 만기가 돌아옴에 따라 회수되기 시작해 3~4년 전에 회수가 완전 종료된 것입니다."

"그럼 이건……."

"예, 누가 정밀기계로 복사해 전무님한테 사기 친 것입니다."

"복사……."

얼굴이 창백해진 김태범이 뿌드득 소리가 나게 이를 갈았다.

"예, 요새는 기계가 하도 좋아져서 몇 년 전부터는 100달러 짜리고, 5만 원짜리고 위폐 감별기를 무사 통과해 버리는 실정입니다."

"으으음……."

김태범은 눈을 질끈 감으며 옆사람에게 들리도록 신음을 짓씹었다. '아, 아……, 내가 어쩌다가 이 채권 회수가 종결되었다는 것을 모르고 있었단 말인가!' 한인규 사장을 찢어 죽이고 싶은 분노와 증오가 불기둥으로 솟고 있었다.

"전무님, 만약 이것을 안면 없는 딴 은행으로 가지고 갔다면 시끄러운 문제가 될 수도 있습니다. 위조지폐를 소지한 것과 마찬가지로요. 빨리 소각시켜 버리는 것이 좋을 것입니다."

"알겠소. 바쁜데 미안하게 됐소. 이건 비밀로 해주시오."

"예, 그럼요, 그럼요. 영업 비밀이니까요."

김태범이 어떻게 10억짜리 무기명 위조 채권을 갖게 되었는지 전혀 모르는 지점장은 왕족 앞의 신하처럼 굴종적 친절을 다 바치고 있었다.

머리가 마구 휘도는 현기증 속에서 김태범은 이마를 짚은 채 은행 앞에 한참을 서 있었다.

'한인규 이놈을 죽여야 해. 갈가리 찢어서 죽여야 해. 이놈이 이렇게 배신을 할 수 있는가. 죽일 거야, 니놈을 꼭 죽이고

말 거야!'

김태범은 한인규를 당장 죽이고 싶었다. 눈앞에 있다면 바로 죽일 수 있을 것 같았다. 아니, '죽일 수 있을 것 같은' 게 아니라 지금 마구잡이로 칼질을 해대고 있었다. 그놈의 가슴을 마구 찔러대고, 두 눈을 찔러대고, 아가리를 찔러대고, 복부를 찌르고 찌르고 또 찔러댔다. 그는 그 불타오르는 복수심으로 곧 쓰러질 것 같은 현기증을 가까스로 이겨내고 있었다.

지금 당장 달려가서 그놈을 그렇게 무수히 찔러 갈가리 찢어대고, 자신도 죽고 싶었다. 휴지로 변해 버린 위조 채권처럼 다 망가지고 부서져버린 인생 더 살고 싶지가 않았다.

그러나 성화 빌딩에는 이제 들어갈 수가 없었다. 그 거대한 빌딩에는 출입증을 목에 건 사람들만 드나들 수 있었다. 자신은 이미 출입 불가의 외계인이었다.

김태범은 당장 전화를 걸어야 한다고 생각했다. 얼른 핸드폰을 꺼냈다. 그러나 그는 어지럼증만이 아니라 가슴까지 벌떡거리고 있어서 전화를 걸어봤자 할 말을 제대로 할 수 없을 것 같았다.

'그래 좀 진정을 하자. 이 길거리에서 전화하는 것도 마땅찮고……'

김태범은 전화할 장소를 생각했다. 커피숍은 편의점처럼 많으니까 금방 찾을 수 있지만 사람이 너무 많았다. 커피숍을 제외하고 나니 마땅한 장소가 없었다.

'가만 있어봐. 이 근방 어디에 조용한 작은 공원이 있었는데……'

언젠가 점심시간에 몇 사람이 지나다가 잠시 다리쉼을 했던 장소였다. 김태범은 곧 그 공원을 생각해 냈다. 대형 빌딩 서너 개의 사이에 자리 잡은 쉼터였다. 그는 빠르게 길을 건넜다.

곱게 단풍 든 작은 공원은 인적 없이 조용했다. 노인 하나가 저쪽 벤치 끝에 웅크리고 앉아 있었지만 잠이 든 것인지 어쩐지 전혀 미동도 없어서 사람이 없는 것이나 마찬가지였다.

김태범은 잘 왔다고 생각하며 이쪽 벤치에 자리 잡았다. 그리고 심호흡을 하며 핸드폰을 꺼냈다. 한인규 사장의 얼굴이 떠오르며 또 가슴이 뛰기 시작했다.

'이 병신아, 그 늙은 놈이 뭐가 무서워. 널 우습게 보고 농락한 놈이잖아. 가만 두면 안 돼!'

그는 자신을 윽박질렀다. 그리고 전화번호를 눌렀다. 그는 다시 숨을 깊이 들이켰다.

"허어, 마침내 전화를 하셨네. 똑똑한 사람이라 아예 전화를 안 할지도 모른다고 생각했었는데, 내가 잘못 짚었군. ㅋㅋㅋ……."

전혀 뜻밖의, 기다리고 있었다는 듯한 한인규 사장의 역공이었다. 그는 여유 만만했고, 이쪽을 무시할 뿐만 아니라 맘껏 조롱하고 있었다. ㅋㅋㅋ……, 비웃음까지 동원해 효과를 극대화시키고 있었다.

김태범은 몹시 당황했다. 충격을 받았다. 배짱 좋게, 뻔뻔스럽게 나오리라고 예상은 하고 있었지만 이 정도일 줄은 몰랐던 것이다.

"야, 이 개새끼야, 너도 사람이야. 어떻게 이따위로 배신을 할 수가 있냐!"

김태범은 상대방을 최대한 강력하게 공격해야 한다는 생각밖에 없었다.

"하아, 몹시 흥분하셨군. 그래, 흥분할 때는 해야 건강에 좋은 법이지. 헌데, 지금 배신이라고 하셨나?"

"이 더러운 새끼야, 어떻게 그따위로 치사하게 사기를 치고, 더럽게 배신을 하냐. 요런 벼락 맞아 뒈질 놈아!"

"그래, 배신 좋아하는데, 먼저 배신하신 분은 누구지?"

"난 배신한 게 아니야. 니놈과 회장이 짜고 먼저 날 배신했기 때문에 난 보복을 하고 나선 거야, 보복!"

"이봐, 똑똑하신 김태범 씨, 그대 입장에서는 그럴 수도 있겠지. 허나 회사 입장에서는 넌 용서할 수 없는 배신자야. 그걸 모르시겠어?"

"닥쳐, 이 사기꾼 새끼야. 어디서 말도 안 되는 소리를 지껄여."

"이봐, 그럼 내가 한번 가르쳐드리지. 자꾸 배신, 배신 하는데 말야, 우리가 한 배신이 뭔지 가르쳐줄까? 배신을 배신하는 건 배신이 아니라 배신에 대한 당연한 선물 아닐까?"

"이 새끼야, 무슨 개소리야!"

"왜, 너무 어려워 잘 못 알아듣겠어? 그럼 한 번 더 읊어줄까?"

"이 개새끼야, 너, 너, 반드시 죽이고 말 거야!"

"그래, 그래주면 고맙지. 허나 철없이 어설프게 나대다간 니가 먼저 가는 수가 있다는 것만 잊지 말고 까불어."

"너 이 새끼, 니가 날 완전히 이긴 줄 알지? 너를 나처럼 망하게 하는 방법을 내가 가지고 있다는 걸 잊지 마."

"네까짓 햇병아리가 방법은 무슨 방법. 어디 맘대로 해보시게. ㅋㅋㅋ……."

"너, 지난번에 말한 것 잊어버렸어? 니놈이 해먹은 재산 회장한테 다 투서할 거야."

"또 그 얘기로 공갈치고 나오나? 그래, 투서를 하든 고자질을 하든 니 좋을 대로 다 해. 헌데 그 건으로 니가 꼭 기억해야 할 게 몇 가지가 있다. 첫째 니가 배신자로 딱 찍혀서 이제 무슨 소리를 해도 아무도 안 믿어주게 돼 있어. 둘째 난 너처럼 미련하게 회장님 돈을 그렇게 왕창 도둑질하지 않았어. 모두 정당하게, 법적 근거를 다 댈 수 있게 모은 거라 그거지. 그러니까 회장님이 기분이 좀 상할지는 모르나 어쩔 수 없는 일인 거야. 그리고 셋째 내가 좀 해먹은 게 기분 나쁘셔도 회장님께선 어쩔 도리가 없으셔. 왜냐? 자네도 잘 알잖아. 주변에 나만큼 믿을 만한 사람이 없기 때문 아닌가. 그러니 괜히 헛기운 빼지 말고 자네 살아갈 궁리나 열심히 해."

"잘난 척 작작해. 요런 악질 꼰대야. 내가 망한 만큼 틀림없이 너도 망하게 만들고 말 거야. 니가 회장 속여가며 치부한 걸 낱낱이 적어 보내면 욕심쟁이 회장 기분이 어떠실까? 너하고 회장 사이는 쫙 금이 가고 마는 것 아니겠어. 니가 그렇게 불신당하게 되는 것만으로도 나는 족하고, 난 거기서 끝나지 않아. 그 내용을 SNS에 다 올려 세상 사람들이 모두 알도록 해버릴 거야. 어때, 그럼 한인규 사장님은 최고 인기스타 되는 것 아니겠어? 내가 확실하게 출세시켜 드리겠다구. 그리고 쇠고랑 차시게 되면 그건 보너스고. 한 사장, 요런 최신식 방법이 있는 줄은 모르셨지?"

"야, 이 재수없는 새끼야, 너 모가지 몇 개야!"

"왜, 죽이겠단 공갈 협박 또 치시려고?"

"너 정말 까불면 흔적도 없이 가는 수가 있어. 너 매년 실종 사망자가 평균 몇 명인지나 알아? 1천5백이야, 1천5백!"

"흥, 거기에 니가 보탤 수도 있다 그거냐? 그래, 부탁 하나 하자. 나도 거기에 하나 보태줘. 어차피 쫄딱 망해 버린 인생, 더 살고 싶지 않으니까."

"이 새끼 이거 한 방 쎄게 얻어맞더니 정신이 아주 삥 돌았구나. 야 철부지야, 상황이 절망적일수록 정신을 똑바로 차려야 살아날 구멍이 보일 것 아니냐. 넌 쫄딱 망한 게 아니고 한 가지 살아날 구멍이 남아 있어. 괜히 나한테 오기, 몽니 다 부리지 말고 그 구멍이나 열심히 파는 게 니 인생 열리는 길이야."

"꼰대 사기꾼, 또 사기 치고 앉았네."

"이봐, 김태범. 넌 성화 그룹의 사위가 될 때 니가 설 위치와, 니가 차지할 자리를 분명히 알고 움직였어야 했어. 넌 성화의 혈통인 자식이 아니라 성이 다른 사위일 뿐이었다고. 그건 무슨 말인고 하니 넌 죽었다 깨나도 핵심 주력 회사의 사장 자리는 차지할 수 없다는 사실이야. 나 봐, 내가 그렇듯이 말야. 창조개발실, 이게 뭐지? 세상 사람들은 날 회장 다음가는 2인자라고 해대지만, 그건 다 헛소리고, 모르는 소리야. 창조개발실은 회장님을 옹위하고 그룹의 로비를 전담하는 특별 조직일 뿐이야. 내가 제아무리 충성을 다하고 회장님 이익을 지킨다 해도 난 핵심 주력 기업의 사장은 영원히 할 수 없는 거야. 그건 성화의 혈통인 자식들의 차지고, 난 딴 남이기 때문이지. 난 그걸 알기 때문에 최대한 합법적으로 내가 먹을 걸 챙겨왔던 것이고, 자네는 남이 아닌 사위였기 때문에 착각을 했던 거야. 그게 자네의 첫 번째 실수야. 그 판단 실수로 자네 아닌 자네 아내에게 사장 자리가 갔을 때 자넨 두 번째 실수를 하지 말고 자네가 차지할 다음 자리가 어떤 것인지를 찾았어야 했어. 자네 아내와의 직접적인 상하 관계를 피해서 독립된 계열사의 사장으로 가거나, 아니면 그룹을 떠나서 그룹과 연관된 안전한 사업체를 만들거나 하는 방법이지. 그런데 그런 대안을 찾기 전에 자넨 비자금 자료에 손대는 두 번째 실수를 저지르고 만 거야. 그건 회장님의 급소를 찌르는 한없이 어리석은 짓이었지. 자네가 그 일을 저지르기 전에 나한테 한마디만 비췄더라도 일이 이처럼 꼬이지는 않았을 거야. 자네가 믿거나 말거나 이건 내 진심이야. 내 입장에선 큰 탈이 나는 것보단 안 나는 게 좋은 거니까. 어쨌거나 이건 다 죽은 자식 불알 만지기고, 이제 자네가 살길은 딱 하나, 이혼 소송을 제기하는 길이야."

"이혼 소송이요?"

"그렇지, 이혼 소송. 모든 감정 다 삭이고 차분한 마음으로 이혼 소송을 정식으로 제기해. 어차피 이혼은 할 수밖에 없는 상황이니까 정식으로 소송을 제기하면 합법적인 위자료를 쉽게 받아낼 수 있지."

"합법적인 위자료요……?"

"응, 합법적 위자료. 자네가 성화 사위로서 회사 발전에 기여한 바가 분명히 있잖은가. 그것에 대한 대가를 당연히 지불해야지. 그땐 나도 자네한테 전폭적으로 협조할 수가 있네. 법정으로 갈 것도 없이 서로 타협적으로 결정하면 되니까."

"참, 웃기지도 않네. 남자가 여자 쪽에서 위자료를 받다니……."

"젊은 사람이 왜 이래? 그건 옛날 생각이야. 요새는 그러는 게 흔한 일 아닌가. 그리고 자넨 상대가 상대이니만큼 팔자 고칠 돈을 받을 수 있어."

"또 팔자 고칠 돈!"

"화내지 말고 들어. 200~300억은 어렵잖게 받아낼 수 있을 테니까, 그만한 돈이면 강남에 아담한 빌딩 하나 사서 자네 식구들 평생 편안하게 살 수 있잖아?"

"듣기 싫어. 또 무슨 사기를 치려고. 나한테 더 이상 돈 얘기 하지 말어. 난 이제 돈 필요 없어. 난 돈 때문이 아니고 내 두 자식 찾아오려고 곧 이혼 소송을 제기할 거야. 내 자식 둘 찾으려고. 기다려!"

"아니, 아니, 김 전무, 그건……."

한 사장의 다급한 소리가 터져 나왔다.

김태범은 전화를 끊어버렸다. 얘기가 턱없이 길어져 입이 깔깔하고 쓴 내가 나도록 복이 말랐다. 그는 생수를 찾아 휘적휘적 공원을 벗어났다.

그는 곧 편의점을 찾아내 생수병을 입에 틀어박듯이 했다. 은행에서 충격을 받은 때부터 지금까지가 그는 전혀 현실 같지가 않았다. 꼭 불분명하고 어릿거리는 꿈을 꾼 것만 같았다.

단숨에 물을 반병쯤 마신 김태범은 긴 숨을 토해 내며 고개를 젖혔다. 하늘이 시야를 가득 채웠다. 맑고 깊고 푸르른 가을 하늘이었다.

"탐진치만 생각해요, 탐진치."

그 하늘에서 스님의 목소리가 들려왔다. 쇠고랑을 차고 차로 끌려갈 때 뒤에서 스님이 한 말이었다.

탐진치(貪瞋癡)—욕심 부리지 말고, 화내지 말고, 어리석음을 범하지 말라. 붓다는 이 세 가지를 삼독(三毒)이라 이름 짓고, 자비만큼 중요한 가르침으로 삼았다.

'욕심 부리지 말고, 화내지 말고, 어리석음을 범하지 말라.'

주지 스님의 일깨움으로 거듭거듭 들어왔던 그 붓다의 가르침을 김태범은 다시 속으로 뇌고 있었다. 옳고 또 옳은 말씀이지만, 듣고 돌아서면서 잊어버리기 그 얼마였던가. 그래서 욕심을 부리고, 화를 내고, 어리석은 짓을 계속하며 살아온 것이다. 이 세 가지 독을 독인 줄 모르고 계속 범해 마침내 인생이 산산조각이 나버린 것이 아닌가.

정말 욕심 부리지 말았어야 했다. 그때 사윗감 간택이 왔을 때 욕심을 내지 말았어야 했다. 그런데 겉으로는 태연한 척하면서 속으로는 은근히, 아니 가슴 두근거리고 마음 조마조마해 가며 뽑히기를 적극 바라지 않았던가. 상대생들 모두가 그런 마음을 품고 있었다. 젊은 욕망들은 남보다 빠르고, 남보다 쉽고, 남보다 편하게 출세하기를 바라고 있었다. 성화그룹의 사위가 되는 것은 그런 꿈을 바로 이룰 수 있는 인생급행열차를 타는 게 아니었던가. 그런데 그 욕심에서부터 인생 행로는 비뚤어지고 꼬이기 시작했던 것이다.

그 젊은 욕망은 과한 욕심이었던 것이고, 그 탐욕이 어리석음이었다는 것을 알게 된 것은 15년이 넘는 세월이 흐른 뒤였다. 그리고 화낼 일은 성화에 몸담으면서 바로 시작되었다. 화를 일으키게 하는 첫 번째 대상이 아내였다. 어느 정도 예상은 했었지만, 아내의 일방통행과 제멋대로는 완전하게 안하무인이었다. 아버지를 빼닮은 그녀가 유일하게 조심하는 건 아버지 한 사람뿐이었다. 그녀의 기세에 두 남동생도 꼼짝 못했고, 어머니까지도 손안에 넣고 주물렀다. 응용미술을 전공해 멋 부리기에 능한 그녀는 어머니를 맘대로 주무를 수 있는 강력한 무기를 갖추고 있는 셈이었다. 그녀가 응용미술을 전공해 생긴 또 하나의 탈이 있었다. 그림 모으기의 탐욕이었다. 그녀의 그림 모으기는 예술 애호에서 비롯된 것이 아니고 치부의 수단과 경쟁심의 발동인 것이 문제였다. 소위 컬렉션이라고 하는 그 바람은 저 80년대부터 대기업 회장님 사모님들 사이에서 유행이었다. 미술품은 동산이라 상속세를 피할 수 있는 데다, 유명 작품은 세월이 흐를수록 값이 치솟기 때문에 그보다 더 좋은 치부 수단은 없었던 것이다. 그녀의 그림 모으기는 아버지의 적극적인 응원 아래 추진되는 또 하나의 사업이었다. 그런 그녀는 남편마저 지배하려고 들었다. 그러니 일상의 매사가 감정을 상하게 하고 화를 내게 했다. 그래서 택한 생존술이 '포기'였다. 남편으로서, 남자로서의 입장을 포기하는 것만이 속 상하지 않고, 화내지 않고 살아갈 수 있는 유일한 방법이었다. 그러나 포기가 안 되는 것이 꼭 한 가지가 있었다. 아내의 시집 무시. 아내는 명절 때마저도 시집엘 가려고 하지 않았다. 그리고 시아버지 시어머니가 손자 손녀를 만나는 것도 일방적으로 제한했다. 그 권한까지 포기할 수가 없어서 언성이 높아졌고, 자신의 뜻대로 할 수 없어서 화가 터져 오르고는 했다. 그건 도저히 포기할 수 없고, 포기하고 싶지 않은 마음 때문에 일어나는 화였다. 그리고 회사에 가면 손아래 두 처남 때문에 화나는 일이 빈번하게 벌어졌다. 그러나 '핏줄이 다르니까……' 하는 체념이 화를 다스리고 서운함을 가시게 하는 쑵쓰름한 약이었다.

어쩌면 자신은 탐진치 삼독을 부처님 가르침과는 정반대로 그 누구보다도 많이 저지르고 살아왔는지도 모른다. 상대를 간 것부터가 그 길로 들어선 것이었다.

결국은 돈이 문제였다. 그놈의 돈의 마력에 휘말려 재벌의 사위가 되었고, 돈의 마성에 휘둘려 절망의 나락으로 떨어진 것이었다. 자신은 어쩌면 돈만 좇은 속물 중의 속물이었는지도 모른다. 돈……, 돈……, 살아 있는 신이라고 할 수밖에 없는, 인간사 그 무엇도 해결하지 못하는 게 없는 절대 권능을 가진 신. 인간이 만들어낸 것 중에서 가장 강력한 힘을 발휘하는 존재. 돈은 모든 권력을 지배한다. 돈은 모든 종교까지도 지배한다. 그래서 돈이 장악한 신의 위치는 영생 불변이다.

그 불변성을 이미 수천 년 전에 명쾌하고도 감동적으로 설파한 위대한 인물이 있다. 그 사람은 돈에 대한 인간의 심리를 네 단계로 나누어 갈파했다.

　　자기보다 10배 부자면 헐뜯고
　　자기보다 100배 부자면 두려워하고
　　자기보다 1,000배 부자면 고용당하고
　　자기보다 10,000배 부자면 노예가 된다.

2,100여 년 전의 중국의 역사학자 사마천은 어떻게 이렇게

도 예리하게 인간의 심리를 꿰뚫을 수 있었을까. 그는 단순히 역사학자만이 아니라 철학자이고 심리학자의 경지를 이루고 있었음을 보여준다.

그런데 그는 어떻게 그런 탁월한 경지에 이를 수 있었을까. 천재적인 관찰력과 분석력과 통찰력의 소유자였기 때문에……? 그러나 그것만으로는 그 수수께끼가 풀리기엔 왠지 미흡한 감이 있다. 그런데 그의 삶의 궤적을 더듬어보면 그 열쇠가 눈에 띈다.

관직에 있었던 사마천은 친구 이릉이 흉노에 항복한 것을 변호하다가 궁형(宮刑)에 처해졌다. 사형을 당하기 전에 그는 그 벌에 해당하는 두 가지 감형 중에 하나를 선택할 수 있었다. 돈 50만 전을 내거나, 그렇지 않으면 남자의 그것을 잘리는 것이었다.

겨우겨우 사는 가난한 관리가 50만 전이라는 어마어마한 거금은 아예 꿈도 꿀 수가 없었다. 남은 길은 하나─죽을 것이냐, 남자의 그것을 잘리는 치욕을 당하면서 살아남을 것이냐……. 이때의 사마천의 고뇌는 얼마나 치열하고도 통렬했을까. 그 고독하고 괴로운 고뇌 속에서 그는 돈의 소중함과 돈 없음의 절박함을 얼마나 절절하고 뼈저리게 느꼈을까. 자본주의 시대도 아니었던 2,100여 년 전에 벌써 돈은 사람의 목숨을 살리고 죽이고 할 수 있는 위력을 발휘하고 있었던 것이다. 그러니까 인간사에서 유전무죄 무전유죄의 역사는 그렇게도 장구했던 것이다.

그는 결국 남자의 그것을 잘리기로 결심했다. 그리고 살아남아, 고자의 몸으로 죽는 날까지 인류사 최고의 역사서로 일컬어지는 『사기』 집필에 몰두했다. 그리고 그 책 한구석에 돈에 대한 그 네 가지 분석을 기록해 놓았다.

김태범이 사마천의 혜안에 탄복하는 것은 자신이 바로 그 네 번째에 해당하기 때문이었다. 자신은 자신보다 돈이 10,000배 이상 훨씬 더 많은 재벌 성화가의 사위가 아니라 노예였고, 남편이 아니라 노예였고, 매형이 아니라 노예였던 것이다. 그랬으므로 장인은 자기 집안을 위해 자식이 저지른 죄를 사위에게 뒤집어씌워 두 번씩이나 감옥에 보냈고, 남편을 두 번씩이나 감옥에 보내면서도 아내는 눈물 한 방울 흘리지 않았고, 저희들은 피하고 매형을 두 번씩이나 감옥에 보내면서도 두 처남은 미안하다는 말 한마디 하지 않았던 것이 아닌가. 노예에겐 슬픔도 괴로움도 아픔도 없다고 그들은 생각하기 때문이었다.

그러나 결국 그 노예의 삶의 시발은 자신에게 있었다. 염주를 한 알씩 돌릴 때마다, 걸음을 한 발짝씩 옮길 때마다 도정(道頂) 주지 스님은 끝없이 입술을 달싹거렸다. 거기서 들릴락 말락 하게 나오는 소리는 '나무관세음보살, 나무관세음보살,

나무관세음보살……'이었다. 그 끝없이 되풀이되는 염송처럼 도정 스님이 신도들을 대하면 지침 없이 되풀이하는 말이 '탐진치만 생각하라'였다. 그 가르침만 실행하면 인간고가 다 풀린다는 뜻이었다. 그런데 자신은 인생을 출발하며 그 '탐'을 키울 대로 키웠으니 지옥에 떨어지는 것은 너무 당연한 일인지도 몰랐다.

도정 스님은 어느 주말 법회에서 설법했다.

"세상은 날로 살기 편해지는 반면에 우리 인간들은 날로 삶이 불행해지고 있습니다. 왜 그럴까요? 우리가 너무 심하게 돈, 돈, 하며 돈에 매달려 살기 때문입니다. 우리는 너나없이 돈을 좋아하다 못해 돈을 떠받들어 모시고 삽니다. 무슨 수를 써서든 돈만 많이 벌면 최고라고 생각합니다. 그래서 초등학생 아이들까지도 잘못을 저질러 재판을 받고 있는 부자를 존경한다고 꼽는 세상이 되어버렸습니다. 예, 돈은 참 소중한 물건입니다. 우리네가 하루하루 살아갈 수 있도록 해주는 먹을 것과 입을 것과 잠잘 곳을 마련해 주기 때문입니다. 그래서 우리는 그 신통한 물건을 많이 갖기를 원합니다. 그러나 그것은 많이 갖기를 원하고, 욕심부린다고 많이 가져지는 것이 아닙니다. 욕심이 커질수록 꼭 큰 탈을 불러오는 것이 돈이 부리는 심술입니다. 그러니 무작정 욕심부리지 말고 적당히 필요한 만큼만 가지라는 것이 부처님이 가르치신 '탐'

줄이기 입니다. 그런데 그 '적당히 필요한 만큼'이란 얼마일까요? 불자님들이 지금 한꺼번에 묻는 소리가 다 들립니다. 그건 사람마다 다르겠지만, 소승이 생각하기로는, 하루 세 끼 밥 거르는 일 없이 챙겨 먹고, 자식들 가르치고, 아프면 남에게 빌리는 일 없이 병원 갈 수 있고……, 그리고 한 해에 한 번쯤 식구들이 다 같이 며칠 여행을 다녀올 수 있는 돈, 그만큼씩 있으면 되지 않을까 싶습니다. 그러나 평생 열심히 일해도 그만한 돈을 마련할 수 없다고 하는 분들이 있을 수 있습니다. 예, 비정규직으로 일하는 분들이 그럴 것입니다. 벌써 10년이 넘게 사회적으로 말썽이 되어오고 있는 비정규직은 필히 없어져야 합니다. 왜냐하면 비정규직이란 IMF 사태 때문에 생긴, IMF 사태를 극복하기 위해서 임시방편으로 채택한 것이었습니다. 그럼 IMF 사태를 조기 졸업하게 되었다고 큰소리를 쳤을 때 당연히 비정규직도 일소시켰어야 합니다. 그런데 그당시 정권은 그걸 그냥 우물쭈물 넘겼고, 그 뒤의 정권들도 계속 무책임하게 어물어물 넘겨버려 오늘날에 와서는 사회적 고질병이 되어버렸습니다. 그러는 동안에 기업들은 값싼 비정규직을 쓰면서 계속 치부해 더욱더 큰 부자가 되었고, IMF 전에는 '나는 중산층'이라고 응답한 사람이 75퍼센트였는데, 지금은 '나는 빈민층'이라고 응답하는 사람이 47퍼센트나 되는 게 우리 현실입니다. 역대 정권들이 무책임하게 비정규직을 해결하지 않아 IMF 사태로 무너져버린 중산층이 지금까지 회복되지 않은 우리나라는 세계에서 빈부격차가 가장 극심한 두 번째 나라로 꼽히고 있습니다. 이건 우리 사회에 큰 불행이 닥칠 수 있는 중대하고도 중대한 문제입니다. 일찍이 석가모니 부처님께서는 이렇게 설하셨습니다. '뭇 짐승들은 모아 쌓지 않고 서로 고루 나눔으로 모자람이 없다. 그러나 사람만이 모아 쌓아두려는 탐욕 때문에 늘 다툼이 생기고 모자란다고 느낀다.' 또 같은 부처님의 땅인 인도의 간디는 이렇게 말했습니다. '지구상에서 나오는 모든 생산물은 인류가 고루 나누어 먹고도 남는다. 그러나 부자들의 욕심을 채우기에는 모자란다.' 우리는 모두가 '적당히 필요한 만큼 갖고 다 함께 행복하게 살기 위해서' 반드시 비정규직을 없애 중산층을 회복해야 하고, 기필코 빈부격차를 줄여야 합니다. 예, 중이 이런 말 하면 목탁이나 치고 염불이나 외울 것이지 무슨 쓸데없는 소리 지껄이느냐고 부자들은 다 싫어할 게 뻔합니다. 그러나 부처님께서는 일찍이 지엄하게 말씀하셨습니다. '늘 중생들의 근심과 괴로움과 슬픔과 함께하는 것이 바른 구도의 길이다.' 불자 여러분, 이 세상에는 두 부류의 사람이 있습니다. 돈을 머리 위로 섬기는 사람과 발 아래로 부리는 사람입니다. 여러분, 우리가 머리 위로 섬겨야 하는 것은 한 가지뿐입니다. 부처님의 가르침입니다. 우리의 생활 속에서 돈은 꼭 필요한 것이되 언제나 경계해야 하는 요물이기도 합니다. 그러니 늘 내가 돈을 섬기려 하는 게 아닌가 하고 경계하며 사는 것이 바른 불자의 길일 것입니다. 돈은 안 되는 것이 없기 때문에 돈은 흉물입니다. 여러분, '돈' 자의 받침 니은(ㄴ)을 그대로 오른쪽으로 뒤집어보십시오. 그것을 다시 윗쪽으로 뒤집어보십시오. 그럼 무슨 글자가 되었습니까? 예에, '독' 자가 되었습니다. 그렇습니다. 돈은 좋기만 한 것이 아니라 어느 때는 독이 될 수도 있습니다. 이 점을 늘 경계하며 살아야 부처님의 가르침도 바르게 귀에 들리고, 마음에 불국토를 지니고 평온하고 행복하게 살 수 있습니다. 소승, 이만 마치겠습니다. 불자님들, 성불하십시오."

김태범은 돈은 독이라 했던 도정 스님의 말씀을 다시금 곱씹고 있었다. 그 독을 크게 탐했다가 빈 주먹이 되었다. '너 같은 배신자에 대비해서 준비해 뒀던 거지. 그런데 그 배신자가 사위님이셨으니. ㅋㅋㅋ……' 한인규 사장은 노회했고, 완벽했다. 자신은 그의 적수가 될 수 없었다.

'내가 지금 어디로 가고 있지? 여기가 어디지……?'

김태범은 사방을 두리번거렸다. 남산이 가직이 보이고 있었다.

'아, 그렇지!'

아까 한인규 사장과 전화를 끊고, 완벽하게 사기당한 자신의 참담한 꼴을 보며 갈증 심한 목에 생수를 들어부을 때 문득 친구 서원섭을 생각했던 것이다. 작은 무역 회사를 차려 자력으로 꿋꿋하게 버티어내어 이제 강남 최고급 빌딩에 큼 직한 사무실을 차려놓은 그가 부러웠던 것이다.

자신은 강남을 향해 도심을 걸어와 남산 가까이 이르러 있었던 것이다. 그를 찾아가 술 한잔을 얻어먹고 싶었다. 성화 사위로 자신이 술을 사는 게 아니라 빈털터리로 무역 회사 킹의 사장 서원섭의 술을 얻어먹고 싶었다.

강남으로 가려면 남산 1호 터널을 통과해야 했다. 거기는 인도가 없었다. 사람 통행 금지, 차량 전용 터널이었다.

김태범은 깔깔한 종이를 반으로 북 찢다가 멀찍이서 굴러 오고 있는 택시를 향해 손을 흔들었다.

쥐도 새도 모르게

"집으로 가."

윤현기는 차에 오르며 지시했다.

"댁으로요?"

무슨 일 있으시냐는 뜻을 담은 기사의 반문이었다.

"음, 몸살기가 있어서 쉬어야겠어."

넥타이를 좀 느슨하게 풀며 윤현기는 눈을 내리감았다.

운전기사는 백미러로 윤 의원을 힐끔 쳐다보았다.

'우리 의원님 아프시면 안 되지. 국회의원 정치는 밤에 하는 거라는데, 우리 의원님도 남들한테 안 딸리게 팽팽 잘 뛰셔야 우리 보좌관한테도 떡고물이 잘 떨어지지. 그래도 우리

의원님은 끗발 A급에, 떡고물 인심도 A급이시니까 얼마나 다행이야. 끗발 C급 밑에서 떡고물 가뭄 든 보좌관들 보면 한심스러. C급 의원들이 어디 한둘인가. 절반 가까이가 쌩폼 잡는 거고, 비실비실이지. 그런 의원 보좌관들은 국회의 비정규직인 셈이야. 어쨌든 우리 의원님 아프시면 안 되는데……'

운전기사는 이런 생각을 하며 다시 백미러를 힐끔 쳐다보았다.

윤 의원님은 어느새 잠이 들어 있었다. 의원님은 쪽잠, 토막잠의 금메달감이었다. '대통령과 국회의원은 반보 차이일 뿐이다.' 이 말과 함께 국회에서 떠도는 말이 있었다. '여의도에서 정치인으로 성공하려면 독 묻은 돈을 직방으로 가려낼 수 있는 촉을 가져야 하고, 쪽잠을 잘 자고 깨는 기술을 가져야 한다.' 독 묻은 돈을 가려내는 촉을 지녀야 한다는 건 너무 당연한 말인데, 쪽잠은 무슨 소린지 잘 알 수가 없었다. 아니, 정치인은 표를 먹고 사는 또 다른 인기인이니까 대중 앞에 나설 때는 언제나 활기차고 강건한 모습을 보여야지 지치고 맥 빠진 모습을 보여선 안 되니까 쪽잠으로 그때그때 피곤을 풀어야 한다는 말은 너무 지당한 말씀이었다. 그런데 그 잠이라는 것이 어찌 그렇게도 빨리 들고, 빨리 깨어날 수 있는 것인지, 그게 도무지 이해가 안 되는 것이었다.

윤 의원님은 좌석의 머리받이에 뒷머리를 기댔다 하면 꼭 거짓말처럼 1분 이내에 잠이 들었다. 그리고 5분이나 길어야 10분쯤 지나면 또 거짓말처럼 반짝 잠이 깼다. 그 짧은 시간 동안에 어느 때는 코까지 골며 자다가 5분이나 10분이 지나 갑자기 소나기 쏟아지다가 날이 활짝 개는 것처럼 문득 잠이 깨는 그 쪽잠 자는 기술은 정말 신기한 요술을 부리는 것만 같았던 것이다.

그런데 선거 유세가 한창일 때 그 쪽잠의 효과는 정말이지 그 어떤 보약도 족보를 내밀 수 없도록 컸다. 선거 유세 때 후보는 쇠로 만든 인간이 되어야 했다. '악수하고, 눈 맞추고 웃은 사람은 다 찍는다.' 이 말을 국회의원 전원이 어떤 종교의 광신도들처럼 일심동체로 굳게 믿고 있었다. 그래서 모든 후보들은 한 사람이라도 더 악수하려고 기를 썼다. 그리고 또 한 가지의 말. '유세 연설 때 박수 많이 받고 떨어진 사람은 없다.' 그러니 후보들은 연설을 잘해 박수를 많이 받으려고 또 기를 쓸 수밖에 없다. 그 두 가지를 아무런 후회 없이 잘 하려고 애쓰다 보면 누구나 지치고 탈진할 수밖에 없었다. 그 때 후보들을 구해 주는 것이 쪽잠이었다. 후보들은 다음 유세장으로 이동하는 동안에 쪽잠을 자서 그 피로를 말끔하게 풀고는 하는 것이었다.

윤 의원님은 차에 오를 때는 눈 가장자리에 피곤이 잔뜩 끼었다가는 쪽잠을 자고 나면 그 피곤은 말끔히 가시고, 눈에는 생기가 돌고, 전신에서는 새로운 활력이 뻗치는 것이었다. 그건 그 어떤 보약도 당해 낼 수 없는 쪽잠의 신기하고도 신통한 효과였다.

그런데 쪽잠 부리는 기술은 다선 의원들일수록 능하다고 했다. 그럴 수밖에 없는 것이 그만큼 연습을 많이 한 때문이 아니겠는가. 허나 윤 의원님은 재선일 뿐인데도 그 기술이 얼마나 뛰어난가. 그건 앞으로 다선 의원이 될 거라는 증표가 아닐 수 없었다.

'어쨌거나 윤 의원님은 다선 의원이 되셔야 한다. 운전기사라고 다 같은 기사냐. 기왕 기사를 해먹으려면 의원님 기사를 해먹어야 한다. 의원님 권세의 그늘일 뿐이지만 그래도 덕 보는 게 어디 한둘인가. 늘 의원님을 하늘처럼 잘 받들어 모셔야 한다……'

이런 생각을 하며 그는 운전에 더 정신을 모으고 있었다.

윤현기는 10분쯤 쪽잠을 자고 눈을 떴다. 그는 두 손으로 낯을 한번 훔쳤다. 그리고 언제 잠을 잤느냐는 듯 초롱한 눈으로 핸드폰을 꺼냈다.

그는 고석민에게 전화를 걸었다.

"예, 의원님. 고석민입니다."

"응, 그 글 있잖아. 지난번 거."

"예, 비정규직에 대해서 쓴 거죠."

"그게 말이야, 그게 좀……."

윤현기는 느릿하게 말하며 뜸을 들였다. 상대방이 알아차리고 먼저 말하게 하려는 수법이었다.

"뭐가 문제가 있습니까? 어디 맘에 안 드시는 데라도 있으신가요?"

윤현기가 바라는 대로 고석민은 즉각적으로 반응을 보였다.

"아니, 맘에 안 드는 곳이 있는 게 아니고 국회의원 입장에서 그런 글이 좀 어떨까 해서……."

윤현기는 어느 때 없이 조심스럽게 말하고 있었다. 아는 것 많은 식견 뚜렷한 후배인 데다, 자신에겐 아주 긴요한 존재였기 때문이다.

"의원님, 국회의원이시기 때문에 그런 주제의 글이 딱 어울리는 시점입니다. 지금 비정규직 문제는 전 사회적으로 가장 중요한 과제로 대두해 있습니다. 이 문제를 완전히 해결하지 않고서는 심각한 빈부격차의 문제도 해결되지 않을 뿐만 아니라, 무너진 중산층이 회복되지 않아 내수 경제가 살아나지 않으니까 경기 회복도 되지 않습니다. 지금 전체 노동시장의 48퍼센트를 넘어서고 있는 비정규직 문제를 빨리 해결하지 않으면 이건 국가 위기를 초래할 수 있는 심각한 상황이 될 겁니다. 이런 때에 국회의원이 이 문제를 신문에 칼럼으로 지적하고 나오면 얼마나 시의 적절한 대응이겠습니까."

고석민은 또 강의하는 식으로 막힘없이 논리를 펼쳐놓았다. 그런데 윤현기는 그 교수님의 강의가 거슬려서 핸드폰을 귀에서 한 뼘쯤 떼고 있었다.

"아, 고 교수 말 다 맞고, 잘 알겠는데……, 그게 말야, 국회의원이 좀 모난 것도 같고……, 말하기 적당한 건지 어쩐지 좀 그렇고……."

윤현기는 능구렁이처럼 어물어물 우물우물해 가며 뜸 들이기 작전을 계속하고 있었다.

"의원님, 물론 이런저런 관계로 기업들이 좀 신경 쓰이실 수 있습니다. 그러나 냉정하게 판단하십시오, 의원님. 기업은 몇 안 되지만, 비정규직은 수없이 많습니다. 의원님을 반대하는 수와 지지하는 수, 어떤 쪽이 더 유리하겠습니까?"

'하 이게 국회의원이 뭣에 약한지 빤히 알고 표 계산으로 나오네.'

윤현기는 소리 안 나는 헛웃음을 치고는, "고 교수의 말이 틀림없는데, 표를 생각해서도 그 글을 꼭 발표하고 싶은데……, 난처해하는 건 내가 아니라 신문사라 문제인 거라. 서울의 신문사들도 광고에 묶여 기업들 눈치 보느라 이런 글은 슬슬 피하는 판인데, 지방지야 더 말해서 뭐 하겠어. 신문사가 좀 바꿔달라고 사정사정인데, 고 교수, 이걸 어쩌면 좋지?" 그는 마침내 본론을 털어놓았다.

288

"예에……." 고석민은 한참을 말이 없다가, "그럼 그 원고는 아예 필요 없으신 겁니까?" 그 어투에서 냉기가 끼쳐왔고, "아니, 아니, 천만에. 책 낼 때 책에 넣어야지. 내용이 기막히게 좋은 글이니까 당연히 책에 넣어야지." 윤현기는 허둥지둥 고석민의 말을 막았다.

"예, 어차피 쓰는 것 좀 앞당겨 쓰면 되니까요."

고석민의 심드렁한 대꾸였다.

"근데 말야 고 교수, 좀 어렵다고들 하는데, 좀 더 쉽게 쓸 수 없을까?"

윤현기는 아주 정다운 목소리를 지어내서 말했다.

"그것도 신문사에서 뭐라고 하는 겁니까?"

"아니 뭐, 신문사도 그렇고, 나도 그렇고. 그러니까 말야. 일반인들이 이걸 읽을까, 너무 어려워하지 않을까 하는 생각이 자꾸 든다니까."

"예, 무슨 말씀인지 이해는 되는데요, 근데 칼럼이라는 게 원래 대중적인 글은 아니거든요. 쉽게 말하면 학술 논문과 일반 기사의 중간쯤 위치에 놓이는 글이고, 그래서 여론 형성을 논리적으로 주도하는 것이지 일반인의 가독률은 그다지 크지 않아요. 그러니까 일반 독자를 겨냥하고 쉽게 썼다가는 논리성이 약해져 여론 형성의 주도권도 상실하게 되고, 애초에 칼럼 쪽에 별 관심 없는 일반 독자들을 끌어당기지도 못

하고, 결국 두 마리 토끼 쫓으려다 두 마리 다 잃는 격이 되는 거지요."

'하, 이거, 이 친구하고 말을 하면 꼭 말문이 막힌단 말야. 어찌 이리 아구를 딱딱 맞추는지……'

윤현기는 이번에는 소리 안 나게 혀를 차대고는, "고 교수 말 잘 알겠는데 말야……, 글을 받을 때마다 내 것으로 소화시키려고 꼭 서너 번씩 읽거든? 근데 그게, 어려운 전문용어들이 너무 많고 그래서 영 머리에 잘 들어오지 않고, 그러다 보니 입에 잘 붙지도 않아 말로 써먹기도 어렵고 그렇거든." 그는 못내 조심스럽게 말을 엮어내고 있었다.

"그냥 책만 내는 게 아니라 그 글들 내용이 완전히 의원님 것이 되도록 육화시켜 정치 활동에도 활용하고 싶다 그런 말씀인가요?"

"그래, 바로 바로 그거야. 역시 고 교수하고 말을 하면 속이 시원시원해진다니까."

"차아암……, 의원님도 욕심도 많아요."

어이없어하는 고석민의 어투가 선명하게 들려왔다.

"욕심이 많다니, 그런 건 안 될 일이라는 거야?"

무시당한 것 같아 윤현기는 그만 기분이 싹 상하고 있었다.

"아뇨. 사람의 일을 사람이 하고자 하는데 안 될 일이 뭐가 있겠어요. 노력이 부족하단 얘기지요."

"노력이 부족?"

"예에. 남의 글을 자기 것으로 육화시켜 사용하고 싶어 하면서, 서너 번 읽고 그렇게 되기를 바라다니요. 그게 말이 안 된다는 거지요."

"그럼 몇 번 읽어?"

"예, 저 당나라 때부터 전해 내려오는 말이 있어요. '열 번 읽어서 해득되지 않는 문장은 없다. 그러나 그래도 안 되거든 백 번이라도 읽어라.' 어떠세요?"

"허어……, 백 번 읽으면 안 될 게 없다?"

"그렇지요. 해득이 안 되는 것만으로도 백 번을 읽으라는데, 남의 것을 내 것으로 써먹으려면 어떻게 해야 되겠어요?"

"아, 아……, 난 포기해야 되겠네."

윤현기는 고개를 내둘렀다.

"포기하다니요. 의원님이 그런 마음 먹고 서너 번씩 읽으시는 것만으로도 믿음이 가고, 근사하고, 매력적으로 보여요."

"아니, 그 거짓말 참말이야?"

좌석에서 등을 발딱 뗄 정도로 윤현기는 반색을 했다.

"예에, 참말이지요. 국회의원 중에 그 정도로나마 지적 노력을 하는 사람이 몇이나 되겠어요."

"하아, 칭찬하면 고래도 웃는다더니, 이 나이에도 칭찬 들으면 좋다니까. 내가 철이 아직 덜 들었나?"

윤현기는 마구 껄껄거리며 웃어댔다.

"의원님, 많이도 말고 열 번씩만 읽으세요. 그럼 의원님도 모르는 사이에 다 의원님 것이 될 테니까요."

"열 번씩? 그럼 될까?"

"그럼요. 의원님 머리 좋잖아요."

"내가? 누구 놀려?"

"놀리긴요. 의원님이 사람들 이름 수도 없이 줄줄이 외우는 걸 보며 한두 번 감탄한 게 아니에요. 그게 머리가 나빠야 그렇게 되나 보죠?"

"캬야아……, 오늘 계속 기분 최고네. 이렇게 연달아 칭찬을 듣다니. 근데 말야, 사람 이름 잘 외우고, 얼굴 잘 알아봐야 하는 건 국회의원의 기본 조건이야. 그것 잘 못해가지고는 이 바닥에서 당장 퇴출이야. 그러니 너무 점수 주지 마."

"예, 그러니 열 번씩 읽으세요. 딴 방법 없어요."

"예에, 교수님 가르침대로 따르겠나이다."

윤현기는 기분 흐뭇하게 전화를 끊으며, '저게 천생 교수감인데 왜 그리 자리 찾기가 어려울까. 글을 아주 척척 잘 써내는 게 꽤나 쓸 만한 물건인데……, 전임 자리를 못 잡아야 내 옆에 더 오래 잡아둘 수 있겠지……?' 고석민이 알면 까무러칠 이런 생각을 하며 그는 빙긋이 웃음 짓고 있었다.

"의원님, 몸조리 잘하십시오."

민첩하기 이를 데 없는 동작으로 자동차 뒷문을 열어젖힌 기사는 윤현기가 거만스레 나서자 허리를 절반으로 굽혔다. 일반 자가용 기사들에게서는 보기 드문 절대복종적인 태도였다. 국회의원의 위세는 기사까지도 그렇듯 굴종시키고 있었다.

"오랜만에 일찍 끝났으니까 자네도 딴 데로 새지 말고 바로 집으로 들어가! 그래야 자네 아내한테 내가 욕을 덜 먹을 거 아닌가. 안 그래?"

"예, 알겠습니다. 지시대로 하겠습니다."

기사의 허리가 또 절반으로 꺾였다.

갑자기 윤현기가 들어서자 소파에 퍼지르고 앉아 텔레비전을 보고 있던 파출부가 질겁을 하고 일어났다. 중장 마누라 소장이더라고 국회의원 마누라도 늘 무사분주해 낮에 집에 붙어 있는 날이 없었지만 그는 그런 아내를 탓하지 않았다. 자신이 국회의원 해먹는 데 아내의 역할이 적지 않음을 잘 알기 때문이었다. 선거 때 요모조모로 표 몰이를 해대는 것은 말할 것도 없었고, 평소에도 고향에서 올라오는 사람들을 관리하는 게 그리 쉬운 일이 아니었던 것이다.

그는 천천히 양복을 벗고 점퍼로 갈아입었다. 그리고 등산모를 쓴 다음에 굵은 테 안경을 썼다. 거울에 비친 모습은 언뜻 누군지 알아보기 어려웠다.

집에서 나온 그는 바로 택시를 잡아탔다.

"분당 서울대병원 앞!"

택시가 출발하자 그는 핸드폰을 꺼냈다. 그러나 잠시 생각하다가 다시 주머니에 넣었다. 손쉽게 핸드폰을 쓸 일이 아니었던 것이다.

그는 또 장우진을 생각했다. 그 일이 틀어진 이후 그의 뇌리에서는 장우진이 지워지지 않고 있었다. 차기 선거 자금 절반이 날아가버린 것이 아쉽기도 해서였고, 그렇게 빳빳하고 칼칼한 기자가 있다는 것도 희한했기 때문이었다. 촌지가 안 통하는 기자가 없는 세상에서 그는 참 유별난 존재가 아닐 수 없었다. 만약 그에게 잘못 걸렸다가는 염라대왕한테 찍히는 꼴이 될 판이었다. 전직 대통령 둘을 물고 늘어져 끝까지 놓지 않았다니 그런 독한 '진돗개'가 어디 또 있을 것인가. 그러니 국회의원 하나쯤 물고 회 쳐 먹기는 식은 죽 먹기 아닐 것인가. 앞으로 특히 신경 써 조심하자고 마음을 공글리고 있었다.

"예, 됐어요. 저 앞에 세워주세요."

서울대병원이 왼쪽으로 멀찍하게 바라보이는 지점에서 그는 택시를 세웠다. 택시에서 내리면서 시계를 보았다. 약속 시간 20여 분 전이었다.

'잘됐군. 슬슬 산책을 하면서 시간을 때우면 좋겠어.'

그는 길을 건너 탄천변 산책로로 내려가는 길을 찾았다. 저녁 어스름이 내리고 있어서 물길 따라 길게 뻗어가고 있는 산책로에는 사람이 드문드문했다. 산책로에 서자 그의 차림은 영락없는 산책객이었다.

그는 병원 쪽으로 느릿느릿 걸었다. 병원으로 건너가는 다리 아래 교각이 약속 장소였다. 다리는 저 앞에서 탄천을 가로지르고 있었다. 다리는 건너다니는 기능만 충실히 하도록 만들어진 평범한 다리일 뿐이었다. 그런데도 형형색색으로 물들어가는 야트막한 야산의 단풍과 초저녁 가을의 어스름이 어우러져 다리는 꽤나 아름다운 풍광을 보여주고 있었다.

그는 다른 생각을 하려고 애썼다.

'저런 다리도 좀 색다르게, 아름답게 만들면 안 되나? 프랑스처럼 말야. 그런 법을 만들면 안 될까? 특이하게, 다리마다 다 다르게 만들려면 돈이 더 들게 되나? 설계비, 공사비……, 그럴 수도 있어서 문제겠는데. 센강 변 다리들은 하나, 하나가 얼마나 다 좋아. 멋지고 아름다운 예술품이지…….'

다리로 차츰차츰 가까워지고 있었다. 저쪽 다리 아래 교각 옆에서 한 사람이 서성거리고 있는 모습이 보였다. 그는 다시 시계를 보았다. 10분 전.

'그래, 벌써 와 있구나. 당연히 그래야지.'

그는 속보로 걷기 시작했다. 두 팔을 마구 휘저어 바람 소리가 일 지경이었다.

얼굴을 알아볼 수 있을 정도로 거리가 가까워지자 그는 손을 흔들었다. 저쪽에서 멈칫 하더니 달려오기 시작했다.

"아, 의원님 맞으시군요. 저는 딴사람인 줄 알았습니다."

젊은 남자가 납짝 억누른 소리로 말했다.

"당연하지. 금방 알아보게 된다면 굳이 이런 데서 만나는 의미가 없어지잖나. 혹시 미행은 없겠지?"

그가 산책길 전방을 빠르게 살폈다.

"예, 없습니다. 택시를 두 번 갈아탔고, 여기서도 계속 살피고 있었습니다."

"됐어. 이렇게 서 있지 말고 걷자고. 걸으면서 얘기해. 그게 가장 자연스러워."

그가 왔던 길로 되돌아서 걷기 시작했다.

"이렇게 멀리까지 오시게 해서 죄송합니다. 핸드폰으로도 되는 걸……." 그 남자가 윤현기와 보조를 맞추며 여전히 낮춘 소리로 조심스럽게 말했고, "아니, 아니, 내가 오겠다고 했잖아. 김 대리가 왜 죄송해. 그리고 김 대리, 얼빠진 사람처럼 그저 핸드폰에 집착하지 말어. 그것 편리한 것만 생각하고 그것으로 온갖 짓 다 하다가 신세 쫄딱 망친 사람들이 한둘이 아니니까." 윤현기가 낮지만 강한 어조로 말했다.

"예……, 그게 안 되는 게 없으니 자꾸 손이 가고 그게 좀⋯⋯."

김 대리는 윤현기의 말을 잘 못 알아들은 듯 우물쭈물했다.

"김 대리, 내 말이 딱 감이 안 잡히고 있지? 봐, 최근 몇 년 동안 공직자 사건이든, 일반인들 사건이든 경찰과 검찰이 공통적으로 제일 먼저 압수하는 게 뭐지? 그게 바로 핸드폰이 잖아. 핸드폰의 무한 기능에 사람들이 홀려서 그걸 가지고 온갖 짓을 다 한 거야. 그런데 문제는 그놈의 무한한 저장 기능이 제 주인을 잡아먹는 칼로 돌변하는 것 봤지? 통화 내용도, 문자 내용도 그대로 남아서 꼼짝달싹 못 하는 증거가 돼버리지 않냔 말야. 그때 그놈의 핸드폰은 착실하기 그지없는 심부름꾼에서 의리라고는 털끝만큼도 없는 고발자, 밀고자, 배신자로 돌변해 버리는 것 아닌가. 이래도 핸드폰으로 무슨 짓이든 다 하고 싶은 맘이 생겨? 명심해. 중요한 일일수록, 비밀을 요하는 일일수록 꼬리를 남겨도, 흔적을 남겨도 안 된다는 것을."

"예, 알겠습니다. 예, 명심하겠습니다. 예, 앞으로 정말 잘하겠습니다."

예 소리에 맞추어 김 대리는 연거푸 고개를 조아려댔다.

"그래, 크게 되고 싶으면 영리하게, 눈치 빠르게 매사를 조심해. 언제나 입 무겁게 하고. 됐고, 그건⋯⋯?"

"예, USB 여기 있습니다. 여기 네 건 다 담겨 있습니다."

바지 주머니에서 나온 김 대리의 손이 재빨리 윤현기의 손을 잡는 것 같았다. 그리고 전혀 눈에 띄지 않게 조그만 물건이 윤현기의 손으로 옮겨졌다.

"수고했어. 그리고 말야, 자네 문제로 인사과에서나 그 윗선에서 나와의 관계를 물으면 이모부라고 해. 내가 다 알아서 해줄 테니까 자넨 나만 믿고 두 다리 쭈욱 뻗고 자."

"예, 예, 감사합니다. 저는 의원님만 믿고, 의원님을 위해 충성을 다하겠습니다."

"그래, 그래, 나도 자네만 믿어. 자아, 이쯤에서 그만 헤어지자구."

"예, 의원님, 살펴 가십시오."

김 대리는 꾸벅 인사를 하고 재빨리 돌아섰다.

'저걸 배워야 해. 저 철저한 것을……. 저 사람 괜히 국회의원 해먹는 것 아니야. 핸드폰만 안 믿는 게 아니라 그 많은 보좌관들도 하나도 안 믿는 거야. 저 변장한 거 하고……, 첨엔 못 알아봤잖아. 저렇게 철저한 걸 보면 저 사람 앞으로 두고 두고, 죽을 때까지 국회의원 해먹을 거야. 꼭 잘 붙들어야지. 이놈도 빼먹고, 저놈도 빼먹는 판에 나라고 못 빼먹을 것 뭐 있냐. 먹을 것 요령껏 먹어가며 출세하는 놈이 장땡이지. 어쨌거나 저 양반 대단하셔.'

김 대리는 좀 더 진해진 어스름 속으로 사라져가는 윤 의원을 한참이나 지켜보고 있었다.

윤현기는 집에 도착하자마자 남광건축의 신남수 사장에게 전화를 걸었다. 그는 핸드폰을 쓰지 않았다.

"응, 날세, 윤 의원."

"나한테 다시 전화 걸게. 핸드폰 말고."

"아, 알았네. 나 지금 차 속이니까 내려서 금방 걸겠네."

반가움과 생기로 신남수 사장의 목소리는 부풀어 있었다.

윤현기 의원이 저녁 식사를 막 끝내려는 참에 신남수 사장의 전화가 걸려왔다.

"거기 어딘가? 집인가?" 윤현기는 마치 추궁하듯 물었고, "아니네. 선약한 술집이네." 신남수는 범인 실토하듯 답했고, "그럼, 이거 지금 핸드폰인 거야?" 윤현기의 목소리가 곤두섰고, "이 사람 참. 내가 자네한테 한두 번 교육받았나? 아무 걱정 말게. 이 집 비밀 응접실에 나 혼자 앉아 있으니까." 신남수가 나긋나긋하게 말했다.

"내일 선약 있나?"

"아니, 괜찮아. 없어."

신남수의 다급한 이 대꾸가 '있어도 취소하면 돼' 하는 말을 삼키고 있는 듯한 느낌이었다. 그런 느낌이 좋으면서도 윤현기는 '내가 니놈의 생사여탈권을 쥐고 있는데 당연한 일이지' 생각하며 지시하듯이 말했다.

"내일 시간 좀 잡어."

"응. 어디로 할까? 내 별장?"

"또 별장이야? 그거 그만 처분하랬잖아."

윤현기가 짜증스럽게 말했다.

"맞어, 자네 말 듣고 바로 부동산 여기저기다 다 내놨는데도 경기가 나빠서 그러는지 어쩌는지 통 소식이 없다니까."

"자네 또 욕심부리고 값 세게 붙여놨지?"

"아니야, 아니야, 적당히 붙였지."

"아니긴 뭐가 아니야. 그 적당히에 자네 욕심이 꽉 차 있는 걸 누가 몰라? 싸게 내놔, 싸게. 한 5억 팍 깎아서 내놓으라구."

"후와아……, 5억씩이나? 거기가 자넨 그렇게 마음에 안 드나?"

"말했잖아! 내 느낌이 좋질 않다구. 그거 너무 오래 써먹었어. 안가로는 이젠 더럼 탔어."

"자네가 너무 신경 쓰는 거 아닐까?"

"왜, 또 거기가 최고 명당이라는 말 하고 싶은 거야? 난 더 발길하기 싫으니 자네나 명당 재미 많이 보라구."

윤현기의 목소리가 싸늘한 냉기를 풍기고 있었다.

"아니, 아니, 거 무슨 서운한 소리야. 자네 말이야 언제나 적중률 100퍼센트니까 의당 따라야지. 그래, 자네 말대로 5억 낮춰서 당장 다시 내놓을 거야. 근데……, 그럼 어디서 만나지? 응, 마침 주말이기도 하고 하니까 그 별장 옆 동네 저수지, 자네가 좋아하는 안전이 완전하게 보장되는 그 저수지에서 낚시하는 척하며 우리 할 얘기 실컷 한 다음에 멧돼지 한 마리 잡으면 어때?"

"멧돼지……?"

"응, 멧돼지. 기름 자르르 올라 지금 최고로 맛있을 때 아닌가."

"지금 사냥이 되는 땐가?"

"어허, 모르는 것 없이 척척박사인 의원 나으리께서 어찌 지금이 멧돼지 사냥철로 허가 난 건 모르고 계시나? 그 법은 거기서 안 만들었나? 지금 농작물 피해를 젤 많이 입히니까 사냥 허가를 한 거지."

"아, 그렇겠네. 근데 하루 만에 멧돼지를 잡을 수 있어?"

"그야 두말하면 잔소리지. 한 마리에 보통 50만 원인데, 따블로 100만 원을 붙였다 하면 하루 만에 열 마리도 잡아 대령이네."

"허 참, 돈이란 게 뭔지……."

"됐네. 오랜만에 멧돼지 쓸개술에 멧돼지 갈비 뜯으며 정력 보강 한번 해보자구."

"그런 마땅한 데는 있고?"

"하이고, 의원님 나으리, 거긴 제가 노는 동네이니 모든 걸

소인한테 맡겨두시고 안심 푹 놓으시지요."

"알았어. 낼 봐."

잔잔한 저수지는 화사한 가을 풍광을 하나 가득 담고 있었다. 부드러운 능선들이 어깨동무하듯 이어져 나가는 야산들을 물들이고 있는 단풍은 그대로 가을꽃이었다. 꽃이란 꽃은 아름답지 않은 꽃이 없듯 단풍들의 그 다양한 색깔의 신비스러운 조화는 꽃과 다름없는 아름다움의 극치였다. 봄꽃들이 주로 평지를 아름답게 수놓는다면 가을꽃 단풍들은 평지에서부터 산까지 온 천지를 꽃밭으로 장식해 버리는 것이다. 진초록이었던 잎들이 무슨 조화로 그토록 아름다운 꽃들로 변모하는 것인가. 봄꽃들은 흉내 낼 수 없는 거대한 꽃동산들이 줄기줄기 이어져 나가고 있었고, 그 아름다운 꽃동산들은 저수지 수면에서 또 화사하게 피어나고 있었다. 그런데 수면에 비친 그 풍광은 실제 풍광보다 훨씬 더 신비스럽게 아름다웠다. 잔잔함 속에서 미세하게 흔들리고 있는 수면이 연출해 내는 신묘한 효과였다.

저수지가 품고 있는 깊은 적막 속에 사람은 그들 둘뿐이었다.

"하 참, 아름답네. 단풍이 물에 비치니까 어찌 저리 아름답지?"

윤현기가 물에 비친 풍광을 물끄러미 바라보며 숨을 깊이

들이켰다.

"그렇네. 오늘 보니 첨 보는 것처럼 아름답구먼."

신남수도 먼 눈길을 보낸 채 고개를 끄덕였다.

"어쩌면……, 자네나 나나 오늘 첨 보는 것인지도 몰라." 윤현기가 뚜벅 말했고, "처어엄……?" 신남수가 무슨 소리냐는 듯 윤현기를 쳐다보았고, "생각해 봐, 그저 정신없이 사느라고 매일 우왕좌왕 헐레벌떡 뛰어다니면서 언제 이런 경치 한번 느긋하게 바라볼 여유가 있었어?" 윤현기가 한심스럽다는 듯 가벼운 한숨을 쉬었고, "글쎄, 그 말이 맞네. 그러고 보면 군대에서만 소변 보고 그것 내려다볼 틈도 없이 사는 게 아니야. 이런 좋은 경치 맘 푹 놓고 바라볼 틈도 없이 허둥지둥 살아왔으니 자네 말마따나 이런 경치 오늘 첨 보는 셈이 맞긴 맞네." 신남수가 고개를 끄덕끄덕했다.

"자아……, 이것 받게."

윤현기가 비닐에 싼 새끼손가락보다 더 작은 물건을 내밀었다.

"……"

신남수가 침묵 속에서 날렵한 동작으로 그것을 받아 점퍼 속주머니에 넣었다.

"보안 철저. 간수 잘해." 윤현기가 무뚝뚝하게 명령하듯이 말했고, "여부가 있나. 마누라한테도 비밀이야." 신남수가 무슨 선서라도 하듯 결연하게 말했다.

"네 군데니까 자세히 확인하고, 서두르지 말고 침착하게 차근차근, 자넨 절대 노출돼선 안 되고, 동일인 이름이 어떤 지역에서건 한 번 이상 동원되어선 절대 안 되고, 동원되는 자들이 한마디라도 나불거려서는 절대 안 되는 것. 알지!"

윤현기는 신남수를 노려보듯 하는 억센 눈길로 쳐다보며 '절대'라는 말을 반복할 때마다 목소리에 새로운 힘을 넣고 있었다. 상대방의 뇌리에 자신의 한마디, 한마디를 비석에 글자 새기듯 하려는 것처럼.

"알아, 알아, 잘 알아. 그 철칙을 그동안 내가 얼마나 잘 지켜왔는지 잘 알잖아."

상대방을 안심시켜야 한다고 생각하는지 신남수도 긴장된 얼굴로 다부지게 응대하고 있었다.

"그래, 자넬 믿지. 그치만 언제나 처음 하는 거라고 생각하고 긴장하란 말이지. 사람이란 누구나 같은 일 여러 번 하면 방심하기 쉽고, 방심하면 틀림없이 망해. 방심하고 꺼떡대다가 정치 인생 하루아침에 끝장나버린 인간들이 여의도 바닥에서 사라진 게 수두룩하다구."

"그거 명심하고 돌다리도 수십 번씩 두들기고 있어. 그러면……, 땅 매입은 바로 시작할 거고……, 그거 공사는 언제쯤 시작하게 될라나……?"

"그거 오래 안 걸려. 저기에서도 다음 선거에 효과 봐야 하니까 아주 다급한 입장에 몰렸어. 공사 준비나 착실히 해놓고 기다려."

"알았어. 자네 건 3일 안으로……."

"으음……."

"슬슬 일어나세. 멧돼지 쓸개가 아주 크다던데."

"좋지, 클수록 좋아."

윤현기가 몸을 일으키며 입맛을 다셨다.

신남수가 안내한 식당은 야산과 야산의 사잇길을 한참 들어가 한적한 곳에 자리 잡고 있었다. 그런데 식당에는 아무 간판도 없어서 깔끔한 민가처럼 보였다.

"이런 데서 무슨 식당을 하지?"

윤현기는 차에서 내리며 사방을 둘러보았다. 단풍숲 속에서 그 황적색 벽돌집은 전혀 식당 같지 않은 운치를 띠고 있었다.

"이래 봬도 돈 쏠쏠하게 잘 버는 알부자야."

신남수가 앞장서며 말했다.

"간판도 없이 무슨 별난 재주가 있나?"

"응, 별난 재주라면 별난 재주지. 단골들만으로, 예약을 안 하면 못 얻어먹게 돼 있으니까."

"허, 무슨 특별한 걸 하길래 그래?"

"오골계 알지?"

"알지. 그 약닭이라는 거."

"그걸 닭장에 안 가두고 저 야산에서 방목해 삼계탕을 만드는데, 한약재까지 넣어서 맛이 아주 근사해."

"흐음, 그거 아주 구미 당기는데. 값도 꽤 비싸겠는데?"

"비싸지. 보통 삼계탕 다섯 배 값."

"허, 그 값에, 예약 안 하면 못 얻어먹을 정도로 손님이 많다? 그러니 돈을 벌 수밖에."

"응, 아이디어가 좋아. 아이디어만 좋으면 다 한몫씩 챙기며 살아갈 수 있는 세상이라니까."

"그런데 멧돼지는 뭐야?"

"응, 오골계 장사는 어차피 밤에는 손님이 별로 없으니까 낮에만 하는 거고, 밤에는 VIP만 골라 특별 주문을 받는 거야. 사람 눈길 없어서 자넨 특히 좋아할걸?"

"그래, 그거 맘에 드는군."

그들이 집 가까이 가자 안에서 내다보고 있었는지 한 여자가 나오며 반색을 했다.

"어머 신 사장님, 어서 오세요. 별채에 다 준비해 놨습니다."

여자가 앞장서 집을 오른쪽으로 돌았다. 꼭 엄마 옆에 딸린 자식처럼 작은 별채가 아담하게 서 있었다.

'이거 장사 수완이 보통이 아닌걸.'

별채 쪽마루로 올라서며 윤현기는 생각했다. 주인 여자가 없었더라면 입 밖에 냈을 말이었다.

"시장하실 테니 고기는 바로 굽겠습니다. 아가씨들은 곧 도착한다고 연락이 왔습니다."

주인 여자가 가스레인지 불을 켜며 말했다.

"아가씨……?"

윤현기가 반사적으로 신남수를 쳐다보았다.

"으응, 주색 일심동체 아닌가. 그게 빠지면 자네 수고에 대한 예의도 아니고, 술맛도 안 나고. 당연히 격을 맞춰야지."

신남수가 친근함 넘치는 표정으로 눈을 찡긋했다.

"허어, 주도가 빈틈없군."

윤현기가 싱그레 웃었다.

"믿거나 말거나, 갸들이 대학생이라네." 신남수가 자랑하듯 말했고, "대학생? 생김도 매너도 엉망이라 괜히 분위기만 망치는 것 아니야?" 윤현기가 얼굴을 찌푸렸고, "걱정 놔. 매담한테 그것부터 점검시켰어. 인물 몸매 매너 주량 모두 최상급으로 뽑아 보낸다구. 그거 실수했다간 그 집구석 술장사 다 해먹게 되니까 신경 안 쓸 수 없어. 내 실력 믿으라구." 신남수가 또 눈을 찡긋했고, "빌어먹을, 학생증을 조사할 수가 있나 어쩌나. 괜히 몸값 올리느라고 희떠운 소리 지껄여대고 그러는 거지." 윤현기가 투덜대듯이 말했고, "그거 기분상으로 아니라는 것보다는 낫잖아." 신남수가 수컷 냄새 진하게 풍기는 웃음을 히죽히죽 웃었고, "그러니까 어쨌든 이거 조심하라구." 윤현기가 재빨리 입에다 검지를 세웠고, "자넨 참 병이야. 술자리 최고 안주인 Y당이 있는데 무슨 왜 딴소리를 하겠어." 신남수는 아직 다 익지도 않은, 유난히 붉은빛의 고기 한 점을 집어 들었다.

"사장님, 아가씨들 들어갑니다."

손기척과 함께 굵은 남자의 목소리가 울렸다.

"응, 그래. 수고했어."

없는 듯 고기만 굽고 있던 주인 여자가 잽싸게 몸을 일으켰다.

그때 문이 열리며 두 여자가 들어왔다. 한눈에 앳되고 함초롬한 모습이었다.

"자아, 이쪽으로 앉아서 고기 맛있게 구워드리고, 즐거우시게 잘 모셔."

주인 여자가 물러가며 두 아가씨에게 일렀다.

"처음 뵙겠습니다. 한나리라고 합니다." 키가 조금 큰 아가씨가 살짝 눈웃음치며 인사했고, "안녕하세요. 김다미라고 합니다." 눈 큰 아가씨가 무릎을 살짝 굽혔다 펴며 인사했다.

"응, 이름들 예쁘네. 얼굴처럼." 신남수가 헤벌쭉 웃으며 인사를 받았고, "그래, 술자리에서는 이름도, 나이도, 고향도 다

가짜니까 아무렇게나 좋고. 부처님 말씀에 옷깃만 스쳐도 인연이고, 저 멀리 산굽이를 돌아가는 여인의 치맛자락만 봐도 인연이라 하셨는데, 이렇게 마주 앉아 하룻밤 술을 마시게 되었으니 이보다 더 큰 인연이 어디 또 있나. 우리 오늘 기분 좋게 술 마시자구. 팁은 이 사장님께서 두둑하게 챙겨주실 거니까. 자아, 남자 정력에 곰 쓸개 웅담 다음으로 좋은 멧돼지 쓸개술을 여기 따러!" 윤현기가 입으로 사는 국회의원답게 한바탕 너스레를 떨며 능란하게 술자리를 장악했다.

"짜아, 너희들도 한 잔씩 받아야지. 민주주의고, 남녀평등이고, 노소평등이다."

신남수가 술병을 들며 아가씨들에게 말했다.

"남자 정력에 좋다는 걸 저희들이 마셔도 돼요?"

키 큰 아가씨가 말했고, 눈 큰 아가씨가 입을 가리며 쿡 웃었다.

"크아, 이거 분위기 잡는 거 봐. 좋아, 마셔. 남자한테 좋으면 여자한테도 좋은 거야. 이 밤을 위하여 기분 좋게, 다 같이 원샷이야!"

신남수의 기세에 맞추어 모두 잔을 부딪쳤다.

"저어, 저희들도 고기 먹어도 돼요?"

눈 큰 아가씨가 빈 술잔을 들고 진저리를 치며 물었다.

"그럼, 그럼. 맘껏 배부르게 먹어. 멧돼지 한 마리 통째로 있으니까 맘껏 먹고, 가져가고 싶으면 다리 한 짝 가져가도 좋아." 신남수가 인심 후하게 말했고, "어머, 신난다." 키 큰 아가씨가 찰싹 손뼉을 쳤고, "애 좀 봐, 철없이. 이 댁 사장님한테 얼마나 미운털 박히려고." 눈 큰 아가씨가 눈을 흘겼고, "그래, 그 말이 맞다. 영업집 물건 공짜로 먹으려 했다간 여지없이 미운털 박힌다. 그냥 실컷 먹기만 해라." 윤현기가 회의 많이 해본 가락으로 교통정리를 했고, "네, 감사합니다. 맛있게 먹겠습니다." 눈 큰 아가씨가 나부시 고개를 숙였고, "아가씨, 김다미라고 했지? 이쪽으로 와." 윤현기가 눈 큰 아가씨에게 손짓했고, "화아……, 그새 벌써 이름까지 다 외우고, 역시 국회……." 마구 터져 나오려는 '국회의원' 소리를 썹으며 신남수는 황급히 입을 틀어막고 있었다.

"짜아, 술맛 좋고, 멤버 좋고, 두 번째 술잔 원샷!"

윤현기가 목청 높여 술잔을 들며 신남수를 향해 갈퀴눈을 뜨고 있었다.

쓸개즙이 풀려 푸르누르스름한 색깔을 띤 소주와, 약간 질긴 듯하면서도 씹을수록 감칠맛이 나는 멧돼지 구이를 맘껏 먹어대며 그들은 흥건하게 취해 가고 있었다.

"의원님, 의원님, 일어나십시오. 의원님, 정신 차리십시오."

신남수 사장의 운전기사가 고개를 뒤로 돌리며 목청껏 외쳐댔다.

윤현기는 술에 취해 골아떨어져 있었다.

"의원님, 다 왔습니다. 의원님, 일어나세요오."

운전기사는 더욱 큰 소리를 질러댔다.

"엉……? 으응……? 뭐, 뭐야……."

윤현기는 겨우 눈을 뜨며 헛소리를 하듯 했다.

"예, 의원님께서 말씀하신 대로 톨게이트 통과하면서 깨워드린 겁니다." 운전기사가 말했고, "뭐, 톨게이트……?" 윤현기가 눈을 비비며 몸을 바로잡았고, "예, 방금 톨게이트 통과했습니다." 운전기사가 백미러를 보며 대답했다.

"아, 깜빡 잠이 들었었네. 응, 그래, 잘됐어. 다 와가는군."

윤현기는 목을 긁적거리며 혼잣말을 중얼거렸다. 그는 왼쪽 팔받침대 끝에 세워진 생수병을 따서 물을 벌컥벌컥 들이켰다.

'세상 참 요지경 속이야. 어떻게 그렇게 요령껏 벌어먹고 사나. 헌데, 그런 데를 딱 골라낸 신남수 그놈은 또 뭐야. 그놈이 아주 비위를 잘 맞춘다니까. 그렇게 보비위 잘하면 제 놈이 내 덕 오래 볼 수 있지. 계집애들도 어찌 그리 예쁘고 싹싹하고 깨끔한 것들로 싹 골라왔나 그래. 눈치 빠르고 영리한 놈, 매사를 그렇게만 하면 오래오래 누이 좋고 매부 좋고, 니 좋고 나 좋고 아니겠느냐. 잔꾀 부리고, 날 속이려고 들지 말고 의리 꼭 지켜. 젤 중요한 건 그거야. 처음 약속한 대로 반타작! 그걸 한 푼이라도 속이면 그 순간 깨끗이 끝장이야. 한 건 할 때마다 내가 얼마나 피 마르는지 알아. 의리 알지? 의리!'

윤현기는 생수를 반병쯤 들이켜고는 휴우 숨을 토해 냈다. 그리고 그는 자세를 똑바로 갖추었다. 톨게이트를 지날 때면 언제나 박 의원님의 말씀이 들리는 것이었다.

'우리 같은 반농반도(半農半都)의 촌놈들이 지역구를 오래 지키려면 무슨 수를 써서든 국교위(국토교통위원회) 소속을 고수해야 해. 왜 그런지 아나? 전농(全農) 지역이라면 더 볼 것 없이 당연히 농해수위(농림축산식품해양수산위원회)에 자리 잡아야만 농촌 지역 예산 따내기 쉬워 지역구 관리가 편해지지. 그런데 농촌인가 하면 도시고, 도시인가 하면 농촌인 우리의 반농반도 지역이 문제거든. 특히 우리 지역은 그냥 반농반도만이 아닌 게 또 문제거든. 자아, 똑똑히 봐. 우리 지역은 충남이면서 서울과 1시간 거리밖에 안 되게 가깝고, 그리고 고속도로가 경부선과 호남선이 경유하고, 서해안 고속도로하고도 연결되지 않느냔 말야. 그뿐만 아니라 충북하고 직결되는 교통의 관문 아닌가. 그러니까 우리 지역은 그 어디하고도 비교가 안 되는 최고의 교통 요충지인 거야. 그 점이 중요 포인트지. 그런 지리적 특성상 우리 지역은 앞으로도 교통망 확충이 계속 이루어질 거라는 사실이야. 그렇다면 어떤 위원회에 소속되어야 하는지는 답이 환하게 나오잖나. 당연히 국교위일 수밖에 없지. 그런데 국토교통부는 철도, 도로 등 교통망만 관장하는 것이 아니라 또 하나 국민의 주거 문제 전반을 포괄하지 않나. 그것도 아주 중요 포인트야.

그런데 먼저 주시해야 할 것은 국토교통부에 할당되는 연간 예산이야. 국가 예산이란 국민소득 증대에 따라 해마다 불어나는 법이지만, 지금 현재 대충 40조에서 토목공사비로 지출되는 것이 평균 30조 정도야. 그걸 누가 먼저, 누가 더 많이 확보하느냐는 각 지역 국회의원들과 지자체장들의 능력에 달렸지. 근데, 자네도 알지? 토목공사의 두 가지 매력. 첫째, 길 시원하게 뚫어놓고, 다리 번듯하게 놓아두면 그것처럼 확 표 나고, 두고두고 사람들이 공을 치하해 주는 전시효과로는 그 어떤 것도 당할 게 없다 그거지. 그리고 둘째, 주머니 비고 배고픈데 그것처럼 딴 주머니 차고, 배 채우기 쉬운 게 없다 그거지. 그래서 어찌 되지? 해마다 줄줄이 굴비 엮음되어 신세 조지는 지자체장들 80퍼센트 이상이 그거 쉽게 잡수시려고 허덕거리다가 급체하신 것 아닌가. 똑똑히 봐! 먹기 쉽다고 앞뒤 재지도 않고 바로 입질해 대는 것, 그것처럼 어리석은 짓은 없어. 그거야말로 작두에 목 디밀기고, 신나통 지고 불속으로 뛰어드는 거지. 으레 10퍼센트는 먹는다고 소문나 있고, 누구나 먹었을 거라고 의심하고, 너 어디 보자 하고 수

사기관이 노리고 있는 돈을 왜 먹나? 그런 돈 한 푼이라도 삼켰다간 목이 열 개라도 못 당해. 그건 절대로 먹어서는 안 되는 독 중에 독이야. 국민 세금을 직접 삼키는 것, 그것처럼 큰 죄는 없으니까. 그럼 그런 기회를 어떻게 이용할 것이냐! 한 푼도 안 먹고 버텨서, 토목공사 따온 공에다가, 청렴한 것까지 보태서 공을 따블로 키우는 거야. 그럼 사람들은 박수 치며 떠받들고, 차기 당선은 누워 떡 먹기지. 사람들이 한 푼도 안 먹은 걸 어떻게 아느냐고? 공사 맡은 놈들하고 술 한 잔도 안 먹고, 명절 때 보내오는 것 그날로 되돌려 보내고, 은근슬쩍 넣어준 봉투 그 자리에서 내던져버리고 하는데 그 소문이 안 나나? 자네 알지. 발 없는 말이 어쩐다고?

그렇게 탈탈 털어버리면 차기 선거는 어떻게 치르느냐고? 다 방법이 있지. 가장 안전한 방법. 아까 말했지. 국토교통부는 교통망 말고 뭘 또 관장한다고? 그래, 국민 주거 문제지. 거기에 해결 열쇠가 숨어 있어. 교통망을 포함한 주거 문제 전반의 개발 초 계획은 국토교통부가 세우고, 그 구체적 시행은 아래 조직인 공사에서 맡아 하게 되는데, 그 정보를 효과적으로 활용하는 방법이지. 그런데 그 정보 사전 유출도 국민 세금 착복하는 것만큼이나 쇠고랑 차기 쉬운 중죄 아닌가. 그래서 그 정보 확보에 안전한 요령이 필요한 거야. 자네가 절대로 잊지 말고 명심해야 하는 건, 아무리 사정이 급하고 몸이 단다고 해도 피감 기관에 직접 압력을 가해 필요한 걸 확보하려는 바보짓 해서는 안 된다는 거야. 그게 바로 배임죄로, 내 목을 치라고 상대방에게 칼을 쥐여주는 바보 중에 상바보 짓거리인 거야. 그리고 피감 기관에 약점 잡히면 의원 노릇 날 새는 것 알지? 그래서 그 안전한 해결책이 뭐고 하니 좀 여유를 갖고 기다리는 거야. 그러면 그 정보가 하부 기관으로 내려가지. 바로 그때부터가 기회야. 그런데 국토부에서 아무리 정보를 극비로 통제한다고 해도 아래로 내려가기 전에 한두 군데의 손을 타기 마련이야. 그게 사람 사는 세상 일이니까. 그게 높으신 분들의 욕심일 수도 있고, 실무자들의 장난일 수도 있고, 뭐 그렇지. 그런 비밀이 실행 직전까지 철통같이 지켜진 일은 한 번도 없으니까. 그게 우리한테는 훨씬 더 유리하고 마음 편한 일이야. 앞에서 미리 일을 저질러주면 뒤에 있는 사람은 그만큼 안전하게 보호받는 거니까. 당해도 앞사람이 당하지 뒷사람이 당하는 법은 없으니까. 그렇게 기다리는 걸 정보세탁이라고 부르면 되겠지. 돈만 세탁하는 게 아니란 말야.

비밀 계획이 하부 기관으로 내려왔을 때 본격적으로 작업을 개시하는 거야. 실무자 공략 작전이지. 실무자의 빽이 청와대 빽보다 세다는 말 알지? 직급 낮은 실무자들에게는 공통적으로 절실히 바라는 게 있지. 그게 뭘까? 비밀 정보를 비싸게 팔아먹는 것? 그건 위험 부담이 너무 커서 감히 엄두를 못 내. 그들이 바라는 건 승진이야. 그런데 국회의원이 공기업 대리급 정도를 승진시켜 주는 건 어떻지? 그건 서로 행복할 수 있는 아주 좋은 거래가 된다 그 말씀이야. 그런데, 앞에서 이미 정보가 새서 땅값이 올랐는데 늦은 정보 가지고 무슨 덕을 보겠느냐고 자네 혹시 지레짐작하고 있는 것 아냐? 그건 너무 앞서가는 생각이야. 물론 땅값은 조금 올랐겠지. 그러나 정보가 온 세상에 다 퍼져버린 게 아니고 지극히 몇몇만 알고 있는 비밀이라는 건 분명해. 그래서 땅값은 거래가 이루어질 때마다 조금씩 오르게 되어 있고, 그러다가 개발 계획이 발표되면 그때 폭등하고, 공사를 시작하면 또 오르고, 지하철이 개통되거나 아파트가 준공되면 또 오르고, 땅값은 계속 오르기만 하지 절대 떨어지는 법이 없는 게 특징이야. 그러니 정보가 좀 늦었다고 무슨 문제가 되느냐 말야. 세탁으로 안전한 게 최고지. 그리고 그건 엄연히 거래일 뿐 국민 세금 착복이 아니니까 무죄야.

문제는 그 정보를 넘겨줄 상대인데, 재력도 있고, 믿을 수 있는 건설업자라면 제격이겠지. 그런 사람 둘 정도를 좌우 양쪽에 끼고 조정을 잘 해나가면 괜히 독 묻은 돈 손댈 것 없이 돈 걱정 안 하고 의원 생활 행복하게 할 수 있지. 그런데 사람처럼 무섭고 위험한 짐승이 없어서 돈 앞에서 맘 안 변하고 의리 지켜나가는 인간을 구한다는 게, 그게 또 큰 숙제야. 자네 그런 사람 구할 수 있나? 돈 앞에서는 부자지간에도 맘 변하고, 형제지간에도 맘 변하고, 참 돈이라는 게 뭔지, 돈이 요물인지, 사람의 마음이 요물인지, 이 나이까지 살아오면서도 그걸 모르겠어. 자네가 잘 해나가야 할 텐데 그게 걱정이야.

　그런데 말야, 자네가 당선되기만 하면 국교위 내 자리를 그대로 물려주기로 합의했으니까 됐는데, 그다음부터가 문제거든. 어떻게 해야만 국교위에 붙박이로 뿌리를 내리느냐 하는 거지. 허나 그것도 맘만 단단히 먹고 해나가면 뭐 별로 어려운 일도 아니야. 국회의원 노릇 내 맘에 맞고, 편케 해나가려면 우선 세 사람한테 지성으로 공들이고, 잘 받들어야 해. 첫째 자기 당 당 대표와 원내 대표에게 명절 때며 축하할 일이 있을 때마다 꼭꼭 인사를 차려야 해. 그거 큰돈 드는 일 아니야. 한 번 해, 두 번 해, 열 번 해, 스무 번 하면 자네 편이 안 될 수가 없어. 알지? 아부하고 뇌물 써서 손해 보는 일 없다는 거. 그 두 사람만 잘 모셔 마음을 사면 국교위는 언제나 자네 거야. 그리고 또 한 사람, 법사위(법제사법위원회) 위원장이 내 당 사람이든 아니든 무조건 받들어 모셔야 해. 의원 노릇 아무리 조심조심한다고 해도 언제 무슨 일로 검찰 조사받고, 법정에 서게 되고 할지 몰라. 그런 때 법사위원장이 날 봐주는 사람이라면 일은 간단하게 해결되지. 왜냐! 법원·검찰·헌

법재판소가 법사위의 국정감사를 받아야 하는 피감 기관 아닌가. 그러니까 법사위원장은 법원이고 검찰에 막강한 영향력을 행사할 수 있는 실세라고. 그래서 법사위원장이 국회의장보다 세다는 말이 나오는 것 아닌가.

그리고 지 혼자 똑똑하고 잘나서 제아무리 희한한 법 발의해 봤자 법사위원장이 서명 안 해주면 그 법안 본회의에 올라가보지도 못하고 폐기돼 버리잖나. 그래서 앞질러 나서려고도 하지 말고, 뒤에 처지지도 말고 중간쯤에 묻어가면서 필요한 처신 눈치껏 잘하는 게 젤이야. 남 앞서 나서다가는 차이기 쉽고, 뒤처졌다가는 잘리기 쉬우니까. 겨우 초선 해먹고 낙동강 오리 알 신세 돼버리는 젊은 놈들이 다 제 잘났다고 깝죽거리고, 법안 발의 신기록 세우겠다고 설쳐대다가 그 꼴되는 거지. 보약도 많이 먹으면 탈 나는 법이야. 내 말 다 알아듣겠지? 그래, 자넨 잘할 거야. 그 정도면 머리도 잘 돌고, 눈치도 빠르고, 입도 무겁고, 말도 잘하는 편이고, 내가 믿지. 날 봐서라도 부디 잘하라고.'

박 의원님이 암 투병의 고통 속에서도 유언처럼 해주신 말씀들이었다.

기차가 레일에서 벗어나는 일이 없듯 윤현기도 박 의원님의 일깨움을 레일 삼아 여태껏 의원 인생을 순탄하게 운행해 올 수 있었던 것이다. 이따금 동료 의원들이 느닷없는 사건으로 인생 망치고 여의도에서 흔적 없이 사라지는 것을 볼 때마다 당신의 모든 경험을 물려주고 떠나신 박 의원님께 새롭게 감사드리고는 했다.

어떤 의원이 단돈 2천만 원을 잘못 먹어 의원직이 날아갔다. 남쪽 다도해 해상에서 유조선이 다른 상선과 충돌해 기름 유출 피해가 발생했다. 바다 안개가 짙어서 일어난 사고였다. 사고 해역이 하필 다도해인 것이 문제였다. 많은 섬들을 따라 그 주변으로 여러 가지 양식장들이 펼쳐져 있었던 것이다. 그런데 시커먼 기름이 자꾸 넓게 퍼져 나가며 그 양식장들을 위협해 대고 있으니 보통 문제가 아니었던 것이다. 텔레비전 방송들이 서로 다투어 그 장면들을 내보내 위기를 실감시키고 있었다. 시커먼 기름투성이가 된 갈매기가 날지도 못하고 퍼덕거리며 죽어가고 있는 모습은 양식장들의 피해가 얼마나 클 것인지를 웅변적으로 보여주고 있었다. 여야는 누가 먼저라고 할 것 없이 현장 조사단을 급파했다. 그 의원도 야당 조사단에 뽑혔다. 그의 지역구가 그 근방이었기 때문이다. 조사단은 며칠 동안 머물고 돌아왔다. 사고가 잘 수습되고 있는 것으로 보도되면서 차츰 사람들의 관심에서 멀어져 갔다. 그리고 보름쯤 지났을까. 양식장 어민들이 집단으로 시위를 벌이고 들고일어났다. 정유사에서 사고 수습을 등한히 해 양식장의 피해가 커지고 있다는 것이었다. 그 느닷없는 집단 시위에 당황한 것은 여야 양당일 수밖에 없었다. 표를 먹고 살기에 조사단을 급파했고, 잘 해결된 줄 알았는데 오히려 피해가 커지고 있다고 집단 시위가 벌어지고 있으니 그보다 더 확실한 표 떨어지는 소리는 없었던 것이다. 그리고 잇따라 퍼진 소문이, 그 지역 출신인 그 의원에게 잘 봐달라고 정유사가 2천만 원을 주었다는 것이었다. 그러니까 정유사는 2천만 원을 그 의원에게 먹이고는 사태 수습은 흐지부지해 버렸다는 것이었다. 그 사실을 뒤늦게 알게 된 야당 대표는 노발대발하며 소리쳤다. "당장, 지금 당장 공개 사과 인터뷰하고, 의원직 사퇴서 제출해!" 그건 즉흥적이거나 과격한 대응이 아니었다. 그렇게 선수를 쳐야 쇠고랑 차고, 재판받고 하는 걸 면하게 된다는 것이었다. 어차피 의원직은 상실하게 되는 판에, 역시 노련한 정치 9단인 당 대표의 신속하고 현명한 판단이었다. 독 묻은 돈을 잘못 먹으면 어떻게 되는지를 시범적으로 보여주고 그는 여의도를 떠나갔다.

그런데 또 다른 의원이 저지른 금전 사고도 예상을 뛰어넘는 특이한 것이었다. 우선 그 의원이 초선이 아니라 자기 보호 능력과 먹이 식별 능력이 완숙한 경지에 이르렀다고 할 수 있는 3선 의원인데도 그런 해괴한 사고를 저질렀다는 사실이었다. 그리고 돈을 받은 상대가 흔히 거론되는 이름 있는 대기업이 아니라 전혀 뜻밖의 사업체였다. 그런데 또 사람들을 놀라게 한 것은 그런 정체 불명의 사업체에서 받은 돈이 너무 엄청난 액수였던 것이다. 그 이해하기 힘든 사건이 노출된 것은 돈을 준 이상한 사업체 사장이 사기로 입건이 되면서였다. 사기범으로 검찰 수사를 받는 과정에서 그 사장은 어떤 국회의원에게 돈을 줬다는 것을 실토했던 것이다. 그가 주었다는 액수는 자그마치 5억 원이었다. 그는 다단계 판매업체 사장이었기 때문에 의원들의 놀라움은 너무나 컸다. 다단계 사기꾼에게 5억씩이나 받아먹다니! 도대체 뭘 부탁하고, 뭘 봐주기로 했길래 대기업도 아닌 다단계 업체와 그런 거래가 이루어진 것일까……? 의원들의 관심은 모두 여기로 쏠려 있었다. 그리고 다단계 판매는 그 문제점이 이미 사회적 병폐의 하나로 알려져 있었다. 그런데 어떻게 그런 상대의 돈을 받을 수 있는가가 의원들을 놀라게 했다. 무슨 일로 돈이 그렇게 급했나? 그래도 그렇지 사기 속이 뻔한 다단계 업체의 돈을……. 의원들의 의문과 궁금증은 커지기만 했다. 그도 그럴 것이 5억이라면 비밀 보장이 90퍼센트 이상 확실하다고 하는 대기업이라 하더라도 주의하고 신경 써야 하는 액수였다. 5억, 그 액수는 100퍼센트 비밀 보장이 된다 하더라도 그 기업의 일을 보아주는 과정에서 딴 의원들의 의심을 받거나, 상황이 더 꼬이면 차기 공천을 못 받게 될 정도로 큰 액수였다. 그 의원은 벌 떼처럼 달려드는 기자들에게 에워싸여 5억을 받았음을 시인해야 했다. 기자들은 기관총 연속 사격처럼 질문들을 쏟아 냈지만 그 의원은 모든 범죄 혐의자들이 공통적으로 써먹는 그 명언 '성실히 조사받겠습니다'를 남기고 포토 라인을 벗어 났다. 그리고 그는 '정계를 영원히 떠나겠다'는 속죄로 검찰의 사슬을 벗어났다. 그가 풀려난 데는 또 다른 말이 뒤따르기 도 했다. 엄청난 액수를 사기 쳐 수많은 피해자를 낸 그 사기 꾼 사장님이 '아무런 대가를 바라지 않고 평소 존경해서 순 수한 후원금으로 드린 것'이라고 했다는 것이다. 또 한 가지 는, 사건 담당 검사가 고등학교 후배라서 검찰의 독점적 권한 인 '기소 독점권'을 발동해서 풀어주었다는 것이었다. 그러나 이런 뒷얘기는 다 소용없는 것이고, 그 사건도 국회의원 하나 흔적도 없이 날려 보내며, 돈은 무조건 달콤한 것만이 아니 라 생사여탈권을 가진 무서운 독이라는 사실을 남아 있는 의 원들에게 다시금 일깨워주었던 것이다.

"의원님, 다 왔습니다."

차를 세운 운전기사가 민첩하게 움직여 오른쪽 뒷문을 열 었다.

"음, 그래, 수고했어."

윤현기는 5만 원짜리 두 장을 운전기사에게 건넸다. 아랫 사람에게 잘해 주려는 마음에 앞서 덮고 싶은 사생활에 대한 입단속을 하고자 하는 속셈이 작용하고 있었다.

"예, 감사합니다, 의원님."

운전기사의 코가 곧 땅바닥을 찍을 지경이었다.

'글쎄, 그것들이 대학생일까……? 몸은 날씬하고 탱탱했는데, 하는 짓이 너무 숙달되지 않았어……? 그야 뻣뻣한 나무토막보다야 낫지만.'

윤현기는 엘리베이터를 타면서 입이 찢어지도록 하품을 했다. 그리고 엘리베이터가 울리도록 뻐근한 등을 쾅쾅 두들겨 댔다.

"전원 집합!"

다음 날 아침 의원실로 들어서며 윤현기는 군대식 그대로 명령했다. 그건 보좌진 전체가 참석하는 긴급 회의를 뜻하는 것이었다. 남녀 보좌관들은 부리나케 수첩과 볼펜을 챙겨 들고 의원실로 모여들었다.

"그 법안 준비 어떻게 됐어?"

윤현기는 냉기 서린 엄한 얼굴로 보좌진들을 휘둘러보았다. 어제 술 마실 때와는 전혀 다른 그 얼굴에 비로소 국회의원다운 위엄과 권위가 드러나고 있었다.

"예, 그게 지금……."

수석 보좌관이 어물거렸고, 고개를 약간씩 수그린 다른 보좌관들이 서로 재빠르게 곁눈질을 하고 있었다.

"또 그게 지금이야? 하고 있는 거야, 안 하고 있는 거야?"

윤현기의 목소리가 날카로워졌다.

"예, 하고 있습니다만, 국정감사 준비가 더 급해서 좀……."

수석 보좌관이 옹색스럽게 말하며 어깨를 움츠렸다.

"또 보좌진 고질병 도지는 거야? 이유 없는 무덤 없다고 이유는 껀껀이 다 준비해 놓고 있지. 국정감사는 국정감사고, 법안 준비는 법안 준비잖아. 왜 자네들을 여덟씩, 아홉씩 두겠어. 동시다발적으로 두 가지, 세 가지 일을 한꺼번에, 파트를 나눠 효과적으로 추진하라는 거 아니냔 말야. 최근 여론 조사에서 국회 불신이 어떻게 변한 줄 알아? 84퍼센트에서 떨어진 게 아니라 오히려 2퍼센트포인트 이상 올라 87퍼센트가 됐어. 이렇게 불신이 자꾸 커지다간 국회 아예 없애자는 소리 나오게 될 판이야. 이게 다 의원들이 잘못해서 생긴 일일까? 봐, 각 의원들은 누가 보좌하지? 보좌진들이 하잖아. 보좌진들이 그 임무를 100퍼센트 잘하는 데도 국회 불신이 그렇게 높을까? 국회의원들의 부실한 의정 활동의 책임의 일정 부분은 보좌진들에게도 있다 그거야. 내가 그 법안 준비를 지시한 게 벌써 한 달이 넘었잖아. 그런데 아직까지 아웃트라인도 못 잡고 있으니 말이 돼? 이렇게 루즈해 가지고 국민 세금으로 월급받을 자격이 있다고 생각해? 보좌진들이 모두 이렇게 게으름을 피워대니까 의원들 의정 활동이 원활하고 활기차게 이루어질 수가 없는 거고, 그래서 매냥 놀고먹는 국회, 쌈박

질만 하는 국회, 국민들은 안중에 없는 국회, 시급한 민생 법안 외면하는 국회라고 욕을 바가지로 먹고 있는 거잖아. 그리고 또, 청문회고 국감장에서 의원들이 엉뚱한 질문해서 웃음거리되고 손가락질당하게 되는 것도 다 보좌진들이 철저하지 못해서 야기되는 일이잖아. 이게 다 말이 되는 거야? 자네들 어떻게 생각해?"

윤현기는 일장 연설조로 보좌관들을 닦아세우고 있었다. '음주 운전과 운전 중 핸드폰 사용 금지에 관한 법률안'에 대한 보좌관들의 미온적 반응에 그는 마침내 본격적인 질책에 나선 것이었다.

"예, 죄송합니다. 바로 파트 편성해 착수하도록 하겠습니다."

머리를 조아리는 수석 보좌관을 따라 나머지도 다 머리를 조아렸다.

"자아, 모두 이 말 똑똑히 들어. 얼마 전 관광버스에서 핸드폰 때문에 아주 위험천만한 상황이 벌어진 것을 텔레비전 뉴스에서 보도했는데, 그런 문제가 왜 발생한 것인지, 어디 누가 말해 봐."

윤현기는 차고 매운 눈길로 보좌관들을 쏘아보았다. 그가 묻고 있는 것은, '그 텔레비전 뉴스를 본 사람?' 하는 막연한 것이 아니라, '그런 문제가 왜 발생한 것이냐?' 하며 구체적인 원인을 밝히라는 것으로써, 텔레비전을 안 보고서는 한마디도 할 수 없도록 함정을 파놓고 있었던 것이다.

"……."

일곱 명의 보좌관들은 모두 고개를 떨군 채 입을 다물고 있었다. 일곱 명이 만들어내는 침묵이라서 그런지 그 무게와 깊이는 어느 때 없이 의원실을 엄숙하고 심각하게 만들고 있었다.

"흥, 일곱 분 중에 단 한 명도 보신 분들이 없으시다?" 윤현기는 마치 달리던 말이 멈추며 코를 불어대는 것처럼 좀 심한 코웃음을 치고는, "허어 참, 일곱 명 중에 그 중요한 뉴스를 본 사람이 하나도 없다? 이것 참 심각한 문제 아닌가, 이거. 국민의 민생 문제를 내 문제로 생각하며 생활해야 하는 국회의원 보좌관들이 이래서야 되겠어? 다들 똑똑히 들어. 30여 명이 탄 관광버스에서 무슨 일이 벌어졌는고 하니, 100킬로가 넘게 운전을 하면서 기사가 핸드폰으로 계속 문자를 찍어 보내고 있는 거야. 그 영상을 한 여자 관광객이 찍어서 방송국에 제보한 거야. 그런데 그 생생한 영상에 "어머, 저걸 어째. 어머, 저걸 어쩌면 좋아. 어머, 큰일 났네. 저걸 어쩌지" 하는 겁먹은 여자 목소리가 함께 들리는 거야. 그건 바로 그 영상을 찍고 있는 관광객이 겁이 나서 중얼거리는 소리였어. 기사는 목적지에 도착할 때까지 문자질을 계속했고, 그 관광객은 그때서야 경찰에 신고를 했어. 기자가 묻더군. 왜 바로 기사를 제지하지 않았느냐고. 그런 말도 안 되는 짓을 하는 사람이 말을 듣기는커녕 왜 간섭하느냐고 화를 내고 덤빌 것 같아서 무서워 말을 못 했다는 게 그 여자 관광객의 대답이었어. 그런데 큰 문제는 그다음이야. 그 기사를 경찰이 붙들어가긴 했는데, 어찌 되었을까? 곧 풀어주고 말았어. 그 이유인즉, 경찰들이 마냥 쉽게 써먹는 말, '처벌할 마땅한 법적 근거가 없어서.' 그 사건은 당장 우리에게 세 가지 질문을 갖게 하는 거야. 첫째, 그 문자를 보내다가 사고가 났으면 그 승객들은 어찌 되었을까? 둘째, 운전 중 핸드폰을 사용하는 것은 음주 운전보다 더 위험하다고 했는데, 핸드폰으로 전화를 거는 것하고, 문자를 보내는 것하고 어떤 게 더 위험할까? 셋째, 핸드폰으로 전화를 거는 것만이 아니라 문자까지 찍어대고 있는 위험이 벌어지고 있는 현실 속에서 경찰은 법 타령만 하고 앉았지 핸드폰으로 인해 야기되는 교통 사고가 얼마나 되는지 따로 분류해서 파악하고 있기나 할까? 자아, 현실이 이렇게 심각한데도 자네들 생각에는 별것 아닌 것으로 보여? 그래서 늑장 부리고, 세월아 가라 하고 앉아 있는 거야? 이거 정신들 차려! 무사안일이 행정부 공무원들의 전매특허인 줄 알아? 바로 자네들도 무사안일의 공범자들이야. 시간 없어. 빨리빨리 서둘러!"

윤현기는 의원실이 울리도록 버럭 소리치며 나가라고 손짓했다. 그 손짓을 따라 일곱 명의 보좌관들은 가을바람에 휩쓸리는 낙엽들처럼 순식간에 의원실에서 모습을 감추었다.

새로운 숙제들

1

따르릉.

첫 번째 전화벨이 울리자 장우진은 즉각 전화를 받았다. '세 번 울리기 전에 받는다!' 스스로 정한 취재기자로서의 원칙이었다. 제보자의 다급하고, 위급한 상황에 1초라도 신속하게 응대하기 위함이었다. 전화벨 소리도 수백 가지가 범람하고 있었지만 일부러 옛날의 수동 전화기 '따르릉'을 그대로 썼다. 그 소리가 가장 또렷하고도 자극적이라 전화벨로 제맛이 났던 것이다.

"여보세요, 《시사포인트》 장우진 기잡니다."

모르는 사람의 전화라 장우진은 습관처럼 자신의 직함부터 먼저 밝혔다.

"예, 안녕하세요, 장 기자님. 저는 S대학 학생 오영필이라고 합니다. 저를 좀 도와주십시오."

긴장된 학생의 목소리는 떨리고 있었다.

"여보세요, 오영필 학생, 기사 제보입니까?"

장우진은 직업적으로 침착하게 물었다.

"예, 예, 기사 제보입니다."

"그럼 지금부터 이 통화를 녹음해도 되겠습니까?"

"예, 녹음하셔도 좋습니다."

"예, 그럼 녹음하겠습니다. 긴장 푸시고, 편안하게, 대학생이니까 다 아시겠지만 가능하면 육하원칙에 맞추어 말씀해 주시기 바랍니다."

"예에……. 육, 육하원칙……, 예, 알겠습니다."

상대는 여전히 긴장한 채 떨리는 소리로 '육, 육하원칙' 하며 더듬거리고 있었다. 갑자기 육하원칙이라는 말을 듣고 저쪽에서는 당황스럽게 '누가·언제·어디서……'를 점검하는 기색이 역연했다.

"오영필 씨, 꼭 육하원칙대로 하라는 건 아니니까 너무 신경 쓰지 마시고 편케 얘기하세요."

장우진은 목소리를 정답게 바꾸었다.

"저어……, 그러니까 다른 게 아니구요, 편백나무 제조 공장 사장이 여사원들을 성폭행하고, 그중에 한 명이 임신을 하자 병원에 데려가 낙태 수술까지 시켰어요. 근데 그 여자들이 다 정신지체 장애인들이에요."

"뭐라구요?" '이거 문제다!' 하는 생각이 번쩍 들며 장우진의 목소리 톤이 높아졌고, "피해 여성이 모두 몇이에요?" 다그쳐 물었다.

"예, 셋이라고 합니다."

"셋이라고 합니다? 학생은 지금 간접화법을 쓰고 있는데, 학생은 피해자들과 어떤 관계죠? 직접 인간관계가 없는 타인인가요?"

장우진은 상대방의 답을 앞서 짚어나가고 있었다.

"예. 낙태 수술까지 한 피해자 엄마의 부탁을 받고 제보하는 것입니다. 제가 이웃에 살거든요."

"그럼 경찰 신고는 어떻게 됐지요?"

"예, 그 엄마가 경찰서에 가는 걸 무서워하면서 어찌할 줄을 모르고 있었습니다. 그래서 제가 장 기자님 애길 하면서, 신문에 먼저 내서 도움을 받으면 경찰에서도 철저하게 수사하지 않을 수 없을 것이다 하고 설득했습니다. 저는 장 기자님의 심층 추적을 거의 다 읽어왔습니다. 기자님은 저의 롤모

델이십니다. 그 피해자도, 엄마도 너무 불쌍한데, 기자님, 좀 도와주십시오."

대학생 오영필의 목소리는 절박했고, 간절했다.

"좋아요. 이건 돕는 게 아니라 당연히 해야 될 일이오. 빨리 그 공장 주소하고 전화번호 불러요."

"예, 관악구 신림동……."

'이상하네. 장애인을 셋씩이나 채용하는 의식 있는 사람이……? 변심일까……? 의도적인 것일까……?'

장우진의 머리는 빠르게 작동을 시작하고 있었다.

"오영필 씨, 내가 피해자 어머니부터 먼저 만나야 하니까 그분 연락처도 좀 알려주시오."

"예, 낮에는 그분이 빌딩에서 청소 일을 하니까 핸드폰 번호를 알려드리겠습니다."

"그런데, 그 피해자 어머니는 사장을 만나봤는지 어쩐지 알고 있어요?"

"아 예, 사장도 무서워 못 만나겠다고 합니다. 그래서 제가 이렇게……."

"사장도 무서워요? 그분 겁이 많은 분입니까?"

"예, 아주 착하시고, 순하시고……, 뭐라고 할까요……, 너무 가난하게 살아서 기 죽고, 매사에 자신 없고 그런……."

"예, 알았어요. 이해할 수 있어요. 뭐, 더 할 얘기는 없나요?"

"저어, 심층 추적은 언제부터……."

"이거 심각한 문젠데 시간 끌 일 아니잖아요. 당장 오늘부터 시작이에요."

"감사합니다, 감사합니다, 도와주셔서 정말 감사합니다."

감사합니다에 맞추어 꾸벅꾸벅 절을 하는 것 같은 어감이었다.

"아니에요, 제보해 줘서 고마워요."

피해자 어머니가 일하는 빌딩은 용산역 근방에 있었다. 다른 사람도 아닌 장애자 성폭행에, 임신, 그리고 낙태 수술까지. 미성년자 유괴에, 성폭행, 토막 살인까지 한 흉악 범죄와 다름없이 느껴져 장우진은 잠시도 지체할 수가 없었던 것이다.

"그놈 정말 나쁜 놈이에요. 겉으로는 정신 좀 모자라는 애들을 불쌍히 여기는 척, 위해 주는 척해 가면서 속으로는 그런 나쁜 짓을 세 애들한테 번갈아가면서 했던 거예요. 근데 하필 우리 애만 재수 없이 임신까지 하고 말았어요. 헌데 기자 선생님, 그보담 더 큰일이 있어요. 그놈의 수술이 잘못됐는지 어쩐지 우리 미주가 자꾸 하혈을 하거든요."

삶에 지쳐 시든 꽃 같은 모습을 한 여인이 눈물을 줄줄 흘리면서 말했다.

"하혈을? 오래됐어요?"

장우진은 깜짝 놀라며 물었다.

"사, 사흘 됐어요."

"심해요? 병원은 안 갔어요?"

장우진은 마음이 급해지고 있었다.

"그게……, 생리할 때처럼……, 애가 병원 무섭다고 죽어라고 안 가려고 해서……."

"예, 바로 병원에 가야 해요. 근데 따님이 수술한 병원은 알아요?"

"네, 알아요."

"수술은 누가 데려가서 한 거지요?"

"여자 직원을 시켰대요."

"그럼, 따님과 함께 그 일 당한 두 사람 부모들하고는 연락이 됐나요?"

"아니요, 그럴 정신이 없어서……. 그 사람들하고 연락을 해야 하나요?"

"아니요, 괜찮아요. 그 사람들은 차츰 만나면 돼요. 근데 아주머니는 왜 경찰이 무섭지요?"

"그거……, 아시잖아요. 우리같이 가난한 사람들 편 아니잖아요. 그냥 무시하고 겁주고 그러니까……."

여인이 삶의 그늘이 짙은 꺼칠한 얼굴을 훔쳤다. 마른 눈물 자국은 그대로 남아 있었다.

"아주머니, 이제 제가 옆에 있으니까 경찰을 무서워하거나 겁먹지 마세요. 제가 이 사건을 신문에 내면 경찰 수사가 바로 시작돼요. 그럼 아주머니는 따님 데리고 다니며 조사를 받아야 해요. 그때부터 경찰은 아주머니 편이에요. 아주머니 편에서 그 나쁜 사장 놈을 처벌하려고 하는 거니까 전혀 겁먹을 것 없어요."

"정말 경찰이 우리 편이 될까요?"

여인은 믿지 못하겠다는 듯이 장우진을 빤히 쳐다보았다.

"예, 그건 틀림없어요." 그건 내가 보장한다는 듯 장우진은 주먹을 불끈 쥐어 보이고는, "아주머니, 그런데 이거 한 가지는 미리 확인해 둘 게 있어요. 이 사건은 세상 사람들이 다 분노할 만큼 큰 사건이에요. 그래서 경찰 조사를 거쳐 검찰로 넘어가 재판을 받게 되면 사장은 아주 큰 벌을 받게 될 거예요. 그런데요 아주머니, 저쪽 사장 쪽에서 변호사를 내세워 사장의 죄를 가볍게 하려고 아주머니를 돈으로 회유해서, 시쳇말로 꼬셔서 '피해자는 가해자의 처벌을 원치 않는다' 하는 서류에 도장을 찍게 하려고 발싸심을 할 거예요. 그런 일이 벌어지면 어떻게 하실 거예요?" 이번에는 장우진이 여인을 빤히 쳐다보았다.

"아니에요, 절대 아니에요. 천만금을 줘도 그런 데 도장 안 찍어요. 우리 미주가 머리가 좀 모자라지만 나한테는 귀하고 귀한, 하늘 같은 자식이에요. 좀 모자라기에 더욱 가슴 쓰라리고 안쓰럽고 불쌍한 자식이에요. 지 아부지가 일찍 떠나서 그렇지 지금 살아 있었더라면 그 사장 놈은 벌써 지 아부지 손에 죽었을 거예요. 똑똑한 막내아들보다 좀 모자라는 딸을 더 딱해하고 이뻐했으니까요. 나도 남편처럼 사장 놈을 죽이고 싶은 마음뿐이에요. 허나 내 손으로 못 죽이니 벌이나 많이 받게 해야지요. 그게 바로 남편이 원하는 거니까요."

여인의 눈에서는 다시 눈물이 줄줄 흘러내리고 있었다. 마치도 눈물이 그 말을 하고 있는 것처럼.

"남편께서는 왜 그렇게 빨리……. 몸이 약하셨나요?"

"아니에요. 아무 병 없이 건강하고, 기운이 남들보다 셌는걸요."

"그럼 무슨 사고였나요?"

"네에, 아파트 공사장에서 발받침대가 무너져 떨어졌어요. 20층 높이였으니까 말 한마디도 못 하고……."

여인의 눈에서는 새롭게 눈물이 흐르기 시작했다.

장우진은 괜한 말을 꺼냈다고, 예의를 갖추는 것도 때로는 이렇게 곤혹스러워진다는 것을 새삼스럽게 느끼고 있었다.

"그런데……, 보상은 제대로 받았어요?"

"아이고, 말도 마세요. 그 일만 생각하면 지금도 치가 떨려요. 그 아파트는 우리나라에서 제일로 친다는 성화건설에서 짓는 것이었는데, 거기서는 아무 책임도 지지 않았어요. 성화에서 하청을 주고, 거기서 또 재하청을 주고 해서 우리 남편이 일한 회사는 쬐끄만 회사였어요. 그래서 보상도 쥐꼬리만큼밖에 못 해준다는 거였어요. 그래서 누군가가 성화를 상대로 소송을 해야 한다고 했어요. 그래 귀가 솔깃했는데, 내가 찾아간 변호사가 그랬어요. 해봤자 고생하고 애만 태우지 아무 소용이 없다. 전에 많이 해봐서 잘 안다. 대기업은 아무 잘못이 없게 그렇게 되어 있는 것이 우리나라 법이다. 이렇게 말하니 무식하고 힘없는 우리가 어쩌겠어요. 당하는 수밖에. 생각할수록 너무 분하고 원통해요."

여인은 가슴이 무너져 내리는 것 같은 한숨을 토해 냈다.

"예, 저도 그런 사정 잘 알고 있지만 어쩔 도리가 없습니다. 그게 우리나라 법인 게 맞아요."

장우진도 여인에게 화답하듯 무거운 한숨을 길게 내쉬었다.

'또 그 잘난 성화인가. 성화는 그 아파트를 지으면서 또 얼마나 많은 비자금을 끌어모았을 것인가. 한다 하는 대기업마다 제각기 건설 회사들을 보물단지처럼 끼고 있는 것은 비자금 만들기가 그만큼 쉽기 때문이라는 것 아닌가. 이동이 심한 일용직 노동자들을 이용해 인건비부터 속이기 시작해, 외국에서 수입하는 자재는 고가일수록 비자금 붙여먹기가 쉽고, 그래서 최고층 초호화 아파트가 유행하게 된 거라고 하지

않는가…….'

장우진은 바로 산부인과를 찾아갔다.

"저의 취재 표적은 백동호 사장이고, 취재 목적은 백 사장의 사법 처리입니다. 그러니까 이 산부인과는 전혀 취재 대상이 아닌 겁니다. 그러니 원장님께서는 수술한 진료카드만 복사해서 취재에 협조해 주시면 됩니다. 그러면 귀찮은 일 전혀 발생하지 않도록 기사에서 이 병원 이름은 아예 언급하지 않겠습니다. 그러나 계속 발뺌하려고 하고 비협조적이면 취재 방해로 본의 아니게 이 병원이 저지른 위법 사항도 기사화할 수밖에 없습니다. 그럼 원장님도 경찰과 검찰에 불려가 조사받지 않을 수 없게 됩니다. 임신시킨 남성이 보호자로서 동행하지 않았는데 그냥 수술한 것. 이거 거론하면 문제가 될까요, 안 될까요?"

장우진은 여의사의 두 눈에 쇠꼬챙이를 꽂아 넣듯이 노려보는 눈길을 쏘아대면서 냉혹할 정도로 싸늘하게 말하고 있었다.

"지, 지금 협박하는 거예요?"

여의사가 떨리는 손으로 안경을 밀어 올렸다.

"원장님은 제가 협박범으로 보이세요? 아까 명함 드렸잖아요. 저는 기잡니다. 그러니까 서로 좋도록 취재 협조를 해달라고 정중히 요청드리면서 사실 설명을 하고 있을 뿐입니다. 딴 취재가 많아 저는 빨리 가야 합니다. 어떻게 하시겠습니까?"

"정말, 정말로 우리 병원은 아무 일도 없는 거지요?"

의사는 내려오지도 않은 안경을 또 밀어 올리며 입술에 침을 발랐다.

"예, 틀림없이 취재원 보호를 약속합니다."

"예, 취재에 협조하겠습니다."

"그리고 또 한 가지, 수술받은 환자가 지금 하혈을 하고 있습니다."

"예에? 하혈이오?"

의사가 소스라쳐 벌떡 일어섰다.

"예, 엄마가 걱정하고 있었습니다. 그것으로 무슨 문제가 생기면 그건 별개의 사건이 된다는 건 아시겠지요?"

"그 정도가 어느 정돈지 아세요?"

의사의 얼굴이 하얗게 굳어져 있었다.

"그 환자 엄마가 말하는 그대로 하자면, 생리할 때처럼이라고 했어요."

"어쨌든 안 돼요, 피가 흘러서는. 빨리 좀 데려오게 해주세요. 제가 책임지고 완치시킬 테니, 기자님, 제발 모르시는 일로 해주세요."

곧 울 것 같은 얼굴로 여의사는 두 손을 가슴 앞에 모았다.

"곧 보낼 테니 꼭 책임 치료 하셔야 합니다. 저는 꼭 확인하는 성미니까요."

"예, 꼭 합니다, 꼭. 확인하셔도 좋습니다."

장우진은 진료카드를 받아가지고 돌아섰다.

'머리만 길지 않았으면 형사가 따로 없어. 남자다워 약속은
안 어기겠는데⋯⋯.'

의사는 장우진의 멀어지는 뒷모습을 지켜보며 긴 숨을 내
쉬고 있었다.

장우진은 결정적 증거를 확보한 것에 만족하며, 두 번째로
문제의 삼중목재 사장 백동호를 찾아 나섰다. 그는 차를 출발
시키기 전에 김미주 어머니에게 전화부터 걸었다.

"여보세요, 아까 만났던 장우진 기잡니다. 지금 병원에서
진료카드 받아가지고 삼중목재로 가려는 참입니다. 아뇨, 감
사하긴요. 원래 기자는 이런 일 하는 사람입니다. 제가 전화
한 건 어머님한테 칭찬받으려는 게 아니구요, 어머니께서 꼭
지켜야 할 일이 있어서 그런 겁니다. 다름이 아니라요, 따님을
오늘 바로 병원에 데려가서 치료받으세요. 의사가, 피 흘려서
는 절대 안 된다고, 그대로 뒀다간 큰일 날 수 있다고, 자기가
책임지고 치료할 테니 빨리 데려오라고 야단입니다. 치료비는
하나도 안 받을 테니 걱정 마시구요, 따님이 겁먹지 않게 잘
달래세요. 따님이 빨리 치료받아 건강해져야 사장 놈 벌 주
는 재판정에 나가 증인 노릇을 할 수가 있지요."

"네에? 증인 노릇이오? 겁 많고 덜 찬 우리 딸이 딴 데도 아니고 그 무서운 재판정에 어떻게 나가요. 억지로 끌려 나가 봤자 겁나서 무슨 소린지도 잘 못 알아듣고, 한마디도 못 할 거예요. 기자 선생님, 제발 그런 일 없게 해주세요."

김미주 어머니는 전화 속에서 울부짖듯 하고 있었다.

"어머니, 어머니, 진정하세요. 그래서 댁의 따님 같은 사람들을 위해서 따로 만들어진 법이 있어요. 인지 능력이나 표현 능력이 부족한 장애인들을 위해서 신뢰 관계에 있는 사람이 함께 동석해서 그 사람이 대신 증인 노릇을 해주는 거예요. 그건 대개 변호사들이 하는데, 그 변호사를 제가 소개해 드릴게요. 물론 변호사비는 걱정 안 하셔도 돼요."

"아이구, 기자 선생님이 대신 내시면 그게, 그게 미안하고 죄송해서……."

"아닙니다, 제가 대신 내는 게 아니라 무료입니다, 무료."

"무료요……?"

"예, 돈 한 푼도 안 받고 그런 좋은 일 하는 변호사들이 있습니다."

"세상에나……, 세상에나……."

김미주 어머니의 목소리에 눈물이 흠뻑 젖어 있었다.

"빨리 병원에 꼭 가세요."

"예, 예, 감사합니다. 고맙습니다."

삼중목재는 빈티가 흐르는 다세대 주택촌의 반지하에 자리 잡고 있었다. 계단이 거의 끝나가는 지점에 이르자 향기로운 나무 향이 풍겨왔다. '목재'라는 간판의 체면을 살려주는 신선하고 상큼한 향기였다.

'무슨 나무 향이 이렇게 좋지? 이런 향기 속에서 그런 못된 짓을 했다……?'

장우진은 떫은 입맛을 다시며 열려 있는 문으로 들어갔다.

"실례합니다. 수고들 하십니다."

장우진은 인기척을 내며 공장 안을 빠른 눈길로 훑었다.

교실 크기만 한 실내에서는 예닐곱 명이 일손을 놀리고 있었다. 남자는 셋이었고, 나머지는 여자였다. 장우진은 그 여자들 중에서 두 여자를 포착했다. 젊은 모습이라 빨리 눈에 띄었던 것이다.

'저 두 여자가 김미주와 함께 당한 사람들이다!'

이 직감을 뒷받침해 주는 것이 있었다. 두 여자의 젊은 얼굴이었다. 젊었으나 젊음다운 생기나 총기가 없는 얼굴. 어딘가 빈 듯하고 멍한 듯한 얼굴. 그 얼굴은 '지적장애 2급'을 여실히 증거하고 있었다.

'지능지수가 35 이상 50 미만의 사람으로 일상생활의 단순한 행동을 훈련시킬 수 있고, 어느 정도의 감독과 도움을 받으면 복잡하지 아니하고 특수 기술을 요하지 아니하는 직업

을 가질 수 있는 사람.'

법이 규정한 지적장애 2급이었다.

"어디서 오셨어요?"

한 남자가 일손을 멈추고 마뜩잖은 얼굴로 물었다.

"예, 사장님을 좀 뵈러 왔습니다."

살갑게 웃는 얼굴로 그 남자에게 명함을 내밀며 장우진은 꾸벅 인사까지 했다. 취재를 시작하는 그의 기본 태도였다.

"사장님 지방 가셨는데요. 나무 구하러."

남자가 무언가를 깎고 있던 나무토막을 들어 보였다.

"그럼 빨리 사장님 전화번호 좀 불러주세요. 급한 일 때문이에요."

장우진은 핸드폰을 꺼내 들었다.

"일하실 때는 특별한 일 아니면 전화 못 걸게 하세요."

남자는 여전히 불퉁스러웠다.

"이건 아주 특별하고 특별한 일이에요. 사장님이 쇠고랑 차고, 감옥살이해야 할 만큼."

"뭐라구요? 사장님이 감옥살이!"

남자가 공장이 흔들리게 외쳐댔다. 그 바람에 모든 사람의 일손이 멈춰지며 시선이 이쪽으로 다 쏠렸다. 그런데 그 젊은 여자 둘만 무심한 듯 일손을 놀리고 있었다. 그 무반응을 보면서 장우진은 '지적장애 2급'을 다시금 확인하고 있었다.

"그러니까 감옥 안 가게 하려면 전화번호나 빨리 불러요."

"하 이거 참, 사람 미치겠네. 자아, 받아 찍어요. 010……."

신호음이 네다섯 번 울려서야 전화를 받았다.

"아 여보세요. 백동호 사장님이시죠? 저는 《시사포인트》라는 신문 기자 장우진이라고 합니다. 지금 이 통화는 사장님이 저지른 성폭행 사건에 관한 것이라 녹음이 되고 있음을 미리 알려드립니다. 이건 다름이 아니라 기사 작성의 객관적 근거로, 그리고 경찰과 검찰의 수사 때 증거로 제출될 수 있음을 의미합니다."

"이봐, 이봐, 너 무슨 개소리 치는 거야. 난 그딴 짓 한 적 없어. 전화 끊어!"

"백 사장님, 전화 끊는 것 좋습니다. 끊으면 저는 또 겁니다. 열 번이고, 백 번이고. 그런데 내 전화를 안 받으면 안 받을수록 사장님이 범행을 기피하고, 시인하는 것이 되어 점점 불리한 증거가 쌓이는 결과가 된다는 것을 기억하시기 바랍니다."

"개소리 치지 말라니까. 난 결백해. 아무 짓도 안 했어!"

"좋습니다. 그럼 제가 먼저 확보한 증거를 제시하지요. 첫째 제3자의 제보를 받고 취재를 시작했고, 둘째 낙태 수술한 김미주 씨 어머니를 만나 취재했고, 셋째 산부인과에 가서 수술 진료카드를 입수했고, 넷째 거기서 사장님이 김미주 씨와 동행시킨 전화자 씨를 확인했고, 다섯째 삼중목재에 와서 김미주 씨와 함께 사장님한테 성폭행당한 이숙희 씨와 한명혜 씨도 확인했습니다. 이만하면 기사를 쓰기에 충분한 증거들입니다. 신문 보도와 동시에 경찰 수사가 시작될 것입니다. 사장님께선 대비하시기 바랍니다. 기사에는 사장님이 전면 부인한다고 쓰겠습니다."

"아니, 아니, 기자님, 기자님, 제가 지금 당장 올라가겠습니다. 오늘 하루만, 아니 세 시간만 기다려주십시오, 세 시간만……."

"아니, 만날 필요 없습니다. 이 통화로 사장님 취재는 충분합니다. 이만 전화 끊습니다."

저쪽에서 숨 넘어가듯 다급한 외침이 울려댔지만 장우진은 전화를 끊어버렸다.

"다들 들으셨지요? 사장님은 그렇게 나쁜 일을 저질렀습니다."

장우진은 사람들을 휘둘러보았다. 그들은 모두 눈길을 떨구고 있었다.

"전화자 씨가 누굽니까?" 장우진이 여자들 쪽으로 눈길을 돌리며 물었고, 한 여자가 머뭇머뭇하며 손을 들었고, "왜 김미주 씨를 데리고 병원에 갔습니까." 장우진이 차가운 어조로 물었고, "어쩝니까. 사장님이 시키시는데. 잘못했어요." 여자가 손바닥에 얼굴을 묻었다.

"여러분도 사장님이 성폭행을 저지르는 것을 다 알고 있었잖아요. 그런데 왜 신고를 안 했습니까."

장우진은 모두를 휘둘러보았다.

"아니, 몰랐어요. 난 몰랐어요." 아까 그 남자가 큰 소리로 말했고, 그게 무슨 신호인 것처럼 "나도 몰랐어." "나도 몰랐어." 사람들은 똑같은 말을 서로 먼저 하려고 다투고 있었다.

"거짓말 마! 전부가 다 알았었잖아. 다 알면서도 모르는 척했었잖아. 먹고살아야 하니까 다 모르는 척했었잖아. 근데 왜 다 거짓말하고 발뺌하면서 나만 죽이려고 해, 왜! 나쁜 인간들!"

전화자 씨가 부들부들 떨며 소리 질러댔다.

그 상황이 고스란히 녹음되었으니 취재는 완료된 셈이었다. 장우진은 핸드폰을 끄고 젊은 두 여자 가까이 다가갔다. 두 여자는 자기네 문제로 공장 안의 분위기가 살벌하게 변한 것을 거의 의식하지 못하는 것 같았다. 무표정하거나 공허한 것 같은 얼굴로 두 여자는 느릿한 손놀림을 계속하고 있었다. 그녀들은 커다란 자주색 플라스틱 통에 가득 담긴 자잘한 정육면체의 나무 조각들을 기다란 주머니 같은 것에 퍼 담고 있었다. 그건 다름 아닌 베개였다. 그때 장우진의 머리에서는 아까 대학생 오영필이 제보를 시작하며 '편백나무 제조 공장'이라고 했던 말이 퍼뜩 떠올랐다. 주사위 모양의 그 작은 정육

면체 조각들은 편백나무 베갯속이었던 것이다. 그 단순 작업은 지적장애 2급인 그녀들에게는 안성맞춤의 일거리가 아닐 수 없었다. 수십 개의 베개가 쌓인 옆으로는 귤 크기의 예쁜 병들 수백 개가 큰 봉분처럼 쌓여 있었다. 그쪽에서 유난히 짙은 나무 향이 풍겨나고 있었다. 장우진은 그 병 하나를 집어 들어 살폈다. 뚜껑에 '자연향 피톤치드'라는 작은 글씨와 그 아래 '편백향 백년 건강'이라고 쓴 큰 글씨의 상표가 붙어 있었다. 뚜껑에는 안에 든 편백나무 조각들에서 향기가 흘러나오도록 입체형으로 구멍이 뚫려 있었다. 그 플라스틱 작은 병에 나무 조각들을 넣는 작업도 그녀들에게는 알맞은 일거리라 싶었다.

남자들은 숙련공들인지 제각기 무언가를 깎고 있었다. 그들 옆에는 크고 작은 주걱, 안마기, 지압기, 잔 받침 같은 것들이 수북수북 쌓여 있었다.

"수고들 하시고, 안녕히 계세요."

장우진은 그들이 다 듣도록 큰 소리로 인사했다. 그러나 아무도 인사를 받지 않았다. 장우진은 그 침묵이 신경에 거슬렸다. 그들의 그런 침묵 속에서 사장은 맘껏 그 짓을 해댄 것 아닌가. 그들은 침묵의 공범자들이기도 했다. 사회적 침묵 속에서 모든 권력의 횡포와 비리가 자행되듯이.

장우진은 바로 경찰서를 찾아갔다.

"계장님, 이번에 딱 승진하실 건 하나 가져왔어요."

옆자리 의자를 끌어당겨 계장에게 다붙어 앉으며 장우진은 속삭이듯 말했다.

"또 공갈 때린다. 매냥 헛물켜게 하면서."

어깨 벌어진 계장이 눈을 흘겼다.

"아니, 이번에는 틀림없어요. 계장님도 핵심만 딱 들어보면 '대박이다!' 하고 감이 잡힐걸요. 이번 건 화끈하게 빨리 처리해 주면 국회의원 빽까지 동원해서 승진 보장할게요."

"하이고, 돈 안 든다고 말 인심 그만 쓰시고 보따리나 빨리 풀어보세요. 하여튼 장 기자는 미워할 수가 없어."

계장이 기분 좋은 웃음을 피워냈다.

"그게 뭐냐면요, 목재 공장 사장이 여직원을 성폭행했어요. 셋씩이나 번갈아가며."

"뭐요? 그 새끼가 간땡이가 부풀다 못해 밖으로 튀어나왔나 보네. 성폭행이면 무조건 때려잡는 세상에서 셋씩이나!"

"아직 놀라지 마세요, 또 있으니까. 그 세 여자가 정신지체장애인들이에요."

"어, 이건 정말 말 되네. 그 불쌍한 장애인들을 셋씩이나!"

"다 안 끝났어요. 그중에 한 여자를 임신시켰는데, 나이 많은 여직원에게 시켜서 낙태 수술을 받게 했어요."

"화아, 이건 정말 대박이다! 그 새낀 10년짜리야, 10년. 어디요, 지금 당장 출동하게."

계장이 의자를 뒤로 뺐다.

"아니, 아니, 지금 공장에 없어요. 목재 구하러 지방에 갔는데, 날 만나러 세 시간이면 올라올 수 있으니 기사 쓰지 말고 기다려달라고 애걸복걸했어요. 지금 정신없이 올라오고 있을 테니까 나 대신 계장님이 영접하세요."

"좋았소. 난짝 잡아채야지. 근데 어째서 이런 대어가 이쪽으로 안 오고 장 기자한테 먼저 가는 거지?"

"그 뻔한 걸 몰라요? 내가 훨씬 더 인품적이니까 그렇지." 장우진이 양쪽 어깨를 으쓱거리며 짓궂게 웃었고, "좋소, 좋아. 경찰보다야 기자가 더 인품적인 게 낫지. 사건 개요 빨리 주시오." 계장이 고개를 끄덕이며 손을 내밀었고, "예, 지금 바로 정리해 드릴게요. 나도 특종 빨리 써서 회사에 넘겨야 하거든요." 장우진은 그때까지 지고 있던 컴퓨터 든 가방을 내렸다.

"체에……, 사람들이 괜히 경찰은 멀리하면서 기자는 좋아해. 알다가도 모를 일이야." 계장이 투덜거렸고, "뭐 서운해할 것 없어요. 사람들이 수사기관 싫어하고 세무서 싫어하는 건 세계적으로 공통이니까. 우리가 이렇게 상부상조하면 됐잖아요." 장우진이 컴퓨터를 펼치며 눈을 찡긋했고, "하긴 뭐. 그치만 장 기자 같은 기자가 어딨소. 다 뒷북치고 다니면서 기

삿거리 달라고 귀찮게만 굴지." 계장이 고개를 저으며 쩝쩝 입맛을 다셨다.

장우진은 심층추적팀에 오래 머물다 보니 각 경찰서의 수사계장들과는 친구이거나 형제 같은 사이가 되어버렸다. 서로 정보를 제공하고, 교환하고, 공유하면서 공존공생 관계가 될 수밖에 없었던 것이다. 그런 협조 관계는 경찰에서 시작해 검찰로 넓어졌고, 심지어 국정원까지 뻗어나갔다. 그리고 권력 있는 곳에 비리 있게 마련이고, 심층추적팀은 모든 비리를 대상으로 전천후적으로 뛰기 때문에 재벌이며 국회의원들을 비롯해 국가의 모든 권력기관이 세계전도(世界全圖)처럼 한 상황판 안에 다 들어와 있었다. 흔히 국회의원들이 아는 사람들 많다고 하지만 장우진 앞에서는 명함 꺼내기 쉽지 않을 것이다. 그는 사람만 많이 아는 것이 아니었다. 그 많은 권력자들이 저질렀으되 정식으로 사건화되지 않고 숨겨지고 가려지고 덮어버린 부정 비리 부패 사건들을 수도 없이 많이 알고 있었다. 그래서 그는 아무리 힘들고 고달파도 심층추적팀을 떠날 수가 없는 것이었다. 미약하지만 자신의 노력으로 한 가지씩이라도 해결해 나가는 것이 바른 기자의 길이고, 바른 삶의 길이고, 바른 인간의 길이라고 믿기 때문이었다. 이런 태도에 대해서 적잖은 사람들이 촌티 내고 잘난 척한다고 놀리기도 하고 비웃기도 했지만 그는 전혀 개의치 않았다. 그들이나 많이 세련되게 야합하고, 얍삽하게 결탁해 가면서 배 터지게 잘살라고 해주고 있었다. 어차피 생각이 다를 때에는 말을 섞지 않는 것이 가장 현명한 해결책이었던 것이다. 그래서 그는 기자이면서 기자 친구가 가장 없는 기자인지도 몰랐다.

장우진은 1시간 남짓 컴퓨터를 파고들어 두 면에 걸친 특종 기사를 완성했다. 삼중목재 간판을 중심으로 한 사진은 아까 대여섯 컷을 핸드폰에 담아 왔으니까 편집국장만 거치면 바로 기사화가 될 판이었다. 컴퓨터라는 놈은 기자들에게는 둘도 없는 효자였다. 열 손가락을 다 움직여 글을 기막히게 빨리 쓰게 해줄 뿐만 아니라 아무리 긴 글이라도 때와 장소를 가리지 않고 순식간에 날려 보내주기도 하는 것이었다.

"자아, 계장님 이메일로 기사 띄웁니다." 장우진이 서류를 뒤적이고 있는 계장에게 말했고, "야아, 벌써 다 썼소? 우리 장 기자는 아무리 봐도 천재시라니까." 계장이 콧등으로 웃으며 엄지손가락을 세웠고, "천재는 천재지요. 천하에 재수 없는 인간! 근데 그 사장님은 언제 모실 거요?" 장우진이 가방을 끌어당기며 물었고, "그치 그거 아주 악질인데, 악질일수록 속전속결이 보약 아니오. 시간 끌다가는 잠수 탈 수 있으니까. 이 기사가 구체적 근거니까 바로 실시요." 계장이 단호하게 말했다.

"예, 속전속결이 만사형통이에요. 검찰까지 100미터 달리기로 가십시다." 장우진이 가방을 들고 일어섰고, "그럼 승진 약속은 지킬 거고?" 계장이 장우진의 어깨를 쳤고, "당연하지요. 나한테 뒷다리 잡혀 있는 의원님들이 한둘이 아니니까요." 장우진이 손가락으로 동그라미를 그려 보이며 장난스럽게 웃었다.

2

나무란 나무들은 모두 색색의 화려한 가을 옷으로 치장하고 있었다. 그 다양한 색감은 같은 종류의 나무인데도 제각기 조금씩 달랐다. 아니 한 나무에서도 위아래의 색감이 달랐고, 좌우의 색감이 달랐다. 그 다채로운 색깔들의 조화가 단풍들을 더욱 아름답고 신비스럽게 했다. 단풍 든 활엽수들 사이에 드문드문 서 있는 침엽수들은 여전히 초록빛이 싱싱했다. 그 대조적인 두 가지 색깔은 서로를 더욱 돋보이게 하는 아름다운 조화를 이루어내고 있었다.

단풍이 절정을 이루고 있는 가을 산은 적막했다. 평일이라 사람의 자취가 없었다. 김태범은 바위에 앉아 온통 단풍으로 물든 산을 하염없이 바라보고 있었다. 평일에 산속에 이렇게 혼자 앉아 있는 것은 난생처음이었다. 서울은 어디에서나 사

람이 너무 많아 바글바글 끓어대기 때문에 사람멀미가 나고
는 했다. 그런데 큰길에서 벗어나 산자락을 밟으며 20~30분
정도만 걸으면 이런 깊은 산속에 이르게 된다. 이런 적막한
산 가까이에 그렇게 사람들이 북적대는 도시가 있다는 것도
기적 같고, 사람이 사람에 치여 죽을 것 같은 그런 삭막한 도
시 가까이에 이리도 단풍 곱고 적막 깊은 산이 있다는 것도
기적 같기도 했다.

산의 적막 속에서 김태범은 자신의 인생의 적막이 더욱 깊
어지는 것을 느끼고 있었다. 자신의 인생의 적막을 이렇게 깊
이 느껴본 것도 난생처음이었다. 따돌림……, 이렇게 완벽한
소외는 처음 당한 것이었다. 그 어디에도 갈 곳이 없었고, 그
누구도 만날 사람이 없었다. 외톨이라는 게 너무 생소했고,
그게 바로 절망이 된다는 것도 처음 느끼는 경험이었다.

"그래, 정리할 게 한두 가지가 아니겠지. 서두르지 말고 차
근차근 생각해. 오랜만에 장기 휴가를 얻었다고 생각하고, 그
동안 혹사시켜 온 심신을 좀 쉬게 해주면서 하나씩 정리해
나가. 너무 절망적으로 생각하지 말고."

친구 서원섭이 술을 사주며 한 말이었다.

"인생이란 결과적으로 무상이오. 허나 인생살이 그 과정은
길어요. 낙심하지도 말고, 너무 괴로워하지도 마시오. 인생사
의 얻고 잃음이란 모래 한 주먹 쥔 손을 오무렸다 펴는 것과

같은 것이오. 손을 오무려도 모래는 손가락 사이로 빠져나가고, 손을 펴도 모래는 흘러내리는 거요. 다만 시간 차이가 좀 있을 뿐이오. 우리는 이 세상에서 얻은 것을 그대로 이 세상에 두고 맨손으로 떠나게 되어 있소. 그러니 집착을 버리시오. 과거에 대한 집착을 버리시오. 새 마음으로 다가올 날만 생각하시오. 그것도 서두르지 말고 천천히, 해가 뜨고 지듯이, 달이 차고 기울듯이, 그런 걸음으로 다가올 날을 맞이하시오. 그렇게 마음을 다스려가는 지금부터가 처사님이 처사님을 위한 도의 길로 들어서는 것이오. 과거에 집착해 분노와 증오를 못 버리는 것, 그것처럼 큰 어리석음은 없소. 처사님한테 성화 그룹은 어차피 업보였으니 소멸시켜야 할 때가 온 것뿐이오. 집착을 버려요. 아직 쉰도 안 되었으니 맞이할 새날은 길어요."

도정 스님의 말씀이었다.

친구 서원섭과 도정 스님의 그 말뜻은 같았다. 과거를 마음에서 씻어내라는 것이었다. 상처를 잊으라는 것이었다. 옳으나, 실행하기가 쉽지 않은 말이었다.

"다른 건 다 좋다. 허나 손주들만은 안 된다. 절대 안 된다. 당장 데려와라. 손주들을 당장 데려와 내 앞에 앉혀라. 더는 못 참는다. 아니, 이젠 안 참을 것이다."

아버지가 떨면서 한 말이었다. 아버지의 그 심한 떨림은 그동안 할아버지로서 참아온 분노의 폭발이었다. 아버지는 그동안 손자 손녀를 보고 싶을 때 보지 못했고, 안고 싶을 때 안을 수 없었다. 그건 어떻게 해서든 시집 출입을 줄이려는 아내 탓이었고, 아이들도 친할아버지보다는 외할아버지를 더 좋아했다. 아이들도 두 살을 넘기면서부터 가난한 할아버지와 부자 할아버지를 명민하게 구분할 줄 알았던 것이다. 장난감의 개수와 질이 비교가 안 되게 차이가 났으니 애초에 경쟁이 안 되는 게임이었던 것이다. 그런 경제력의 차이에다가 아내의 시집 경시, 친정 중시의 세뇌 교육까지 주입되고 있었으니 아이들의 태도가 어떨지는 보나 마나였다.

아버지의 태도가 그렇게 완강했는데도 자신은 여지껏 아무런 결정도 내리지 못하고 있었다. 손자 손녀를 당장 데려오라는 것은 할아버지로서 너무 당연한 권리 주장이었다. 그러나 그 주장에 아내가 순순히 응할 리가 없었다. 그녀는 시아버지보다도 더 완강하게 버틸 것이 분명했다. 아버지를 빼닮아 자기 주장이 강한 그녀는 한번 고집을 부리면 물러서는 일이 없었다. 타고난 성정에다 부자의 자만까지 겹쳐졌으니 그녀의 외고집은 갈수록 심해지기만 했다. 그런 고집불통이 자랑하는 두 가지가 있었다. 멋 부리는 세련미와 자식 자랑이 그것이었다. 자기가 이 세상에서 가장 세련된 멋쟁이이고, 자식을 가장 사랑하는 엄마라고 아무 데서나 자랑하기를 서슴지 않았다. 멋 자랑이야 어떨지 모르지만 자식 사랑한다는 자랑이야 얼마나 계면쩍고 낯 뜨거운 일인가. 그러나 사람들은 그녀의 재력 앞에서 그저 '어머나, 어머나' 아부의 감탄사를 연발해 대니 그녀의 자랑은 점점 부풀 수밖에 없었다. 남편인 자신마저도 그게 잘못된 것이라는 지적을 포기하고 있으니 남들이 함구해 버리는 것은 너무 당연한 일이었다. 두 아이를 당장 찾다가 아버지 앞에 앉히는 일은 그런 아내와 정면으로 부딪쳐 싸워야 하는 일이었다. 그것이 얼마나 지난한 싸움이 될 것인지 한숨부터 나왔다.

"오빠, 배 서방이 왜 갑자기 그러는지 모르겠어. 아파트고 애들이고 다 가지라며 떠나버렸는데, 그거 미친 거 아냐? 왜 그랬을까?"

여동생이 질질 짜면서 말했다.

"너, 배 서방한테 내가 피해 있는 곳 알려줬지?"

"그야 당연하지. 딴 남이 아니라 부분데."

"……알았다. 됐어."

하마터면 '요런 바보 멍텅구리야!' 하는 소리가 터져 나가려는 것을 가까스로 참아냈다.

"뭘 알았어? 뭐가 됐어?"

여동생이 어리둥절해했다.

"기다리지 마라. 그놈 영영 안 올 놈이다."

"뭐라구? 영영 안 와? 그럼 난 어떡해. 애들 데리고 어떻게 살아. 우리 애들 불쌍해서 어떡해."

질질 짜던 여동생은 본격적으로 울기 시작했다.

김태범은 다시 산을 오르기 시작했다. 도정 스님 말씀대로 하고 싶었다. 집착을 버리고, 분노와 증오도 버리고, 마음을 다스려 다가올 새날을 맞이하고 싶었다. 그러나 머릿속은 온갖 생각으로 뒤헝클어져 갈피를 잡을 수가 없었다. 애들 문제만 없다면 매듭을 풀기에 별로 어려울 것이 없을 것 같았다. 그런데 아버지의 뜻만이 아니라 자신도 아이들을 그 여자 안서림에게 빼앗겨 포기하고 싶은 마음이 전혀 없었다. 결혼하고 단 한 번도 자신의 주장을 펴본 적이 없었다. 그녀의 꺾일 줄 모르는 주장이 강해서만이 아니었다. 자신의 마음속에서 이미 자기 의견을 내세우거나 주장을 하고 싶은 의지나 욕구가 전혀 존재하지 않았다. 그것은 막강한 재력 앞에 기 죽고 주눅 들어버린 열등감에서 비롯된 자기 포기였다. 그것은 다름 아닌 사마천의 '자기보다 10,000배가 부자면 노예가 된다'는 말 그대로였다. 자신은 결혼 첫날부터 안서림의 노예를 자청한 것이었다. 모든 것을 그녀 좋을 대로, 그녀 마음대로 했고, 자신은 그저 따르기만 했던 것이다. 그러면서도 별다른 불평이나 불만을 느끼지 못했다니, 인간의 마음속에 자리 잡은 굴종 의식은 얼마나 자발적인 노예 근성인가. 친구들이 술

자리에서 '스기는 제대로 스냐'고 놀린 것도 단순한 놀림이 아니라 그들의 마음속에 도사리고 있는 그 자발적인 노예 근성의 표출이었던 것이다.

그러나 이제 상황이 완전히 달라졌다. 남남이 될 수밖에 없게 되었으니 가장 확실한 자신의 것, 자신의 성 김씨를 따라 법적으로 자신의 것으로 보장된 유일한 존재, 두 자식을 찾아와야 하는 것이다.

"이 어인 일이냐. 그리도 똑똑하던 니가 세상에 둘도 없이 크게 될 줄 알았더니 이게 무슨 일이냐. 그 집에 장가들 때 좋으면서도 아슬아슬하더니만 결국 이리되고 말았구나. 애초에 아니었던 것인데, 애초에……"

어머니의 애타는 흐느낌이었다.

배움이 많지 않으면서도 어머니는 '아슬아슬'했었는데 왜 자신은 그런 느낌이 없었던 것일까. 그건 야망 아닌 탐욕 때문이었다. 손쉽게 거대 기업 하나를 차지하고 싶었던 탐욕. 도정 스님이 끝없이 버리라고 설하는 그 탐욕을 마음 가득 품고 있었기 때문이다. 탐욕 대신 야망을 품었어야 했다. 무역회사 킹의 사장 서원섭처럼. 회사 이름도 스스로 이룬 '킹' 아닌가.

'가자. 피한다고 언제까지고 피할 수 있는 문제가 아니다. 이혼 문제와 아이들 문제는 같은 고리로 연결되어 있는 하나의 문제다. 가자, 가서 풀자. 이 문제를 풀어야만 성화와의 악연도 정리가 된다. 이 일이 벌어진 지가 벌써 언제인데 아내한테서는 전화 한 통화가 없다. 그 강한 여자는 별다른 마음의 동요가 없을 것이다. 마음의 동요는커녕 아버지의 비위를 맞추며 나를 배은망덕한 인간, 배신자로 매도하고 있을 것이다. 그녀는 언제나 아내의 역할에는 아무런 관심이 없고, 사장의 자리에만 마음이 쏠려 있었다. 그러니 남편이 밀리고 자기가 사장 자리를 차지하는 것은 너무 당연한 일이라고 여겼다. 그러니 남편이 받은 상처와 괴로움이 무엇인지 신경 쓸 리가 없었다. 아니, 이 말 자체가 성립될 수 없는 망상인지도 모른다. 그녀에게는 애초에 남편이 없었으니까. 그녀에게는 다만 남편이라고 이름 붙여진 노예가 있었을 뿐이니까. 가자, 내려가서 잘못된 인연의 고리를 끊자. 그리고 스님의 말씀마따나 탐욕을 억누른 새날을 맞도록 하자.'

　김태범은 발길을 돌렸다. 그때 단풍 하나가 팔랑거리며 떨어져 내리고 있었다. 무심코 눈길이 그 단풍을 따라갔다. 붉은 단풍은 발끝에 떨어졌다. 그는 그 고운 단풍을 집어 들며 문득 생각했다. '이제 단풍이 아니라 낙엽이네……' 자신과 낙엽이 같은 신세라는 생각이 스쳤다. '그래도 낙엽은 이리 곱지만 난 얼마나 추레하고 보잘것없는가.' 이 생각에 마음이 갑자기 서늘해지는 걸 느끼며 그는 걸음을 빨리하기 시작했다.

낙엽들은 산의 적막 속에서 소리 없는 파문을 짓고 있었다. 산의 깊은 고요가 마음을 이리도 잔잔하게 다스려준다는 것을 그는 처음 느끼고 있었다. 우람하고 준엄하면서 빼어난 조형미를 갖춘 백운대. 이 산이 새삼스럽게 마음에 담겼다. 대학교 3학년 겨울방학 때 친구들과 셋이서 가벼운 마음으로 올랐다가 갑자기 눈이 퍼붓는 바람에 조난당할 뻔했었던 것이다. 폭설 속을 헤매다 그들이 찾아든 절, 거기에 도정 스님이 계셨다.

"자아, 추운데 차나 한잔씩 드시오. 부처님이 설하신 법이 팔만대장경인데, 이 땡초보고 불교를 한마디로 정의해 달라면 내 뭐라고 답하겠소. 차나 한잔 들고 가시랄밖에. 허나 이 법어도 내 것이 아니라 딴 스님 것이니 여기서 말을 끝내버리면 그 말씀을 도둑질한 것밖에는 안 되고. 하여튼 부처님 음덕으로 절밥 먹고 살아온 몸이니 부득불 내 말로 한마디 안 할 수가 없겠소. 부처님께서는 일찍이 설하시되 '깨달은 자 그 누구나 다 불타다' 하셨어요. 당신 혼자만 불타가 아니라 그 누구나 깨달으면 당신과 똑같이 불타가 된다는 이 말씀의 뜻은 무엇일까요? 이 세상에는 많은 종교가 있고, 그 종교마다 반드시 하나의 절대자가 있게 마련이오. 그러나 불교에는 그 절대자가 없어요. 그 절대자 없음의 선언이 아까 그 말씀입니다. 그러니까 불교는 절대자가 없는 세계 유일의 종교입니다.

다시 말하면 부처님께서는 이미 2,500여 년 전에 벌써 만상일 여 만인평등의 민주주의를 설파하신 것입니다. 그래서 불교는 길 없는 길, 인생길을 스스로 헤쳐가면서 스스로 깨달음에 이르는 자아 발견, 자아 완성의 종교입니다. 그 쉽지 않은 길을 바르게 가도록 부처님께서 밝혀주신 세 등불이 탐진치를 버리라 하는 것이구요. 이제 눈이 멎었나 봅니다."

그때까지만 해도 불교는 알아들을 수 없는 염불만 외는 구태의연한 종교인 줄 알았었다. 그런데 저 까마득한 옛날, 절대왕권과 노예제도가 엄연했던 2,500여 년 전에 왕자 출신이 종교를 창시하며 스스로를 서민 위치로 내려놓고 그런 민주의식을 대중화시키다니……. 너무 큰 놀라움으로 그분이 한없이 위대하고 거룩해 보였고, 그런 현대성에 신선한 충격을 받으며 불교에 매료되기 시작했던 것이다.

그때 벌써 스님께서는 탐진치를 설하셨는데, 탐으로 가득 찬 마음을 가진 자신은 그 현자의 소리를 들을 수 없는 귀머거리였던 것이다.

그 인연으로 가끔씩 스님을 뵈었지만 여전히 마음이 열리지 않은 귀머거리요 장님으로 발길만 오가다가 결국 파멸의 나락으로 떨어지고 만 것이었다. 그런데 스님은 당신의 가르침을 한 치도 따르지 않다가 파멸해 버린 어리석은 자를 버리지 않고 다시 손을 내밀어 새날의 희망을 깨우쳐주고 있었다.

스님이 인도하시는 길로 따라가려면 어서 과거를 청산해야 했다. 그건 아내와의 법적 관계를 정리하고, 두 피붙이를 아버지 앞에 데려다 놓는 일이었다.

산길을 벗어나자 거짓말처럼 이내 번잡한 동네가 드러났다. 김태범은 핸드폰을 꺼냈다. 전화번호를 누르기 전에 먼저 아내의 얼굴이 떠올랐다. 집을 나온 후 아내에게 처음 하게 되는 전화였다. 전화번호를 누르려는데 자신도 모르게 손가락 끝이 바르르 떨렸다. 아내가 전화를 안 받을지도 모른다는 불길함이 일으키는 떨림이었다.

"다른 방법이 없어. 일단은 당사자끼리 접촉해야 해. 그 대화의 단절, 불통이 확인된 다음에 그것을 근거로 법적 행위를 개시하는 거니까."

친구인 변호사 권익재의 말이었다.

신호음이 열 번 이상 울리는데도 아내는 전화를 받지 않았다. 예상의 적중에 김태범은 쓴웃음을 지었다. 그녀가 습관적으로 저질러온 '무시'였다. 거기에다 지금은 '배신자'라는 낙인까지 찍었을 테니 전화를 받을 리가 없었다.

'어디 누가 이기나 보자.'

김태범은 몽니가 솟았다. 전화를 받을 때까지 전화를 걸 작정을 했다.

전화를 또 걸었다. 받지 않았다. 다시 또 걸었다. 받지 않았

다. 다시금 또 걸었다. 받지 않았다. 그리고 핑~빙 문자 신호
가 울렸다.

　—자꾸 전화하지 말아요. 용건이 있으면 정광호 상무한테
말해요.

　이건 아내가 아니라 사장 안서림, 성화 그룹에서 매일 현찰
수입이 가장 많은 성화 킹덤 사장님다운 건조하고 냉담한 반
응이었다. '용건이 있으면 정광호 상무한테……' 직접 한마디
도 섞고 싶지 않다는 그 냉담함이 오히려 일 처리에는 심적
부담이 적고 편할 수도 있다는 생각이 들었다. 그러면서도 서
운함을 완전히 떼치지 못하는 자신에게 김태범은 짜증이 났
다. 그 서운함은 15년이 다 되도록 살아온 아내에 대한 사랑
인가, 미련인가, 노예 근성인가. 사랑인 것 같지 않았고, 미련
이 남아 있는 것 같지 않았고, 노예 근성 같지도 않았다. 그
런데도 서운했다. 그게 문자라서 그런 게 아닌가 싶었다. 문
자가 아니라 육성으로 그 말을 들었더라면 좀 낫지 않았을
까……? 아니, 그걸 말로 하면 어떻게 될까? 그 사무적인 말
을 정다운 목소리로 할 수는 없을 것이다. 문자만으로도 냉
정함이 확 끼쳐오는데, 정작 싫은 감정으로 싸늘하게 내쏘는
말을 듣게 되면 어찌 될 것인가. 서운함만이 아니라 감정이
훨씬 더 많이 상할 수 있었다. 아내, 아니 안서림이 적절하게
대처한 것이 아닌가 싶었다.

아내의 그 문자는 '부부 관계'의 청산 선언이기도 했다. 둘 사이에 남은 문제는 이혼과 아이들 문제인데, 그 처리를 회사의 부하 직원에게 맡겨버린 것이다. 그것은, 더는 한 번도 얼굴을 대하고 싶지 않다는 단호함이었다. 이쪽에서도 거기에 맞게 사무적으로 대응할 수밖에 없었다.

　김태범은 숨을 깊게 들이마시며 저금통장을 생각했다. 이혼과 아이들 문제, 두 가지로 법정 다툼을 벌이게 되면 비용이 얼마나 들 것인지 신경이 쓰였다. 정확하지는 않은데, 통장에는 돈이 그다지 많지 않았다. 그동안 받아온 월급이 대기업 임원급이었으니 꽤나 많았다. 그러나 그 돈은 거의 모아지지 않았다. 생활비로는 한 푼도 내놓지 않았는데도 그랬다. 아내는 시집에 대한 무책임과 무관심을 그 돈으로 때우게 하려고 했다. 자신도 아버지 어머니께 죄스러워서 돈이나마 풍족하게 드리려고 했다. 그리고 고등학교든 대학교든 친구들을 만나면 술값은 으레 재벌 사위의 몫이었다. 거기다가 재벌 사위로서의 방심이 돈을 모으게 하지 않았다. 언젠가 큰 기업을 물려받으리라는 기대가 곧 방심의 근원이었다. 이런 날이 올 줄 알았더라면 돈을 얼마나 알뜰히 모았을 것인가. 자신은 돈 모으는 데는 자신이 있었다. 어떤 세계적인 부자에게 기자가 물었다. "부자가 된 비결이 무엇인가?" 부자가 대답했다. "비결, 없다. 돈을 안 쓰는 것이다." 그 우문현답을 자신은 초등학교 4학년 때 실천했고, 입증했던 것이다. '저축의 날' 어느 은행 앞에서 공짜로 나눠주는 커다란 돼지 저금통을 받아다가 돈을 넣기 시작했다. 동전이든 지폐든 돈이 생기는 족족 돼지 등에 뚫린 구멍에 집어넣었다. 그렇게 꼭 1년을 했다. 그리고 돼지를 잡았는데, 그 배에서 쏟아진 돈이라니! 정말 돼지의 배에서 '쏟아진' 돈은 엄청났다. 자신의 생각보다 훨씬 많았고, 아버지도 놀라고 어머니도 놀랐다. 아버지는 "녀석 참……" 하며 머리를 쓰다듬어주었고, 어머니는 "우리 태범이가 큰 부자가 되겠구나" 하며 눈물이 글썽거렸다. 그 정신으로 성화가의 사위가 되는 날부터 돈을 모았더라면 지금쯤 얼마가 되었을 것인가. 당연히 엄청난 돈이 되었을 것이다. 그 돈을 미련하게 통장에만 두었을 리가 없다. 창조개발실 한인규 사장이나 정광호 상무가 하는 것처럼 요령껏 눈치껏 요리 굴리고 조리 굴리고 하며 열심히 키워나갔을 것이다. 주식에도 투자하고, 부동산에도 투자하고, 성화 그룹의 그늘에서 벌받지 않을 만큼 잽싸게 치부하는 길은 얼마든지 있었다. 그런데 그런 짓에 전혀 눈 돌리지 않았던 것은 자신은 성화가의 사위였고, 한 사장이나 정 상무는 언젠가는 떨려날 타인이라는 엄연한 차이 때문이었다. 자신은 오로지 성화가 더욱 강력하고 막강하게 되기를 바라며 전력을 다 바쳤던 것이다. 왜냐하면 성화는 자신의 것이기도 했기 때문이었다. 그래서 두 번의 감옥살이도 또다시 하는 군대 생활 정도로 여기며 견뎌냈던 것이다. 그것이 감히 그 누구도 넘볼 수 없는 경력이고, 범할 수 없는 훈장이라고 확신하면서. 그런데 장인은 그 확신을 가볍게 배신하고 무시해 버렸다. 장인의 그 표리부동한 행위를 더는 용납할 수 없었고, 인내하고 싶지 않았다. 남은 평생을 다시 마누라 그늘에서 살 수는 없었다. 그것은 장인의 그늘에서 노예적 삶을 사는 것과는 또 달랐다. 장인이 먼저 배신했으니 그 배신을 똑같이 배신으로 갚고자 했다. 그것만이 나도 사람이라는 것을 보이는 것이었고, 완벽한 결별이 될 수 있었기 때문이다.

김태범은 숨을 깊이 들이켜며 정광호 상무를 생각했다. 다시 만나고 싶지 않은 존재였다. 그러나 이제 만나지 않을 수 없게 된 형편이었다.

김태범은 사방을 두리번거리면서 걸었다. 커피숍을 찾고 있었다. 커피 한잔을 마시며 마음을 다스리고 싶었다. 지금같이 흔들린 감정 상태로는 전화하고 싶지 않았던 것이다.

김태범은 느리게 커피를 마셨다. 뒤헝클어진 머리카락에 조심조심 빗질을 하듯 뒤엉킨 마음을 가닥가닥 간추리려고 애썼다. 감정이 상하지 않고 마음이 단단해야 해결해 나갈 수 있는 문제였다.

'그런데……, 그런데……, 아이들이…….'

그는 여기서 생각을 중단했다. 더 생각하는 것이 두려웠던 것이다. 그러나 그 생각은 중단하려는 마음을 앞질러 이미 의식의 끝까지 관통해 버린 다음이었다. 그 두려운 생각은 다른 것이 아니었다.

'아이들이 내가 아닌 엄마와 살겠다고 하면 어찌할 것인가…….'

이 생각은 하고 싶지가 않았다. 그런데 무슨 불길한 예감처럼 의식 속을 맴돌고 있었다. 그건 없는 자의 열등감일 수 있었다. 그러나 꼭 그것만도 아니었다. 두 아이는 그동안 친할아버지와 너무 멀리 살아온 반면 외할아버지와는 너무 가깝게 살아온 것이었다. 그리고 두 아이는 이미 돈에 대해서 알 만큼 아는 나이였다.

'만약 아이들이 그런 선택을 해버린다면……?'

김태범은 정말 이 생각만은 하고 싶지 않았다. 그런데 의식 속에서는 그 생각이 또 마음을 앞질러 가버리는 것이다.

만약 그런 일이 벌어진다면 그보다 더 참담하고 참혹한 일이 또 있을 것인가. 그럴 때 할아버지와 아버지의 친권은 얼마나 힘을 발휘할 수 있을 것인가…….

김태범은 구름 가득 낀 마음으로 커피숍을 나왔다. 한잔의 커피는 감정은 좀 가라앉혔지만 새로운 근심을 키워주었다. 그는 무턱대고 걷다가 조그만 어린이 놀이터를 만났다.

아이들은 하나도 없고 각양각색의 낙엽들이 놀이터를 가득 덮고 있었다. 아이들이 놀러 오기를 기다리며 꽃방석을 깔아놓은 듯.

그는 놀이터로 조심조심 걸어 들어갔다. 두리번거렸지만 놀이 기구들뿐 벤치가 없었다. 그냥 서서 전화를 걸까 하다가 그네 두 개가 비어 있는 것에 눈길이 갔다. '오세요. 와서 앉으세요' 하는 것 같았다. 그는 그네로 가서 조심스럽게 앉았다. 열넷, 열둘인 딸과 아들을 이런 그네에 나란히 앉혀 등을 밀어준 기억이 한 번도 없었다. '애비 노릇을 뭘 했지?' 하는 생각이 새삼스럽게 떠올랐다. 자상하고 살갑게 애비 노릇을 해 본 적이 없었다. 아이들은 아내의 영향권 안에서 살았고, 자신은 그저 회사 일에 정신없이 나돌았던 것이다. 회장님의 끝이 없는 욕심을 채우기 위해 언제나 허둥지둥, 헐레벌떡 뛰어야만 했다. 그 세월의 허망함이 가슴에서 회한으로 쌓이고 있었다.

김태범은 핸드폰을 꺼냈다. 그리고 정광호 상무의 번호를 눌렀다.

"아 김 전무, 그러잖아도 오래전부터 전화 기다리고 있었어요."

금방 전화를 받은 정 상무는 그들 사이에 전혀 아무런 문제도 없었다는 듯 반색을 했다.

김태범은 그 연기에 소름이 쭉 끼쳤다. 아직 용무가 남아 있는 비즈니스맨의 능란함이었다.

김태범은 막상 할 말이 마땅찮아 잠시 침묵하고 있었다.

"김 전무, 우리 만납시다. 전화로 될 얘기가 아니니까 만나 얘기합시다."

정 상무는 안서림의 지시를 빨리 해결하고 싶다는 속내를 숨김없이 드러냈다.

"됐어요, 장소 정하세요."

김태범은 바로 택시를 잡아타고 약속 장소로 갔다.

"우리 용건이 무엇인지 서로 환하게 다 아는 처지에 서로 좋도록 일 쉽게 처리하도록 합시다."

정 상무는 바로 본론을 꺼내 들었다. 기선 제압을 위한 적극 공략법이었다.

"뭘 환히 다 아는데요?"

김태범도 정면으로 맞받아쳤다.

"그거……." 정 상무가 멈칫하는 기색이더니 이내 정색을 하며, "그러니까 남은 용건은 두 가지 아닌가요? 합의이혼과 애들의 양육권 문제." 그는 무슨 증언이라도 하듯이 또렷하게 말했다.

"정확하시군요. 서로 좋도록 하자고 했는데, 그 방법이 뭐요?"

김태범은 낮고 냉정하게 말했다.

"위자료는 충분히 고려할 테니 합의이혼에 동의하고, 애들 양육권을 모친에게 양도하라는 것이오."

김태범은 쓰게 웃었다. 예상하고 있었던 그대로의 발언이었다.

"이봐요, 정 상무라면 그렇게 하겠소?"

"예에……?"

정 상무는 깜짝 놀라 똑바로 앉았다.

"나 위자료 같은 것 필요 없어요. 애비로서 양육권 포기 못해요."

"아니 그럼 일이 복잡해집니다. 어차피 양육권은 못 가져갈 텐데……."

정 상무가 당황스럽게 말했다.

"어디 복잡하게 한번 해봅시다. 누가 이기나 보게."

김태범은 몸을 일으켰다.

"마침내 선전포고를 하고 오셨다?"

권익재 변호사가 느릿느릿 고개를 끄덕이며 김태범을 빤히 쳐다봤다.

"왜 그렇게 쳐다봐?"

김태범이 어색스럽게 웃음 지었다.

"자네도 대충 짐작할 텐데? 만약 자네가 변호사라면 이 사건의 결과가 어떻게 될 것 같은가?"

"그야 아주 볼만한 혈투가 되겠지."

"혈투……?"

"응, 혈투. 한쪽은 돈으로 무장하고, 한쪽은 맨몸으로 덤비는 치열한 혈투!"

"응, 정확히 짚는군. 그럼 승자는?"

"그야 싸워봐야 알지."

"자네 오기로 대답하는 거야, 순진한 거야?"

"아니 사실이잖아. 이건 민사고 더구나 가정 문젠데 유전무죄 무전유죄 같은 건 통할 리가 없잖아."

"역시 순진이 병이군. 자넨 돈 힘에 대해선 누구보다도 잘 알 텐데. 돈은 대통령도 쥐락펴락하지 않던가?"

"그러니까 민사 법원 판사 정도는 우습다?"

"답 빨리 찾네."

"그럼 어쩌라는 거야? 해보지도 않고 양육권 포기하라고?"

"그것도 아니고……, 이건 참 난감한 문제 중에 하나야."

"난 싸울 때까지 싸워야 해. 우리 아버지가 두 손주를 빨리 찾아오기를 간절히 바라고 계셔. 나 그동안 아버지께 큰 불효를 저질렀거든. 며느리 재미도 못 보시게 하고, 손주 재미도 못 보시게 하고. 그 불효를 갚아야 해."

김태범의 목소리에 물기가 묻어났다.

"알았어, 그 불효를 갚긴 갚아야지. 해보자고. 코끼리와 생쥐 싸움에서 생쥐가 이기는 법도 있으니까."

법정의 물과 술

1

"미주야, 나야. 나하고 언니 동생 하기로 했잖아."

최민혜 변호사가 김미주의 집으로 들어서며 명랑한 목소리로 말했다.

"허, 진도가 그렇게 나갔어요?"

선물 상자를 들고 뒤따라 들어오던 장우진이 낮게 말했다.

"미주야, 변호사님한테 얼른 인사해야지."

김미주의 엄마가 딸의 팔을 잡으며 다정하게 말했다.

"아, 안녕하세요 어, 언……."

김미주가 어딘가 빈 듯한 얼굴로 어색스럽게 웃으며 어눌하게 더듬거렸다. 한눈에 지적장애자라는 표가 났다.

"미주야, 괜찮아. 맘 놓고 언니, 언니 하고 불러. 난 미주가 내 동생이 된 게 참 좋아."

최 변호사가 그지없이 정다운 웃음을 피워내고, 다정한 목소리로 말하며 김미주의 두 손을 감싸 잡았다.

"김미주 씨, 나 알지요? 김미주 씨 편 들어주는 마음씨 좋은 기자 아저씨! 그렇지요? 자아, 이거 미주 씨가 좋아한다고 했던 과자와 빵."

장우진도 환하게 웃으며 김미주에게 선물 상자를 내밀었다. 지난번에 최 변호사와 김미주를 인사시키고 자신은 다른 급한 일 때문에 자리를 먼저 뜨며 미안해서 그녀가 좋아하는 과자와 빵을 사주기로 약속했던 것이다. 그건 김미주와 최대한 빨리 친해지기 위한 방법이었다. 재판정에 나가기 전에 김미주가 믿고 안심할 수 있도록 친해져야 한다는 것이 자신과 최 변호사가 짠 전술이었다. 그런데 최 변호사는 자신을 앞질러 이미 김미주와 언니 동생 하자고 성과를 올려버린 것이었다.

"아유, 이런 것까지 다 사오시면 저희는 죄송해서 어떡해요."

김미주 엄마가 딸과 함께 선물 상자를 받으며 못내 미안쩍어했다.

"어머니, 이거 빨리 미주 먹게 해주세요. 다 함께 먹는 분위기 속에서 얘기하는 게 미주 맘이 편해질 테니까요."

최민혜 변호사가 말했다.

"네에, 그러지요. 어서 이쪽으로 앉으세요."

김미주 엄마가 식탁에 자리를 권하고 돌아섰다.

"미주야, 이리 와. 언니랑 함께 앉자."

최 변호사가 살갑게 웃으며 김미주의 손을 잡고 이끌었다.

장우진은 그런 최민혜 변호사를 물끄러미 바라보며, 참으로 오랜만에 사람다운 사람을 발견한 경이로움을 느끼고 있었다.

식탁에 나란히 앉은 두 여자. 너무나도 대조적이었다. 그 차이를 한마디로 하자면 똑똑한 여자와 그렇지 못한 여자였다. 두 여자의 차이는 얼굴에서도 선명하게 드러났지만 특히 눈에서 극명하게 표출되고 있었다. 최민혜의 눈이 또릿또릿한 총명함으로 맵고 날카롭다면 김미주의 눈은 어릿어릿한 몽롱함으로 공허하고 둔해 보였다. 이렇게 대비되는 얼굴을 바라보며 장우진은 적이 놀라고 있었다. 그러면서 새삼스러운 사실을 떠올리고 있었다. '눈은 뇌의 일부가 변형된 것이고, 인간의 내부 기관은 전부 근육과 피부 그리고 뼈로 싸여 있는데 그중에서 유일하게 밖을 내다보고 있는 것이 뇌다.' 그러니까 두 사람의 눈이 품고 있는 차이는 바로 뇌의 차이였던 것이다. 사법 고시에 합격한 최민혜의 머리는 IQ가 최소한 120 이상일 것이고, 지적장애 2급인 김미주는 지능지수가 35에서 50 사이일 것이다. 그 수치의 차이가 눈에서 그렇게 현격하게 드러나고 있었던 것이다. '딱해라. 저렇게 제 한 몸 돌보기 힘겨운 사람이 그런 끔찍한 일까지 당하다니.' 장우진은 성폭력범 백동호에게 또다시 증오를 느끼고 있었다.

"그 자식 그거 아주 악질이오. 계속 술 취해서 한 짓이라 잘 기억할 수가 없다고 하고 있어요. 이거 성폭력범들이 으레껏 써먹는 상투 수단인데, 그래야 살아날 수 있다고 그 잘난 변호사 나으리께서 가르쳐줬을 수도 있어요. 그러니까 그 사실 여부를 깰 수 있는 것은 피해 당사자 김미주뿐이에요. 그 아가씨가 법정에서 범인이 그 짓을 할 때 술 취하지 않았다고, 술 냄새 나지 않았다고 한마디 증언하는 것뿐이에요. 그 아가씨가 그 증언을 할 수 있도록 하는 건 누구 책임인지 아시죠? 장 기자님이 소개한 그 변호사한테 달렸어요. 잘 해보세요."

수사계장이 사건을 검찰로 송치하며 해준 말이었다.

"사는 게 이 모양이라 대접할 게 없네요. 커피도 다방 커피밖에 없구요."

김미주 어머니가 사과 접시와 커피를 식탁으로 옮겨놓으며 미안스러워했다.

376

"아, 예, 좋습니다. 이 다방 커피가 세상에서 제일 맛있는 커피라고 인정받아 외국으로 많이 수출되고 있잖아요. 우리도 자주 마셔요."

장우진이 넉살 좋게 받아넘겼고, 최민혜가 '거짓말하지 말아요' 하는 눈짓을 살짝 보내고 있었다.

"자아, 우리 미주가 젤 좋아한다는 초코파이. 어서 먹어. 꼭꼭 씹어서."

최민혜가 봉지를 뜯어서 초코파이를 김미주에게 건넸다. 김미주는 수줍은 웃음을 피우며 그것을 받았다.

"어, 언니도 먹어요."

김미주가 어눌한 손놀림으로 초코파이를 반으로 잘랐다. 그리고 반쪽을 최 변호사에게 내밀었다.

장우진은 그 모습을 보며 적이 마음이 놓였다. 그 언행에서는 상대에 대한 친근감과 믿음이 진하게 드러나고 있었던 것이다. 경계심을 강하게 드러냈던 첫 만남 때는 기대하기 어려웠던 변화였다.

"미주야, 언니도 먹어요가 뭐야. 언니도 잡수세요, 그래야지."

엄마가 딸에게 가만히 일렀다.

"고마워, 미주야. 우리 맛있게 먹자."

최민혜는 두 손의 엄지와 검지로 김미주의 눈앞에 하트를 예쁘게 그려 보였다. 그 하트 속에서 공허감이 담긴 김미주의 얼굴이 어설픈 듯 밝게 웃고 있었다.

"장 기자님도 어머니도 함께 들어요. 분위기 부드럽게."

최 변호사가 낮고 빠르게 말했고, "예 그럽시다" 하며 장우
진이 손 빠르게 초코파이 봉지를 뜯었다. 그리고 얼른 반으로
잘라 한 쪽을 미주 엄마에게 건넸다.

"미주야, 맛있지?" 최 변호사가 한입 베어 문 초코파이를
우물거리며 웃었고, "네에, 맛있어요, 마안이" 하며 김미주도
행복감 넘치게 웃었다.

'참 애 많이 쓰는구나……'

최 변호사가 보이고 있는 그 인정스러운 모습에 장우진은
그녀를 다시 생각하고 있었다. 지적이면서 예리하다 못해 냉
정함까지 내비치는 그녀의 인상에서는 따스함이라고는 찾기
가 어려웠다. 그런데 김미주를 대하는 모습 모습에서는 깊은
정겨움과 지성스러움이 피어나고 있었던 것이다.

'저 사람이 저런 심성을 지녔기에 대형 로펌의 스카우트를
뿌리치고 민변 생활을 시작했던 것인가……'

장우진은 자신이 도움을 받고 있는 것 같은 고마움을 느
꼈다.

"미주야, 며칠 있다가 저기 법원에 갈 거거든. 우리 미주한
테 나쁜 짓 한 사장 벌주려고, 혼내주려고 하는 데 갈 거거
든. 거기 가는 것에 우리 미주 겁나나?"

최 변호사가 김미주의 손을 잡고 조심조심 물었다.

"예에……, 사, 사장님 무서워요."

김미주가 금방 어깨를 움츠리며 부르르 떨었다. 웃음기가 싹 사라지며 굳어지는 얼굴이 공포감의 심도를 잘 보여주고 있었다.

"미주야, 미주야, 무서워하지 마, 하나도 무서워하지 마." 최 변호사는 김미주의 손등을 토닥토닥 두들겨주며, "미주야, 너 나쁜 짓 한 사람들한테 경찰이 쇠고랑 채우는 것 알지? 이렇게, 꼼짝 못 하도록 이렇게." 그녀는 자기 두 손목을 모아 쇠고랑 채우는 몸짓까지 해 보였다.

"예에……."

김미주는 여전히 두려운 기색으로 모호한 반응을 보였다.

"미주야, 사장은 두 손이 이렇게 꼭 묶여 있어서 꼼짝을 못 해. 그러니까 우리 미주한테도 더는 아무 짓도 못 해. 알겠지? 아무 걱정 하지 마. 푹 안심해, 안심해."

최 변호사는 '안심해'에 맞추어 손바닥으로 자기 가슴을 누르고 또 눌러 보았다.

"저, 정말요……?"

김미주는 최 변호사가 가슴을 누르는 손짓에 따라 고개를 까딱까딱했다.

"그럼, 정말이지. 그 꼼짝 못 하게 손이 묶인 사장에게 얼마나 벌을 줄까, 얼마나 오래 감옥에 가둬둘까를 결정하는 데가 법정이야. 거기에는 전부 사장을 미워하고, 전부 우리 미주를 예뻐하는 사람들만 있어. 그러니까 하나도 겁먹을 것 없이 안심해도 돼. 알았어?"

"저, 정말요⋯⋯?"

"그럼, 정말이지. 그리고 그때도 이 기자님하고 이 언니는 지금처럼 이렇게 미주 옆에 있을 거야. 특히 이 언니는 꼭 이렇게 미주 옆에 앉아 있을 거야. 그래도 겁나?"

김미주는 느리게 고개를 저었다.

"그래, 하나도 겁날 것 없어. 그리고 말야, 두 사람이, 검사라는 사람하고 변호사라는 사람이 미주한테 몇 가지를 물을 거야. 그때도 겁먹지 말고, 그 사람들 쳐다보지 말고 이 언니만 쳐다보면서 '예', '아니요' 하고 짧게 대답하고, 좀 길게 대답하고 싶으면 그 사람들한테 말하지 말고 이 언니한테 편하게 말하면 돼. 그럼 이 언니가 대신 그 사람들한테 말할 테니까. 지금처럼, 여기서 말하는 기분으로 하면 돼. 그때 엄마까지도 다 함께 있을 거니까 지금 여기와 똑같은 거야. 그렇겠지?"

김미주의 고개 끄덕거림이 얼굴만큼 무거웠다.

"뭘 물을까요?"

김미주의 엄마가 걱정스럽게 물었다.

"별거 아니에요. 사실 확인인데, 대개 '예, 아니요'로 대답하는 거예요. 아무 걱정 하지 마세요."

최 변호사가 웃으면서 김미주 엄마를 안심시켰다.

"애 미주야, 너 혹시 술 알아?"

최민혜가 조심스럽게 물으며 술 마시는 시늉을 해 보였다.

"수울……? 예, 알아요."

김미주가 고개를 끄덕였다.

"아주머니, 이거……. 똑같은 술잔 두 개에다 물과 술을 따라가지고 오세요."

최 변호사가 유난히 큰 핸드백에서 소주병을 꺼내 김미주 엄마에게 내밀었다.

"……?"

김미주 엄마가 무슨 말인가를 하려다 말고 술병을 들고 일어섰다.

"미주야, 이거 냄새 좀 맡아봐. 어떤 게 술이지?"

최 변호사가 두 개의 잔이 놓인 쟁반을 김미주 앞으로 가까이 가져갔다.

잔 가까이 온 김미주의 코끝이 벌름거렸다.

"이거, 수울!"

김미주가 콧등을 찡그리고 진저리를 치며 왼쪽 잔을 손가락질했다.

"와아, 우리 미주 잘했어." 최 변호사가 환호하듯이 크게 말하고는, "아무 걱정 마세요. 혹시나 하고 걱정했던 게 잘 풀렸어요. 아주머니가 바라시는 대로 재판은 잘 끝날 거예요" 하며 김미주 엄마를 안심시켰다.

장우진은 여지껏 그런 최 변호사만 유심히 지켜보고 있었다.

"제 일은 다 끝났어요. 뭐 하실 말 있으세요?" 최 변호사가 장우진에게 말했고, "아니요. 오늘은 순전히 최변 운전기사 노릇 한다고 했잖아요." 장우진이 대꾸했고, "사람은 하루 평균 다섯 번 거짓말한다는 심리학자들의 말이 맞아요. 아까는 선물 전달이 목적이라고 하셨잖아요." 최 변호사가 눈 흘김을 했고, "아하, 그 용건은 끝나고 새 용건이 생긴 거지요." 장우진이 능청스럽게 웃었다.

"미주야, 잘 있어. 며칠 있다가 데리러 올게. 그동안 아무 걱정 하지 말고, 밥 잘 먹고 잠 잘 자고, 건강해야 해. 알았지?" 최 변호사가 김미주의 등을 다독거리며 말했고, "이 과자하고 빵 맛있게 다 먹으면서 건강해야 해. 이 아저씨도 김미주 편이니까. 김미주 파이팅!" 장우진의 파이팅 몸짓에 화답하듯 김미주가 한결 밝아진 웃음을 피워냈다.

"성화 비자금 사건은 뭐 좀 더 알아낸 것 있으세요?"

차가 출발하자 최 변호사가 물었다.

"그거……, 사위 김태범이 회사에서 잘렸다는 것 말고는 완전히 먹통이죠."

장우진이 거세게 혀를 찼다.

"그건 이미 다 예상되었던 거 아니에요."

최 변호사의 목소리가 약간 비꼬이는 느낌이었다.

"그러니까 헛수고, 맨주먹인 거지요. 그게 꼭 백일하에 노출이 됐어야 하는데. 그게 또 묻히고 말았으니, 그것 참……."

장우진은 혀를 더 거세게 차며 한숨까지 보냈다.

"혹시 김태범이란 사람 만나볼 생각은 안 하셨어요?"

최 변호사가 핸드폰으로 솔베이 송을 틀었다. 트럼펫 솔로가 먼 메아리의 울림처럼 낮게 차 안에 흐르기 시작했다.

"왜요, 해봤지요. 그치만 정리했어요. 그 사람은 애초에 사회적 정의감으로 그 행위를 했던 것이 아니고, 이제 자기들끼리 거래를 끝내고 말았으니 기대할 게 아무것도 없잖아요."

"그렇겠네요. 그래도 자꾸 아쉬움이 남아요. 그런 사건이 적나라하게 노출돼서 사회적 지탄도 받고, 본격적인 수사도 당해 처벌받고 해야만 그런 범죄가 근절되는 계기가 될 텐데요."

"그거 백번 맞는 말인데요, 그래봤자 또 질질 끌며 우물쭈물 솜방망이 처벌을 할 거고, 다른 기업들은 전혀 끄떡도 하지 않고 계속 비자금 모으기에 열중하겠지요. 우리나라 기업인들이 입에 달고 사는 주문 세 가지가 있어요. 뭔지 아세요?"

"세 가지 주문? 글쎄요, 잘 모르겠는데요."

"첫째, 비자금 모으는 재미 없으면 사업 못 해먹는다. 둘째, 비자금은 많을수록 처벌이 약해진다. 셋째, 세금 다 내고는 사업 못 해먹는다."

"어머나, 어쩜 좋아. 세 번째 말은 가끔 들었지만 앞의 두 가지는……. 근데 그 사람들 그런 말을 아무 데서나 내놓고 하는 거예요?"

"그렇지요. 마이크 대고는 하지 않지만 우리 기자들 앞에서 별로 눈치 보지 않고 하는 말이니까 내놓고 하는 거나 마찬가지죠."

"세상에, 기자들 앞에서 어찌 그럴 수가 있죠? 그게 무슨 배짱이죠?"

"그야 광고주 배짱이죠."

"광고주 배짱?"

"최변은 아직 매스컴과 기업의 관계에 대해서 잘 모르는 것 같아요. 우선 '모든 매스컴은 기업이다' 하는 불변의 사실부터 명확히 정리하세요."

"모든 매스컴은 기업이다?"

앞만 보고 있던 최 변호사가 장우진 쪽으로 고개를 획 돌렸다.

"아니, 왜 그리 놀래요? 기업이 아닌 것 같아요? 그럼 그 많

384

은 직원들 월급은 무슨 수로 주죠? 그리고 그 큰 사옥들은 어디서 났죠? 그거 다 신문 팔아서 하는 거라구요? 어림없어요. 신문 팔아봤자 돈 안 된 지는 오래된 얘기구요, 다 정보 장사해서 생긴 돈으로 그렇고 그렇게 살아가요. 그 돈의 물주가 일반 기업이고, 기업들의 광고가 없으면 신문사는 문 닫게 돼요. 그러니까 신문사들은 기업 광고료 받아 운영하고, 기업들은 신문에 광고 내서 상품 파는 동시에 언론의 보호를 받고, 그들은 철저하게 상호 의존적 공생 관계를 유지하고 있어요. 악어와 악어새처럼. 그러니 자기들이 먹여 살리는 거나 다름없는 기자들 눈치를 기업들이 왜 보겠어요."

"세상에……, 신문에서 기업들 광고는 날마다 대하지만 그 의존도가 그렇게 클 줄은 몰랐어요. 신문들이 그렇게 기업 광고에 목 매달려 있다면 그럼 언론의 사회적 사명이나 책임은 어떻게 되는 거죠?"

"아, 그 말 참 오랜만에 듣네요. 언론의 사회적 사명이나 책임, 그것 참 멋진 말이지요. 그런 교과서적인 말을 지금까지 기억하고 있고, 언론은 그런 일을 해야 한다고 생각하고 있는 최변이 순수하다 못해 순진하게 느껴지는군요. 예, 언론의 사회적 사명에 대한 미사여구는 많고도 많죠. 언론은 불의의 소방수다, 언론은 진실의 수호자다, 언론은 허위의 저격수다, 언론은 정의의 등불이다, 언론은 사회의 산소다, 언론은 시대의 나침반이다. 이루 다 셀 수 없을 정도로 많은데, 그런 건 다 자기네들이 만들어낸 자화자찬의 허구일 뿐이에요."

"어머나, 미사여구가 많기도 해라. 어쩌면 장 기자님은 그걸 꼭 시 읊듯이 하세요? 그렇게 줄줄이 나열하니까 참 멋있게 느껴지기도 하는데, 그런데 언론이 어느 정도는 그런 사명을 하긴 하잖아요."

"물론 하긴 하지요. 다만 문제는 많이 하지 않고 쬐끔만, 그저 그냥 시늉만 한다는 데 있죠."

"시늉만? 그럼 도대체 몇 프로나 하는 걸까요?"

"글쎄요, 10프로……? 너무 야박한가? 그래, 인심 푹 써서 20프로로 봐주죠."

"20프로? 그럼 안 하는 거나 마찬가지잖아요."

"예, 그게 비중의 문제겠지요. 언론들이 연쇄 살인 사건, 대형 화재 사건, 교량 붕괴 사건, 노조 과격 투쟁 같은 것들을 서로 경쟁적으로 열심히 보도하는 것처럼 지난 30~40년 동안에 대형 기업들이 저질러온 반사회적 비리와 온갖 경제 범죄들을 불의의 소방수로서, 진실의 수호자답게 적극적으로 보도했다면 지금쯤 우리 사회는 어떻게 됐을까요? 지금과는 완전히 다르게 이미 선진국에 진입했겠지요. 그러나 지난번 대양 비자금 사건 보셨죠? 대양의 힘 앞에 모든 언론들이 침묵해 버리니 비자금 4~5조 원 사건이 깨끗하게 유령 사건으로 묻혀버리잖아요. 그런 사건들이 지난 세월 동안 수없이 반복되면서 국민들은 자기들도 모르는 사이에 알 권리를 박탈당해 가며 우매해져 갔고, 재벌들은 점점 더 큰 공룡으로 둔갑해 가면서 오늘날 우리 사회의 가장 큰 문제로 등장한 세계 최고의 소득 격차, 국가 위기의 양극화 나라가 되어버린 겁니다."

"아유, 장 기자님은 어찌 그리 아는 게 많으세요. 정말 대단하세요."

최 변호사가 고개를 내둘렀다.

"최 변호사님, 그건 칭찬이 아니라 모독일 수 있습니다."

"네에……?"

"15년쯤 후에 최변이 내 나이가 되었을 때 내가 지금 알고 있는 것보다 훨씬 더 많이 알게 될 수 있어요. 그때는 틀림없이 모독이 되는 게 아니겠어요?"

"후후후……, 전 또 무슨 말인가 했네요. 네에, 저도 변호사로서 이 세상을 총체적으로 알기 위해 열심히 노력할 거예요. 그치만 장 기자님이 앞선 토끼처럼 쿨쿨 잠을 자지 않고 계속 불의의 소방수, 진실의 수호자 역할을 충실히 해나가실 테니 유감스럽게도 모독당할 기회는 얻지 못하실 거예요."

"햐아, 그 말 한번 멋들어집니다. 1급 변호사 자격을 미리 인정합니다."

장우진이 경쾌하게 말하며 수도(手刀)로 핸들을 세 번 가볍게 쳤다.

　"어머나 영광이에요. 장 기자님 같은 분한테 인정을 받다니……."

　최 변호사는 정말 부끄러운 듯 어깨를 움츠리며 두 손으로 입을 가렸다.

　"아, 벌써 어두워지기 시작하네. 어느덧 한 해는 저물어가고, 인생길은 지향 없는데……."

　장우진은 가락 넣어 읊조리면서 좌회전으로 핸들을 돌렸다.

　"장 기자님, 저녁 약속 있으세요?"

　"아뇨, 갈 데는 있어도 저녁 약속은 없어요."

　"어머, 그럼 잘됐네요. 제가 저녁 대접할게요."

　최 변호사가 반색을 했다.

　"허허, 그건 좀 문젠데요."

　장우진이 고개를 저었다.

　"무슨 문제……?"

　최 변호사가 의아하게 장우진을 쳐다보았다.

　"예, 좀 심각한 문제가 있어요. 나는 기자 생활을 하고, 세상을 살아가는 데 두 가지 절대 원칙을 세운 게 있어요. 기자로서 강자에게 강하고 약자에게 약하자. 인생살이에서 후배나 나이 어린 사람들에게 술이나 밥을 얻어먹지 않는다.

그러므로 내가 최 변호사한테 밥을 사줘야 하는데 아까 김미주한테 선물을 사줘 버려 이제 남은 돈은 딱 내 저녁 값밖에 없다 그거예요. 그러니 1인분 시켜 둘이 나눠 먹을 수도 없고, 절대 원칙을 어길 수도 없고, 이보다 심각한 문제가 어디 또 있겠어요."

"아이고, 장 기자님, 싱거우시긴……."

최 변호사는 한참을 쿡쿡거리며 웃었다.

"허 참. 남은 심각하다는데 뭐가 그리 우습습니까?" 장우진이 뚱하니 말했고, "저를 웃기신 죄로 벌을 내리겠어요. 제가 사는 밥을 잡수세요!" 최 변호사는 마치 판사가 판결을 내리는 듯한 어조로 말했다.

"예, 알겠습니다. 상이라면 사양할 수가 있지만 벌이니까 받을 수밖에 없지요."

"저도 대형 로펌 변호사가 아니라 비싼 건 못 삽니다."

"기왕 얻어먹는 것, 비쌀수록 좋은데. ㅋㅋㅋ……."

장우진이 과장되게 어깨를 들썩이며 웃었고, 최 변호사도 따라 웃었다.

그들은 최 변호사 사무실 가까이에 있는 식당으로 들어갔다.

"이 집 정식 맛깔스럽게 잘합니다." 최 변호사가 말했고, "예, 난 아무거나 잘 먹습니다. 위 하나는 품질 보증이고, 식욕이 떨어져본 적이 한 번도 없으니까요." 장우진이 배고프다는 듯 입맛을 다셨다.

"저어, 아까 말씀하신 것 있잖아요. 세계 최고의 소득 격차, 국가 위기의 양극화라고 한 것. 최근에 자주 언급되고 있는데, 그게 얼마나 심각한 거예요?"

최 변호사가 진지하게 물었다.

"예, 그 실태를 확실하게 밝힌 수치가 있어요. OECD에서 해마다 회원국들의 경제 상황을 객관적으로 진단해서 발표하거든요. 그걸 '지니계수'라고 하는데, 그 수치가 0에 가까울수록 경제 균등이 이루어지고 사회 안전이 보장되는 나라로 평가돼요. 그리고 그 수치가 0.4를 넘어서면 '사회 불안을 초래할 수 있는 수준'이라고 유엔에서 기준을 정했어요. 그런데 2016년에 우리나라는 0.4를 넘어 0.402였고, 상위 10퍼센트의 소득이 전체의 49.19퍼센트를 차지해 48.3퍼센트인 미국을 앞질러 소득 격차가 세계 최고를 기록했어요. 그리고 그게 개선될 기미가 전혀 없이 갈수록 심해져 금년의 잠정 지니계수는 0.406으로 악화했어요. 우리나라가 얼마나 위험한 상황으로 치달아가는지 잘 보여주고 있지요."

"어머, 그럼 어째야 되는 거예요? 그거 너무 큰 문제 아닌가요?"

최 변호사의 얼굴이 당황스럽게 변했다.

390

"예, 보통 심각한 문제가 아니지요. 머지않아 큰 위기에 봉착할 수가 있어요."

장우진이 침울하게 말했다.

"왜 이런 상태가 된 거예요? 이게 누구 잘못이에요? 이 해결책은 뭐예요?"

"최변, 지금 몇 가지를 물은지 아세요? 한 가지를 설명하는데도 몇 시간이 걸릴 문제들을 한꺼번에 세 가지나 물으면 어떡해요."

"아 네, 죄송해요. 그것들이 서로 연관되어 있는 문제고, 평소에 늘 생각해 오면서도 확실한 답을 얻을 수 없어 영 답답하고 그랬는데, 장 기자님은 다 아실 것 같은 생각이 들자 한꺼번에 쏟아져 나오고 말았어요."

"예, 알아요. 그 대답을 하기 전에 최변한테 한 가지 물을게요. 우리가 대표적인 사법 비리로 흔히 말하는 전관예우나 또는 검사들이 고유 특권인 기소독점권을 남용하고 악용해서 사복을 채우는 구체적인 사례들을 소문이 아니고 직접 실체를 목격하고, 확인한 사실이 몇 번이나 있죠?"

"아 네, 그거……."

"여기 식사 나왔습니다."

아가씨가 잽싸게 반찬 그릇들을 옮겨놓기 시작했다.

"아, 김치가 아주 맛있어 보이네요. 한식의 맛은 김치가 결정해요."

반찬 그릇들이 미처 제자리를 잡지도 않았는데 장우진은 김치를 한 젓가락 입에 넣었다. 싱싱하고 선명하게 살아 있는 김치의 붉은 색깔이 구미를 자극하고 있었다.

"예, 맛있어요. 이거 중국산 아니군요. 이 집 제대로 하는 집인데요."

장우진이 김치를 맛있게 썹으며 흡족한 표정을 짓고 있었다.

"맛있어하셔서 다행이에요. 은근히 걱정했었는데."

최 변호사가 곱상하게 미소 지었다.

"걱정은요. 아까 말했잖아요. 식욕은 언제나 왕성하다고." 장우진은 그 사실을 입증하듯이 호박전 하나를 입에 넣고는, "그거 아직 대답 안 했어요, 실체 확인" 하며 화제를 환기시켰다.

"아 네, 민변에서 선배들께 말은 많이 들었는데 아직 직접 확인하진 못했어요."

"예, 차차 경험하고 확인해 나가게 될 거예요. 백문이 불여일견이라고 했죠. 백 번 들어봤자 한 번 경험한 것만 못해요. 그러니까 무슨 일이든 직접 겪고, 경험하고, 그러면서 분석하고, 비판하고 하면서 종합적 판단력이 생기는 것 아니겠어요? 그러니까 앞으로 열심히 변호사 생활 해나가면서 법조계의 문제부터 면밀히 파악해 나가고, 그러다 보면 여러 가지 사건들을 처리해 나가면서 아까 질문한 것들에 대한 답을 총체적으로 얻을 수 있게 돼요. 일단 그런 질문을 가졌으면 답은 어렵지 않게 얻을 수 있게 되니까 너무 한꺼번에 다 알려고 하지 말아요."

"어머, 장 기자님, 이건 너무 심한 횡포예요."

최 변호사가 밥 뜬 숟가락을 입으로 가져가다 말고 정색을 했다.

"횡포?"

"네에, 경험자의 횡포!"

최 변호사의 얼굴에는 아까의 곱상한 미소는 사라지고 없고 또렷한 변호사의 얼굴만 야무지게 드러나 있었다.

"허 참, 경험자의 횡포라니." 장우진은 고개를 젖히며 헛웃음을 치고는, "횡포가 아니라 두려움이랄까 뭐 그런 거요. 특히 변호사 같은 중요한 업무를 수행해야 하는 사람한테 함부로 말을 해버리면 곤란하지요. 다시 말해 내 인식이나 판단이 확실 분명하지 못할 수 있고, 완벽하지 못할 수 있다는 거지요"라고 말했다.

"네에, 장 기자님 생각도 옳아요. 하지만 그건 지나친 겸손이에요. 그동안 장 기자님을 대해 오면서 제가 느낀 바로는 장 기자님은 그런 것들을 제대로 다 알고 계시다는 거예요.

그리고 저도 제대로 소화시키려고 노력할 거예요. 그러니까 짧은 기사 쓰시듯이 핵심적으로 말씀해 주세요. 이건 밥값을 하시는 거예요. 세상에 공짜는 없다는 것 잘 아시잖아요."

최 변호사는 생선전을 젓가락에 집은 채 장우진을 빤히 쳐다보고 있었다.

"알았어요, 밥값을 하라고 협박하니 별수 없지요. 아주 간단히 요약할 테니 그게 맞나, 안 맞나는 앞으로 차차 확인하고, 점검해 나가도록 합시다. 내가 보기에 오늘의 이 위기 상황은 대충 다섯 개의 권력 집단이 상호 결탁하고 야합해 국민들을 속이고 억압하면서 수십 년 동안 쌓이고 쌓인 필연적인 결과라고 생각합니다. 그 다섯 개의 권력 집단이란 입법·사법·행정의 국가권력과 재벌들을 중심으로 한 경제 권력 그리고 국민 우매화의 여론 조성에 앞장선 언론 권력이지요."

"네, 맞아요. 저도 어렴풋이 그렇지 않을까 짐작해 오고 있었어요. 그런데, 그 거대 권력들이 한 덩어리로 뭉쳐 있으면 해결책은 없는 건가요?"

숟가락 젓가락을 다 놓아버린 최 변호사는 밥 먹을 생각이 전혀 없는 얼굴로 한숨을 푹 쉬었다.

"해결책⋯⋯." 최 변호사의 한숨이 전염된 듯 장우진도 한숨을 길게 쉬고는, "있지요, 있는데⋯⋯, 그게 쉽지 않으니 난감한 문제지요" 하며 또 한숨을 쉬었다.

"그게 뭔데요? 있으면 문제가 해결되도록 추진해야지요."

어조에 맞추어 단호해진 표정의 최 변호사가 식탁 앞으로 바짝 다가앉았다. 장우진은 그녀한테서 불어오는 신선한 바람 한 줄기를 느끼며 새 기분으로 입을 열었다.

"국민이오."

"국민이요……?"

"예, 국민만이 해결할 수 있어요."

"국민……? 어떻게……."

"그 권력 집단들이 국민들을 어떻게 취급하는지 알지요?"

"글쎄요……, 그게……?"

"개돼지로 취급하는 것 몰라요?"

"아, 아, 그거 알아요. 어느 고급 공무원이 그 말 했다가 한참 시끌시끌했죠. 근데 그것 말고 또 있잖아요. 어느 지방의회 의원이 '국민은 레밍 무리다'[시력이 매우 약한 레밍(들쥐)들이 선두를 따라 떼 지어 가다가 절벽을 만나 선두가 분간을 못 하고 떨어지면 그 뒤의 것들도 줄줄이 따라 떨어져 떼죽음을 해버림] 해서 또 말썽이 됐고요."

"예, 알아야 할 건 다 알고 있군요. 그런 개돼지, 레밍 취급에서 사람으로 대접받을 수 있도록 국민들이 스스로 자각하고 각성해야 해요."

"자각……, 각성……. 그거 너무 추상적이고 막연한 것 아닌가요?"

최 변호사가 실망스러운 빛을 드러냈다.

"예, 그래서 아까 해결책이 있지만 난감한 문제라고 했잖아요. 그러나 노력하면 그 길이 열릴 수 있어요. 단결해서 저항하는 국민이 되는 것, 권리를 주장하는 국민이 되는 것, 국가권력을 직접 통제하는 국민이 되는 것, 이것이 뚜렷한 해결책이고, 우리 사회에 주어진 미래의 숙제겠지요."

"그런 게 성취될 날이 오리라 믿으세요?"

"믿고 싶고, 어느 만큼 믿고 있어요."

"믿음의 근거가 있으세요?"

"예, 그 믿음의 구체적 근거가 바로 내 앞에 앉아 있잖아요."

"어머, 저요?"

최 변호사가 화들짝 놀랐다.

"예, 민변의 역사 30년이 바로 우리 사회의 변화, 국민 의식의 발전을 입증하는 살아 있는 증거물이에요. 50여 명으로 시작해 회원이 1,100명이 넘도록 폭증했다니, 이런 엄청난 기적은 없어요. 그 거대한 변호사 조직이 사회의 음지 인생들을 위해 헌신하다니, 참 놀랍고 살맛 나잖아요? 그리고 민변뿐이 아니잖아요. 많은 시민단체들이 건강하게 활동하고 있고, 전교조도 건재하고, 각 기업체 노조들도 굳건하고, 진보 정당도 국회에 진입하기 시작했어요. 우리 사회는 지난 30년 동안의 변화보다 앞으로 훨씬 더 빠르게 발전할 거예요. 난 그 바탕을 믿어요. 자아, 이만하면 내가 밥값은 한 셈이니 이제 최변이 내 말에 대한 말값을 할 차례예요."

"말값이요……?"

"예. 최변은 정 회장님을 통해 나에 대해서 알 만큼은 다 알고 있잖아요. 근데 난 최변에 대해서 아는 게 거의 없어요. 이건 형평의 원칙에 어긋나는 억울한 손해예요. 그렇다고 최변 사생활을 알고 싶은 건 아니고, 갈수록 약삭빠르게 변해 가는 세상에서 어떻게 바로 민변 회원으로 법조인의 생활을 시작했는지, 그 동기나 계기가 무엇인지 몹시 궁금해요. 그 말값을 좀 하세요."

"어머, 소문난 민완 기자다운 호기심이고 궁금증이시군요. 특별한 것 없어요."

최 변호사가 여학생 같은 수줍은 표정으로 고개를 가볍게 저었다.

"다 아는 거짓말 하지 말아요. 그 중대한 인생사를 결정하면서 아무런 동기나 계기가 없었다는 게 말이 되나요. 그 얘기 못 들으면 나 오늘 집에 안 가요."

"어머, 저를 집에 안 보낸다고 안 해서 다행이군요." 최 변호사는 입을 가리며 풋 웃고는, "재미 하나도 없는 얘기예요" 하며 입을 뿌루퉁하게 내밀었고, "재미있고 없고는 듣는 사람의 판정권이에요. 빨리 하세요" 하며 듣기 준비라도 된다는 듯 장우진은 밥을 숟가락 가득 퍼서 입으로 욱여넣었다.

"독재 싫어한다면서 순 독재셔." 최 변호사는 눈을 살짝 흘 기고는 말했다. "친구 소개로 제가 민수직 목사님을 알게 된 건 대학교 1학년 때였어요. 목사님은 첫 만남에서 선물을 주 셨는데, 『성경』이 아니라 조영래 변호사의 『전태일 평전』이었 어요. 그처럼 민 목사님은 특이한 게 아주 많은 분이었어요. 50대 초반이었던 그분은 결혼하지 않은 독신이었고, 그 어떤 교파에도 속하지 않았고, 교회가 없었고, 아니 자기 옥탑방을 교회로 겸해서 쓰고 있었는데 눈에 띄는 교회 표시가 아무것 도 없었고, 몇몇 신도와 목회를 했지만 헌금을 절대 받지 않았 고, 생활을 해결하기 위해 택시 운전을 했고, 운전하는 내내 찬송가를 틀어 전도를 했고, 어쩌다 신자들이 장거리 대절을 하거나 우연히 승객이 되면 택시 요금은 철저히 받았고, 하여 튼 특이하지 않은 게 없었어요. 그런데 가장 특이한 게 신학 대학생 때 예루살렘으로 가서 부활절 예수 십자가 수난을 몸 소 체험했다는 사실이에요. 그분은 65킬로의 몸으로 70킬로 짜리 십자가를 지고 예수께서 걸어가셨던 '고난의 길' 800미 터를 수십 번씩 쓰러지며 끝끝내 '예수님의 고난'을 겪어내셨 다는 거예요. 그런데 베로니카가 예수님의 얼굴을 닦아준 지 점에 이르렀을 때 어떤 여성이 물수건으로 땀 범벅인 그분의 얼굴을 닦아주었는데, 그 여성이 흑인이었대요. 근데 그다음 순간 이상한 일이 벌어졌어요. 그 흑인 여성이 예수님으로 변했고, 예수님이 십자가를 함께 드시며 '가자, 함께 가자' 하고 인도했다는 거예요. 그때부터는 전혀 힘드는 줄을 모르고 골고다 언덕을 다 올랐다는 거예요. 그때부터 참된 예수의 길을 따른 특이한 삶이 시작되었다고 해요. 그분의 옥탑방 교회에는 교회라는 표시가 꼭 두 가지가 있어요. 하나는 출입문 위에 명함 크기의 판자에 '골고다 교회'라고 씌어 있고, 안으로 들어가면 커다란 십자가를 진 한 사람의 사진이 걸려 있어요. 커다란 십자가에 눌려 곧 찌부러질 것만 같은 그 사람이, 얼굴은 안 보이는데도 민 목사님이라는 건 금방 알아볼 수가 있어요. 사람의 가슴을 서늘하게 하는 그 사진을 보면 '주여, 평생 당신의 길을 이렇게 따르겠나이다' 하는 맹세의 외침이 들리는 것 같아요. 그리고 그 사진은 민 목사님의 특이함이 결코 특이함이 아니라 민 목사님에게는 평범함이라는 것을 깨닫게 해줘요. 그리고 우리나라 목사들 중에 과연 몇이나 그 예수의 '십자가의 길'에서 '예수님의 고난'을 체험했을까 하는 생각을 하게 돼요. 그런데 그분은 50대 후반에 폐암으로 세상을 떠났는데, 수술 권유도 뿌리치고 '하나님께서 부르시면 가는 게 순리'라는 말만 남겼어요. 그분은 당연히 저의 롤 모델이 되셨고, 그분이 왜『전태일 평전』을 주셨는지 깊이 깨달으며 노동자 문제에 관심을 쓰게 되었고, 그러다 보니 민변이 눈에 잡히게 되었고요. 그다음에서야 존경하는 조영래 변호사님이 민변 발족을 주도했고, '민주사회를 위한 변호사모임'이라는 명칭도 그분이 지었다는 것을 알게 됐어요. 저는 감히 조영래 변호사님 같은 변호사가 되고 싶다는 욕심을 내며 그분을 저의 두 번째 롤 모델로 삼고 있어요. 제 얘기다 끝났어요. 이걸로 말값이 됐나요?"

최 변호사가 무거운 짐을 부려놓듯 깊은 숨을 내쉬며 얼굴을 훔쳤다.

"예, 충분해요. 이 집 음식이 맛깔스러운 게 아니라 최변 얘기가 훨씬 더 맛깔스러워요. 아주 감동적이에요. 요새 세상에 그런 목사님도 있다니, 이름 그대로 수직적으로 살다 가셨군요. 존경스러워요."

"어머나, 수직적!"

2

그 법정도 법정 특유의 썰렁함과 삭막함과 억압감과 생경함으로 가득 채워져 있었다. 재판이 진행되고 있어서 피고인의 변호사며, 피고인을 추궁하는 검사며, 재판을 진행하는 판사의 목소리들이 울리고 있는데도 그런 여러 가지 느낌의 분위기는 무슨 완강한 힘처럼 지속되고 있었다. 그게 사법부가 향유하는 특권적 위압감이기도 했고, 거대한 성전(聖殿) 앞에서 괜히 주눅 들고 경직되는 것과 같은 인간의 허약한 죄인 의식의 작용이기도 했다.

장우진은 무표정하게 팔짱을 끼고 앉아 그런 법정의 여기저기로 느리게 눈길을 돌리고 있었다. 그러면서도 그의 귀는 법정 쪽으로 환하게 열려 있었다. 그가 눈길을 정면으로 두지 않는 이유는 혹시나 판사와 눈길이 마주칠까 봐 저어하기 때문이었다. 그러면서 왜 저 판사가 자신을 알아보는 것을 피하고 싶은 것인지 자신의 심정을 스스로도 알 수가 없었다.

이 재판에 지장이 있을까 봐? 전혀 그럴 염려는 없다. 취재 왔나 보다 할 테니까. 자신을 꺼릴까 봐? 반가울 건 없을지 몰라도 꺼릴 이유는 전혀 없는 사이다. 자신이 감사를 표하지 않아 면목이 없어서? 그것은 어디까지나 법적 기준의 결정이었지 사적인 문제가 아니었다.

그러나 그때 그 문제를 꼭 법적 객관성이나, 법적 타당성만으로 얘기할 수 없는 국면도 있었다. 그때 상황이 참 미묘하고 고약한 데가 있었다. 검사가 그 상황성을 잘 보여주고 있었다. 구속영장을 청구한 검사의 행위는 상황에 굴복한 법조인의 표본이었다. 사법권의 권위와 존엄을 떠받치는 '법과 양심에 따라……', 이 금과옥조를 그 검사는 상황의 변화에 따라 버려버린 것이었다. 그런 검사는 약은 것이었을까, 약한 것이었을까. 하늘 같은 권력의 눈치를 본 약은 행위일 수 있었다. 또는 최고 권력의 위력에 눌린 약한 행위일 수 있었다. 큰 권력 앞에서 나약하게 위축되고, 허약하게 왜소해지는 인간의 속성으로 보면 그 검사는 약기도 하고, 약하기도 해서 구속영장 청구라는 결정을 내렸을 수도 있었다. 그러나 그가 법의 객관적 기준도 버리고, 양심의 존귀함도 버렸다는 것은 구속영장 기각이 여실하게 입증해 주었다.

그 판사도 그 검사처럼 할 수 있었다. 검사가 먼저 상황 굴복 행위를 했으니까 앞선 자를 빙자해 어물쩍 구렁이 담 넘어가기를 할 수 있었다. 그게 책임 회피, 책임 전가가 일회용 컵 쓰레기통에 던지듯 벌어지고 있는 세태 속에서 오히려 자연스러운 행위일 수 있었다. 그런데 그 판사는 그러지 않았다. 그건 공적 영역을 너머 사적으로도 고맙고 감사한 일일 수 있었다. 그런 마음이 마음 한구석에 있어서 눈길 마주치는 걸 피하고 있는 것인가……. 장우진은 자신의 마음을 스스로도 알 수가 없었다.

그 사람은 재산상의 불법적 의혹을 많이 받으면서도 저 푸른 집의 주인이 되고자 하고 있었다. 선거운동 초반에는 수십 명의 기자들이 그를 두 겹, 세 겹 둘러싸며 '그 재산은 누구

거냐?' '그 회사는 누구 거냐?' '내부인이 당신 거라고 했다. 맞느냐?' 이런 질문들을 소나기 퍼붓듯 쏟아냈다. 그런데 중반에 접어들면서 그가 유리해지는 듯한 기미가 보이기 시작하자 기자들이 절반으로 줄어들었다. 그리고 질문도 표 나게 변했다. '경제를 살릴 자신이 있느냐?' '대표적인 경제 정책을 밝혀달라.' '남북 문제의 변화는 없느냐?' 그런 변화 속에서 자신 혼자만 '그 회사가 후보 거라는 정확한 제보가 있는데, 맞습니까?' 하고 질문해 댔다. 그리고 종반에 들어 그의 당선이 확실해진다는 바람이 불자 기자들은 다시 처음처럼 그를 겹겹이 에워싸며, '총리 후보는 몇 명입니까?' '내각 구상은 끝났습니까?' '기업 친화는 얼마나 적극적으로 할 겁니까? 박정희 대통령식으로 할 겁니까?' 이런 질문들을 하느라고 기자들은 숨이 가빴다. 그런 속에서 자신만은 힘으로 다른 기자들을 밀어붙이고 그 후보 옆에 더욱 바짝 붙어 서서 '그 회사는 누구 겁니까? 후보 것이 맞지 않습니까?' 같은 질문을 계속 해댔다. 그랬더니 마침내 그 후보가 여지껏 짓고 있던 억지웃음을 내팽개치고 얼굴을 찡그리며 '이런 기레기 같으니라고!' 하고 내쏘았다. 하필 그 장면을 어떤 텔레비전이 찍어 방송해 버리는 바람에 '기레기(기자 쓰레기)'는 삽시간에 세상에 퍼지는 유행어가 되고 말았다.

그는 마침내 저 푸른 집의 주인이 되고 말았다. 자신이 그의 부도덕함과 비양심적인 것을 그렇게 애써 부각시키고 환기시켰는데도 유권자들은 야속하게도 귀도 눈도 딱 닫아버리고 그에게 압도적인 표를 몰아주었던 것이다. 이유는 딱 하나였다. '그가 잘살게 해줄 것이다!' 50여 년에 걸친 국민의 이 열망은 어떤 사교에 현혹된 광신도들의 수준이었다. 그래서 그가 내세운 경제 공약이 황당무계하고 사실무근한 사기성이 환히 보이는데도 국민들은 무작정 환호했던 것이다. 혼신을 다한 자신의 노력이 아무 효과 없이 끝나버린 허탈 속에서 장우진은 다시금 국민들의 단순함과 어리석음을 뼈저리게 느끼고, 탄식해야 했다. 야속하고 안타깝게도 국민들은 대통령이 경제를 살리고, 자기들을 잘살게 해줄 거라고 철통같이 믿고 있었다. 대통령이 바뀔 때마다 속고, 속고, 또 속으면서도 국민들은 그 맹신에서 벗어나지 못했다. 국민들이 그렇게 순진무구하니 정치인들은 맘 놓고 거짓말을 해대고, 권력자들은 제멋대로 횡포를 저질러대는 것이다. 그러나 장우진은 이런 실망감에 오래 빠져 있을 수가 없었다. 꽤나 다급한 신변의 위협이 닥쳐왔기 때문이었다.

형사범으로 고발당한 것이었다. 혐의는 두 가지였다. 허위사실 유포에 따른 선거법 위반, 그리고 명예훼손이었다. 그런데 그 고발자가 기발했다. 정체불명의 이상야릇한 이름의 단체였다. 푸른 집 주인은 머리 좋게도 그런 꾀를 써서 보복전을 전개하기 시작한 것이다. 그 행위에서는 '꼭 감옥에 보내고 말겠다'는 살기가 뻗쳐 나오고 있었다.

그 싸움은 피할 도리가 없는 싸움이었다. 장우진은 정면으로 맞설 수밖에 없었다.

"이거 용기가 있는 거요, 겁이 없는 거요? 조심하쇼. 저 위에서 맘먹고 찍으면 안 당할 사람 없는 게 우리나라니까."

계장한테 조서를 넘겨받은 수사과장이 칩떠보는 눈길로 나직하게 말했다.

"예. 날 감옥에 보내려면 저쪽도 물러날 각오를 해야 할 걸요."

장우진은 몽니로만 이 말을 한 것이 아니었다. 수사과장도 경계 인물로 구분하고 있었던 것이다.

검찰까지의 조사는 지루하고도 짜증스러웠다. 경찰 조사에 비해 검찰 조사는 훨씬 더 무례하고 사나웠다. 저 위에서 무슨 입김이 스며든 것인지, 아니면 젊은 검사가 출세의 욕망에 불타서 과잉 충성을 도모하는 것인지는 구분하기가 어려웠다. 하여튼 검사는 사전 구속영장 신청까지 치달아가는 열성을 보였다.

'야, 이 병신 같은 새끼야, 너 이따위 짓 하려고 그 어렵다는 사법 고시 패스하느라고 죽을 똥을 쌌냐. 초등학생이 봐도 말이 안 되는 걸 빤히 알 수 있는 일에 구속영장까지 신청하

다니, 아주 크게 되시겠어. 잘해 보셔.'

장우진은 검사가 권력의 사냥개이고 시녀인 것을 더욱 구체적으로 느끼며 영장 실질 심사에 나설 수밖에 없었다.

영장 전담 판사도 젊었다.

"신문에 쓴 기사들이 사실입니까?"

표정만큼이나 차가운 눈길로 장우진을 쏘아보며 판사가 물었다.

"예, 사실입니다."

장우진도 냉정한 얼굴로 판사를 맞쏘아보며 철사 심이 들어 있는 것 같은 어조로 답했다.

"사실임을 무얼로 입증합니까?"

판사의 눈길은 미동도 하지 않았다.

"사실이 아닌 것은 쓰지 않습니다."

장우진의 눈길도 미동도 하지 않았다.

"그것만으로는 안 됩니다. 피의자로서 입증 책임이 있습니다."

"판사만 법과 양심에 따라 심판하는 것이 아닙니다. 기자도 진실과 양심에 따라 기사를 씁니다. 그러므로 제 기사의 사실 여부는 검찰이 수사를 통해서 밝혀낼 사안입니다."

"그처럼 자신이 쓴 기사에 대해서 자신이 있습니까?"

"그렇습니다. 확신합니다."

"그 확신이 상황에 따라 자신을 쏘는 화살이 될 수 있습니다."

"그럴 수도 있을 것입니다. 그러나 저는 그 화살을 피하지 않겠습니다."

"……." 여전히 장우진을 응시한 채 판사의 침묵이 길어지더니 이윽고, "왜 그렇게 힘들게 삽니까?" 그 목소리가 약간 떨리는 것 같으면서 눈동자도 미세한 흔들림이 이는 것 같았다.

"예, 한 사람만이라도, 저 한 사람만이라도 똑바로 보고, 똑바로 쓰고, 똑바로 전하고 싶습니다. 그 마음을 버릴 수가 없습니다!"

"……."

판사는 침묵 속에서 눈길을 거두었고, 서류를 덮었다.

그리고 몇 시간 후에 영장 기각 결정을 내렸다.

그 판사 박동화가 지금 저 앞에서 재판을 진행하고 있었다.

"본 건은 세 가지 객관적 사실을 통해서 피고인의 범죄가 확실하게 입증되었습니다. 첫째 시사 주간지 《시사포인트》의 장우진 기자가 취재 과정에서 상대방들의 동의를 얻어 녹음한 녹취록과 육하원칙에 입각해 작성한 특종 기사, 둘째 경찰 수사를 통해서 피고인이 시인하고 진술한 자백, 셋째 검찰 수사를 통해서 역시 피고인이 범행 일체를 순순히 자백한 것이 그것입니다. 그런데 피고인은 새로운 쟁점을 제기하여 본 재판을 쟁송(爭訟)의 국면에 처하게 했습니다. 그건 다름이 아니라 성폭행을 자행할 때마다 만취 상태였기 때문에 이성적 판단이 어려웠고, 고의가 아니었다는 점을 강조하고, 부각시키고 있습니다. 또한 초범이고, 진심으로 깊이 반성하고 뉘우치고 있으니 선처해 달라는 요청까지 하고 있습니다. 예, 피고인의 방어권 행사는 얼마든지 가능하나 단 그 주장이나 요구가 철저하게 객관적이어야 하고, 털끝만큼의 거짓도 없이 진실해야 한다는 것은 재론의 여지가 없는 사실입니다. 그 점에 입각해서 볼 때 피고인이 만취 상태였다고 하는 주장이 새로운 쟁점으로 부각한 것입니다. 왜냐하면 술이 취했었다는 것은 피고인의 일방적 주장일 뿐 객관적 증거가 없으므로 그 사실을 전혀 인정할 수가 없습니다. 그러므로 피고인은 본 법정이 인정할 수 있는 객관적 증거를 제시해야 할 입증 책임이 있음을 밝혀둡니다. 또한 본 검사는 과거의 수많은 형사사건 심판에서 피고인들이 형량을 감소시키기 위한 수단으로 '취중, 만취 상태' 등을 빙자하고 악용해 왔던 사례가 비일비재했다는 사실을 주시하고자 합니다. 이에 피고인 측 변호인은 피고인이 주장하는 사실에 대해 객관적 증거를 제시해야 할 법적 책임이 있음을 환기시키는 바입니다."

젊은 검사의 얼굴은 날카롭고도 냉정했고, 목소리는 묵직하면서도 강력했다.

"변호인은 증인 신문을 통해 검사가 지적한 객관적 사실을 입증토록 하시오."

판사가 지극히 사무적인 건조한 목소리로 지시했다.

피고인 옆의 변호사가 일어섰다. 피고인은 무슨 석고상처럼 줄곧 고개를 숙인 채 앉아 있었다.

"괜찮아, 미주야. 겁내지 마. 내가 이렇게 옆에 있잖아. 저 변호사 쳐다보지 말고 나만 보고, 나한테 말하면 돼. 평소대로만 해. 알지? 걱정 마."

최민혜는 떨고 있는 김미주의 손을 한 손으로 잡고, 다른 손으로 김미주의 손등을 토닥거리면서 낮고 빠르게 속삭였다. 김미주는 고개를 끄덕였지만 그 손 떨림은 더 심해지고 있었다. 그 떨림이 그대로 심장까지 전해져 오는 것을 느끼며 최민혜는 한 생명의 타고난 불운을 또 아프게 느끼고 있었다. 타고난 불행과 타고난 행복. 자신과 김미주의 운명이 뒤바뀌었으면 어찌 되었을 것인가. 그 생각이 또 순식간에 스치고 지나갔다. 그 생각은 김미주를 더욱 딱하고 가엾게 여기게 했다.

"지금부터 증인 신문을 시작하겠습니다. 증인은 '예, 아니요'로만 답하기 바랍니다."

중년의 변호사가 컬컬한 목소리로 말했다.

"네."

최민혜가 대신 대답했다. '못나긴. 이따위 변호는 왜 맡고 나서니. 나잇값도 못 하고.' 문득 이런 생각이 스치자 그녀는 흠칫 놀랐다.

"증인이 그 일을 당할 때 피고인은 술에 취해 있었지요?"

최민혜는 변호사의 눈길이 김미주에게 못 가게 하려고 변호사의 눈을 후벼 파듯이 똑바로 쏘아보고 있었다.

"미주야, 느네 사장이 너한테 그 나쁜 짓 할 때 사장한테서 술 냄새가 났어? 사장이 술 취했었어?"

최민혜는 '미주야, 아니라고 해야 해. 아니라고……' 이 말을 하고 싶은 다급한 마음으로 김미주의 손을 더 꼬옥 잡으며 물었다.

"아니, 아니. 술 냄새 아니……."

겁 질려 들릴락 말락 한 목소리로 하는 '아니'에 맞추어 김미주는 고개까지 저어댔다.

'됐어, 미주야! 잘했어, 미주야! 고마워.'

최민혜는 소리 없는 환호성을 외쳐대며 변호사에게로 눈길을 돌렸다. 그리고 저 앞의 판사에게까지 똑똑히 들리도록 대답했다.

"아니요!"

"증인, 다시 묻겠소. 정신 똑바로 차리고 대답하시오. 증인이 그 일을 당할 때 피고인은 술에 취해 있었지요?"

변호사는 아까보다 훨씬 더 큰 목소리로 물었다. 얼굴에도 감정이 드러나 있었다.

'이걸 어쩌지? 맞대거리를 하고 나서야 하나 어쩌나……?'

최민혜는 순간적으로 생각이 엉키고 있었다.

그때 검사가 나섰다.

"재판장님, 지금 변호인은 증인을 겁박하고 있습니다."

"인정합니다. 변호인은 그런 언행을 삼가기 바랍니다."

판사의 엄중한 지시였다.

변호사가 멈칫했다. 그리고 혀끝으로 양쪽 입꼬리를 축였다.

"증인, 다시 묻겠소. 증인은 술 냄새를 제대로 알기나 하나요? 혹시 술 냄새가 뭔지 모르는 것 아니오?"

변호사는 최민혜의 매서운 눈길을 피해 자꾸 김미주와 눈길을 맞추려 하고 있었다.

마침내 자신이 대비하고 있던 기회가 온 것이었다. 최민혜의 눈길은 화살이 되어 검사에게로 날아갔다.

"재판장님, 변호인은 지금 증인의 신체적 장애를 빌미로 증인을 술 냄새도 맡지 못하는 또 다른 불구자, 무능자로 취급하려 하고 있습니다. 이건 지적장애인에 대한 인권 유린이며, 인격 모독으로서 본 건과 별개의 법적 문제를 야기하는 것입니다. 그 문제는 따로 따지기로 하고, 변호인이 증인의 후각 기능을 의심하는 것에 대하여 본 검사가 지금부터 그 객관적 입증을 하고자 합니다. 본 검사는 수사 과정에서 피고인 측이 그런 주장을 할 수도 있다는 예측에 대비해 여기 술과 물을 한 병씩 준비했습니다. 재판장님께서는 좀 번거로우시겠지만 본 재판의 공정성과 객관성 확보를 위해서 여기 잔에 술과 물을 각각 따라 증인이 냄새를 맡아 구분하는 것을 본 법정의 모든 성원이 확인할 수 있도록 조처하여 주시기 바랍니다."

"하, 그거 기발하고 완벽한 방법입니다. 그 요청 정식으로 접수합니다."

판사가 흔쾌하게 응답했다.

두 개의 작은 종이컵이 김미주 앞으로 옮겨졌다.

"미주야, 집에서 했던 것처럼 그대로 하면 돼. 어떤 게 술인지 냄새 맡아봐. 이것만 끝나면 집에 가는 거야."

최민혜가 김미주의 손등을 또 토닥거리며 속삭였다.

검사와 변호사가 최민혜와 김미주의 책상 앞으로 다가섰다.

"미주야, 냄새 맡아봐. 어떤 게 술이지?"

김미주는 큼큼거리며 냄새를 맡았다. 그리고 망설임 없이 오른쪽 컵을 손가락질했다.

"맞았어, 그게 술이야!"

최민혜는 자신도 모르게 소리쳤다.

"재판장님, 확인하신 바와 같습니다."

412

검사가 울림 좋은 목소리로 크게 말했다.

장우진은 최민혜 변호사가 그동안 무슨 일을 해왔는지 비로소 깨달으며 천천히 몸을 일으켰다.

〈2권에 계속〉

조정래 장편소설

천년의 질문 1

제1판 1쇄 / 2019년 6월 11일
제1판 33쇄 / 2024년 9월 30일

저자 / 조정래
발행인 / 송영석
발행처 / (株)해냄출판사

등록번호 / 제10-229호
등록일자 / 1988년 5월 11일(설립일자 | 1983년 6월 24일)

04042 서울시 마포구 잔다리로 30 해냄빌딩 5·6층
대표전화 / 326-1600 팩스 / 326-1624
홈페이지 / www.hainaim.com

ISBN 978-89-6574-682-9
ISBN 978-89-6574-685-0(세트)

파본은 본사나 구입하신 서점에서 교환하여 드립니다.